엘러리 퀸 *Ellery Queen*

20세기 미스터리를 대표하는 거장. 작가 활동 외에도 미스터리 연구가, 장서가, 잡지 발행인으로 잘 알려져 있다. 또한 '엘러리 퀸'은 그의 작품 속에 등장하는 탐정 이름이기도 한데, 셜록 홈스와 명성을 나란히 하는 금세기 최고의 명탐정이다.

엘러리 퀸은 한 사람의 이름이 아니라 만프레드 리(Manfred Bennington Lee, 1905~1971)와 프레더릭 다네이(Frederic Dannay, 1905~1982), 이 두 사촌 형제의 필명이다. 둘은 뉴욕 브루클린 출신으로 각각 광고 회사와 영화사에서 일하던 중, 당시 최고 인기 작가였던 밴 다인(S. S. Van Dine)의 성공에 자극받아 미스터리 소설에 도전하기로 마음먹는다. 그들의 계획을 현실로 만든 것은 〈맥클루어스〉 잡지사의 소설 공모였다. 탐정의 이름만 기억될 뿐 작가의 이름은 쉽게 잊힌다고 생각한 그들은, '엘러리 퀸'이라는 공동 필명을 탐정의 이름으로 삼았다. 그들이 응모한 작품은 1등으로 당선됐으나, 공교롭게도 잡지사가 파산하고 상속인이 바뀌어 수상이 무산된다. 하지만 스토크스 출판사에 의해 작품은 빛을 보게 되는데, 이것이 바로 엘러리 퀸의 역사적인 첫 작품 《로마 모자 미스터리》(1929)였다.

이후 엘러리 퀸은 논리와 기교를 중시하는 초기작부터 인간의 본성을 꿰뚫는 후기작까지, 미스터리 장르의 발전을 이끌며 역사에 길이 남을 걸작들을 생산해냈다. 대표작은 셀 수 없을 정도이나, 그가 바너비 로스 명의로 발표한 《Y의 비극》(1932)은 '세계 3대 미스터리'로 불릴 만큼 높은 평가를 받고 있으며 중편 〈신의 등불〉(1935)은 '세계 최고의 중편'이라는 별칭을 가지고 있다. 이외 《그리스 관 미스터리》(1932), 《이집트 십자가 미스터리》(1932), 《X의 비극》(1932), 《재앙의 거리》(1942), 《열흘간의 불가사의》(1948) 등은 미스터리 장르에서 언제나 거론되는 걸작들이다. '독자에의 도전'을 비롯해 그가 작품에서 보여준 형식과 아이디어는 거의 모든 후대 작가들에게 영향을 미쳤으며 특히 일본의 본격, 신본격 미스터리의 기반이 됐다.

작품 외에도 엘러리 퀸은 미스터리 장르의 전 영역에 걸쳐 두각을 나타냈다. 비평서, 범죄 논픽션, 영화 시나리오, 라디오 드라마 등에서도 활동했으며, 미국미스터리작가협회 회장을 역임했다. 또 현재에도 발간 중인 〈EQMM 엘러리 퀸 미스터리 매거진〉(1941년 시작됨)을 발간해 앤솔러지 등을 출간하며 수많은 후배 작가를 발굴하기도 했다. 미국미스터리작가협회는 이런 엘러리 퀸의 공을 기려 1969년 '《로마 모자 미스터리》 발간 40주년 기념 부문'을 제정하기도 했으며, 1983년부터는 미스터리 분야에서 두각을 나타낸 공동 작업에 '엘러리 퀸 상'을 수여하고 있다.

SIGONGSA *design* 윤석진
photo ⓒ Eric Schaal

Ellery Queen Collection

악의 기원

The Origin of Evil

악의 기원

엘러리 퀸 지음
이가형 옮김

검은숲

1

엘러리는 전망창 앞 조랑말 가죽 의자 위에 사지를 쭉 펴고 앉아 있었다. 그는 가죽 샌들을 신은 발을 타자기가 놓인 테이블 위에 걸치고, 한 손에는 높이가 25센티미터나 되는 반투명 유리잔을 들고 있었다. 그의 발밑에는 시체가 있었다. 그는 잔에 든 것을 홀짝홀짝 마시면서 피살자를 살펴보고 있었으나 그녀에 대해서 많은 것을 알아내지는 못했다. 하지만 그는 크게 염려하지 않았다. 조사는 아직 시작 단계일 뿐이었고, 그녀는 몸집이 유난히 컸으며, 럼주가 그를 위로해주고 있었다.

그는 또 한 번 럼주를 홀짝 들이켰다.

기묘한 사건이었다. 그가 앉은 곳에서 피살자가 아직 살아 꿈틀대는 걸 볼 수 있었다. 뉴욕에 있을 때, 그는 이러한 현상이 죽음에 따른 반사작용일 뿐이며 단순한 착각에 불과하다고 수차례 경고를 받았었다. 믿기지 않겠지만 부패는 이미 시작되었고, 동백꽃과 악취 나는 풀을 구별할 줄 아는 사람이라면 누구나 그 사실을 증언할 수 있을 거라고 했다. 그러나 엘러리는 그 말을 믿지 않았다. 그는 죽은 이가 전성기를 누리던 시절에 그녀와 친분을 맺었다. 풍만한 몸을 가진 그녀는 뭇 남성들의 백일몽이자, 저주와 갈망이 엇갈린 조소의 표적이었다. 그토록

왕성한 생명력이 한순간에 꺼져버리다니 엘러리는 도무지 믿을 수가 없었다.

범죄 현장에서―아니 범죄 현장의 위에서, 라는 표현이 더 정확할 것이다. 그가 머물고 있는 이 작은 집은 언덕배기에 솟은 나뭇가지 끝의 새 둥지와도 같이 도시를 내려다보고 있었으니까―엘러리는 여전히 의문을 품고 있었다. 바로 저기, 그녀가 얇은 담요 같은 스모그 밑에서 꿈틀거리며 누워 있는데 그녀가 죽었다니.

아름다운 할리우드.

텔레비전에 의해 살해되고, 그 시신마저 파헤쳐지다니.

그는 럼주를 홀짝이면서 발가벗은 몸으로 쾌적함을 만끽하며 눈을 가늘게 뜨고 도시를 내려다보았다. 더없이 맑고 화창한 날이었다. 언덕 아래로 싱그러운 초목과 만발한 꽃이 이어지며 햇빛 속에서 반짝이고 있었다.

그가 새 장편소설의 무대로 할리우드를 선택한 데에 기술적인 이유는 없었다. 추리소설은 특별한 발전 법칙 아래서 만들어진다. 이야기는 군중 속에서 정체불명의 여자와 잠시 눈을 마주친 바로 그 순간 심장이 고동치는 데서 시작되거나, 혹은 생명보험증서 5면에 새겨진 작은 활자에서 시작될 수도 있다. 일반적으로 작가는 자신의 지도책에서 사건 현장을 골라잡는다. 엘러리는 어디서 이야기를 시작해야 할지 극히 희미한 아이디어밖에 갖고 있지 않았다. 게임의 현 단계에서는 미주리 주의 조플린이나 크렘린 궁전의 부엌이나 매한가지였을 것이다. 사실, 그의 플롯은 아주 막연한 단계에 있었기 때문에, 할리우드의 살인에 대해 들었을 때 그는 이야말로 절호의 기회라고 생각하고 즉시 검시에 참여하기 위한 수속을 밟았다. 칼에 등을 찔린 도시야말로 변사 사건 전문가인 그가 빈 표본 케이스를 들고 달려가볼 만한 곳이었다.

어쨌든, 나이 든 여자는 아직 숨이 붙어 있었다. 물론 '최고 걸작'이라는 광고를 내건 영화관들의 출입구 위에는 '폐문'이라는 팻말이 달려 있었다. 이제 브라운 더비 식당에서 테이블에 앉기까지 채 20분도 기다릴 필요가 없었고, 미키 코언이 운영하던 번화가의 유명 남성복점도 폐업한 상태였다. 영화배우들은 라디오 출연을 위해 출연료를 깎았고, 라디오 성우들은 텔레비전 출연을 위해 오디션을 거듭했다. 일자리가 줄어든 탓에 그들은 허리띠를 졸라매고 집까지 내놓은 형편이었다. 구멍가게 주인들은 값비싼 술들과 새 자동차와 텔레비전 세트를 구입하느라 가계가 저당 잡힌 상황에서 누가 옷감이나 손톱 다듬는 줄을 사겠냐며 끊임없이 푸념을 늘어놓았다. 로스앤젤레스 신문들이 '늑대 무리'라고 어마어마한 이름을 붙인 십 대 폭력배들은 거리에서 낯선 사람들을 폭행했고, 고등학생들은 마리화나를 팔다가 잡히기 일쑤였으며, 거리의 폭주족들은 지나가는 어린 여자들을 희롱하기 바빴다. 바인 스트리트와 라브레아 애비뉴 사이의 할리우드 대로에서는, 어느 때고 밤 10시 반만 넘으면 아무런 제지도 받지 않고 관광객의 호주머니를 털 수 있을 정도였다.

그러나 샌 페르난도 밸리 쪽에서는 회칠을 하고 붉은 삼목의 현관문을 낸 작고 초라한 집들이 성난 듯한 언덕을 밀어내고 있었다. 교차로에는 오직 캘리포니아의 양심에 따라 느긋하게 달리던 과거와는 달리 차들이 페인트를 새로 칠한 신호등 앞에 멈춰 서 있었고, '홍수 조절 계획'이라고 쓰인 거대한 콘크리트 배수로는 지퍼를 열기라도 하듯 모래로 뒤덮인 계곡을 가로질러 통과하고 있었다.

베벌리 글렌으로부터 토판가 캐넌에 이르는 산타모니카 산맥 줄기를 따라 태평양 해안에 면한 지역에는 '에스테이트'라고 불리는 으리으리한 대저택들이 낡아빠진 '농장'이나 '농장 노동자들이 머무는 오두막집'을 멸시하듯 언덕 위로 솟아올라 있었다. 그러나 다른 지역에서 이주해 온 순진했던 사람들도 이제는 그 집들이 세 그루의 어린 살구나무가 심어져 있는, 가로 45미터, 세로 90미터 땅 위에 지어진 방 네다섯 칸짜리 연립주택이라는 사실을 깨닫기 시작했다. 베벌리힐스는 그 우아한 손톱을 깨물고 있을지도 모르지만, 글렌데일과 엔시노는 대체로 번창하고 있었고, 브렌트우드나 플린트리지, 선랜드 혹은 이글록 방면에서도 앓는 소리 따위는 들려오지 않았다. 새 학교들이 들어서고 있었고, 아이오와 주와 미시간 주로부터는 점점 더 많은 노인들이 기차를 타고 들어와 관절염을 앓는 손가락을 펴고 노인 연금 수표에 서명하는 연습을 하고 있었다. 브로드웨이, 스프링, 힐 또는 메인 스트리트를 따라 3번가에서 7번가까지 로스앤젤레스의 번화가 네 구역을 도는 데 15분이 걸리던 것이 지금은 30분이 걸렸다. 대규모 공장 몇 곳이 이전한다는 소식이 들리는가 하면, 수천 명의 이주자들이 블라이스나 인디오, 혹은 니들스나 바스토 방면으로부터 남부 캘리포니아로 떼 지어 몰려드는 중이라고 했다. 그들에게는 아직도 영화가 삶과 사랑을 대변하는 것이었고, '텔레비전'이라는 말은 '항생물질'처럼 허황된 말에 불과했다. 드라이브인 레스토랑의

웨이트리스들은 더욱 예뻐졌고 수도 훨씬 많아졌다. 높이 6미터를 넘는 아이스크림 콘 광고탑이 하늘로 불쑥 솟아 있었고, 차이콥스키는 별이 빛나는 하늘 아래서 할리우드볼*을 딱딱한 좌석도 개의치 않는 음악 애호가들로 가득 채웠다. 철물점 개점일에는 이제 한 개가 아니라 두 개의 커다란 탐조등을 사용했고, 페어팩스 3번가의 농기구 상점은 관광 시즌의 이집트인 시장처럼 북적거렸다. '미치광이 먼즈'**는 영원히 하늘을 차지하고 있는 것 같았다. 엄청난 돈을 들여 그의 이름이 매일같이 공중을 떠돌고 있었고, 신문들은 이전보다 더욱 선정적으로 벌거벗은 미인들의 사진을 실었다. 엘러리는 실제로 비키니 스타일의 수영복을 입은, 판에 박은 듯한 미녀들이 '미스 전국 주간'이라고 새긴 기다란 꽃으로 장식한 상자 위에 당당하게 앉아 있는 사진을 보았다. 신문 기사에 의하면 사흘쯤 후에 제국의 군주가 1만3천의 붉은 터키모를 쓴 사열대를 이끌고, 쉰한 개의 악대를 동반하고, 낙타와 광대, 장식 차량들로 구색을 갖추고, 신비의 사원에 모시고 있는 고대 아라비아 귀족계급의 일흔 몇 번째의 의식을 소집하기 위하여 피게로아 스트리트를 따라 기념 경기장까지 여섯 시간이나 행진할 것이라고 한다. 이건 송장들까지 깨워 일으킬 만한 행사일 것이다.

엘러리가 할리우드에 도착하고 처음 며칠 사이에 동부의 비관론자들이 잘못 비탄하고 있던 것은 천사와 같은 도시의 죽음이 아니라, 형태를 달리한 왕성한 재생이었음이 명백해졌다. 낡은 질서는 변한다. 새로운 체제는 흥미로운 것이었으나 엘러

* 1922년 로스앤젤레스 할리우드에 개관한 대규모 원형 콘서트홀.
** 미국의 사업가 겸 엔지니어. 스스로를 미치광이라 부르며 엉뚱한 광고를 해 이목을 끌었다.

리와는 맞지 않았고, 그는 짐을 싸서 동부로 돌아가려고 했다. 그러나 다음 순간 그는 마음을 바꿨다. 이곳은 온통 싸움으로 뒤죽박죽이었고, 모든 사람들이 외치고 떠들어대고 있었다. 그리고 이곳에는 옛날 할리우드 사람들 가운데 주요 인물들이 아직도 꿈틀거리고 있었다. 이봐, 눌러 있어보라고. 분위기는 살벌하지만 덕분에 순회도서관의 선반 위에 놓여 있는 수집가들의 이야깃거리 한두 개쯤은 얻게 될지도 모르니까.

그리고 또 신문과 신문기자들이 있었다. 엘러리는 잉글우드에 있는 국제공항 대신 버뱅크의 록히드 비행장에 착륙하여 시내로 잠입할 생각이었으나, 남부 캘리포니아의 흙을 밟기가 무섭게 질문과 카메라 세례를 받았다. 그리고 이튿날 그의 사진은 모든 신문의 1면에 실렸다. 부동산업자인 엘러리의 친구는 절대로 비밀을 누설한 일이 없다고 딱 잡아뗐지만, 기자들은 언덕 위에 있는 그의 집 주소까지 알아냈다. 아무튼 '고양이 사건'*으로 매스컴의 주목을 받은 후부터 엘러리는 늘 이런 식의 유명세를 치렀다. 엘러리가 맨해튼을 죽음과도 같은 운명에서 구한 후였으므로 그가 로스앤젤레스에 나타난 건 적어도 그에 못지않은 크나큰 사명 때문일 거라고 신문기자들은 확신하고 있었다. 엘러리가 자신은 그저 책을 쓰기 위해 온 것일 뿐이라고 투덜대며 말했을 때, 그들은 하나같이 낄낄대며 웃었다. 그들의 보도에 따르면, 엘러리는 대(大)로스앤젤레스 정화 특별 조사관인 시장의 명을 받고 극비리에 '블랙 달리아' 사건을 해결하는 데 그의 특출한 재능을 발휘하기 위해 이곳을 찾은 것이었다.

* 1949년에 발표한 엘러리 퀸의 소설 《꼬리 많은 고양이》에 등장하는 사건을 가리킨다.

이런 상황이니 어떻게 벗어날 수가 있겠는가?

바로 그때 엘러리는 빈 타자기처럼 술잔이 텅 비어 있다는 것을 깨달았다.

엘러리가 조랑말 가죽 의자에서 일어났을 때 그의 눈앞에 웬 아름다운 아가씨가 우뚝 서 있었다.

엘러리는 벌거벗은 채 침실 문을 향해 뛰어가면서 '가죽 샌들이 우스꽝스럽게 보였을 거야' 하고 생각했다. 그리고 또 '왜 바니가 권한 10파운드짜리 구두를 신지 않았을까' 하고 생각했다. 그러고서 화가 난 그는 고개를 문간에 내밀고 투덜댔다.

"윌리엄스 부인에게 그분을 포함해 어느 누구도 만나지 않겠다고 일러두었는데, 도대체 어떻게 들어온 겁니까?"

"정원으로요. 아랫길에서 올라왔어요. 마리골드*를 밟지 않으려고 신경 썼어요. 괜찮아요."

여자가 말했다.

"나는 괜찮지 않습니다. 나가주세요."

"하지만 당신을 꼭 만나야 했는걸요."

"모든 사람들이 나를 만나려고 하지요. 하지만 내가 그들을 다 만나줄 필요는 없어요. 특히 이런 꼴을 하고 있을 때는요."

"엘러리 씨, 당신 정말 창백해 보여요. 게다가 갈비뼈까지 드러날 정도로 말랐군요."

마치 오빠에게 실망한 여동생 같은 목소리로 그녀가 말했다. 엘러리는 문득 할리우드에서는 복장이 자유의지의 문제라는 사실을 떠올렸다. 후드가 달린 털옷을 입고서 시베리안 허스키

---

* 국화과의 꽃.

가 끄는 썰매를 몰고 로렐 계곡 밑에 있는 슈워브의 약국에서 선셋 스트리트와 바인 스트리트의 NBC 방송국까지 간다 한 들 어느 누구도 고개를 돌리지 않을 것이다. 헐렁한 바지에 털 목도리를 두른 옷차림도 꼭 그런 건 아니지만 봐줄 만하고, 배꼽티 정도는 오히려 보수적인 것으로 간주되며, 와이키키에서나 입을 법한 반바지 하나만 걸친 채 무뚝뚝한 표정으로 거리의 어느 식료품 가게에서 아보카도 열매를 만지작거리는 남자도 한 명쯤은 있을 터였다.

"살을 좀 찌우세요, 엘러리 씨. 나가서 햇볕도 좀 쬐고요."

"고맙군요."

엘러리는 자기도 모르게 대답했다.

에덴동산을 연상케 하는 그의 모습은 그녀에게 아무런 영향도 끼치지 않았다. 그녀는 그가 생각했던 것보다 더 예뻤다. 할리우드의 전형적인 미인이로군, 하고 그는 부루퉁하게 생각했다. 하나같이 똑같은 모습의 여자들. 그녀는 십중팔구 미스 유니버스 대회에 참가한 패서디나 대표일 것이다. 그녀는 얼룩말 줄무늬 모양의 치마바지와, 밝은 녹색 스웨이드 브래지어 모양의 탑 위에 짧은 웃옷을 걸치고 있었다. 조그마한 발에는 녹색 오픈토 샌들을 신었고, 계피색 머리 위에는 그와 잘 어울리는 스웨이드 기수 모자를 쓰고 있었다. 드러난 살결은 가무잡잡했고, 갈비뼈는 전혀 보이지 않았다. 몸집은 작고 가냘팠지만 굴곡이 있는 입체적인 몸매를 갖고 있었다. 나이는 열아홉 살쯤 되어 보였다. 그녀의 모습은 손 스미스의 소설 《신들의 밤놀이》에 등장하는 메그를 연상시켰다. 그는 고개를 뒤로 젖히고 문을 쾅 닫았다.

그가 슬랙스와 산둥산 실크 셔츠에 진홍색 코듀로이 재킷을 입고 신중하고도 유쾌한 모습으로 나왔을 때, 그녀는 그의 조랑말 가죽 의자에 웅크리고 앉아 담배를 피우고 있었다.

"술을 준비해놨어요."

그녀가 말했다.

"친절하시군요. 당신한테도 권해야 하는 겁니까?"

엘러리는 과도한 친절은 쓸데없는 짓일 뿐이라고 생각했다.

"고마워요. 하지만 전 5시 전에는 술을 마시지 않아요."

그녀는 딴생각을 하고 있었다.

엘러리는 전망창에 기댄 채 그녀를 나무라듯이 내려다보았다.

"그렇다고 고루한 사람이라고 오해는 말아요. 실례지만 이름이……?"

"힐. 로렐 힐이에요."

"로렐 힐 양. 난 할리우드에서 낯선 젊은이가 급작스럽게 찾아왔을 때는 카메라를 가지고 거래하자는 녀석이 커튼 뒤에 숨어 있지 않나 우선 확인하고 싶어요. 그런데 당신은 무슨 이유로 나를 만나야 한다고 생각하는 거죠?"

"경찰은 멍청이들이니까요."

"아, 경찰. 그들이 당신 말을 들으려고 하지 않는 모양이군요?"

"들어주긴 하죠. 하지만 웃어넘기고 말아요. 죽은 개에 관한 이야기가 왜 우습다는 건지 모르겠어요. 어떻게 생각하세요?"

"뭐라고요?"

"죽은 개 말이에요."

엘러리는 한숨을 내쉬고 반투명 유리잔을 이마에 대고 굴렸다.

"기르던 개가 독살되었나요?"

침입자는 얼굴이 굳어진 채 말했다.

"아니에요. 죽은 건 제 개가 아니었어요. 왜 죽었는지도 모르고요. 개를 좋아하긴 하지만 그런 건 아무래도 상관없어요……. 경찰은 누가 장난친 거라고 하더군요. 하지만 전 그 사람들이 진지하게 말하지 않았다는 걸 알아요. 무슨 까닭인지는 모르겠지만 그냥 장난은 아니었어요."

엘러리는 잔을 내려놓았다. 그녀는 그의 시선을 맞받았다. 마침내 엘러리는 고개를 흔들며 미소를 지었다.

"로렐, 당신 작전은 서툴러요. 노력은 인정하지만 쓸데없는 짓이에요."

"작전이 아니에요. 제 말을 들어보세요."

그녀는 참을성 있게 말했다.

"누가 당신을 내게 보냈죠?"

"그런 거 아니에요. 신문에 온통 당신 얘기뿐이었어요. 덕분에 제 고민이 해결됐죠."

"로렐, 그렇다고 내 고민이 해결되는 건 아니에요. 내 고민은 단순한 독자들은 이해할 수 없는 평화로운 고독의 은둔처를 찾는 겁니다. 로렐, 내가 여기 온 건 책을 쓰기 위해서예요. 안타깝게도 진전이 없긴 하지만, 어쨌든 글을 쓰는 건 작가의 습관이고 이제 글을 쓸 때가 됐어요. 보시다시피 나는 사건을 맡을 수가 없습니다."

"당신까지 제 말을 들어주지 않는군요."

그녀는 입술을 비죽거렸다. 그러고는 일어나서 방을 나가려고 했다. 짧은 상의 밑으로 갈색 피부가 보였다. 그가 좋아하는 타입은 아니었지만 괜찮은 아가씨였다.

"개가 죽는 건 늘상 있는 일이에요."

엘러리가 다정한 목소리로 말했다.

"문제는 개가 아니라니까요. 일이 일어난 방식이 문제라는 거죠."

그녀는 현관에 그대로 서 있었다.

"개가 죽은 방식을 말하는 겁니까?"

이런 얘기에 넘어가다니.

"개를 발견하게 된 방식 말이에요."

여자는 갑자기 문에 비스듬하게 기대서서 손에 든 담배를 바라보았다.

"그 개는 우리 집 출입구 계단에 있었어요. 아침 식탁에 달걀을 나란히 놓듯이, 죽은 쥐를 곧잘 침대 위에 얹어놓는 고양이를 길러본 적 있으신가요? 그 개는…… 선물이었어요."

그녀는 재떨이를 찾다가 난로 쪽으로 갔다.

"그리고 그 개가 제 아버지를 죽였어요."

사람을 죽이는 '죽은 개'라니 엘러리는 한 번쯤 볼만한 가치가 있겠다고 생각했다. 게다가 종잡을 수는 없으나 뭔가 뚜렷한 목적을 갖고 있는 듯한 여자의 모습이 그의 흥미를 끌었다.

"앉아요."

조랑말 가죽 의자로 잽싸게 되돌아가 어색하게 양손을 깍지 끼고 기다리고 있는 태도에서 그녀의 마음이 그대로 드러났다.

"로렐, 죽은 개가 아버지를 죽였다니 정확히 어떻게 된 일이죠?"

"개가 아버지를 죽였어요."

엘러리는 의자에 앉은 그녀의 자세가 마음에 들지 않았다. 그는 신중한 태도로 말했다.

"이야기 꾸미지 말아요. 이건 서스펜스물이 아니니까요. 낯선 개의 시체가 당신 집 문 앞 계단에 버려진 것과 당신 아버지의 죽음 사이에 무슨 연관이 있는 거죠?"

"죽은 개에 놀라서 죽었다니까요!"

"그럼 사망 진단서에는 뭐라고 쓰여 있습니까?"

엘러리는 그제야 경찰들이 웃은 이유를 알 수 있었다.

"관상동맥이 어쩌고저쩌고 하더군요. 진단서에 뭐라고 적혀 있든 상관없어요. 개 때문에 그렇게 된 거니까요."

"처음부터 다시 차근차근 얘기해봐요."

엘러리는 그녀에게 담배를 한 개비 권했다. 그러나 그녀는 고개를 저으며 녹색 핸드백에서 던힐 담배 한 갑을 꺼냈다. 그가 담배에 불을 붙여주었다. 그녀의 입술 사이에서 담배가 파르르 떨리고 있었다.

"당신 이름은 로렐 힐이고 아버지가 돌아가셨다고 했죠. 자, 아버지는 어떤 사람이었고 당신은 어디에 살고 있죠? 아버지의 직업은 무엇이었는지 아무거나 다 얘기해봐요."

그녀는 놀란 것 같았다. 그가 이런 사소한 것들에 관심을 가지리라고는 미처 생각하지 못한 모양이었다.

"내키지 않으면 굳이 말하지 않아도 돼요, 로렐. 하지만 웃지 않겠다는 건 약속하죠."

"고마워요……. 아버지의 이름은 리앤더 힐이에요. 힐 앤드 프라이엄 보석 도매상을 운영했고요."

"그렇군요. 로스앤젤레스에 있나요?"

그는 그런 상점 이름을 들어본 적이 없었다.

"본점은 여기 있어요. 하긴 아버지와 로저는 지금, 아니 예전에……."

그녀는 웃음을 터뜨렸다.

"어떻게 말을 해야 한담……? 그러니까 뉴욕, 암스테르담, 남아프리카에 지점이 있어요."

"로저는 누구죠?"

"로저 프라이엄. 아버지의 동업자예요. 우린 여기서 멀지 않은 아웃포스트 외곽에 살고 있어요. 4만8천 평방미터 정도의 경사진 숲과, 유칼립투스와 대왕 야자수와 부겐빌레아,* 극락조화, 포인세티아가 만발한 정원이 있죠. 이런 화초들은 서리가 조금만 내려도 금세 시들어 죽어버려요. 남부 캘리포니아에는 서리가 절대로 내리지 않는다고들 하지만 겨울마다 내리는 걸요. 아버지가 무척 좋아했어요. 카리브 해의 해적이 된 기분이라고 늘 말씀하셨죠. 집안일은 하인 셋이 도맡아 하고 있고 정원사가 매일 와요. 그리고 저희 집 옆으로는 프라이엄가의 땅이 자리하고 있죠."

프라이엄이라는 이름을 힘주어 말하는 걸 보면 그녀는 사실 '햇필드'라고 말하고 싶었을지도 모른다.**

"아버지는 심장이 약해서 평지에 사셔야 했어요. 하지만 높은 지대를 좋아하셔서 좀처럼 이사하려고 하지 않으셨어요."

"어머니는 계신가요?"

엘러리는 그렇지 않다는 걸 알고 있었다. 로렐은 어머니가

---

* 빨간 꽃이 피는 열대 식물.

** 남북전쟁 시대에 이권을 둘러싸고 맥코이와 햇필드 두 집안이 극도로 대립했던 사건을 가리킨다.

없는 것처럼 보였다. 자수성가한 여성 같았다. 그녀는 남자와 지내는 걸 더 편하게 생각하고 심지어 남자보다도 더 남자답다고 자처하는 타입이었다. 결코 패서디나나 다른 어느 곳의 미스 유니버스로 나설 여자는 아니라고 엘러리는 생각했다. 그는 그녀에게 호감을 느끼기 시작했다.

"어머니는 안 계신가요?"

로렐은 그의 질문에 곧바로 대답하지 않았다.

"저도 몰라요."

로렐은 아픈 데를 찔렸다고 생각했다.

"알았다 해도 지금은 잊어버렸어요."

"그럼 새어머니는요?"

"아버지는 결혼한 적이 없어요. 전 유모 손에서 자랐어요. 유모는 4년 전, 제가 열다섯 살 때 죽었죠. 전 유모를 전혀 좋아하지 않았어요. 제게 양심의 가책을 느끼게 하려고 폐렴에 걸려 죽은 게 아닌가 싶어요. 저는 양녀였거든요."

그녀는 재떨이를 찾느라 주위를 두리번거렸다. 엘러리가 재떨이를 가져다주자 담뱃불을 뭉개어 끄면서 침착하게 말을 이어갔다.

"하지만 저는 정말로 아버지의 딸이었어요. 한쪽은 상대에 대한 경멸을, 다른 한쪽은 불안감을 감추며 겉으로만 서로 친한 척하는 그런 관계가 아니었어요. 저는 진심으로 아버지를 사랑하고 존경했어요. 그리고 아버지도 늘 말씀하셨지만, 저는 아버지의 인생에 단 한 명뿐인 여자였어요. 아버지는 좀 구식이었어요. 식탁에 앉을 때면 제 의자를 빼주셨죠. 그런 식으로 저를 챙겨주셨어요. 언제나 한결같은 분이었어요."

엘러리는 젤리처럼 말캉한 것을 손가락으로 단단히 움켜쥐고 있는 듯한 기분이 들었다. 로렐은 아까처럼 무덤덤한 어조로 얘기를 계속했다.

"2주 전, 6월 3일에 그 일이 일어났어요. 아침 식사가 끝났을 무렵, 운전기사인 시미언이 들어오더니 아버지한테 차를 대놨다고 하며 현관에 '이상한' 물건이 있다고 했어요. 그 말을 듣고 다 같이 밖으로 나가보았죠. 거기에 죽은 개가 누워 있더군요. 평범한 이름표가 달린 목걸이를 한 채로요. 검은색 크레용으로 '리앤더 힐'이라고 아버지의 이름이 적혀 있었어요."

"주소는 없었나요?"

"이름뿐이었어요."

"눈에 익은 필적이던가요? 누구의 것인지 알아볼 수 없었나요?"

"자세히 보지 못했어요. 아버지가 죽은 개를 들여다보고 계실 때 크레용으로 쓰인 글귀를 보았을 뿐이에요. 아버지는 '이건 내게 보낸 것이 아닌가' 하고 놀라셨어요. 그러고서 조그마한 상자를 열었어요."

"상자라고요?"

"조그마한 은색 상자가 있었어요. 마치 알약 통만 한 상자가 목걸이에 붙어 있었어요. 아버지가 뚜껑을 열었고 그 속에는 얇은 종이 뭉치가 들어 있었어요. 몇 겹으로 접어야 상자 속에 들어갈 만한 크기였죠. 종이에는 펜으로 썼거나 인쇄한 글자가 빼곡히 적혀 있었어요. 어쩌면 타자로 친 것인지도 모르겠네요. 아무튼 아버지가 반쯤 몸을 돌리신 채 읽으셨기 때문에 잘 보이지 않았어요.

종이에 적힌 글을 다 읽고 난 뒤 아버지의 얼굴은 창백해졌어요. 입술은 파랗게 질렸고요. 편지를 보낸 사람이 누군지, 무슨 일이 일어났는지 묻자 아버지는 경련을 일으키듯 종이를 움켜쥐고 숨을 거칠게 몰아쉬며 쓰러졌어요. 이전에도 그런 모습을 본 적이 있어요. 심장마비였죠."

그녀는 전망창 밖의 할리우드를 바라보았다.

"로렐, 한잔하겠어요?"

"괜찮아요. 시미언과……."

"어떤 개였죠?"

"사냥개 같았어요."

"목걸이에 등록표가 붙어 있었나요?"

"그런 건 없었던 것 같아요."

"광견병 접종 확인 꼬리표는요?"

"아버지의 이름이 적힌 꼬리표 외에는 아무것도 보지 못했어요."

"개 목걸이에 별다른 점은 없었나요?"

"75센트면 살 수 있는 싸구려였어요."

"보통 목걸이였군요. 이야기를 계속해봐요."

엘러리는 격자무늬가 있는 연녹색 의자를 끌고 와 걸터앉았다.

"시미언과 하인 이치로가 아버지를 침실로 옮기는 사이, 저는 브랜디를 찾으러 달려갔고 가정부인 멍크 부인은 의사에게 전화를 걸었어요. 의사는 캐스틸리언 드라이브에 살고 있는데 몇 분 후에 왔죠. 아버지는 살아 있었어요. 그때까지는."

"그랬군요. 로렐, 죽은 개 목걸이에 달린 은색 상자 속에 들어 있던 종이는 어떻게 했죠?"

엘러리가 물었다.

"그건 모르겠어요."

"오, 이런."

"아버지는 의식을 잃고 쓰러진 뒤에도 구겨진 종이를 손에 쥐고 있었어요. 저는 너무 놀란 나머지 아버지 손을 펴볼 생각도 못 했어요. 볼루타 박사님이 도착했을 무렵에는 편지에 대해선 까맣게 잊고 있었어요. 하지만 그날 밤, 편지가 있었다는 걸 기억해냈어요. 그리고 이튿날 아침, 마침 기회가 생겨 아버지에게 편지에 대해 물었어요. 제가 그 말을 꺼내자마자 아버지는 얼굴이 창백해지더니 '아무 일도 아니야'라는 말만 중얼거렸어요. 그래서 전 곧바로 화제를 바꿨죠. 볼루타 박사님이 들렀을 때 박사님을 불러내어 편지를 보지 못했는지 물었어요. 볼루타 박사님은 아버지의 손을 펴고 종이 뭉치를 꺼냈지만 읽어보지는 않고 침대 옆 테이블 위에 놓아두었다고 했고요. 시미언이나 이치로, 가정부에게 그 종이 뭉치를 치웠는지 물어보았지만 아무도 본 사람이 없었어요. 아버지가 의식을 찾은 뒤 그걸 발견하고서 아무도 없을 때 치운 게 틀림없어요."

"그 이후로도 찾아보았나요?"

"찾아보았죠. 하지만 찾지 못했어요. 아버지가 없애버렸나 봐요."

엘러리는 이 일에 대해서는 더 이상 언급하지 않았다.

"그럼, 개와 목걸이, 작은 상자에 대해 얘기해보죠. 뭔가 조치를 취하셨나요?"

"아버지가 돌아가실지도 모르는 상황이라 정신이 없어 개에 대해선 생각하지 못했어요. 이치로나 시미언에게 죽은 개를 치우라고 말했던 게 생각나요. 전 단지 문간 계단에서 그 개를 치워놓으라고 말했을 뿐인데, 이튿날 제가 찾으러 갔을 때 멍크 부인이 임시 동물 보호소나 뭐 그런 곳에 전화를 걸었고 그들이 와서 실어 갔다고 했어요."

"개는 물 건너갔군요."

엘러리가 손톱으로 이를 톡톡 두드리며 말했다.

"하지만 목걸이와 상자는…… 아버지가 죽은 개를 보고서 놀라지 않았다는 건 확실해요? 개를 무서워하지 않았나요? 아니면……."

엘러리가 불쑥 질문을 던졌다.

"죽음을 두려워하지는 않았나요?"

"아버지는 개를 무척 좋아했어요. 우리가 기르던 체서피크 베이 리트리버 사라가 작년에 늙어 죽었을 때, 아버지는 다른 개를 키우려고 하지 않을 정도였어요. 키우던 개를 잃는 것은 견디기 어려운 일이라고 하셨어요. 아버지는 죽음을 그다지 두려워하는 것 같지 않았어요. 그보다도 병에 시달리다가 고통 속에 죽을까 봐 걱정하셨죠. 때가 되면 잠든 채로 죽기를 항상 소원하셨어요. 이게 다예요. 질문에 대한 답변이 되었나요?"

"글쎄요. 당신 아버지는 미신을 믿었나요?"

"특별히 믿지는 않았어요. 왜요?"

"당신 아버지가 공포 때문에 사망했다고 했는데, 혹시나 해서요."

로렐은 침묵에 잠겼다가 다시 입을 열었다.

"정말이에요. 아버지는 겁에 질려 돌아가셨다고요. 처음부터 개 때문이 아니었어요."

그녀는 발목을 잡고서 앞을 노려보았다.

"편지를 보기 전까지 개는 아버지에게 아무것도 아니었어요. 그때까지는 아무렇지도 않았으니까요. 그 편지의 내용이 아버지를 두려움에 떨게 했어요. 굉장한 충격을 주었던 거죠. 아버지가 그처럼 공포에 떠는 모습은 본 적이 없었어요. 정말이에요. 그리고 아버지가 쓰러지셨을 때 저는 돌아가신 게 틀림없다고 생각했어요. 그곳에 누워 있는 아버지는 정말 죽은 것처럼 보였어요……. 그 편지에 어떤 끔찍한 내용이 담겨 있었던 게 분명해요."

그녀는 엘러리를 돌아보았다. 그녀의 눈은 초록색에 드문드문 갈색이 섞여 있었고 약간 튀어나와 있었다.

"아버지가 잊고 있었던 어떤 일이었겠죠. 로저를 15년 만에 처음으로 자기 집에서 나오게 만들 정도였으니 정말 중요한 일이었을 거예요."

"뭐라고요? 다시 말해줄래요?"

엘러리가 물었다

"아까 말씀드렸죠. 아버지의 동업자 로저 프라이엄. 아버지의 옛 친구요. 그 사람이 집에서 나왔다고요."

"15년 만에 처음으로요?"

엘러리는 목소리를 높였다.

"15년 전 로저의 몸에 부분 마비가 왔어요. 평생 휠체어를 타야 하는 신세가 된 거죠. 그때부터 로저는 프라이엄가의 부지를 떠나지 않았어요. 다 허세 때문이죠. 젊은 시절에는 체격이 크고 체력도 좋아 덩치 값을 꽤 한 모양이었나 봐요. 그러니 남들한테 자신의 무기력한 모습을 보이는 것을 용납할 수 없었던 거죠. 그런 생각 때문에 늘 불행했고요.

　지금껏 로저는 예전과 다름없는 척하며 지내왔어요. 고급 주택가에 살면서 휠체어에 앉아서도 서부 해안 지역에서 가장 큰 보석상을 경영하고 있는 것이 그 증거라고 허풍을 떨었죠. 물론 그는 아무 일도 하지 않았어요. 사업 운영은 다 아버지의 몫이었어요. 아버지는 불화를 피하기 위해 로저와 사이좋게 지내고 그와 어울리는 척했어요. 로저에게 전화로 처리할 수 있는 일을 주기도 했고, 중요한 일은 항상 로저와 의논해서 결정했죠. 사실 본사와 시내의 전시장에서 오랫동안 일해온 점원들 중에는 로저에게 눈길조차 주지 않는 사람들도 있어요. 점원들은 그를 싫어해요. 로저를 '보이지 않는 신'이라고 부르고 있죠."

　로렐은 미소 지으며 말했다. 그러나 엘러리는 그 미소에 관심이 없었다.

　"물론 고용된 처지이다 보니 로저를 두려워하고 있기는 해요."

　"당신은 두렵지 않나요?"

　"전 지긋지긋해서 견딜 수가 없어요."

　그녀는 침착한 목소리로 대답했지만 엘러리가 계속 바라보아도 딴 곳만 쳐다보았다.

　"당신도 그를 두려워하고 있군요."

　"그냥 그 사람이 싫을 뿐이에요."

　"계속해봐요."

　"전 아버지가 심장마비를 일으켰다고 가능한 한 빨리 프라이엄가에 전했어요. 그날 저녁이었죠. 직접 로저에게 전화로 이야기했어요. 로저는 그 일에 매우 관심을 보이면서 아버지와 이야기를 해야겠다고 계속 우겨댔어요. 하지만 저는 거절했어요. 볼루타 박사님이 어떠한 자극도 금물이라고 했으니까요. 이튿날 아침 로저는 두 번이나 전화를 걸어왔어요. 아버지도 그분과 이야기하고 싶어 하는 것 같았어요. 아버지가 무척 초조해하는 것 같아서 전화를 걸도록 놔두었죠. 아버지의 침실과 프라이엄가 사이에는 전용 전화가 있어요. 제가 전화를 걸어 로저를 호출하자 아버지는 저더러 방에서 나가라고 하셨어요."

로렐은 벌떡 일어섰다가 곧 다시 주저앉더니 던힐 담배를 또 한 개비 더듬었다. 엘러리는 그녀 스스로 성냥을 켜도록 놔두었지만 그녀는 눈치채지 못했다.

그녀는 재빨리 연기를 내뿜었다.

"아버지가 로저에게 무슨 얘기를 했는지는 아무도 몰라요. 내용은 알 수 없지만 통화는 몇 분밖에 이어지지 않았어요. 그리고 그 후 로저가 저희 집으로 건너오게 되었죠. 로저는 휠체어에 탄 채로 프라이엄가의 스테이션왜건에 실려 왔어요. 아내인 딜리아가 데려다주었죠."

로렐은 프라이엄 부인의 이름을 또박또박 강조하며 말했다.

또 다른 맥코이-햇필드 집안싸움이 일어난 것인가.

"로저는 휠체어를 타고 아버지의 침실로 들어가서 문을 잠갔어요. 두 사람은 세 시간 동안 얘기를 나눴죠."

"편지와 죽은 개에 관해서요?"

"다른 가능성이 있었겠어요? 사업 얘기는 아니었을 거예요. 로저가 사업 얘기로 저희 집에 오려 했던 적은 한 번도 없었으니까요. 그리고 아버지는 이전에도 두 번이나 심장마비를 겪었어요. 개와 편지에 대한 얘기가 분명했어요. 설사 제가 일말의 의심을 가졌었다 해도 휠체어를 타고 침실에서 나왔을 때 로저 프라이엄의 얼굴에 떠올라 있던 표정을 보면 그런 의심은 단번에 사라졌을 거예요. 그는 전날 아버지가 그랬던 것처럼 공포에 질려 있었어요. 같은 이유에서였겠죠. 표정이 정말 볼만했어요."

로렐은 부드러운 목소리로 말했다.

"당신이 로저 프라이엄과 만나게 된다면 제 말이 무슨 뜻인지 알게 될 거예요. 겁먹은 표정은 그의 얼굴에 어울리지 않아요. 만약 공포를 느끼게 된다면 그 사람이 그런 분위기를 만들어내기 때문일 거예요. 로저는 저에게 여간해서는 하지 않는 말까지 했어요. '아버지를 잘 돌봐드려라'라고요. 무슨 일이 있었는지 말해달라고 졸랐지만 제 말을 못 들은 척하더군요. 시미언과 이치로가 그를 스테이션왜건에 태웠고 딜리아가 데리고 가버렸어요.

일주일 전, 그러니까 6월 10일 밤이었어요. 아버지는 결국 소원을 이루셨어요. 잠든 채로 돌아가셨으니까요. 볼루타 박사님은 아버지가 심장마비 때문에 돌아가셨다고 했어요. 화장 후 포레스트 론 납골당의, 바닥에서 4.5미터 높이에 있는 청동 서랍 속에 유골을 안치했어요. 아버지가 바라신 대로요. 원하신 곳에 계시는 거죠. 엘러리 씨, 가장 근본적인 문제가 남아 있어요. 누가 아버지를 살해한 거죠? 전 그 답을 알고 싶어요."

엘러리는 초인종을 눌러 윌리엄스 부인을 불렀다. 부인이 나타나지 않자, 그는 나가보겠다고 말하고는 아래층으로 내려가 그녀가 써놓은 쪽지를 보았다. 노스 하이랜드 슈퍼마켓에서의 쇼핑 여정이 상세히 적혀 있었다. 가스레인지 위에 방금 끓인 커피가 들어 있는 포트가 놓여 있고 오목한 접시에 아보카도 크림과 베이컨 칩이 뿌려진 크래커가 있는 것으로 보아 윌리엄스 부인은 엘러리와 로렐이 위층에서 대화하는 것을 엿들었던 모양이다. 그는 윌리엄스 부인이 준비한 다과를 위층으로 가져 갔다.

"이렇게 챙겨주시다니."

로렐은 마치 오늘날의 친절이 놀라움을 요구하기라도 하는 것처럼 깜짝 놀라며 말했다. 그녀는 엘러리가 권한 크래커를 정중하게 거절했으나 이내 마음을 바꾼 듯 쉬지 않고 열 개나 먹어치우고는 커피도 석 잔이나 마셨다.

"그러고 보니 오늘 아무것도 먹지 않았네요."

"그런 것 같군요."

이제 그녀는 얼굴을 찌푸리고 있었다. 엘러리는 찌푸린 얼굴이 이제껏 돌멩이같이 굳어 있던 표정보다는 좀 낫다고 생각했다.

"그 후로 여섯 번이나 이야기하려고 시도해봤지만 로저는 아버지와 그 이상한 일을 의논했다는 사실조차 인정하려 들지 않았어요. 저는 로저가 알아들을 수 있는 쉬운 말로 평생의 친구이자 동업자로서 그가 다해야 할 의무에 대해 말해주었어요. 그리고 아버지의 심장이 약하다는 것을 아는 어떤 자가 고의로 충격을 가해 심장마비를 일으켜 아버지를 살해했다고 믿는다고 설명했죠. 편지에 대해서도 물었어요. 로저는 아무것도 모른다는 듯 '무슨 편지 말이야?' 하고 묻더군요. 전 그에게서 아무것도 알아낼 수 없으리라는 것을 깨달았어요. 로저는 두려움에 떨고 있거나 늘 그렇듯 나폴레옹처럼 굴고 있는 거예요. 이 모든 사건의 배후에는 커다란 비밀이 있는데 로저는 그걸 숨기려 하고 있어요."

"부인에게는 사실을 털어놨을까요?"

엘러리가 물었다.

"로저는 누구에게도 털어놓지 않을 거예요. 만약 털어놓는다 해도 딜리아에게는 끝까지 숨길걸요."

로렐이 침울하게 대답했다.

"프라이엄 부부는 사이가 좋지 않은가 보군요?"

"사이가 좋지 않다고는 말하지 않았는데요."

"그럼 사이가 좋단 말인가요?"

"화제를 바꾸는 게 어떨까요?"

"왜 그러죠, 로렐?"

"왜냐하면 로저와 딜리아의 관계는 이 일과는 전혀 상관이 없으니까요."

로렐은 열심히 부인했으나 역시 무언가를 감추고 있는 것 같았다.

"제 관심사는 오직 한 가지예요. 누가 아버지에게 그 편지를 써 보냈는지 밝히고 싶어요."

"당신 아버지와 딜리아 프라이엄의 사이는 어땠나요?"

엘러리가 물었다.

로렐은 웃음을 터뜨렸다.

"오! 물론 궁금하시겠죠. 그분들 사이에는 아무 일도 없었어요. 있을 수 없는 일이에요. 게다가 제가 아까 말했잖아요. 아버지는 제가 자신의 유일한 여자라고 말씀하셨다고요."

"그렇다면 서로 사이가 나빴나요?"

"왜 딜리아 얘기만 하는 거예요?"

그녀가 날카로운 목소리로 되물었다.

"왜 당신은 피하려고 하죠?"

"아버지는 딜리아와 사이가 좋았어요. 아버지는 누구와도 잘 지냈어요."

"로렐, 모든 사람과는 아니었겠죠."

엘러리가 대꾸했다.

로렐은 엘러리를 흘겨보았다.

"만약 당신 아버지가 누군가의 고의적인 위협을 받고 죽었다는 가설이 옳다면 그럴 수밖에 없죠. 로렐, 그렇지 않다면 공포사를 인정하지 않는 경찰을 비난할 수 없을 거예요. 공포란 현미경으로는 볼 수 없는 위험한 무기예요. 지문도 남지 않아 법적 증거로서도 미흡하고요. 그리고 그 편지는…… 만약 당신이 그 편지를 가지고 있다면 문제가 달라지겠죠. 하지만 가지고 있지 않잖아요."

"지금 저를 비웃고 있군요."

로렐은 일어서려고 했다.

"천만에요. 그럴싸해 보이는 이야기는 겉만 번지르르하죠. 난 거친 이야기를 좋아합니다. 고르지 않은 곳을 깎다 보면 거기서 일어나는 먼지가 여러 가지 비밀을 알려주죠. 딜리아와 로저 프라이엄에 관한 무슨 비밀이 있는 것 같군요. 도대체 그게 뭐죠?"

"왜 당신이 그걸 알아야 하죠?"

"당신이 얘기하기를 꺼리니까요."

"그렇지 않아요. 전 그저 시간을 낭비하고 싶지 않을 뿐이에
요. 둘의 관계는 제 아버지와 아무런 상관이 없어요."

그들의 시선이 서로 얽혔다.

마침내 엘러리가 미소를 지으며 손을 내저었다.

"그래요. 저는 편지를 가지고 있지 않아요. 경찰이 그러더군
요. 편지나 증거 없이는 사건으로서 취급할 수 없다고요. 그래
서 저는 로저에게 알고 있는 걸 경찰에 말해달라고 부탁했어
요. 로저의 말이라면 경찰이 수사에 나서기에 충분할 거라 생
각했기 때문이었죠. 그런데 로저는 웃음을 터뜨리더니 애로헤
드나 팜스프링스에 가서 제 '몽상'이나 치료해보는 게 어떻겠
냐고 하더군요. 경찰은 검시 보고서와 아버지의 심장병 병력을
들며 정중하게 저를 돌려보냈어요. 당신도 지금 같은 짓을 하
려는 건가요?"

엘러리는 창가로 갔다. 설마 살인 사건에 뛰어들게 되리라고
는 꿈에도 생각지 못했다. 그러나 죽은 개는 그의 호기심을 자
극했다. 어째서 죽은 개가 나쁜 소식을 전달하게 되었는가. 거
기에는 어떤 상징이 담겨 있었다. 비유를 사용할 줄 아는 살인
자라니 거부할 수가 없었다. 물론, 살인 사건이 실제로 일어났
다면 말이다. 할리우드는 장난이 심한 곳이었다. 사람들은 곧
잘 터무니없는 장난을 쳤다. '죽은 개'는 기록에 있는 정교한
장난에 비하면 아무것도 아니었다. 실제로 엘러리 역시 욕실에
경마용 말을 집어넣었다거나 일흔여섯 명의 단역을 이틀 동안
고용했다는 꽤 큰 규모의 장난에 대해 들어본 적이 있었다. 어
느 짓궂은 자가 심장이 나쁜 보석상에게 죽은 지 얼마 안 된 개
와 가짜 마피아 편지를 보냈는데, 상식적인 판단을 하기도 전

에 피해자가 그만 심장마비를 일으켰다. 자신의 장난이 일으킨 뜻밖의 결과를 알고서 그가 입을 다물어버린 건 너무나 자연스러운 일일 것이다. 심신이 약해질 대로 약해진 피해자는 그의 오랜 친구이자 동업자를 은밀히 불러들였다. 그 쪽지에는 대관식용 보석을 이튿날 자정까지 핸콕 파크에 있는, 익룡이 서식했을 법한 동굴처럼 생긴 끈적끈적한 지하실에 갖다 두지 않으면 마피아식 고문을 받게 될 거라고 협박하는 내용이 담겨 있었을지도 모른다. 동업자들은 세 시간 동안 편지를 두고 의논했다. 힐은 그게 진짜 협박일지도 모른다고 신경질적으로 주장하고, 프라이엄은 이성적인 태도로 그런 힐을 조롱하고 놀려댔을지도 모른다. 마침내 프라이엄이 방에서 나왔고, 로렐 힐은 아버지의 집착에 가까운 고집에 대한 프라이엄의 혐오가 가져올 여파가 두려웠을 것이다. 힐은 프라이엄의 짜증 섞인 반응에 상처를 입었고 기운을 차리기도 전에 심장이 무너졌다. 이것이 미스터리의 끝이었다. 물론 몇 군데 석연찮은 점이 있긴 하지만……. 아니면 경찰의 견해에 동조할 수도 있을 것이다. 고인의 딸이 생각해낸, 추리소설에 나올 법한 거친 이론보다 훨씬 그럴싸하니까. 경찰은 그녀를 슬픔으로 머리가 돌아버렸거나 신인 여배우로 스타덤에 오르고 싶어 언론의 주목을 받으려고 안달이 난 사람으로 취급하고 내쫓아버린 것이 분명했다. 그러나 그녀는 어떤 취급을 받아도 상관하지 않을 만큼 단호했다.

엘러리가 돌아섰다. 그녀는 손에 든 담배는 잊은 채 앞쪽으로 몸을 기울이고 있었다. 담배 연기가 물음표처럼 뭉게뭉게 피어올랐다.

엘러리가 침묵을 깨고 입을 열었다.

"아버지에게 앙심을 품은 적이 많았던 게 아닐까요?"

"저는 아무것도 몰라요."

이 말에 엘러리는 놀랐다. 그녀는 이름이며 날짜며 구체적인 통계 등을 준비해 가지고 왔어야 했다.

"아버지는 무난하고 온화한 분이셨어요. 아버지는 사람들을 좋아했고 사람들도 아버지를 좋아했어요. 아버지의 인품은 힐 앤드 프라이엄 회사의 큰 자산이었어요. 누구나 그렇듯 아버지에게도 위기가 있었을 거예요. 하지만 전 어느 누구도 아버지에게 두고두고 화를 내는 걸 본 적이 없어요. 로저조차 그러지 않았어요."

"그렇다면 당신은 이 공포 살인의 배후가 누군지 전혀 짐작도 못 하겠다는 건가요?"

"절 비웃고 계시는군요."

로렐 힐은 벌떡 일어서서 담배를 재떨이 속에 떨어뜨렸다.

"미안합니다. 시간을 너무 많이 빼앗았네요."

"믿을 만한 탐정에게 부탁해보시죠. 괜찮다면 제가 소개를……."

그녀는 엘러리에게 미소를 지어 보였다.

"제가 알아서 할게요. 아보카도 잘 먹었어요."

"이런, 로렐."

로렐은 재빨리 돌아섰다.

문간에 키 큰 여자가 서 있었다.

"딜리아, 안녕하세요."

로렐이 말했다.

2

로렐 힐이 딜리아 프라이엄에 대해 말하기를 꺼린 탓에 엘러리는 그녀에 관한 아무런 정보도 얻지 못했다. 단지 경험이 없는 로렐의 좁은 시야를 통해 딜리아의 남편이 불구임에도 난폭하고 오만불손하며 제멋대로인 늙은 수탉이라는 것을 알 수 있었다. 로저 프라이엄은 자신의 닭장을 무쇠 같은 부리로 지배하고 있었다. 따라서 당연히 그의 아내는 닭장 구석에서 아무 의미 없는 몸치장을 하고 있는, 잿빛 털을 가진 암탉 같을 거라 생각했다. 농장에서 거세된 어린 수소를 거래할 때 덤으로 얹어주던, 힘없고 신경질적이며 보잘것없는 늙은 암탉이어야 했다.

그러나 문간에 있는 여자는 털이 뽑혀 배 속으로 들어가 잊혀진 형편없는 암탉과는 전혀 달랐다. 딜리아 프라이엄은 동물 왕국에서 훨씬 높은 지위를 차지하고 있는 완전히 다른 종류의 암탉이었다.

그녀는 엘러리가 생각하고 있던 것보다 훨씬 젊었다. 때문에 그녀의 젊음은 일상적인 환영이며 가슴을 내보이는 것만큼이나 그녀가 능숙하게 선보이는 마법 중에서도 가장 손쉬운 축에 속한다는 걸 한참이 지나서야 알 수 있었다. 엘러리는 그녀가 마흔네 살이라는 걸 직감적으로 알 수 있었지만, 그것은 아이

샤*의 나이를 아는 것만큼이나 육체적으로는 아무 의미가 없었다. 로맨틱하지만 말도 안 되는 이러한 비유가 머릿속을 떠나지 않았다. '타오르는 불꽃'의 커튼 뒤에서 만물의 지배자 아이샤가 불멸의 나체 춤을 추는 것을 목격할 특권을 가졌던 자신의 젊은 시절의 영웅 앨런 쿼터메인**이 된 듯한 환상에 빠졌다는 것을 깨달았을 때에는 등골이 서늘하기까지 했다. 몸에 실오라기 하나 걸치지 않은 발가벗은 소녀를 떠올리다니 엘러리는 그런 자신이 우스꽝스럽게 느껴졌다. 그러나 휘황찬란한 모습으로 그녀가 저 끝에 서 있었다. 그의 넘치는 상상력만으로도 환상의 베일이 덧씌워졌다.

그는 첫눈에 딜리아 프라이엄이 대단한 여자라는 걸 알 수 있었다. 보기 드물게 날씬한 몸매의 여자가 문간에 서 있었다. 그녀는 투명한 황갈색 옷감으로 만든 페전트블라우스와 대담한 빛깔의 캘리포니아 프린트 스커트를 입고 있었다. 폴리네시아식으로 짙은 흑발의 머리를 한쪽으로 산뜻하게 묶고 커다란 황금색 링 귀걸이를 하고 있었다. 머리, 어깨, 가슴, 엉덩이…… 어느 것 하나 그의 눈길을 사로잡지 않는 것이 없었다. 그녀는 어떤 태도를 취하고 있다기보다 몹시 침착하면서도 경계하는 듯한, 불쾌하다는 분위기를 풍기고 있었다.

할리우드의 기준에 따르면 그녀는 아름답지 않았다. 그녀의 두 눈은 너무나 깊고, 눈동자의 빛깔은 연했다. 눈썹은 너무 짙고 입술은 너무 두껍고 혈색이 너무 좋고 몸매는 너무 당당했다. 그러나 바로 이 과도함이 그녀의 매력이었다. 끈끈한 습기,

---

* 영국 소설가 헨리 라이더 해거드의 1885년 작 《솔로몬 왕의 금광》에 등장하는 여성. 자신을 태워 불멸을 얻는다.
** 《솔로몬 왕의 금광》의 주인공.

찬란한 태양, 정적인 대기 그리고 압도하는 열기로 가득한 열대지방 그 자체였다. 그녀를 처음 보는 순간 정글 속에 발을 내디디는 것 같았다. 그녀는 감각을 사로잡아 놓아주지 않았다. 모든 것이 이 사랑스럽고도 위험천만한 여자에게 속박되었다. 엘러리는 자신이 정글 숲에서 들려오는 졸음 가득한 동물의 울음소리 같은 그녀의 목소리를 포착하기 위해 귀를 기울이고 있음을 깨달았다.

엘러리의 머리에 떠오른 첫 번째 생각은 '로저, 그 나이에 잘도 이 여자를 차지하고 있군'이었다. 다음으로 '그런데 그녀를 어떻게 붙들어두는 거지?' 하는 생각이 떠올랐다. 세 번째 생각이 떠오르려는 찰나 그는 로렐 힐의 입가에 싸늘한 미소가 번지는 걸 보았다.

엘러리는 정신을 가다듬었다. 분명 로렐에게는 새로울 것이 없는 이야기였다.

"아무래도 로렐이…… 제 얘기를 했나 보군요."

딜리아가 말을 흐렸다. 엘러리는 할 말을 다 뱉지 않는 사람들에게 늘 짜증이 났다. 그러나 그 때문에 정글의 동물 소리 같은 그녀의 목소리를 다시 한 번 들을 수 있었다.

"퀸 씨가 묻는 말에 대답했을 뿐이에요. 딜리아, 저를 보고도 놀라지도 않는군요."

로렐은 온화하고 정다운 목소리로 말했다.

"밖에서 네 차를 보고 벌써 놀라고 왔지. 로렐, 나도…… 너한테 마찬가지인 것 같은데."

딜리아 프라이엄의 느릿느릿한 목소리 역시 온화하고 친절하게 들렸다.

"당신을 보고 놀랄 일이 뭐가 있겠어요."

두 여자는 서로 미소를 지었다.

로렐은 갑자기 돌아서서 담배를 또 한 개비 집어 들었다.

"엘러리 씨, 걱정 마세요. 딜리아와 함께 있는 남자는 누구든 자기 방에 다른 여자가 있다는 걸 잊어버리게 될 테니까요."

"로렐, 무슨 소리야."

딜리아가 태연하게 말했다. 로렐은 성냥을 그었다.

"프라이엄 부인, 들어와서 앉으시지 않겠어요?"

"로렐이 여기 와 있는 줄 알았더라면……."

로렐이 불쑥 말했다.

"딜리아, 전 죽은 개 때문에 저분을 만나러 왔어요. 그리고 편지에 대해서 물어보려고요. 제 뒤를 따라온 건가요?"

"정말 웃기는 소리를 하는구나."

"아닌가요?"

"아니. 신문에서 퀸 씨 기사를 읽었고 때마침 걱정거리가 있어 온 거야."

"딜리아, 죄송해요. 제가 너무 예민했나 봐요."

"퀸 씨, 나중에 다시 오도록 하죠."

"프라이엄 부인, 힐 양의 아버지의 죽음과 관계가 있는 일입니까?"

"글쎄요. 그럴지도 모르죠."

"그럼 같이 자리하시죠. 힐 양도 동의할 겁니다. 들어오세요."

그녀는 마치 무슨 물건이라도 밀고 있는 듯 천천히 움직이는 요령을 터득하고 있었다. 엘러리는 연녹색 의자를 당기면서 그녀를 곁눈으로 지켜보았다. 손가락을 살짝 움직이면 그녀의 맨 등에 닿을 정도로 그녀는 바짝 다가앉았다. 하마터면 그는 손을 움직일 뻔했다.

딜리아는 그가 안중에도 없다는 듯 행동했다. 그녀는 엘러리가 마치 의상실의 드레스라도 되는 듯이 위아래로 훑어보았을 뿐이었다. 아마도 그는 그녀의 관심을 끌지 못한 모양이었다. 드레스로서는 말이다.

"프라이엄 부인, 한잔하시겠습니까?"

"딜리아는 술을 마시지 않아요."

로렐은 아까와 같은 온화하고 정다운 목소리로 말했다. 그녀의 콧구멍에서 연기가 두 줄기 뿜어져 나왔다.

"고마워요, 퀸 씨. 하지만 저는 술을 입에 대기만 해도 그냥 취한답니다."

당신은 취하고 싶지 않겠지. 마티니 두세 잔을 그 붉은 식도로 흘려보내는 것만으로도 당신을 손에 넣을 수 있을 테니까⋯⋯. 이런 생각을 하다니, 엘러리는 자신에게 놀라고 있었다. 그녀는 결혼한 상류 계급의 여성이며 남편은 불구자였다. 그러나 그녀의 느긋한 걸음걸이는 눈길을 사로잡았다.

"로렐은 가려던 참이었습니다. 사건 자체는 흥미롭지만 제가 할리우드에 온 건 책을 쓰기 위해서라⋯⋯."

그녀의 블라우스 장식 주름이 솟았다 내려왔다. 그가 창가로 가자 그녀는 그쪽으로 고개를 돌렸다.

"하지만 당신이 무슨 참고가 될 만한 이야깃거리라도 가지고 계시다면, 프라이엄 부인⋯⋯."

그는 당분간 책을 쓰지 못할 것 같다고 생각했다.

엘러리는 딜리아 프라이엄의 이야기를 온전히 듣지 못했다. 좀처럼 이야기에 정신을 집중할 수가 없었다. 그는 줄곧 갈피를 잡을 수 없었다. 그녀가 입고 있는 블라우스의 곡선, 그리고 허리 아래쪽을 유난히 강조하고 있는 그녀의 스커트. 무릎 중간에 마치 나침반의 바늘처럼 정확히 얹혀 있는 크고 가지런한 두 손. '매끄러운 대리석 같은 사지를 가진 여인들…….' 마치 브라우닝의 시에서 갓 튀어나온 듯한 모습이었다. 그녀야말로 세인트 프락스드의 죽어가는 주교에게 마지막 희열을 가져다준 여성이었을 것이다.

"퀸 씨?"

정신을 팔고 있던 엘러리는 죄 지은 듯이 말했다.

"프라이엄 부인, 리앤더 힐이 죽은 개를 받은 날과 같은 날이라고요?"

"같은 날 아침이었어요. 그건 말하자면 선물이었죠. 달리 어떻게 불러야 할지 모르겠어요."

로렐이 담배를 피우다 말고 말했다.

"딜리아, 로저도 뭔가 받았다는 걸 제게 말하지 않았군요!"

"로렐, 로저가 아무 말도 하지 말라고 했어. 너 때문에 어쩔 수 없이 말하게 된 거야. 그 불쌍한 개를 놓고 소란을 피워댔으니까. 처음엔 경찰에게, 지금은 퀸 씨에게 말이야."

"그래서 제 뒤를 밟았군요."

딜리아는 미소를 지었다.

"그럴 필요도 없었어. 네가 신문에 난 퀸 씨의 사진을 보는 걸 봤으니까."

"참 대단하시네요."

"고맙구나."

그녀는 암호랑이처럼 침착하게 앉아 비밀을 알고 있다는 듯이 미소를 지었다. 이쯤에서 끼어드는 게 좋겠군.

"그렇군요. 프라이엄 부인. 프라이엄 씨는 놀랐겠군요."

"그이가 상자를 받은 날부터요. 로저는 아닌 척했지만 남자가 겁나지 않는다고 계속 소리를 지른다면 그거야말로 겁을 먹고 있다는 증거예요. 게다가 자기 물건을 부수기까지 했어요. 그건 로저답지 않아요. 보통 땐 제 물건을 부수거든요."

재미있군. 불쌍하긴 하지만.

"프라이엄 부인, 상자 속엔 무엇이 있었죠?"

"전 몰라요."

"죽은 개지 뭐겠어요. 죽은 개 한 마리가 더 있었겠죠!"

로렐이 외쳤다. 그녀는 마치 콧구멍을 들어 공기를 들이마시고 있는 작은 개처럼 보였다. 딜리아 프라이엄과 마주한 로렐은 놀랄 만큼 초라해 보였다. 아이처럼 여성으로서의 매력이 조금도 느껴지지 않았다.

"로렐, 그건 무척 작은 물건이었을 거야. 가로 세로 약 30센티미터 크기의 마분지로 된 상자였어."

"표시는 없었나요?"

엘러리가 물었다.

"있었어요. 상자를 묶은 끈에 붙은 꼬리표였어요. 크레용으로 '로저 프라이엄'이라고 크게 적혀 있었죠."

아름다운 여인은 잠깐 말을 멈추었다.

"퀸 씨, 듣고 계신가요?"

"크레용으로 말이죠, 프라이엄 부인. 물론 듣고 있습니다. 어떤 색이었죠?"

크레용 색이 무슨 상관이란 말인가?

"검은색이었던 것 같아요."

"주소는 없었나요?"

"없었어요. 이름뿐이었죠."

"그런데 뭐가 들어 있었는지 모르신다고요? 정말 모르시는 겁니까?"

"네. 하지만 그게 무엇이건 간에 로저는 무척 충격을 받았어요. 하인이 현관에서 그 상자를 발견하고 그걸 앨프리드에게 가져갔어요."

"앨프리드?"

"로저의…… 비서예요."

"딜리아, 친구라고 부르는 게 낫지 않나요?"

로렐이 담배 연기로 동그란 원을 만들며 말했다.

"그래요. 친구, 간병인, 하인, 비서…… 뭐라고 부르든 상관없어요. 퀸 씨, 제 남편은…… 아시죠? 몸이 불편하답니다."

"로렐에게서 들었습니다, 프라이엄 부인. 한 사람이 모든 일을 다 하는 거죠? 그 앨프리드라는 사람이 말입니다. 다재다능한 앨프리드가 그 신비의 상자를 가지고 있다가 프라이엄 씨 방에 가져갔다는 말씀이시군요. 그다음은요?"

왜 로렐은 웃고 있었을까? 겉으로 드러내지는 않았지만 그녀는 웃고 있었다. 딜리아는 눈치채지 못한 모양이었다.

"앨프리드가 들어왔을 때, 전 마침 로저의 방에 있었어요. 그때만 해도 우리는 몰랐어요……. 리앤더와 그가 받은 선물에 관해서요. 앨프리드가 로저에게 그 상자를 건네주었고 로저는 뚜껑의 모서리 부분을 들고 안을 들여다보았어요. 로저의 얼굴은 처음엔 화가 난 듯하더니 이내 당황한 표정으로 바뀌었어요. 그는 신경질적으로 뚜껑을 콱 닫고는 저보고 나가라고 했어요. 앨프리드도 저와 함께 나왔고요. 저는 로저가 방문을 잠그는 소리를 들었어요. 그리고 그 이후로는 상자나 상자의 내용물을 볼 기회가 없었죠. 로저는 상자 속에 무엇이 들어 있었고 그것을 어떻게 처리했는지 제게 일절 얘기하지 않을 거예요."

"프라이엄 부인, 남편은 언제부터 두려워하는 기색을 보였습니까?"

"이튿날 리앤더의 집에서 얘기를 나눈 뒤부터예요. 집으로 돌아오는 동안 로저는 한 마디 말도 하지 않고 부들부들 떨면서 그저 스테이션왜건의 창밖만 노려보았어요. 그때부터 줄곧 두려움으로 떨고 있었어요……. 일주일 후 리앤더가 죽었을 때는 상태가 정말 심각했죠……."

로저 프라이엄에게 상자 속 내용물은 리앤더 힐이 받은 것과 비교를 하거나 아마도 힐이 개 목걸이 속에서 찾아냈던 편지를 읽고 나서야 의미를 갖게 되었을 것이다. 프라이엄의 상자 속에 편지가 있지 않았다면 말이다. 하지만…….

엘러리는 전망창 앞에서 안절부절못하며 담배 연기를 뿜었다. 정숙한 유부녀가 불행하게도 정글을 연상시켰다고 해서 사건에 흥미를 갖는 척하다니 이 나이에 우습지 않은가……. 하지만 이런 생각이 무슨 소용인가 싶었다.

그는 두 여자의 시선을 의식하고 담배를 한 모금 빨아들이며 전문가다운 면모를 잃지 않으려 했다.

"리앤더 힐은 기묘한 선물을 받고 난 후 죽었습니다. 프라이엄 부인, 당신의 남편 역시 목숨이 위태롭다고 생각하십니까?"

이제 그는 더 이상 단순한 드레스가 아니었다. 그녀의 흥미를 끄는 드레스였다. 딜리아의 두 눈동자는 빛깔이 너무도 연해 창문을 통해 들어오는 햇살 속에서 그녀는 마치 눈이 없는 것처럼 보였다. 마치 조각상이 이쪽을 바라보고 있는 것 같았다. 엘러리는 얼굴이 붉어지는 것을 느꼈고, 그녀가 그런 자신의 모습을 보며 즐기고 있다는 생각이 들었다. 그는 갑자기 화가 났다. 그녀는 소중한 남편과 그녀 자신에게 닥친 두려움을 잊은 듯했다.

"로렐, 퀸 씨와…… 단둘이 얘기하고 싶은데 괜찮겠지?"

딜리아 프라이엄은 사과하는 듯한 눈으로 힐끗 보며 말했다.

로렐이 일어섰다.

"정원에서 기다리죠."

그녀는 피우던 담배를 재떨이 속에 던져 넣고는 밖으로 나갔다.

로저 프라이엄의 아내는 로렐의 늘씬한 뒷모습이 전망창 너머 흐드러지게 핀 과꽃 사이로 나타날 때까지 기다렸다. 로렐은 고개를 돌리고 허벅지를 모자로 툭툭 치고 있었다.

딜리아 프라이엄이 입을 열었다.

"로렐은 예쁘죠. 하지만 너무 어리다고 생각하지 않으세요? 저 애는 성전이라도 벌일 듯한 기세예요. 마치 기사라도 된 양 행동하고 있어요. 곧 극복하겠죠……. 참, 퀸 씨. 제게 질문을 하셨죠. 솔직하게 모두 털어놓을게요. 전 남편에게 조금도 관심이 없어요. 남편이 죽는다 해도 겁나지 않아요. 오히려 그 반대죠."

엘러리는 딜리아를 뚫어지게 쳐다보았다. 비스듬하게 비쳐
드는 햇살에 그녀의 눈이 광석처럼 반짝거렸다. 그러나 그녀의
얼굴에는 음흉한 기색이 없었다. 이내 그녀의 눈은 다시 보이
지 않았다.

"프라이엄 부인, 잔인할 정도로 솔직하시군요."

"퀸 씨, 이 정도로 잔인하다고 하시다니 실망이군요."

역시 그랬군.

엘러리는 한숨을 내쉬었다.

그녀는 계속 말을 이었다.

"좀 더 솔직하게 말씀드리죠. 로렐이 자세히 말씀을 드렸는
지 모르겠지만…… 제 남편이 어디가 불편한지 말했나요?"

"부분적으로 마비가 왔다고 했습니다."

"어떤 부분이라고는 하지 않았나요?"

"어느 부분이죠?"

"말하지 않은 모양이군요. 퀸 씨, 제 남편은 허리 아래로 신
경이 마비되었어요."

딜리아는 미소를 지으며 말했다.

그녀의 태도는 감탄할 만했다. '저를 동정하지 마세요'라고
말하는 듯한 당당한 미소였다.

"유감입니다."

"15년이나 그렇게 지냈는걸요."

엘러리는 말문이 막혔다. 그녀는 고개를 의자 등받이에 기대
고 두 눈을 반쯤 감았다. 그녀의 단단한 목이 무방비 상태로 드
러났다.

"제가 왜 이런 말을 하는지 궁금하시죠?"

　엘러리는 고개를 끄덕였다.

　"그 사실을 모르고서는 제가 당신을 찾아온 이유를 이해할 수 없기 때문에 말한 거예요. 제가 왜 온 건지 궁금하지 않으셨나요?"

　"그렇군요. 왜 저를 찾아오셨죠?"

　"체면 때문이에요."

　엘러리는 딜리아를 뚫어지게 쳐다보았다.

　"프라이엄 부인, 남편의 목숨이 위태로운데 체면 때문에 수사를 의뢰한다고요?"

　"제 말을 믿지 않으시는군요."

　"당신 말을 믿습니다. 아무도 그런 식으로 꾸며대지는 않을 테니까요."

　엘러리는 곁에 앉아 그녀의 손을 잡았다. 싸늘하고 촉촉했다. 그의 손 안에서 그녀의 손은 완전히 긴장을 풀고 있었다.

　"당신은 삶다운 삶을 제대로 살아보지 못한 것 같군요."

　"무슨 뜻이죠?"

　"이 손으로 뭘 해본 적이 없을 거라는 얘깁니다."

　"그게 나쁜 건가요?"

　엘러리는 잡았던 딜리아의 손을 그녀의 무릎 위로 옮겨놓으며 말을 이었다.

　"그럴지도 모르죠. 당신 같은 여자가 죽은 거나 다름없는 남자에게 묶여 있어야 한다는 법은 없어요. 그가 성자와 같은 성격을 지녔다거나 두 사람이 서로 사랑하는 사이라면 이해하겠습니다. 하지만 당신 남편은 짐승과 다를 바 없고, 당신은 그를 혐오하고 있죠. 그런데 왜 계속 그런 삶을 살아온 겁니까? 왜 그와 이혼하지 않았죠? 종교적인 이유라도 있나요?"

그녀는 고개를 저었다.

"어렸을 때는 그런 이유가 있었는지도 모르겠지만 지금은……."

그녀는 머리를 흔들었다.

"그냥 보이는 그대로예요. 발가벗은 기분이군요."

엘러리는 괴로운 표정을 지었다.

그녀는 웃음을 터뜨렸다.

"나이 든 여자에게 신사적으로 대해주시는군요. 퀸 씨, 진심으로 말하는 거예요. 전 캘리포니아의 전통 있는 가문 출신이에요. 전통적인 양육 방식 아래서 자랐고 수녀원에서 운영하는 학교에서 교육을 받았죠. 옛 방식대로 가정교사도 딸려 있었어요. 계급과 전통에 대한 긍지도 있었지요. 하지만 남들처럼 진지하게 받아들이지 못했죠.

제 어머니는 뉴잉글랜드의 이단자와 결혼했어요. 그 일로 어머니는 의절을 당했고 제가 어렸을 때 돌아가셨죠. 저는 어머니의 가족과 완전히 연락을 끊은 채 살고 있었어요. 그러다가 어머니가 돌아가셨을 때, 친척들이 아버지를 설득하여 제 양육권을 가져갔어요. 저는 만틸라*를 쓴 여자의 보살핌 속에서 자랐어요. 첫 남편과 결혼한 건 그들로부터 벗어나기 위해서였어요. 가족들은 그 사람을 못마땅하게 여겼죠. 제 아버지처럼 미국인이었거든요. 그를 사랑하지는 않았지만 그에게는 돈이 있었어요. 우리는 무척 가난했고 저는 탈출하고 싶었어요. 그 남자와 결혼한 저는 제 가족과 제 종교와 제 세계와 단절되었어

* 스페인, 멕시코 여성의 머리와 어깨를 덮는 베일.

요. 이곳에서 1.6킬로미터밖에 떨어지지 않은 곳에 아흔 살 된 할머니가 살아 계세요. 할머니를 만나지 않은 지 18년이나 됐어요. 할머니는 제가 죽은 줄로 알고 계시죠."

그녀는 고개를 흔들었다.

"결혼한 지 3년 만에 남편 하비가 죽었어요. 우리 사이에는 아들이 하나 있었고요. 그 무렵 전 로저 프라이엄을 만났어요. 저는 어머니의 가족에게 돌아갈 수 없었어요. 아버지는 여행 중이었고요. 전 로저 프라이엄에게 끌렸어요. 그땐 그이와 함께라면 지옥에라도 가겠다고 생각했어요."

그녀는 다시 웃음을 터뜨렸다.

"그런데 그가 저를 끌고 간 곳이 바로 지옥이었죠.

로저의 본성을 알아차렸을 때, 그리고 그가 불구가 되고 부부생활조차 할 수 없게 되었을 때 제게 남은 건 아무것도 없었어요. 전 그 공허함을 메우기 위해 제가 있던 곳으로 돌아가려고 했죠."

딜리아 프라이엄이 중얼거렸다.

"쉬운 일이 아니었어요. 그들은 제가 한 짓을 낱낱이 기억하고 용서하지 않으려 해요. 하지만 젊은 세대는 좀 더 관용적인 태도를 보이고 현대적인 방식을 받아들이고 있어요. 또한 남자들도 도움을 주었어요……. 지금은 그곳만이 제가 의지할 수 있는 유일한 언덕이에요."

그녀의 얼굴에 나타난 흥분의 표정은 감히 범접할 수 없는 성격의 것이었다. 그 격정의 순간이 지나가고 나서야 엘러리는 마음을 놓았다.

"제가 로저 프라이엄의 집에서 어떻게 살고 있는지 가족들은

의심조차 하지 않아요. 만약 그들이 진실을 안다면 저는 쫓겨나
돌아갈 곳을 잃고 말겠죠. 제가 로저를 버린다면 그들은 제가
남편을 버렸다고 말할 거예요. 퀸 씨, 유서 깊은 캘리포니아 상
류 사회의 여성은 그런 짓을 하지 않아요. 남편이 어떠한 사람
이건 관계없어요. 그래서…… 전 이혼은 하지 않을 거예요.

지금 뭔가가 일어나고 있는 것 같아요. 무슨 일인지는 모르
지만요. 만약 로렐이 입을 다물고 있었다면 저 역시 손가락 하
나 까딱하지 않았을 거예요. 그런데 리앤더 힐이 살해되었다고
주장하고 다니는 바람에 로렐은 제 입지를 위협하는 의혹 어린
분위기를 만들었어요. 이제껏 파악하지 못한 게 신기하기는 하
지만, 조만간 언론에서도 그런 분위기를 알게 되겠죠. 그리고
로저가 같은 위험 속에 있다는 사실도 드러날 테고요. 그때까
지 저는 앉아서 기다릴 수 없어요. 제 가족들은 제가 정숙한 아
내로 살기를 기대할 겁니다. 그래서 저도 그러려는 거예요. 퀸
씨, 제가 제 남편의 안전을 몹시 걱정하고 있는 것처럼 처리해
주세요. 이런 부탁이 당신에게 너무 곤란한 일일까요?"

딜리아 프라이엄이 어깨를 으쓱했다.

엘러리는 대답했다.

"과거를 잊고 다른 곳에서 다시 시작하는 게 훨씬 간단할 것
같군요."

"여기는 제가 태어난 곳이에요."

그녀는 할리우드를 내다보았다. 로렐이 정원 한구석으로 발
걸음을 옮기고 있었다.

"저 아래, 팝콘처럼 우후죽순으로 생긴, 현관만 그럴듯하게
만들어놓은 집들을 말하는 게 아니에요. 제가 말하는 건 이 언

덕과 과수원 그리고 옛 교회들이에요. 하지만 또 다른 이유가 있어요. 그건 저와 제 가족이나 남부 캘리포니아와는 아무런 관계가 없어요."

"프라이엄 부인, 또 다른 이유라는 게 뭐죠?"

"로저 프라이엄은 저를 놓아주지 않을 거예요. 퀸 씨, 로저는 난폭한 인간이에요. 당신은 그의 엄청난 소유욕, 자존심, 지배욕 그리고…… 그 사악함을 몰라요. 아니, 알 수가 없을 거예요. 때때로 저는 미치광이와 결혼한 것 같은 생각이 들어요."

그녀는 두 눈을 감았다. 실내는 조용했다. 아래층에서 윌리엄스 부인이 싱크대 위에 놓인 새장 속 황금색 앵무새에게 폭등한 커피 값에 대해서 루이지애나 사투리로 불평을 늘어놓는 소리가 들려왔다. 윌셔 지구 위의 하늘에 보이지 않는 손가락이 '먼츠 텔레비전'이라는 광고 문자를 쓰고 있었다. 빈 타자기가 그의 팔꿈치를 건드렸다.

하지만 그녀가, 바티스트*와 물을 들인 무명옷을 입은 정글이 저기에 앉아 있었다. 그가 사는 반들반들하고 특색 없는 할리우드식 집은 더 이상 전과 같은 집이 아닐 것이다. 시시한 의자에 느긋하게 앉아 있는 그녀를 바라볼 수 있는 것만도 신나는 일이었기 때문이었다. 비어 있는 의자를 상상하니 이루 말할 수 없는 실망감이 몰려왔다.

"프라이엄 부인."

"네?"

엘러리는 로저 프라이엄을 생각하지 않으려고 애쓰면서 물었다.

* 얇고 흰 고급 삼베.

"내게 한 이야기를 왜 로렐 힐 양에게는 감추려고 했습니까?"

여자는 두 눈을 뜨고 말했다.

"전 남자 앞에서 옷을 벗는 건 아무렇지도 않아요. 하지만 여자에겐 선을 그어요."

가벼운 말투였지만, 엘러리는 등골이 서늘해지는 것을 느꼈다.

그는 벌떡 일어섰다.

"당신 남편에게 갑시다."

3

엘러리와 딜리아가 집 밖으로 나오자 로렐은 쾌활한 목소리로 엘러리에게 말했다.

"엘러리 씨, 계약서를 작성하셨나요? 만약 그렇다면 누구와 하셨나요? 아, 하나 마나 한 질문 그만하고 신경을 꺼야 할까요?"

엘러리는 성난 듯이 대꾸했다.

"계약 같은 건 맺지 않았어요, 로렐. 난 그냥 둘러보려고 가는 거예요."

"물론 프라이엄 씨 저택부터 가시겠죠."

"네."

"그렇다면 저희들은 모두 관련되어 있으니까. 그렇지 않나요, 딜리아? 제가 따라가도 되겠죠?"

"물론이지, 로렐. 하지만 로저에게 대들지 않았으면 좋겠구나. 나중에 나한테 분풀이를 할 게 뻔하니까."

"근데 탐정을 데리고 온 줄 알면 로저가 뭐라고 할까요?"

"그런 문제가 있었군."

딜리아의 안색이 어두워졌다가 이내 밝아졌다.

"로렐, 네가 퀸 씨를 데리고 온 걸로 하면 어때? 그래도 되지? 비겁한 줄은 알지만 난 그와 함께 살아야 하니까. 그리고 네가 먼저 퀸 씨를 찾아왔잖아."

로렐은 어깨를 으쓱하며 대꾸했다.

"좋아요. 딜리아, 먼저 떠나세요. 프랭클린과 아웃포스트를 거쳐 가세요. 전 카후엔가와 멀홀랜드를 지나 멀리 돌아서 갈게요. 당신은 어디서 쇼핑을 한 걸로 하면 되겠죠?"

딜리아 프라이엄은 웃었다. 그녀는 신형 크림색 캐딜락 컨버터블에 올라타고서 언덕 아래로 내려가버렸다.

잠시 후 로렐이 입을 열었다.

"둘이 딱 맞는다니까."

엘러리는 움찔했다. 로렐은 조그마한 녹색 오스틴*의 문을 연 채 서 있었다.

"엘러리 씨, 차나 운전자나 그렇지 않아요? 오스틴을 타고 있는 딜리아를 상상할 수 있겠어요? 그건 마치 세바의 여왕**이 보트의 노를 젓고 있는 꼴이나 다름없을 거예요. 타세요."

조그마한 차가 출발하자 엘러리는 멍하니 중얼거렸다.

"보기 드문 타입이죠."

"형용사는 맞지만 명사는 좀 아닌 것 같은데요. '딜리아 프라이엄'이라는 여자는 오직 한 사람뿐이니까요."

"솔직하고 거침이 없어 보이던데요."

"그렇게 보여요?"

"그렇다고 생각했어요. 당신은요?"

---

* 영국제 소형 자동차.
** 구약성경 《열왕기》에 등장하는 아라비아 남부에 있는 옛 왕국의 여왕으로, 솔로몬 왕의 슬기와 위대함에 감복했다고 한다. 매력이 넘치는 미인을 상징하기도 한다.

"제 생각이 뭐 중요한가요."

"그 말을 들으니 어떤 생각인지 알겠군요."

"아니요. 당신은 몰라요! 그렇게 나오시니 말씀드리죠…….
당신은 딜리아의 본심을 절대로 알지 못해요. 딜리아는 거짓말
을 하지 않아요. 하지만 참말도 하지 않아요. 그러니까 진실을
전부 말하지 않는다는 거예요. 언제나 무언가를 숨겨두고 있어
요. 운이 좋으면 한참이 지난 뒤에 그걸 캐낼 수 있겠죠. 지금
은 딜리아에 대해서 아무 말도 하지 않겠어요. 왜냐면 제가 무
슨 말을 하더라도 당신은 그녀가 아닌 저를 나쁜 여자로 생각
할 테니까요. 딜리아는 저명인사와 얘기하는 걸 유난히도 좋아
해요……. 당신과 단둘이 있었을 때 딜리아가 무슨 얘기를 하
고 싶어 했는지 당신에게 물어봐도 소용없겠지요?"

"좀 천천히 가요. 지금처럼 한 번만 더 튀어 오르면 두 무릎
에 받쳐 죽을지도 모르겠군요."

엘러리가 모자를 붙들면서 말했다.

"잘했어, 로렐."

로렐이 중얼거렸다. 차는 배기가스를 사정없이 내뿜으며 노
스 하이랜드 고속도로 진입 차량 행렬로 뛰어들었다.

잠시 후 엘러리는 로렐의 옆얼굴을 바라보며 입을 열었다.

"아까 당신은 로저 프라이엄이 한 번도 휠체어를 벗어난 적
없다고 말했죠. 혹시 그 말이 글자 그대로를 의미한 건 아니었
죠?"

"아니요. 그 말 그대로예요. 딜리아가 휠체어에 대해서 얘기
하지 않았나요?"

"그런 말은 없었어요."

"아주 대단한 휠체어죠. 로저는 반신불수가 된 후에 한동안 보통 휠체어를 사용했어요. 그러니까 타고 내릴 때 다른 사람의 도움이 필요했다는 거예요. 아버지가 그렇게 말씀하셨죠. 그런 데 자존심이 무척 강한 로저는 남의 힘을 빌린다는 사실을 참을 수가 없었나 봐요. 그래서 특별한 휠체어를 만들게 했어요."

"어떻게 생긴 휠체어죠? 그를 침대에 내려놓거나 들어 올릴 수 있는, 기계로 작동되는 팔이 달려 있는 건가요?"

"침대가 전혀 필요 없는 의자예요."

엘러리는 눈이 휘둥그레졌다.

"맞아요. 의자에서 먹고 자고 일하고, 아무튼 모든 걸 해요. 바퀴 위에 사무실, 서재, 거실, 식당, 침실, 욕실이 조합된 거 죠. 굉장한 물건이에요. 의자의 한쪽 팔걸이에는 조그마한 선 반이 붙어 있어 앞으로 회전시켜 올리면 그 위에서 식사도 하 고 칵테일도 만들고 여러 가지 일들을 할 수 있어요. 선반 밑 에는 나이프나 포크, 냅킨, 칵테일 도구, 술병을 넣는 칸이 있 고요. 의자의 다른 한쪽 팔걸이에도 똑같은 선반이 붙어 있는 데, 그 위에는 타자기가 나사못으로 고정되어 있기 때문에 선 반을 홱 돌려도 떨어지지 않아요. 그 선반 밑의 공간에는 종이, 먹지, 연필 등등 없는 게 없을 정도예요. 그리고 의자에 전화 기 두 대가 붙어 있는데 플러그 접속식이에요. 하나는 외부 연 결용이고 또 하나는 저희 집과 직통으로 이어져 있는 전용선이 죠. 그리고 월리스의 방으로 연결되는 인터폰 장치도 붙어 있 어요."

"월리스는 누구죠?"

"앨프리드 월리스는 로저의 비서 겸 친구예요. 그리고 또 뭐가 있더라……?"

그녀는 얼굴을 찌푸리고 나서 다시 말했다.

"휠체어 주변에는 잡지, 담배, 독서용 안경, 칫솔 등등 그에게 필요할 법한 온갖 물건들을 넣어둔 작은 보관함들이 여러 개 붙어 있어요. 휠체어는 높이를 낮추고 앞부분을 올려 낮이나 밤이나 어느 때고 잠을 잘 수 있는 침대가 나오도록 만들어져 있어요. 물론 목욕을 하거나 옷을 벗고 입을 때, 그리고 그밖에도 앨프리드의 도움이 꼭 필요한 경우가 있지만 로저는 가능하면 혼자 하려고 해요. 그는 어떤 일이든 간에, 심지어 정말 도움이 필요한 일인데도 남의 도움을 받는 걸 싫어해요. 마침 어제 제가 갔을 때는 타자기가 고장 나 수리를 위해 할리우드로 보내야 했기 때문에 로저는 업무 지시서를 직접 작성하지 않고 앨프리드에게 받아쓰게 해야 했어요. 그 때문에 로저는 기분이 나쁜 상태였고 앨프리드까지도 화가 날 정도였어요. 로저는 기분이 나쁘면 정말 성질이 괴팍해지거든요……. 아, 말이 너무 길었죠. 당신이 알고 싶어 할 것 같아서 그랬어요."

"뭐가요?"

"듣고 있지 않으시군요."

"듣고 있었어요. 두 귀로는 아니지만."

그들은 멀홀랜드 드라이브를 달리고 있었다. 엘러리는 로렐이 조그마한 오스틴을 몰고 급커브를 돌 때 몸이 쓰러지지 않도록 위쪽 손잡이를 꼭 잡았다.

"로렐, 당신 아버지의 재산을 누가 상속하나요? 당신 말고 또 누가 있나요?"

"아무도 없어요. 저밖에는 아무도 없어요."

"프라이엄에게는 아무것도 남기지 않았다는 건가요?"

"아버지가 왜 그래야 하죠? 로저와 아버지는 동등한 동업자였어요. 회사 직원과 집안 고용인들에게는 약간의 현금을 남기셨어요. 그 외의 모든 건 다 제 소유죠. 엘러리 씨, 그러고 보니 전 당신의 중요한 용의자군요."

"그런 셈이죠. 당신은 또한 로저 프라이엄의 새 동업자가 되는군요. 그렇죠?"

"제 지위는 아직 분명하게 정해지지 않았어요. 변호사들이 지금 검토하는 중이죠. 물론 저는 보석상에 대해서 아무것도 몰라요. 알고 싶은지도 모르겠고요. 로저는 저를 속여 아무것도 빼앗을 수 없어요. 그런 경우를 생각하셨다면 염려하지 않아도 돼요. 로스앤젤레스에서 제일 큰 법률사무소 중 한 곳이 제 권리를 보호하고 있어요. 로저는 그 점에 있어서는 놀라울 정도로 점잖은 태도를 보였어요. 로저의 평상시 성격을 감안하면 말이죠. 아버지의 죽음이 로저에게 생각보다 큰 충격을 주었나 봐요. 로저는 이 사업에서 아버지가 얼마나 중요했는지, 반면 자신의 존재는 얼마나 보잘것없었는지를 깨달은 것 같아요. 실제로 로저는 걱정할 일이 별로 없어요. 아버지는 만약의 경우를 대비하여 일을 처리할 수 있도록 포스 씨라는 유능한 인재를 키워두었어요. 어쨌든 제게는 다른 무엇보다도 우선적으로 처리해야 할 일이 있어요. 당신이 처리해주지 않는다면 제가 직접 나서는 수밖에 없어요."

"리앤더 힐을 너무나 사랑했기 때문인가요?"

"그래요!"

"당신은 중요한 용의자이기도 하니까 그런 거겠죠?"

엘러리가 말했다.

로렐은 조그마한 두 손으로 운전대를 움켜쥐었다가 힘을 풀었다.

"엘러리 씨, 바로 그거예요. 하지만 과녁을 벗어났어요. 재미있군요. 자, 프라이엄 저택에 다 왔어요."

프라이엄 저택은 사설 도로 가까이에 있었다. 언덕의 오목한 곳에 자리한 동그란 검은 돌과 거무튀튀한 목재로 지어진 저택으로, 쥐방울나무, 느릅나무, 유칼립투스가 우거진 어두운 숲 속에 둘러싸여 있었다. 처음에 엘러리는 저택의 부지가 방치되어 있는 듯한 인상을 받았다. 그러나 곧 저택에서 떨어진 도로 양옆의 나무들에서 가지치기 흔적을 발견하고는, 자연이 제 역할을 다하는 것처럼 보이게 만든 것임을 깨달았다. 엉망진창으로 널브러져 수북이 지면을 덮고 있는 나뭇잎과 큰 가지들은 의도적으로 놓여진 것이었고, 비밀이 담긴 듯한 어두운 숲도 조작된 것이었다. 프라이엄은 언덕을 파헤쳐 나무들로 그의 집을 덮게 한 것이다. 태양을 거부하는 이자는 도대체 누구일까?

프라이엄의 집은 할리우드의 저택이라기보다는 고립된 사냥꾼들의 산장 같았다. 집의 대부분은 주요 도로를 통과하는 이들의 시야에서 벗어나 있었고, 그 집이 풍기는 분위기 때문에 평범한 남부 캘리포니아의 협곡에 위치한 교외 주택 구역은 황량한 스코틀랜드 지방의 골짜기처럼 보였다. 로렐의 설명에 따르면 프라이엄가의 부지는 7내지 8킬로미터에 걸쳐서 언덕 위로 뻗어 있는데 그곳의 풍경 또한 집 주변과 별반 다르지 않다고 했다.

"정글이 따로 없군."

로렐이 차도에 주차시킬 때 엘러리가 말했다. 크림색 캐딜락의 흔적은 없었다.

"로저는 야생동물 같아요. 야외 음악당에 넘어오지 못하게 몰아내는 사슴 같다고 할까."

"그는 특혜에 대해서 값을 치르고 있는 거요. 전기료 청구서가 엄청나겠군."

"틀림없이 그럴 거예요. 집에 햇빛이 드는 방이라고는 하나도 없어요. 더 많은 빛을 원한다고는 할 수 없겠지만, 조금 덜 어둡고 신선한 공기를 원할 때에는 스스로 휠체어를 밀고 테라스로 나가는 거죠."

저택의 한쪽 끝에 널따란 테라스가 있었다. 테라스의 반은 가림막과 지붕으로 덮여 있었다. 나머지 반은 뚫려 있었지만 아치 형태를 이룬 유칼립투스 잎과 가지들에 둘러싸여 햇빛이 전혀 들지 않았다.

"로저의 동굴은…… 방이라기보다 동굴이라고 하는 편이 더 맞을 거예요. 아무튼 그 동굴은 프랑스식 방충문을 지나 테라스에 곧장 연결되어 있어요. 우리는 현관 쪽으로 가는 게 낫겠어요. 로저는 자신의 성역에 타인이 침범하는 걸 좋아하지 않거든요. 프라이엄 저택에서는 하인들의 안내를 받아야 해요."

"딜리아 프라이엄으로부터 그녀의 집이 운영되는 방식에 대해 들은 바가 없나요?

"누가 그녀의 집이라고 하던가요?"

로렐이 말했다.

타이를 맨 유니폼 차림의 하녀가 그들을 맞았다. 그녀는 초조한 목소리로 말했다.

"오, 힐 양이시군요. 프라이엄 씨는…… 아마 윌리스 씨에게 지시 사항을 전달하고 계실 거예요. 그러니까…… 지금은 도 저히…….."

"머그스, 프라이엄 부인은 계신가요?"

"부인은 방금 쇼핑에서 돌아오셨습니다, 힐 양. 2층 방에 계 십니다. 피곤하니 아무도 들이지 말라고 말씀하셨습니다."

로렐은 침착하게 대꾸했다.

"불쌍한 딜리아. 퀸 씨가 몹시 실망하실 겁니다. 제가 뵙고 싶어 한다고 프라이엄 씨에게 전하세요."

"하지만 힐 양…….."

멀리서 성난 고함 소리가 들리자 하녀는 순간 말문을 닫았 다. 그녀는 돌아보며 어찌할 바를 몰랐다.

"괜찮아요, 머그스. 뭐라고 하면 내가 막아줄게요. 엘러리, 들어가요."

"그녀는 왜…….."

로렐은 중얼거리는 엘러리를 이끌고 복도로 들어섰다.

"딜리아는 걱정하지 않아도 돼요."

집 안은 그가 생각했던 것보다 더욱 음산했다. 그들은 어두 운 벽과 묵직하고 멋없는 커튼, 불편하게 보이는 커다란 가구 때문에 음침한 분위기를 풍기는 방들을 지나갔다. 비밀과 폭력 에 어울리는 방이었다.

이제 고함 소리는 저음의 으르렁거리는 소리로 바뀌어 있었다.

"뉴먼 아르코에 관해 힐 씨가 어떻게 하고 싶어 했는지는 내 가 알 바 아니야, 포스! 힐 씨는 포레스트 론 납골당에 갇혀 있

네. 그자는 지금 제대로 조언을 할 형편이 못 된다고……. 안
되겠어. 조금도 지체할 수 없다고, 포스! 이 회사를 운영하는
사람은 나야. 내가 시키는 대로 처리하든지 못 하겠으면 꺼지
란 말이야!"

로렐이 입을 다물었다. 그녀는 주먹을 쥐고 문을 두드렸다.

"누구라도 나와봐요, 앨프리드! 포스 씨, 아직 안에 있어
요?"

한 사내가 육중한 문을 열고 현관 복도로 걸어 나왔다. 그는
문을 닫은 채 손을 뒤로 뻗어 손잡이에 올려놓았다.

"로렐, 하필 이런 때 오다니. 로저 씨는 사무실에 전화를 걸
고 계세요."

"들었어요. 퀸 씨, 이쪽은 월리스 씨예요. 욥이라는 이름이어
야 하는데 앨프리드라고 하죠. 저는 이 사람을 완벽한 남자라
고 부르고 있어요. 일 처리가 아주 빠르고 신중하기로는 이루
말할 수가 없어요. 결코 실수하는 법이 없죠. 앨프리드, 비켜주
세요. 제 동업자에게 볼일이 있어요."

"제가 먼저 가서 알려드리는 게 좋겠어요."

월리스는 미소를 지으며 말했다. 방 안으로 슬며시 들어가면
서 그는 엘러리를 힐끗 쳐다보았다. 다시 문이 닫혔다. 엘러리
는 오른손을 부드럽게 흔들었다. 월리스와의 악수 때문에 저린
것이었다.

"놀랐어요?"

로렐이 중얼거렸다.

엘러리는 놀랐다. 그는 겁쟁이를 예상하고 있었다. 하지만
앨프리드 월리스는 큰 키와 당당한 체구, 선명한 이목구비, 숱

이 많은 백발, 그을린 피부색 그리고 뭔가 평범하지 않은 분위기를 가진 남자였다. 그의 목소리는 강하고 사려 깊었으며, 우월감이 조금도 느껴지지 않았다. 어떻든 간에 그 목소리는 위압적이지도 불쾌감을 주지도 않았다. 월리스는 '상류층 객실'이라는 표지가 붙은 MGM 촬영소의 세트에서 걸어 나왔을지도 몰랐다. 운동을 즐기는 탓에 구릿빛으로 그을린 피부를 가진 할리우드의 대표 남자 배우들, 엘러리의 즉흥적인 표현에 따르면 '나이에 비해 늙은 티가 안 나는 배우'들이 요즘은 먹고 살기 위해 자존심을 누르고서 아주 뜻밖의 장소에 나타나고 있는 것도 사실이었다. 그러나 엘러리는 자신의 판단을 확신할 수 없었다. 월리스의 두 어깨는 그의 코트와 떨어질 것처럼 보이지 않았다. 체격은 물론, 그의 우아한 태도까지도 태생적인 듯했다.

기다리는 동안 엘러리가 말했다.

"로렐, 저 남자한테 빠졌군요. 남성미가 물씬 풍기는 사람이네요. 완벽한 절제력과 저돌성도 지녔고요."

"나이가 좀 많지 않나요? 그러니까 저에 비한다면요."

"쉰다섯은 안 넘었을 겁니다. 머리가 희끗한데도 마흔다섯으로도 보이지 않아요."

"앨프리드가 설사 스무 살이라 해도 저한테는 너무 나이가 많아요. 어떻게 됐죠? 앨프리드, 퀸 씨에게 부탁해서 당신을 비키게 해야 하나요? 아니면 수상께서 오늘 아침 알현을 허용하시는 건가요?"

앨프리드 월리스는 미소를 짓고 그들을 들여보내주었다.

전화기를 쾅 하고 내려놓으며 발사 목재로 만든 촬영장 소품 같은 강철 의자를 빙 돌려 앉은 남자는 울룩불룩 평퍼짐하고 두툼한 거대 생물처럼 보였다. 황소 눈은 강철 같은 광대뼈 위에서 이글거렸고, 코는 커다란 돼지코였고, 덥수룩한 검은 수염은 가슴팍까지 내려왔다. 의자의 바퀴를 거머쥔 손은 거대했다. 팔의 근육 때문에 코트 소매가 불룩했다. 이 건장한 기계는 마치 그 거대한 틀로도 정력을 모두 담아낼 수 없는 것처럼 계속 움직이고 있었다. 마치 해적 티치 선장과 울프 라슨을 합친 괴물이 안절부절못하고 갑판 위에 버티고 서 있는 것 같았다. 그 거대한 몸통 옆에서는 앨프리드 윌리스의 강인한 모습도 연약하게 보였다. 엘러리는 자신이 영양실조에 빠진 소년처럼 느껴졌다.

그러나 로저는 허리 아래로는 죽은 몸이나 다름이 없었다. 그의 커다란 몸뚱이는 앙상한 뼈대와 위축된 근육이 떠받치는 토대 위에 앉아 있었다. 그는 바지를 입고 구두를 신고 있었다. 엘러리는 하루에 두 번씩 입고 신는 노동을 상상하지 않으려 했다. 하지만 두 개의 말라비틀어진 발목뼈가 도드라지게 눈에 띄었다. 그의 무릎은 벼락 맞은 대들보 기둥처럼 휘어져 튀어나와 있었다. 몸뚱이 가운데 형편없이 오그라든 부분은 그저 쓸데없이 매달려 있었다.

엘러리는 일반적인 근거들로 이 상황을 모두 설명할 수 있다고 생각했다. 로저 프라이엄의 상체는 아주 간단한 동작에 요구되는 특별한 노력 때문에 지나치게 발달한 것이었다. 덥수룩한 수염은 매일 화장실에서 이루어지는 귀찮은 과정 중 하나를 생략했기 때문이었다. 그리고 야만인과 같은 그의 태도는 자신에게 이런 장난을 친 운명의 신에 대한 증오의 표현이었다. 불안과 초조는 앉아 있기 위해 그가 견뎌야 했던 고통의 신호였다. 모든 것에는 다 원인이 있었다. 그러나 여전히 설명할 수 없는 무언가가 있었다……. 험악한 기운, 격렬한 감정, 고통과 사람에 대한 극도의 반발과 같은 포악성이 그의 중심인 것처럼 보였다. 모든 것을 제외해도 그 포악성만은 남게 될 거라고 엘러리는 생각했다. 그는 태어나기 전부터 포악했고 태생적으로 야수의 기질을 가지고 있음이 분명했다. 공교롭게도 불구의 몸이 되면서 포악성이 드러난 것이었다.

"로렐, 무슨 일이지? 이자는 누구야?"

그의 목소리는 거칠고 위협하는 듯한 저음이었으며, 활화산의 용암이 흘러나오듯이 그의 가슴에서 울려 나왔다. 그는 불운한 포스와의 통화 때문에 여전히 화가 나 있었고, 두 눈은 증오로 가득 차 있었다.

"뭘 보고 있는 거야? 그 입 좀 열어보지그래?"

"이분은 엘러리 퀸 씨예요."

"누구라고?"

로렐이 이름을 다시 말했다.

"처음 들어보는군. 뭘 원하는 거지? 당신, 무슨 일로 온 거요?"

그는 사나운 눈초리로 엘러리를 쳐다보았다.

앨프리드 월리스의 낭랑한 목소리가 문간에서 들려왔다.

"프라이엄 씨, 엘러리 퀸 씨는 유명한 작가입니다."

"작가라고?"

"프라이엄 씨, 탐정이기도 합니다."

프라이엄이 입술을 내밀자 수염이 앞으로 밀려 나왔다. 휠체어 위의 커다란 두 손은 마치 쇠로 만든 집게 같았다.

로렐은 차분히 말했다.

"로저, 그냥 이대로 넘어가지 않겠다고 말씀드렸잖아요. 제 아버지는 살해되었어요. 틀림없이 이유가 있었을 거예요. 그리고 그 이유가 무엇이건 간에 당신 역시 아버지처럼 관련이 있어요. 전 엘러리 퀸 씨에게 수사를 의뢰했어요. 그래서 퀸 씨는 당신과 얘기하고 싶어 하세요."

"얘기를 하고 싶다고? 그럼 한번 해보지. 지껄여봐."

멀리서 울리는 우레 같은 목소리와 함께 사나운 눈초리가 불을 내뿜고 있는 듯했다.

"프라이엄 씨, 맨 먼저 알고 싶은 건……."

엘러리가 말을 꺼냈다.

"내 대답은 안 된다는 거야. 다음은 뭐요?"

로저 프라이엄은 수염 사이로 이를 드러냈다.

"프라이엄 씨."

엘러리는 참을성 있게 다시 시작했다.

"소용없소. 선생, 난 선생의 질문이 싫어. 로렐, 내 말 잘 들어."

그의 오른쪽 주먹이 의자의 팔걸이를 쾅 내리쳤다.

"빌어먹을 참견쟁이 같으니라고. 이건 너 따위가 참견할 일이 아니야. 내 일이라고. 내가 처리해. 내 식대로 처리할 거야. 그리고 내 힘으로 처리할 거야. 알겠어?"

"로저, 겁이 나는 모양이군요?"

프라이엄은 상체를 반쯤 일으켰다. 그의 두 눈이 타오르고 있었다. 고함 소리와 함께 용암이 터져 나오는 것 같았다.

"내가 겁을 낸다고? 뭐가 무서워서? 유령 따위가? 내가 리앤더 힐 같은 줄 알아? 네 아버지는 부들부들 떨면서 어깨 너머로 쳐다보며 얼굴을 처박고 기어가는 멍청한 울보에 지나지 않았다고! 그자는 태어날 때부터 겁쟁이였어. 그래서 겁쟁이로 죽은 거야!"

로렐은 주먹으로 그의 따귀를 때렸다. 그는 더 이상 참을 수 없다는 듯이 왼팔로 그녀를 떠밀었다. 로렐은 떠밀려 방의 중앙부까지 뒷걸음질 쳤고 앨프리드 월리스가 그녀를 잡았다.

"놔주세요. 절 놔달라고요!"

그녀가 속삭였다.

"로렐!"

엘러리가 말했다.

그녀는 입을 다물고 거칠게 숨을 내쉬었다.

월리스가 말없이 놓아주자 로렐은 방에서 걸어 나갔다.

프라이엄의 광대뼈 위의 붉은 점이 부풀어 올랐다. 그는 그녀에게 고래고래 소리를 질렀다.

"내가 무서워한다고? 그렇게 생각한단 말이지? 내 심장이 타격 한 번으로 무너지지 않는다는 걸 어떤 놈은 알게 될 거야! 내가 무서워한다고? 난 까딱도 안 해! 언제라도 좋아, 알겠나? 그 시시한 손을 언제든지 원할 때 보여주라고! 내 손이 얼마나 매운지 알게 될 테니까."

그는 자신의 살인적인 두 손을 폈다가 오므렸다. 엘러리는 울프 라슨을 다시 생각했다.

"로저, 무슨 일이에요?"

문간에 프라이엄 부인이 나타났다. 그녀는 금빛 실크 호스티스 가운*으로 갈아입고 있었다. 가운은 그녀의 몸에 착 달라붙어 있고, 무릎까지 슬릿이 들어가 있었다. 그녀는 침착하게 남편에게서 퀸에게로 시선을 옮겼다.

월리스는 그녀를 바라보고 있었다. 그의 두 눈에 흥미롭다는 듯한 기색이 떠올랐다.

"이분은 누구시죠?"

프라이엄은 엘러리를 노려보았다.

"아무도 아니야. 딜리아, 아무것도 아니야. 당신과는 관계없는 일이야. 당신은 꺼져!"

그녀는 자신이 엘러리를 알지 못한다는 것을 증명하기 위해 아래층으로 내려왔던 것이다. 일의 성격으로 보아 그 사실은 엘러리가 흥미를 느낄 만한 일이었다. 그러나 엘러리는 불쾌했다. 하지만 왜 그런 건지 그는 전혀 이해할 수가 없었다. 헤카베**에게 그는 어떠한 존재였을까? 물론 그녀는 헤카베가 그에게 어떠한 존재인지를 명확히 보여주고 있었다. 그는 화가 났고 무시당한 것처럼 느꼈다. 그리고 동시에 그녀가 다른 남자들에게도 그렇게 느끼게 하지 않나 하고 생각했다. 월리스는 조심스럽게 혼자 즐기고 있었다. 마치 연극을 보러 갔다가 다른 관객이 보지 못한 걸 발견했으나, 주변에 실례가 될까 봐 큰 소리로 웃고 싶은 걸 참고 있는 듯했다……. 남편에 대한 그녀의 태도는 태연했다. 두려움이나 다른 감정이 전혀 드러나지 않았다.

"뭘 기다리고 있는 거요? 선생은 필요 없소. 나가요!"

---

* 안주인이 손님을 맞을 때 입는 긴 실내복.
** 트로이 왕 프리아모스(Priam)의 아내.

"프라이엄 씨, 저는 당신이 허풍선이인지 아니면 바보 천치 인지 결정하려고 했습니다."

수염에 덮인 프라이엄의 입술이 씰룩이는 듯했다. 항상 얇은 물속에 숨어 있는 것 같은 그의 분노가 다시 표면에 나타나고 있었다. 엘러리는 물이 튀어 올 것을 대비했다. 프라이엄은 실제로 겁을 먹고 있었다. 말없이 혼자 즐기며 상황을 주시하는 월리스는 이미 그걸 깨닫고 있었다. 그리고 딜리아 프라이엄도 그걸 깨닫고 있었다. 그녀는 미소를 짓고 있었다.

"앨프리드, 만약 이 자식이 다시 나타나면 등뼈를 분질러버려!"

엘러리는 자신의 팔을 내려다보았다. 월리스의 손이 그 위에 얹혀 있었다.

"퀸 씨, 정말 그렇게 될지도 모릅니다."

월리스가 중얼거렸다.

월리스의 악력은 팔이 마비될 정도였다. 프라이엄은 히죽히 죽 웃고 있었다. 기분 나쁜 웃음이 엘러리를 화나게 했다. 정글 의 화신과 같았던 그녀는 단지 지켜보고 있었다. 엘러리는 자신도 놀랄 정도로 미친 듯이 화가 치미는 것을 느꼈다. 그가 정신을 차렸을 때, 앨프리드 월리스는 마룻바닥에 주저앉아 팔목을 문지르며 엘러리를 올려다보고 있었다. 그는 화난 것처럼 보이지 않았다. 그저 놀란 얼굴이었다.

"대단한 기술이군요. 기억해두겠습니다."

월리스가 말했다.

엘러리는 담배를 찾다가 그만두기로 했다.

"결정했습니다, 프라이엄 씨. 당신은 허풍선이에다가 바보 천치입니다."

문간에는 아무도 없었다.

엘러리는 자신에게 너무나 화가 났다. 화를 내지 마라. 규칙 제1 항목이다. 그는 그 교훈을 아버지의 무릎 위에서 배웠다. 그녀도 역시 그걸 보았을 것이다. 허공에 내쳐진 윌리스. 그리고 추한 얼굴로 입을 떡 벌리고 있었을 프라이엄. 아마 한 주 동안 그녀는 기운이 날 것이다…….

그는 복도를 터벅터벅 걸어가면서 곁눈질로 그녀를 찾고 있었다. 집은 온통 어둠으로 가득 차 있었다. 그녀는 틀림없이 어둠 한구석에서 기다리고 있을 것이다. 눈을 감고 있더라도 그녀는 모든 것을 보고 있을 것이다…….

복도 역시 텅 비어 있었다…….

무릎까지 슬릿이 난 가운! 그 가운은 피라미드보다도 오래된 것이었다. 그리고 그는 언제부터 이리도 어리석게 굴었던가? 생명이 탄생한 순간으로까지 거슬러 올라갈지도 모른다.

엘러리는 딜리아 프라이엄은 상류층 여성이고 자신은 마치 절망에 빠진 대학생처럼 굴고 있다는 생각이 들었다. 그는 현관문을 쿵 닫았다.

로렐이 오스틴 안에서 그를 기다리고 있었다. 그녀는 여전히 창백한 얼굴을 하고서 담배를 세차게 빨아대고 있었다. 엘러리는 옆 좌석에 앉으며 투덜거렸다.

"뭘 기다리고 있는 거죠?"

"로저는 금이 가고 있어요. 산산조각이 날 거라고요, 엘러리. 전에도 그가 소리를 지르며 몸부림치는 걸 본 적이 있어요. 하지만 오늘은 특별했던 것 같아요. 당신을 데리고 오길 잘했어요. 이제 어떻게 하실 거예요?"

"집으로 가줘요. 아니면 택시를 불러주세요."

그녀는 난처한 표정을 지었다.

"사건을 맡지 않으실 건가요?"

"난 바보 천치들에게 시간을 낭비하고 싶지 않아요."

"저를 두고 하는 말씀인가요?"

"당신을 말하는 건 아니에요."

그녀가 들뜬 목소리로 말했다.

"하지만 뭔가를 찾아냈잖아요. 로저가 시인했고요. 당신도 들으셨죠. 그가 '유령'이라고 말한 거요. '어떤 놈'이라고 한 것도 나오면서 들었어요. 제 착각이 아니었어요, 엘러리. 로저 역시 아버지가 누군가의 음모에 의해 충격을 받아 죽었다고 생각하고 있어요. 게다가 그 개가 무엇을 의미하는지도 알고 있는 거예요."

"그렇지만도 않아요."

엘러리가 툴툴거리며 말했다.

"그런 점이 당신 같은 아마추어의 문제이기도 하죠. 결론을 성급하게 내린다니까. 여하튼 그건 불가능해요. 프라이엄이 없이는 아무것도 알 수 없어요. 그런데 프라이엄은 꼼짝도 하지 않으니."

"딜리아가 아니고요?"

"딜리아? 프라이엄 부인을 말하는 겁니까? 터무니없는 소리."

"딜리아에 대해서는 듣고 싶지 않아요. 남자들에 대해서도 마찬가지예요. 그 여자는 바지 속에 있는 거라면 무엇이나 좋아해요."

"난 그녀의 매력을 인정합니다. 하지만 좀 노골적인 면이 있죠, 그렇게 생각하지 않나요?"

그는 분명 그녀의 침실이 위치해 있을 2층 창문을 쳐다보지 않으려 했다.

"로렐, 멍하니 입을 벌린 채 두리번거리는 여행자 부부처럼 이곳에 계속 서 있을 건가요."

그는 그녀를 다시 보아야만 했다. 그저 그녀를 보기 위해.

로렐은 기묘한 눈초리로 그를 쳐다보고는 차를 몰고 빠져나갔다. 도로에 들어서자 그녀는 좌회전하고서 천천히 차를 몰았다.

엘러리는 무릎을 감싸 안고 있었다. 차 바퀴가 한 번 돌 때마다 무언가를 잃어가고 있는 듯한 아주 공허한 느낌이 들었다. 그리고 앞의 도로와 그 외의 것들을 주시하고 있는 로렐이 있었다. 체구는 작아도 야무진 고객. 그녀는 무척 외로움을 느끼고 있음에 틀림이 없다. 엘러리는 갑자기 자신이 무기력해지는 걸 느꼈다.

"로렐, 어떻게 할 작정이죠?"

"계속 헤집고 돌아다니려고요."

"끝장을 보겠다는 거로군요?"

"동정은 필요 없어요. 어떻게든 해낼 거니까요."

"그럼 앞으로 내가 어떻게 할지 말해줄게요."

로렐이 그를 쳐다보았다.

"난 당신과 함께 그 편지를 찾을 겁니다. 그러니까 당신에게 도움을 주겠다는 말이에요. 물론 그게 가능하다면 말이죠."

"그게 무슨 소리죠?"

그녀가 급히 차를 세웠다.

"당신 아버지가 그 개 목걸이에 붙어 있던 은색 상자 속에서 발견했다는 편지 말이에요. 당신은 아버지가 편지를 찢어 없앴다고 생각했잖아요."

"찾아봤지만 거기 없었다고 말씀드렸을 뿐이에요."

"내가 찾아보면 어떨까요."

로렐은 엘러리를 쳐다보았다. 그러고는 이내 웃음을 터뜨리며 오스틴을 출발시켰다.

힐의 저택은 협곡의 벼랑 가운데 한 지점에 높이 펼쳐져 있었다. 햇빛에 드러난 붉은 기와들이 생동감을 주었다. 스페인식 2층 저택이었고, 흰색으로 아름답게 칠한 벽에 격자무늬 검은 철제 장식이 붙어 있었다. 아치와 발코니, 파티오*가 있고, 피라칸타 관목으로 덮여 있었다. 8평방미터의 정원에는 꽃과 꽃이 피는 관목들 그리고 종려수, 과실수, 견과류 나무, 극락조 꽃 등 각종 나무가 심겨져 있었고 저택 아래는 숲으로 둘러싸여 있었다.

"저희 집 부지의 경계선은 언덕을 내려가 프라이엄 저택 부지 쪽으로 뻗어 있어요."

로렐이 차에서 내리며 말했다.

"3만6천 평방미터가 좀 넘는 부지가 프라이엄가의 땅과 접하고 있어요. 숲을 통과하면 아주 가까워요."

"굉장한 거리군요."

엘러리가 중얼거렸다.

"독수리 둥지에서 해저 동굴까지의 거리만큼 떨어져 있는 거

---

* 스페인식 집의 안뜰.

죠. 이 지역에서 요즘 흔하게 볼 수 있는 가짜 교회 건물이 아니라 옛날 교회당처럼 진짜 스페인식 저택이군요. 이런 집에서 태어나 그런 음침한 저택에서 죽어야 할 딜리아 프라이엄에게는 벌이 내린 것이나 다름이 없겠군요."

"딜리아가 그런 말까지 했군요."

로렐이 중얼거렸다. 그녀는 자기 집으로 그를 안내했다. 스페인식 검은 타일 마루와 철제 장식의 감촉이 서늘했다. 12미터 길이의 한 층 낮은 거실에는 고야의 그림이 새겨진 타일을 깐 커다란 난로가 있었고, 책과 악보와 그림과 자기와 거대한 꽃병이 여기저기에 있었다. 하얀 재킷을 입은 키가 큰 일본인이 미소를 지으며 들어와 엘러리의 모자를 받았다.

로렐이 소개했다.

"이치로 소토와예요. 잇치는 오랫동안 저희 집에 있었어요. 잇치, 이분은 퀸 씨. 이분도 아버지의 죽음에 관심을 가지고 있어."

하인의 얼굴에서 미소가 사라졌다. 그는 고개를 흔들면서 말했다.

"참 안됐어요. 안됐어. 심장이 나빴어요. 마실 것 한 잔 드릴까요?"

"고맙지만 지금은 괜찮아요. 이치로, 힐 씨 댁에서 몇 년 동안 일했습니까?"

"16년입니다."

"그럼 그때를 기억하지 못하겠군. 운전사는 어떤가요……. 시미언이라고 했던가?"

"시미는 멍크 부인과 쇼핑을 나갔습니다."

"시미언은 이 댁에서 얼마나 일했나요?"

"10년 정도요. 멍크 부인도 비슷한 시기에 왔어요."

로렐이 대답했다.

"그렇군요. 좋아요, 로렐. 시작하죠."

"어디서부터요?"

"그 개가 온 날, 아버지가 마지막 심장마비를 일으키고 숨을 거둘 때까지 침실을 나간 적이 있나요?"

"아니요. 잇치와 제가 교대로 아버지를 간호했어요. 일주일 동안 밤낮으로요."

"침실에 가봐야겠군요. 안내해주세요."

한 시간 반 후에 엘러리는 리앤더 힐의 방문을 열었다. 로렐은 계단참의 창문 벽감 속에서 고개를 벽에 기댄 채 무릎을 감싸 안고 편히 앉아 있었다.

그녀는 돌아보지도 않고 말했다.

"당신은 제가 아주 겁 많은 계집애 같다고 생각하겠지요. 하지만 그 방에 들어가면 아버지의 대리석 같은 얼굴과 파랗게 질린 입술, 그리고 뒤틀려 벌어진 입만 떠올라요. 전혀 아버지 같지 않았어요. 전혀요."

"로렐, 이리 와요."

그녀는 홱 몸을 틀더니 벽감에서 내려와 그가 있는 쪽으로 뛰어왔다.

엘러리는 침실 문을 닫았다.

무언가를 찾는 듯 로렐의 눈이 두리번거렸다. 그러나 침대가 흐트러진 것 외에는 아무것도 이상하게 보이지 않았다. 침대

시트는 벗겨져 뒤로 밀쳐져 있었고 박스 스프링과 매트리스의 옆면이 드러나 있었다.

"도대체……."

"아버지가 개 목걸이에서 꺼낸 편지는 얇은 종이였다고 하지 않았나요?"

엘러리가 물었다.

"맞아요. 얇은 종이였어요. 양파 껍질처럼 반투명한 종이였죠."

"흰색이었나요?"

"흰색이었어요."

엘러리는 고개를 끄덕였다. 그는 노출된 매트리스 쪽으로 갔다.

"아버지는 발작 후 돌아가실 때까지 일주일 동안 이 방에 계셨다고 했죠. 로렐, 그사이에 방문객이 많았나요?"

"프라이엄가 사람들, 회사에서 몇 사람, 그리고 친구 한두 분이 오셨어요."

"그 일주일 중 어느 시점에 아버지는 받은 편지가 도둑을 맞거나 없어질 가능성이 있다고 생각했을 겁니다. 그래서 만일의 상황에 대비하기로 했죠."

엘러리가 말했다. 그의 손가락은 매트리스 옆구리 부분의 천에 그어진 푸른 수직선 하나를 더듬었다.

"당신 아버지에게는 침대 테이블 위에 있던 무딘 주머니칼 말고는 연장이 없었어요. 아버지는 들키지 않으려고 서둘렀을 겁니다. 그래서 일 처리가 조잡할 수밖에 없었지요."

그의 손가락 절반이 갑자기 사라졌다.

"아버지는 푸른 선과 염색되지 않은 부분이 만나는 곳을 칼로 잘랐어요. 그리고 편지를 그 속에 넣어두었죠. 거기서 이걸 찾아냈어요."

"편지를 찾아냈군요. 보여주세요!"

로렐은 숨을 헐떡거렸다.

엘러리는 한 손을 주머니 속에 넣었다. 그러나 그는 편지를 꺼내려다가 갑자기 멈췄다. 그의 시선이 창문 하나에 쏠려 있었다.

몇 십 미터 떨어진 곳에 오래된 호두나무가 있었다.

"왜요? 왜 그러는 거죠?"

로렐은 영문을 몰라 어리둥절한 표정이었다.

"침대에서 떨어져 하품을 하고 내게 미소를 지은 뒤 문가로 걸어가요. 그리고 계단참으로 나가고 나서는 문을 닫지 말아요."

그녀의 두 눈이 휘둥그레졌다.

그녀는 침대에서 떨어져 하품을 하고 기지개를 켠 다음 이를 내보이고 문간으로 성큼성큼 걸어갔다. 엘러리는 로렐이 움직이는 동안 조금씩 걸음을 옮겨 그녀와 창문 중간에 섰다.

그녀가 사라졌을 때 그는 아무렇지도 않다는 듯 그녀의 뒤를 따라 나갔다. 옆얼굴을 보이면서 그녀에게 미소를 지어 보이고는 침실 문을 닫았다.

그리고 그는 계단으로 뛰어갔다.

"엘러리!"

"여기 그대로 있어요!"

영문을 몰라 입이 벌어진 로렐을 놔둔 채 엘러리는 검은 타일을 깐 계단을 굴러 떨어질 듯이 뛰어 내려갔다.

　한 사내가 호두나무 가지 위에 걸터앉아 나뭇잎에 몸을 숨기고 리앤더 힐의 침실 창문을 통해 그들을 엿보고 있었다. 해가 나무를 비추고 있어서 잘 보이지는 않았지만 엘러리는 그 사내가 알몸이었음에 틀림없다고 생각했다.

4

알몸의 사내는 사라져버렸다. 엘러리는 과실수와 호두나무 사이를 마치 로빈슨 크루소와 같은 기분으로 철저히 뒤졌다. 판석을 깐 베란다에서 이치로는 입을 떡 벌리고서 그를 쳐다보았고, 그와 나란히 서서 운전사 모자를 쓴 혈색 좋은 땅딸막한 남자가 식료품 봉투를 안은 채 역시 입을 떡 벌리고 그를 쳐다보고 있었다.

엘러리는 과수원 가장자리에서 커다란 발자국을 찾아냈다. 옆으로 퍼지고 깊이 파인 발자국은 달리거나 뛰어오른 듯했고 곧장 숲 쪽을 향하고 있었다. 그는 부리나케 관목 숲 속으로 뛰어들었고, 곧이어 나무와 숲을 지나 꼬불꼬불하게 다져진 오솔길을 천천히 나아갔다. 오솔길에는 수없이 많은 맨발 자국이 나 있었다.

"그자가 늘 하는 버릇이로군."

엘러리가 중얼거렸다. 숲 속은 무더웠다. 그는 곧 땀에 젖었고, 불쾌하고 화가 났다.

오솔길은 산림을 벌채해 만든 개간지의 한복판에서 갑작스레 끊어졌다. 더 이상 발자국이 보이지 않았다. 불과 몇 미터 떨어진 곳에 오래된 참나무처럼 보이는 나무 등걸이 괴물처럼

서 있었다. 넝쿨을 감고 있지는 않았다.

엘러리는 목덜미의 땀을 닦으며 주위를 둘러보고는 위를 올려다보았다. 거대한 나뭇가지들이 조그만 가시가 돋친 잎으로 두꺼운 천막처럼 개간지를 덮고 있었다. 그러나 가장 낮은 가지조차도 지면에서 9미터나 떨어져 있었다.

그 녀석은 팔을 퍼덕이며 뛰어오른 것이 분명했다.

엘러리는 썩어가는 통나무 위에 앉아서 얼굴의 땀을 훔쳤다. 그리고 최근 들어 가장 기묘하다고 볼 수 있는 이 일에 대해 생각해보았다. 남부 캘리포니아에 온 이후에 그를 놀라게 한 사건이 없었기 때문이 아니라, 지역 특성을 감안하더라도 좀 엉뚱한 면이 있었기 때문이었다. 날아다니는 알몸이라니!

"길을 잃었소?"

엘러리는 벌떡 일어났다. 카키색 짧은 바지와 털양말과 티셔츠를 입은 조그마한 노인이 관목 숲에서 그를 보고 미소 짓고 있었다. 그는 머리에 종이 헬멧을 쓰고 포충망을 들고 있었다. 새빨간 상자 같은 것이 앙상한 어깨에 매달려 있었다. 그의 갈색 피부는 쭈글쭈글했으며 두 손은 큰 나무의 껍질 같았다. 그러나 새파란 눈은 생기가 넘쳤고 날카롭게 보였다.

엘러리는 성난 듯이 대꾸했다.

"길을 잃은 게 아닙니다. 사람을 찾고 있어요."

노인이 개간지로 나왔다.

"말투가 마음에 들지 않는군. 길을 잘못 들었소, 젊은 양반. 사람들과 있으면 문제가 생기기 마련이지. 나비 종류에 대해서 알고 있소?"

"전혀 모릅니다. 노인장께서는……?"

"이걸로 나비를 잡는 거요. 어제 샀지. 할리우드 대로의 장난
감 가게를 지나가다가 진열장에 놓여 있던 반질반질한 새것을
발견했지요. 난 지금까지 예쁜 걸 네 마리 잡았다오."

나비잡이 노인은 오솔길을 뛰어 내려가면서 위협하듯이 포
충망을 휘둘렀다.

"잠깐만요! 이 숲으로 뛰어가는 사람을 못 보셨나요?"

"뛰어간다고? 그거야 상황에 따라 다르지."

"상황에 따라 다르다고요? 노인장, 그런 문제가 아니라고요!
누군가를 보셨는지 아닌지만 말씀해주시면 됩니다."

체구가 작은 노인은 빠른 걸음으로 되돌아와서는 성의 있게
대답했다.

"꼭 그렇다고는 할 수 없지. 그놈이 곤경에 빠지거나 당신이
빠지게 될 수도 있지 않은가, 젊은 양반. 이 세상에는 골칫거리
가 너무나 많아요. 이 숲으로 뛰어갔다는 그놈은 어떻게 생겼
소?"

엘러리는 무뚝뚝하게 대답했다.

"생김새는 말씀 못 드리겠어요. 설명할 만큼 제대로 보지 못
했으니까요. 젠장, 엉뚱한 부분만 보았다니까요. 그자는 알몸
이었어요."

"아, 그 홀딱 벗은 놈?"

노인은 화려한 빛깔의 커다란 나비에게 포충망을 던졌으나
아깝게도 잡지 못했다.

"그자의 흔적이 여기저기 많더군요."

"많지. 당신, 문제를 일으키려고 하는 건 아니겠지?"

"전혀 아닙니다. 그를 해치려고 하는 게 아니에요. 어느 쪽으

로 갔는지만 말씀해주시면 됩니다."

"난 당신이 그놈을 해치는 건 걱정하지 않소. 오히려 놈이 당신을 해칠 것 같아 걱정이지. 그놈은 힘이 장사요. 그처럼 몸이 좋은 화부를 한 번 본 적이 있다오. 석탄 삽도 구부릴 정도로 힘이 좋았지. 알래스카로 가는 수지 벨르호에서 있었던 일이오."

"그자를 아는 모양이군요."

"놈을 아냐고? 알다마다. 녀석은 내 손자요. 저기 나타났구려!"

나비잡이 노인이 외쳤다.

"어디요?"

그러나 그건 다섯 번째 나비에 불과했다. 조그마한 노인은 두 관목 숲 사이로 껑충껑충 뛰어가더니 사라져버렸다.

엘러리가 언짢은 기분으로 오솔길에 난 마지막 발자국을 조사하고 있을 때 로렐이 조심스럽게 개간지 쪽으로 걸어오고 있었다.

그녀는 안심한 듯이 말했다.

"여기 계셨군요. 그렇게 놀라게 하시다니. 무슨 일이 있었어요?"

"침실 창문 밖 호두나무에서 우리를 엿본 자가 있어 뒤를 밟아 여기까지 왔어요."

"그자는 어떻게 생겼나요?"

로렐은 얼굴을 찌푸렸다.

"알몸이었죠."

그녀는 화난 목소리로 말했다.

"아, 이 거짓말만 늘어놓는 얼간이 같으니라고! 다시는 그런 짓 하지 않겠다고 약속해놓고. 옷을 벗을 때도 불을 꺼야 할 판이에요."

엘러리가 큰 소리로 대꾸했다.

"그럼, 당신도 그를 알고 있었군요. 캘리포니아 주는 성범죄 추방 운동을 하고 있는 걸로 알고 있었는데."

"그는 성범죄와는 아무런 관계도 없어요. 그냥 제 방 창문에 자갈을 던져 저한테 말을 걸려고 무던히도 애를 쓰고 있을 뿐이죠. 전 스물셋의 나이에 인류 최후의 대결전에 대비하고 있는 자에게 시간을 낭비할 수 없어요. 엘러리, 그 편지를 보여주세요!"

"그자의 할아버지는 누구죠?"

"할아버지요? 아, 콜리어 씨예요."

"콜리어 씨라면 혹시 햇볕에 말린 무화과 같은 얼굴을 한, 살집이 없는 작은 체구의 노인 아닌가요?"

"맞아요."

"그럼, 콜리어 씨는 누구죠?"

"딜리아 프라이엄의 아버지예요. 프라이엄 가족과 함께 살고 있어요."

"그녀의 아버지라."

그녀가 관련되지 않은 일이 없는 듯했다.

"만약 이 엿보는 자가 딜리아 프라이엄의 아버지의 손자라면 그는 틀림없이……."

로렐은 좀 심술궂은 어조로 말했다.

"딜리아가 말을 안 한 모양이군요? 스물세 살 먹은 아들이 있다고 말이에요. 그의 이름은 크로 맥고언이에요. 딜리아와 첫 남편 사이에서 태어난 아들이죠. 로저의 의붓아들이고요. 그 사람 때문에 시간 낭비는 안 했으면 해요."

"그자는 어떻게 해서 허공으로 사라질 수가 있는 거죠? 바로 여기서 기적을 일으켰다고요."

"오, 그것 말이군요."

로렐은 바로 위를 올려다보았다. 엘러리도 그녀를 따라 쳐다보았다. 그러나 그가 볼 수 있었던 건 머리 위로 9미터나 떨어진 곳에 가지를 늘어뜨리고 천장을 이루듯 나뭇잎이 우거진 거대한 참나무뿐이었다.

로렐이 날카롭게 외쳤다.

"맥! 얼굴 좀 내밀어봐요."

놀랍게도 젊은 남자의 커다란 얼굴이 지면에서 9미터나 떨어진 초록색 천장 한복판에 나타났다. 얼굴은 무시무시하게 찌푸린 표정을 하고 있었다.

"로렐, 이자는 누구야?"

"아래로 내려와요."

"신문기자?"

로렐은 넌더리가 난다는 듯이 말했다.

"천만에요. 이분은 엘러리 퀸 씨예요."

"누구라고?"

"엘러리 퀸 씨라고요."

"거짓말."

"그럼 그냥 가버릴 거예요."

"알았어. 곧 내려갈게."

얼굴이 사라졌다. 이내 무언가가 엘러리의 코끝 몇 센티미터를 스치며 얼굴이 있었던 곳에 나타났다. 밧줄로 된 사다리였다. 굵은 다리가 하나씩 녹색 천장을 부수더니 젊은 남자의 몸전체가 보이기 시작했다. 잠시 후 나무 인간이 맨발 자국이 끝난 바로 그곳에 서 있었다.

"뵙게 되어 정말 반갑습니다!"

마주 잡은 손의 악력이 너무 강해 엘러리는 뼈가 부러질 듯한 통증에 소리를 지를 뻔했다. 적어도 뼈가 부러진 것처럼 느껴졌다. 대가의 자존심에 금이 간 날이었다. 엘러리는 자신의 손을 쥐었던 로저 프라이엄, 앨프리드 월리스, 그를 분쇄하려고 한 이 끔찍한 야수 중 누구의 악력이 가장 셌는지 판단할 수가 없었다. 딜리아의 아들은 그보다 키가 한 뼘이나 더 큰, 제법 잘생긴 거구였다. 그는 무섭도록 벌어진 어깨와 믿을 수 없을 정도로 가느다란 허리, 미스터 아메리카처럼 발달한 근육, 하와이 사람처럼 구릿빛으로 빛나는 피부를 가지고 있었다. 갈색 천으로 가린 허리를 제외하면 그는 완전히 벌거벗고 있었다. 활짝 웃는 그의 얼굴에서 엘러리는 자신이 의심할 여지 없이 나이가 들었다는 사실을 새삼 깨달았다.

"퀸 씨, 전 당신이 신문기자인 줄 알았어요. 그자들은 참을 수가 없어요. 그들이 내 인생을 비참하게 만들었어요……. 여기 서 있을 이유가 있나요? 제 집으로 올라가요."

"다음에 올라가요, 맥."

로렐은 냉정하게 말하고 엘러리의 팔을 붙들었다.

"그 바보 같은 살인 사건 말이군. 로르, 좀 느긋하게 굴면 안돼?"

"맥, 난 당신 의붓아버지 댁에서 꼭 환영을 받으리라고는 생각하지 않아요."

엘러리가 말했다.

"이미 만나셨나요? 하지만 제가 말씀드린 건 제 집으로 올라가자는 겁니다."

로렐이 한숨을 지었다.

"엘러리, 정말로 올라가자는 거예요. 좋아요, 빨리 갔다 오도록 해요. 직접 보지 않으면 믿지 않으실 거예요."

"집으로? 올라간다고요?"

엘러리는 힘없이 올려다보았다. 괴물 같은 젊은 거인은 고개를 끄덕이고 나서 밧줄 사다리에 뛰어오르더니 그들에게 따라오라고 정중하게 고갯짓을 했다.

정말 나무 속 높은 곳에 집이 있었다. 방이 하나인 집이었다. 가구는 없었지만 사면이 벽으로 둘러싸여 있고, 지붕은 짚으로 덮여 있었으며, 튼튼한 마루에 들보로 받친 천장과 창문 두 개, 그리고 사다리가 매달린 승강구가 있었다. 위험해 보이는 횃대를 가리키며 맥고언은 신이 난 목소리로 '현관'이라고 일러주었는데, 떨어지지만 않는다면 틀림없이 안전하다고 했다.

나무의 종류는 퀘커스 아그리폴리아이며 몸통 둘레가 5.5미터에 달한다고 했다. 그는 "퀸 씨, 나뭇잎 조심해요" 하고 말했다. 자신의 셔츠에서 가시 돋친 조그마한 도깨비바늘 몇 개를 매우 조심스럽게 뽑아내고 있던 엘러리는 씁쓸한 얼굴을 하고서 고개를 끄덕거렸다. 그러나 집은 직경이 30센티미터나 되는 큰 가지 위에 지어져 있어서 발판은 충분히 튼튼하게 보였다.

엘러리는 주인에게 초대를 받은 관광객처럼 집 안을 들여다보며 입을 다물지 못했다. 벽과 마루의 공간은 구석구석 나무 위에서의 생활을 도와줄 '보조 도구'로 가득 차 있었다. 엘러리 는 그것 말고 다른 표현은 생각해낼 수 없었다.

맥고언이 말했다.

"집 안에서 대접을 할 수가 없어서 죄송합니다. 하지만 우리 셋이 들어서면 집이 좀 괴로워할 거예요. 현관에 앉는 게 좋겠 어요. 술 한잔하시겠어요? 버번? 스카치?"

대답도 기다리지 않고 맥고언은 몸을 굽히고 집 안으로 기어 들어갔다. 여러 가지 술 따르는 소리가 들려왔다.

"로렐, 이 불쌍한 남자를 정신병원에 집어넣지 않는 이유가 뭐죠?"

엘러리가 소곤거렸다.

"그럴 만한 이유가 있어야죠."

"그럼 이 상황은 뭡니까? 제정신으로 보이나요?"

엘러리가 외쳤다.

얼음이 든 잔 두 개를 가지고 나타난 덩치 큰 녀석은 애교 있 게 대꾸했다.

"그렇게 말씀하시는 것도 무리가 아니지요. 제 꼴이 말이 아 니니까요. 하지만 그건 당신네들이 환상의 세계에 살고 있기 때문이지요."

그는 긴 팔을 집 안으로 넣어 잔을 하나 더 꺼냈다.

"우리가 환상 속에 산다고요? 물론 당신은 현실 속에 살고 있겠죠?"

엘러리는 잔의 3분의 1을 단숨에 비웠다.

로렐은 지겨운 듯이 물었다.

85

"지금 이런 얘기를 꼭 해야 하나요? 엘러리, 맥고언이 이 얘기를 시작하면 우린 해 질 때까지 여기 있게 될 거예요. 그 편지는……."

거인은 현관 가장자리에 드러누워 튼튼한 두 다리를 허공에 휘두르며 말했다.

"나는 내가 아는 유일한 현실주의자예요. 왜냐하면, 보세요. 당신네들은 무엇을 하고 있나요? 똑같은 집에서 살고, 똑같은 신문을 읽고, 똑같은 영화를 보러 가고, 똑같은 텔레비전을 보고, 똑같은 인도를 거닐고, 똑같은 새 차를 몰고 있어요. 그게 꿈의 세계라는 걸 모르시겠어요? 늘 똑같은 삶이 무슨 가치가 있습니까? 하늘에 글자를 써서 하는 광고나 자크 파트 같은 디자이너, 더블 크로스틱 퍼즐, 살인 같은 것들이 무슨 가치가 있죠? 제 말을 이해하시나요?"

"맥, 당신 주장이 전적으로 옳다고는 할 수 없어요."

3분의 1 분량의 술을 꿀꺽 삼키며 엘러리가 말했다. 그는 술잔에 싫어하는 버번이 들어 있는 것을 그제야 깨달았다. 하필이면.

맥고언이 말했다.

"우리는 보통 인간의 역사라고 불리는 질병의 위기 속에 살고 있습니다. 바야흐로 인류는 '노아의 대홍수' 이후 가장 큰 대량 살육과 직면해 있는데 당신들은 시시한 살인 사건을 가지고 떠들고 있습니다. 원자탄은 벌써 케케묵은 것이 되었어요. 이제는 수소탄입니다. 그 바람에 핵 연쇄반응 같은 건 7월 4일 미국 독립 기념일 불꽃놀이쯤으로 여기게 되었죠. 미 대륙의 모든 식수를 오염시킬 수 있는 물질에다가 사람을 마비시키고 사망에 이르게 하는 신경가스도 있습니다. 그뿐만이 아닙니다. 막을 수조차 없는 세균은 또 어떻고요. 그 이상 무엇이 더 있는지는 오직 신만이 아시겠죠. 사람들이 이런 위험한 물질을 그냥 놔둘까요? 여러분, 제가 한 말들이 우리 인류의 묘비명이 될 겁니다. 누군가 유고슬라비아나 이란이나 한국 같은 곳에서 코르크 마개를 뽑는다면…… 정말로 그렇게 되겠죠."

맥고언은 보이지 않는 나무 밑 세상을 향해 술잔을 흔들어 보이며 말했다.

"이 세상은 그렇게 없어질 겁니다. 도시에서 인간은 살 수 없게 될 겁니다. 백 년간 농토가 오염되고 가축은 야생으로 돌아가며, 해충이 기하급수적으로 증가할 겁니다. 자연의 균형이 뒤집히고, 폐허가 된 세상에는 전염병이 창궐하고, 사방 수백만 킬로미터에 달하는 대지는 물론 대기권 대부분이 방사능에 오염될 겁니다. 도로는 갈라지고 철로는 휘어지고 기계는 녹슬고 도서관에는 곰팡이가 끼고 대머리 독수리들이 살찌고 원시림이 할리우드와 바인 스트리트까지 침범할 겁니다. 아, 이건 꼭 나쁘다고만 볼 수는 없을지도 모르겠네요. 어쨌거나 반드시 그렇게 될 겁니다. 3만 년 동안 이루어진 영장류의 발전은 잠자는 오리처럼 쓰러질 겁니다. 문명은 원폭으로 파괴되고 절멸될 겁니다. 극소수의 생존자들이 남겠지요. 나도 그들 중 하나일 겁니다. 하지만 그런 상황이 오면 어떻게 해야 할까요? 우리는 왔던 곳으로 되돌아가야 합니다…… 숲으로요. 논리적인 결론 아닌가요? 그래서 저는 여기에 있는 겁니다. 만반의 준비를 해놓고서 말이죠."

"자, 편지를 보도록 해요."

로렐이 말했다.

"잠깐만요. 맥, 대단히 논리적인 생각이네요. 다만 한두 가지를 제외한다면 말이죠."

엘러리는 전율을 느끼며 나머지 3분의 1의 술을 비웠다.

크로 맥고언이 정중하게 말했다.

"예를 들면 뭐죠? 자, 한 잔 더 드시죠."

"됐습니다. 더는 마시지 않겠어요. 예를 들면 이러한 점이죠."

엘러리는 구석진 곳에서 맥고언의 나무 집 지붕으로 이어진 전선망을 가리켰다.

"3만 년 동안의 인류 발전을 무가치한 것으로 보는 당신이라면 전등이나 작은 레인지, 냉장고 같은 원시적인 도구를 작동시키기 위해 동력선을 끌어올 생각은 하지 않을 것 같은데 말이죠."

그는 고개를 길게 빼고 집 안 내부를 살펴보며 미로와 같은 파이프들을 가리켰다.

"수도도 있고, 나무 밑 어딘가에 묻어둔 특별한 탱크에 연결된 조그마한 축소형 화장실도 있겠죠. 미안하지만 이러한 것들은 당신의 논리가 모순이라는 걸 증명하는 게 아닌가요? 당신집과 당신 의붓아버지의 집 사이의 유일한 본질적 차이는 당신집이 더 작고 9미터 공중에 있다는 것뿐이죠."

거인은 어깨를 으쓱했다.

"현실적으로 볼 때, 곧 이런 일이 일어날 거라 생각합니다. 그러나 제가 틀렸을 수도 있어요. 내년까지 아무 일도 일어나지 않을 수도 있겠죠. 저는 그저 문명의 이기를 이용할 수 있는 동안에 이용하고 있는 것뿐입니다. 저기 걸어놓은 22구경 라이플이 보이시죠? 45구경 권총도 두세 자루 가지고 있어요. 하지만 탄약이 떨어지고 더 이상 구할 수 없게 되면 활로 살아남은 사슴을 잡을 겁니다. 매일 연습을 하고 있어요. 게다가 저는 이 나무 꼭대기들 사이를 뛰어다닐 수 있어요."

로렐이 끼어들었다.

"그 말을 들으니 말해둬야 할 것이 생각났네요. 맥, 앞으로는 당신 나무들만 이용하세요. 전 내숭을 떨고 싶지 않지만 여자로서 때때로 사생활을 갖고 싶다고요. 자, 엘러리⋯⋯."

"맥고언, 도대체 왜 그러는 거죠?"

엘러리는 그들을 초대한 집주인을 바라보았다.

"왜냐고요? 방금 전에 말씀드렸잖아요."

"방금 저한테 무슨 말을 한 건 알겠지만 이미 한쪽 귀로 나가버렸네요. 당신은 무슨 역을 맡고 있는 거죠? 누가 쓴 각본에 따라 움직이는 겁니까?"

엘러리는 잔을 내려놓고 일어섰다. 그가 내려고 했던 효과는 현관에서 떨어질 뻔하는 바람에 살짝 빗나갔다. 그는 약간 창백해진 얼굴로 집의 옆쪽으로 뛰어올랐다.

"전에 할리우드에 가본 적이 있거든요."

"계속 조롱하세요. 만약 제가 절단된 신체 부분들을 찾아낼 수 있다면 정중하게 매장해드릴 것을 약속하죠."

갈색 피부의 거인은 분한 기색 없이 대꾸했다.

엘러리는 잠시 그의 널찍한 등을 바라보았다. 등은 아주 침착했다. 엘러리는 어깨를 으쓱했다. 그가 할리우드에 올 때마다 괴상한 사건이 일어났다. 이 사건은 지금까지 일어났던 사건들 가운데 가장 괴상한 사건이었다. 그는 그 사건과는 전혀 관련이 없었다.

그러나 이내 그는 자신이 여전히 그 사건 속에 있음을 상기했다.

그는 한 손을 호주머니 속에 집어넣었다.

"로렐, 이제 갈까요?"

엘러리는 의미심장한 목소리로 물었다.

맥고언이 입을 열었다.

"만약 그 편지 이야기라면 전 당신이 리앤더의 침대 매트리스 속에서 그것을 찾아내는 걸 봤어요. 저도 내용이 뭔지 알고 싶은데요."

로렐은 화가 난 목소리로 웃으며 말했다.

"엘러리, 좋아요. 맥고언은 우리 몽유병자들의 시시한 일에 무관심하긴커녕 무척 관심이 있나 봐요. 그리고 좀 이상하게 들리겠지만 전 이 사람을 믿어요. 이제 편지를 봐도 될까요?"

엘러리는 호주머니 속에서 종이 한 장을 꺼내고는 맥고언을 비난하듯 바라보며 말했다.

"로렐, 이건 당신이 말했던, 당신 아버지가 개 목걸이에서 꺼낸 편지가 아닙니다. 이건 사본이에요. 원본은 사라졌어요."

종잇장은 한 번 접혀 있었고, 엘러리가 접힌 부분을 펼쳤다. 녹색의 모노그램이 도드라지게 새겨진 녹회색의 빳빳한 양피지였다.

"아버지의 전용 편지지예요."

엘러리는 호주머니 속에서 샤프펜슬을 꺼냈다.

"힐 씨의 침대 테이블에 있던 겁니다. 그곳에서 역시 두 가지 색을 사용하는 샤프펜슬을 발견했어요. 파란색 심으로 쓴 글자가 도중에 끊겼어요. 편지는 파란색 심으로 쓰기 시작해서 빨간색 심으로 끝마쳤군요. 분명 도중에 파란색 심이 닳아서 빨간색 심을 사용했을 거예요. 그래서 이 샤프펜슬은 그의 침실, 쓰던 자리에 있게 된 거죠."

엘러리는 종이를 내보였다.

"이게 아버지의 필적인가요?"

"맞아요."

"틀림없어요?"

"틀림없어요."

엘러리는 아주 기묘한 목소리로 말했다.

"그렇군요, 로렐. 읽어보세요."

"하지만 서명이 없어요."

로렐은 마치 누구든 한 대 치고 싶기라도 한 듯한 목소리였다.

"읽어봐."

맥고언은 그녀 뒤에 무릎을 꿇고 앉아 큰 턱을 그녀의 어깨에 들이밀었다. 로렐은 그를 무시하고 긴장된 얼굴로 편지를 읽기 시작했다.

You believed me dead. Killed, murdered. For over a score of years I have looked for you— for you and for him. And now I have found you. Can you guess my plan? You'll die. Quickly? No, very slowly. And so pay me back for my long years of searching and dreaming of revenge. Slow dying… unavoidable dying. For

you and for him. Slow and sure—dying in mind and in body.
And for each pace forward a warning⋯ a warning of special
meaning for you—and for him. Meanings for pondering and
puzzling. Here is warning number one.

너는 내가 죽었다고 믿었겠지. 피살되고 살해되었다고 말이야.
나는 스무 해 이상이나 너를, 아니 너와 그놈을 찾아다녔다. 그리
고 마침내 너를 찾아냈지. 내 계획을 짐작이나 할 수 있을까? 너
는 곧 죽게 될 거야. 단숨에 죽여줄 거라 생각하나? 천만에. 아주
천천히 죽일 거야. 그래서 긴 세월 동안 너희를 찾아 헤매며 복수
를 꿈꿔왔던 나 자신에게 보상을 해줄 거야. 천천히 죽어가게 될
거야……. 죽는 것을 피할 수는 없을 거야. 너와 그놈 말이야. 천
천히 그리고 확실히, 몸도 마음도 죽어가게 될 거야. 그리고 한
걸음씩 앞으로 나아갈 때마다 경고가…… 너와, 그리고 그놈에
게 특별한 의미를 지닌 경고가 나갈 것이다. 그 의미가 무엇인지
곰곰이 생각하고 알아내봐. 여기 첫 번째 경고를 보낸다.

로렐은 편지를 노려보았다.
크로 맥고언이 편지를 받아 들며 말했다.
"금세기 들어 가장 재미없는 장난이군."
그는 편지를 바라보며 얼굴을 찌푸렸다.
로렐은 고개를 흔들었다.
"그뿐만이 아니에요. 첫 번째 경고, 살인, 복수, 특별한 의
미…… 꼬리에 꼬리를 물고 있어요. 다음 주에는《톰 아저씨의 오
두막》에서처럼 유령이 나오겠군요. 이 할리우드에서 말이에요."

그녀는 웃으며 주위를 둘러보았다.

"왜 이 양반은 그걸 심각하게 받아들였을까?"

크로는 불안한 눈빛으로 로렐을 바라보았다.

엘러리는 그에게서 편지를 받아 조심스럽게 반으로 접었다.

"멜로드라마에서 중요한 건 분위기와 표현입니다. 로스앤젤레스에서 발행되는 신문 가운데 아무거나 세 편만 뽑아서 한번 보세요. 그중 어느 것과 비교해봐도 이 편지가 마치 아인슈타인의 책만큼이나 어렵게 느껴질 겁니다. 그 기사들은 일상적인 단어들로 쓰여 있기 때문에 우리는 기사의 내용을 현실로 받아들이죠. 이 편지를 믿을 수 없게 하는 건 내용이 아닙니다. 표현이에요."

"표현요?"

"표현이 까다로워요. 실제로 편지 곳곳에서 고어를 쓰고 있어요. 마치 러프가 달린 옷을 입고 삼각모를 쓴 사람이 쓴 것 같아요. 다른 종류의 영어로 말하고 쓰는 사람인 것 같아요. 특별한 향기가 있어요. 마치 고서에서 나는 냄새처럼요. 무식하다는 인상을 주려고 일부러 낱말의 철자를 틀리게 쓰고 시제를 혼용하는 인질범의 편지처럼 순전히 속이려고 쓴 표현이 아니에요. 하지만 아직도 모르겠어요. 이건 진짜와 가짜가 기묘하게 뒤섞인 글이에요. 도저히 이해를 못 하겠어요."

엘러리는 편지를 호주머니 속에 집어넣었다.

맥고언은 팔을 로렐의 어깨에 아무렇게나 얹으면서 말했다.

"어쩌면 어떤 외국인 정신병자가 썼을지도 모르죠. 이건 마치 누군가 다른 언어를 번역한 문장처럼 보이는군요."

엘러리는 아랫입술을 깨물었다. 그러고서 어깨를 으쓱하며 말했다.

"그럴지도 모르죠. 로렐, 어찌 되었든 뭔가 진행되고 있는 것 같아요. 지금 이 사건에 대해 얘기하고 싶지는 않죠?"

로렐은 맥고언의 팔을 뿌리치면서 다시 웃으며 말했다.

"로저와 관련되어 있기 때문에 그러시는 거예요? 엘러리, 맥은 로저를 따르는 무리에 속하지 않아요. 괜찮아요."

로저 프라이엄의 의붓아들이 화난 목소리로 말했다.

"그 사람이 뭐라고 했죠?"

"유령 따위는 두려워하지 않겠다고 하더군요. 그리고 그와 아마도 리앤더 힐이 과거에 알고 지냈을 어떤 사람에 대한 단서가 나왔어요. 편지에서 '너와 그놈'이라고 했잖아요. 로렐, 아버지의 배경에 대해서 알고 있는 바가 있나요?"

"별로 아는 게 없어요. 아버지는 파란만장한 인생을 사셨던 것 같아요. 하지만 제가, 특히 어렸을 때, 그 시절에 대해서 물어보면 그때마다 아버지는 웃으시며 제 엉덩이를 두들기고는 유모에게로 쫓아 보내곤 했어요."

"가족에 대해서는요?"

"가족요?"

로렐은 멍한 목소리로 물었다.

"형제자매, 숙부, 사촌, 그런 가족 말이에요. 어디서 태어났죠? 로렐, 뭐든 얘기해봐요. 사실을 알 필요가 있어요."

"그런 점에서는 제가 도와드릴 만한 게 아무것도 없어요. 아버지는 자신에 대한 이야기를 한 적이 없어요. 전 언제나 파고들 수 없다고 느꼈고요. 아버지가 친척과 만난 적이 있는지 전혀 기억이 없어요. 친척이 있는지조차 모르겠어요."

"힐 씨와 프라이엄 씨는 언제부터 동업했나요?"

"아마 20년이나 25년 전부터였을 거예요."

그때 맥고언이 나서며 말했다.

"딜리아와 그 사람이 결혼하기 전이죠. 퀸 씨, 딜리아는 제 어머니입니다."

엘러리는 약간 무뚝뚝하게 대꾸했다.

"그렇겠죠. 프라이엄과 힐은 보석상을 시작하기 전부터 서로 잘 아는 사이였나요, 맥고언?"

"거야 모르죠."

거인은 다시 로렐의 허리를 팔로 감싸 안았다.

"그랬을 거예요. 틀림없어요. 아버지의 과거에 대해 이렇게 나 모르고 있었다는 걸 이제야 깨닫네요."

로렐은 심란한 듯이 대답하고 아무렇지도 않게 크로의 팔을 뿌리쳤다.

"나도 로저의 과거를 전혀 모르겠는걸."

크로는 두 손가락으로 로렐의 등을 더듬었다.

로렐이 등을 꿈틀거리며 말했다.

"제발 그만해요, 맥."

맥이 일어서며 말했다.

"그 사람들은 과거를 얘기한 적이 없어요."

그는 바닥의 다른 쪽 끝으로 가서 다시 드러누웠다.

"그럴 만한 이유가 있었겠죠. 리앤더 힐과 로저 프라이엄은 과거에 공동의 적을 가지고 있었고, 두 사람은 그자가 죽은 줄 로만 생각한 거죠. 두 사람이 자기를 죽이려 했고, 그들을 추적 하는 데 20년 이상이나 걸렸다고 편지에서 말하고 있잖아요."

엘러리는 크로 맥고언의 팔을 밟지 않으려 피하며 이리저리 걷기 시작했다.

"제 아버지가 사람을 죽이려 했다고요?"

로렐은 엄지를 깨물었다. 엘러리가 말했다.

"로렐, 살인 사건에 대해 얘기하려면 메아리처럼 추악한 면을 마주하게 될 수도 있다는 걸 각오해야 해요."

엘러리는 담배에 불을 붙여 로렐의 입술 사이에 넣어주며 말을 이었다.

"이런 식의 살인 사건은 절대 깨끗하지 않아요. 더러운 흙 속에 뿌리를 내리고 있기 마련이죠. 프라이엄은 당신에게 아무런 의미가 없고 아버지는 죽었어요. 그래도 이 사건을 파헤치고 싶어요? 알다시피 나의 의뢰인은 당신이지 프라이엄 부인이 아니에요. 그녀도 그렇게 말했고요."

"어머니가 당신을 찾아왔나요?"

맥고언이 외쳤다.

"네. 하지만 비밀로 해주세요."

"어머니가 그렇게 신경을 쓰고 있는지 몰랐어요."

거대한 몸집의 맥고언이 중얼거렸다.

엘러리는 자신의 담배에 불을 붙였다.

로렐은 코끝을 찡그리며 약간 불쾌한 듯한 표정을 지었다.

엘러리는 성냥개비를 멀리 내던지며 말했다.

"누가 그 편지를 썼든 간에 그자는 살인 잔치를 천천히 즐기고 있어요. 20년 넘게 별러온 만큼 지독한 복수를 원하고 있어요. 단숨에 죽여버리는 건 그의 성격에 맞지 않아요. 그는 자기를 해친 자들이 자기가 당한 만큼 고통받길 원하고 있어요. 이

목적을 달성하기 위해 그자는 은밀하게 신경전을 개시했어요. 작전은 전부 완성되어 있고요. 그자는 모습을 드러내지 않은 채 첫 번째 작전을 실행으로 옮겼어요……. 공언한 대로 특별한 의미가 담긴 경고를 먼저 보낸 거죠. 첫 번째 경고는 허다한 물건들 가운데 죽은 개였고, 두 번째 경고는 로저 프라이엄에게 보낸 상자 속에 있었죠……. 아, 그런데 그 상자 속에 뭐가 들었었는지 너무 궁금하군요. 맥, 당신은 모르나요?"

"어머니의 남편에 관한 건 알고 싶지도 않아요."

맥고언이 대꾸했다.

"그리고 그는 특별한 의미를 가진 다른 선물과 함께 또 다른 경고를 보낼 겁니다. 이제는 프라이엄에게만 보내겠죠. 힐의 죽음으로 프라이엄은 적잖이 당황했으니까요. 로렐, 프라이엄은 고정관념으로 똘똘 뭉쳐 있고 피해망상이 심한 상태예요. 정말이지 그 사람 문제에 당신이 엮이지 않았으면 좋겠어요. 프라이엄이 그자에게 대항하도록 놔둬요. 그건 그의 생사 문제이니까. 그리고 도움이 필요하다면 어디에 요청할 수 있는지 그는 알고 있어요."

로렐은 바닥 위에 눕더니 퍼즐 그림 같은 하늘에다가 담배 연기를 내뿜었다.

"잡지 연재소설의 여주인공처럼 행동해야 한다고 생각하는 건 아니죠?"

로렐은 대답하지 않았다.

"로렐, 이제 그만 포기해요."

로렐이 고개를 흔들었다.

"전 아버지가 무슨 일을 했든 상관없어요. 사람은 누구나 실수를 저지르고 심지어 범죄를 저지르기도 해요. 점잖고 훌륭한 사람도 예외는 아니에요. 때로는 어떤 사건이나 다른 사람 때문에 어쩔 수 없이 그런 짓을 하게 되는 거예요. 전 아버지를 누구보다도 잘 알아요. 만약 아버지와 로저 프라이엄이 일을 저질렀다면 더러운 짓을 꾸며낸 건 로저일 거예요……. 그분이 제 친아버지가 아니기 때문에 이 일이 더 중요해요. 아버지한테 받은 게 너무 많거든요."

그녀는 갑자기 일어나 앉았다.

"전 이 사건을 외면할 수 없어요, 엘러리. 그렇게는 못 해요."

맥고언이 얼굴을 찌푸리며 침묵을 깨고 입을 열었다.

"퀸 씨, 로렐이 무척 강인한 여자라는 걸 곧 아시게 될 겁니다."

"이봐요, 타잔 씨. 당신 말처럼 그녀가 강인할지는 모르겠지만, 이런 일은 진지하게 처리해야 할 사건이지 인내심을 겨루는 시합이 아닙니다. 지식과 연줄, 기술이 필요하고 경험도 있어야 해요. 그런데 이 '강심장 아가씨'한테는 아무것도 없단 말이죠."

그는 심술을 부리듯 담배를 바닥에 짓이겨 끄고 다시 말을 이었다.

"신변이 위태로워질 수도 있는 건 물론이고……. 좋아요, 로렐. 내가 조금 파헤쳐볼 테니 당신은 과거에 어떤 일이 있었는지 알아봐요. 그 두 사람에 대한 정보를 얻어 1920년대에 그들이 무슨 일을 했는지 알아내는 건 그렇게 어려운 일이 아닐 거예요. 누가 몹쓸 짓을 당했는지도 알아보고요……. 자, 이제 그만 환상의 세계로 나를 돌려보내줄래요?"

5

이튿날 아침, 엘러리는 로스앤젤레스 경찰청에 전화를 걸어 홍보부 담당관과 통화하고 싶다고 말했다.

"로더티 경사입니다."

"경사님, 엘러리 퀸이라고 합니다……. 네, 안녕하세요. 경사님, 저는 할리우드를 배경으로 한 소설을 쓰려고 여기 왔습니다. 아, 신문에서 보셨다고요……. 신문기자들은 그걸 곧이들으려 하지 않더군요. 솔직히 말해 설득을 포기했습니다. 로더티 경사님, 제 소설의 배경을 조사하기 위해 전문가의 의견을 듣고 싶습니다. 할리우드 경찰들 중에 저에게 한두 시간쯤 내줄 수 있는 분이 없을까요? 살인 사건 수사에 경험이 많고 경찰 내에서도 영향력이 있는 해결사 같은 분 말입니다. 그리고 때때로 제가 만나볼 수도 있으면 좋겠습니다. 폭로하는 일이냐고요? 경사님도 역시 그 기사에 속아 넘어가셨군요, 하하! 경찰관의 아들인 제가요? 아닙니다, 경사님, 절대로 그런 일이 아닙니다. 제 말을 믿으세요……. 누구요? '키츠'라고요? 감사합니다……. 경사님, 천만의 말씀입니다. 혹시 아주 작은 것이라도 도움을 주실 만한 일이 있다면 언제든 환영입니다."

엘러리는 선셋 스트리트 아래쪽 윌콕스에 위치한 할리우드 경찰국에 전화를 걸어 키츠 경위와의 통화를 요청했다. 키츠 경위가 통화 중이어서 엘러리는 전화번호를 남기고 통화가 끝나는 대로 연락을 달라고 부탁했다.

20분 후, 차 한 대가 엘러리의 집 앞에 멈춰 섰다. 편안하게 보이는 양복을 입은 크고 야윈 사내가 차에서 내려 초인종을 누르고 엘러리가 사는 집의 조그마한 정원을 신기한 듯이 둘러보았다. 커튼 뒤에 몸을 숨긴 엘러리는 그가 세일즈맨이 아닐 거라고 결론지었다. 아무것도 들고 있지 않았던 데다 그의 태도에서 뭔가 즐거워하는 듯한 기색이 엿보였기 때문이었다. 복장이 지나치게 말쑥하긴 하지만 신문기자일 수도 있다. 어쩌면 스포츠 방송의 아나운서나 휴가 중인 베테랑 항공기 조종사일지도 모른다.

윌리엄스 부인이 나타나 걱정스러운 듯이 전했다.

"퀸 씨, 경찰관이 왔어요. 무슨 일이 있었나요?"

"윌리엄스 부인, 염려 마세요. 키츠 경위이신가요? 이렇게 직접 와주시다니 몸 둘 바를 모르겠군요. 전화를 걸어달라고 메시지를 남겼을 뿐인데요."

"로더티 경사에게 전화로 용건을 들었습니다. 전화를 걸 것 없이 바로 뛰어왔지요. 감사합니다만, 근무 중에는 술을 마시지 않습니다."

할리우드의 경찰이 입구에 서서 말했다.

"근무 중이시라고요? 아, 윌리엄스 부인, 문을 닫아주세요. 근무 중이시라고요, 경위님? 경사님한테 말씀드리길……."

키츠 경위는 모자를 연두색 의자 위에 단정하게 내려놓으며 말했다.

"들었습니다. 선생께서 추리소설을 쓰는데 전문가의 조언이 필요하시다면서요. 퀸 선생, 어떤 얘기를 해드릴까요? 살인 사건이 로스앤젤레스에서는 어떻게 보도되는지 알려드릴까요? 그런 건 〈미러〉나 〈뉴스〉 지에서나 필요한 거겠죠. 선생이 정말 원하는 게 뭡니까?"

엘러리는 그를 빤히 쳐다보았다. 그러고서 그들은 옛 친구처럼 함께 씩 웃고 악수를 나눈 뒤 의자에 걸터앉았다.

키츠 경위는 연한 갈색 머리를 한 서른여덟 내지 마흔 살가량 돼 보이는 남자로, 불그스레한 눈썹 밑의 눈은 맑으나 어딘가 서먹서먹한 느낌을 주는 회색이었다. 두 손은 크고 손질이 잘 되어 있어서 믿음직스럽게 보였다. 왼손 네 번째 손가락에는 금반지를 끼고 있었다. 두 눈은 이지적인 느낌을 주었고 턱은 고난 속에서 더욱 굳어진 듯했다. 그의 태도는 약간 오만한 듯 보였다. 그가 영리하며 무뚝뚝한 경찰일 거라고 엘러리는 판단했다.

"경위님, 불을 붙여드릴까요?"

"손톱에요?"

키츠 경위는 꽁초가 된 담배를 두 입술 사이에서 떼면서 웃었다. 불이 붙어 있지 않았다.

"퀸 선생, 저는 금연 중입니다. 그냥 물고만 있는 거예요. 관심 가는 사건이라도 있습니까? 세상에 알려지길 원치 않는 그런 사건인가요?"

그는 으스러진 담배를 재떨이에 버리고 새 담배를 손에 쥐고는 의자 등받이에 기댔다.

"어제 아침에 알게 되었습니다. 혹시 보석 도매상 리앤더 힐이라는 사람의 죽음에 대해서 무언가 아시는 게 있습니까?"

키츠 경위는 불도 붙이지 않은 담배를 입에 물었다.

"그 여자가 선생한테 찾아간 모양이군요. 저희 경찰국에서도 그 사건을 조사했었죠. 그 여자는 골칫덩어리였어요. 죽은 개와 편지 한 장 때문에 아버지가 겁에 질려 죽었다는 얘길 하더군요. 하지만 편지는 없었어요. 허무맹랑한 얘기였죠. 우리 경찰보다는 당신네들이 다루기 좋은 사건인 것 같은데요."

엘러리는 그에게 리앤더 힐의 편지를 건넸다.

키츠 경위는 그 편지를 천천히 읽었다. 그리고 쪽지를 앞뒤로 훑어보았다.

"아무튼 힐 씨의 필적이 확실합니다. 그가 만든 사본이 분명하고요. 힐 씨의 찢어진 매트리스 속에서 찾아냈어요."

"퀸 선생, 원본은 어디 있죠?"

"아마 없애버렸을 겁니다."

키츠 경위는 종이를 내려놓았다.

"설사 이것이 진짜라 하더라도, 여기에는 힐 씨의 죽음과 살인 계획을 연결하는 법적 근거가 전혀 없습니다. 물론 보복 행위란……."

"경위님, 저도 압니다. 경찰들을 몹시 골치 아프게 하는 부류의 사건이죠. 모든 증거가 정신병자를 암시하고 있고 잠재적 피해자는 협조하려고 하지 않아요."

"그게 누구죠?"

"이 편지에 나오는 '그'요."

엘러리는 키츠 경위에게 로저 프라이엄의 이상한 상자에 대해서, 그리고 엘러리가 프라이엄의 저택을 방문했을 때 프라이엄이 무심코 입 밖에 낸 것에 대해서 말했다.

"이 사건 뒤에는 고약한 상상이라고 치부하기 어려운 것이 있습니다. 프라이엄을 조사해서 성과를 얻지 못한다고 하더라도 조사해보아야만 한다고 생각하지 않으세요?"

형사는 불이 붙지 않은 담배를 입에 물고 빨았다.

엘러리는 자신의 타자기를 흘끗 보고는 딜리아 프라이엄을 생각하면서 말했다.

"이 사건의 어느 부분이 제게 필요한지 잘 모르겠어요. 다만 일을 시작하기 전에 조금 더 파보고 싶습니다. 만약 우리가 힐의 과거와 프라이엄의 과거에서 무언가를 찾아낼 수 있다면 이 편지는 보통의 정신병자가 쓴 것이 아니게 되겠죠……."

"은밀히 처리하길 바라는 겁니까?"

"네. 해주실 수 있겠습니까?"

키츠 경위는 잠시 침묵을 지켰다. 그는 그 편지를 집어 들고 다시 읽었다.

"가져가도 되겠습니까?"

"물론입니다. 하지만 돌려주셔야 합니다."

키츠 경위가 일어서며 말했다.

"복사하도록 하죠. 퀸 선생, 앞으로 제가 어떻게 할지 알려드리겠습니다. 저는 서장님께 이 건에 대해 말씀드릴 생각입니다. 서장님이 조사할 가치가 있다고 판단하신다면 이 사건을 파보도록 하죠."

"아, 키츠 경위님."

"예?"

"앨프리드 월리스라는 사람도 캐보세요……. 로저 프라이엄의 비서입니다."

그날 오후 딜리아 프라이엄이 전화를 걸었다.

"댁에 계시다니 놀랍군요."

"프라이엄 부인, 제가 어디 있을 거라고 생각하셨나요?"

그녀의 목구멍을 울리는 목소리를 듣자 엘러리는 피가 끓기 시작했다. 제기랄, 그녀는 고된 노동을 한 후에 마시는 칵테일의 첫 잔과 같았다.

"수사하러 나갔거나, 아니면 탐정이 하는 일을 하고 있을 거라 생각했죠."

"아직 사건을 정식으로 맡은 건 아닙니다. 마음의 결정을 내리지 않았으니까요."

그는 쾌활한 목소리를 유지하기 위해 주의를 기울였다.

"어제 일로 저에게 화가 나셨군요."

"화가 났냐고요? 프라이엄 부인!"

"죄송해요. 화나신 줄 알았어요."

이제는 미안하다고?

"제가 괜히 과민 반응을 보였나 봐요. 저는 언제나 저항하지 않는 편을 택하거든요."

"모든 일에서요?"

"제게 좋은 모범을 보여주세요."

그녀의 웃음소리는 부드러웠다.

그는 이렇게 말하고 싶었다. '오늘 오후 내게 들른다면 기꺼이 보여드리지요'라고. 그러나 그 대신에 그는 불쾌감을 주지 않도록 말했다.

"지금 누가 누구를 심문하고 있는지 모르겠군요."

"퀸 씨, 당신은 참 신중한 분이군요."

"글쎄요, 프라이엄 부인, 전 아직 사건을 맡지 않았습니다."

"당신이 결단을 내리도록 제가 도울 수 있을 거라 생각하시나요?"

물고기가 먹이를 물었군. 어서 낚싯줄을 당겨라…….

"프라이엄 부인, 아시다시피 위험한 제안일지도 몰라요……. 프라이엄 부인? 여보세요!"

그녀는 낮은 목소리로 재빨리 말했다.

"전화를 끊어야 해요."

전화가 끊어졌다.

엘러리는 수화기를 내려놓았다. 그는 진땀을 흘리고 있었다. 스스로에게 너무나 짜증이 난 그는 2층에 올라가서 샤워를 했다.

로렐 힐은 그로부터 스물네 시간 이내에 두 번이나 그의 집을 찾아왔다. 처음에는 그저 지나가다가 들러서 아무 일도 없었다고 보고해야겠다는 생각에서였다. 프라이엄은 그녀를 만나주지 않으려 했고, 전과 다름없이 사나운 짐승처럼 고약하게 굴고 있다고 했다. 딜리아가 엘러리에 대해서, 그리고 그가 무얼 하고 있는가에 관해서 정보를 얻으려고 너무 캐물었기 때문에 그녀는 이상한 생각이 들지 않을 수가 없다고 말했다.

엘러리의 시선이 그의 타자기에만 쏠려 있었기 때문에 얼마 후 로렐은 불쑥 가버렸다.

그녀는 이튿날 아침에 다시 찾아와 무모할 정도로 적개심을 드러냈다.

"이 사건을 맡을 건가요, 맡지 않을 건가요?"

"로렐, 아직 모르겠어요."

"변호사와 의논했어요. 유산 문제는 수속이 끝나지 않았지만 의뢰비로 5천 달러는 드릴 수 있어요."

"로렐, 돈 문제가 아닙니다."

"사건을 맡기가 귀찮으시다면 말씀하세요. 다른 사람을 찾아볼 테니까요."

"물론, 언제든 그런 대안이 있죠."

"당신은 여기 앉아만 있잖아요!"

"몇 가지 사전 조사를 하고 있는 거예요."

엘러리는 성난 듯이 말했다.

"여기 이 상아탑에서요?"

"회칠을 한 집이죠. 로렐, 앞으로 어떤 행동을 취할지는 전적으로 내가 찾아내는 정보에 달려 있어요."

로렐이 큰 소리로 외쳤다.

"당신, 딜리아에게 매수당했군요. 틀림없어요. 딜리아는 이 사건을 수사하는 걸 바라지 않아요. 그날 그녀는 제가 무슨 일을 하려는 건지 알아보려고 저를 따라온 거예요. 나머지는 다 허튼수작이었어요. 그녀는 로저가 죽는 걸 원하고 있어요! 그리고 그건 아시다시피 어떻게 되든 상관없는 일이에요. 제가 관심이 있는 건 오로지 리앤더 힐의 사건이에요. 하지만 딜리아가 방해하고 있어요."

"로렐, 당신은 고작 열아홉 살밖에 안 됐어요."

그는 노여움을 드러내지 않으려고 했다.

"딜리아가 당신에게 줄 수 있는 걸 저는 줄 수 없어요."

"로렐, 딜리아 프라이엄은 아무것도 제안하지 않았어요. 수임료 얘기조차도 하지 않았어요."

"돈만을 말하는 게 아니에요!"

그녀는 울상이 되어 있었다.

"당신은 지금 너무 예민해져 있어요. 로렐, 진정해요. 지금은 기다리는 것 말고 아무것도 할 게 없어요."

그녀는 성큼성큼 걸어 나갔다.

이튿날 아침, 늦은 아침 식사 쟁반에 받쳐 온 신문을 펼쳤을 때, 엘러리는 자신을 노려보고 있는 로저 프라이엄, 리앤더 힐 그리고 크로 맥고언을 발견했다. 맥은 나무에서 노려보고 있었다.

> 백만장자, 살인 협박 부인
> 동업자 살해, 사실 아니라고 밝혀
>
> 오늘 오전, 로스앤젤레스의 부유한 보석 도매상 로저 프라이엄 씨는 지난주 동업자 리앤더 힐 씨의 목숨을 앗아 갔다고 알려진 일련의 살인 계획의 다음 피해자로 지목된 것에 대해 기자들의 질문이 쏟아지자, 힐 씨가 살해되지 않았으며 생명을 위협하는 협박장을 받은 사실이 없다고 부인했다. 프라이엄 씨는 할리우드 볼 위쪽에 위치한 저택에서 외부와 단절된 채 스스로 감금 생활을 하고 있다…….

프라이엄은 신문기자를 몰아낸 후에 비서 앨프리드 월리스를 통해 간단한 성명문을 내어 거듭 부인하고 힐의 사인은 '당국이 발표한 내용' 그대로라고 덧붙였다.

로스앤젤레스 경찰청 할리우드 경찰국 형사들은 이날 아침 힐 씨의 딸 로렐 힐 양이 자신의 아버지가 '겁에 질려 죽었다'고 주장했다는 사실을 시인했으나, 그 주장을 뒷받침할 만한 아무런 증거도 발견하지 못했으며 그러한 주장은 '터무니없다'고 일축했다. 프라이엄 저택에 인접한 곳에서 기자회견을 가진 힐 양은 '로저 프라이엄은 모래 속에 범인의 머리를 처박고 싶어 하지만 결국 그 자신의 머리가 처박히게 될 것'이라고 말했다. 그녀는 자신의 아버지와 프라이엄 씨가 '두 사람의 과거에서 나타난 원수'의 손에 살해되도록 살생부에 올라 있다는 사실을 믿을 만한 이유가 있음을 시사했다.

기사는 '프라이엄 씨는 크로 맥고언 씨(23세)의 의붓아버지인 것으로 알려졌다. 핵 시대의 나무 청년으로 알려진 맥고언 씨는 세계의 종말에 대비하여 의붓아버지의 사유지에 있는 나무 집에서 나체로 기거하는 것으로 최근 대서특필된 바 있다'는 내용으로 끝을 맺었다.

로스앤젤레스의 신문 보도는 정상적인 표준을 유지하고 있다고 생각하며 엘러리 퀸은 힐 저택에 전화를 걸었다.

"로렐? 오늘 아침에 당신이 직접 전화를 받을 거라고는 생각 못 했어요."

"저는 숨길 일이 없으니까요."

로렐은 '저'라는 대명사를 아무런 강조 없이 말했다. 게다가 그녀는 냉담했다. 매우 냉담했다.

"질문이 있어요. 프라이엄에 관한 정보를 신문에 흘렸나요?"

"아니요."

"맹세할 수 있나요?"

"안 했다고 했잖아요!"

그리고 전화가 쾅 하고 끊어졌다.

알 수 없는 일이었다. 엘러리는 윌리엄스 부인이 점심이라고 고집스럽게 우겼던 아침을 먹으면서 이에 대해 골똘히 생각했다. 그가 두 번째 커피 잔을 내려놓고 있을 때, 키츠 경위가 신문을 호주머니에 넣고서 들어왔다.

윌리엄스 부인이 식탁에 한 사람의 자리를 더 만들었을 때 엘러리가 말했다.

"경위님이 와주시기를 바라고 있었습니다. 고마워요, 윌리엄스 부인. 나머지는 제가 할게요……. 무엇이 어디로 새는지 정확히 모르기 때문에 전화는 위험하다고 생각했어요. 그래서 여태까지 어떻게 돌아가는지 모르고 있었죠."

"당신이 새끼 고양이를 기르고 있던 것이 아니군요……? 감사합니다. 크림과 설탕은 안 넣습니다."

"물론 아니죠. 전 경위님이 아닐까 생각했어요."

"아닙니다. 분명 힐의 딸일 겁니다."

"로렐도 아닙니다. 방금 물어봤습니다."

"이상하군요."

"그렇죠. 어떻게 새어 나간 거죠?"

"사회부로 전화가 걸려왔다고 합니다. 위장한 목소리여서 추적할 수 없었대요."

"남자인가요, 여자인가요?"

"남자라고 했지만, 이상하게 목소리가 높아서 여자일지도 모른다고 했어요. 이 도시에는 배우들이 득실거리니까 누군지는 절대로 알 수 없죠."

키츠 경위는 자기도 모르게 성냥불을 켰다가 고개를 흔들고는 불을 껐다. 그는 담배를 쳐다보면서 얼굴을 찌푸렸다.

"퀸 선생, 만약 이 사건에 무언가 있다면, 그 밀고는 아마…… 좀 이상하게 들리겠지만……."

"편지 쓴 사람을 말씀하시는 겁니까? 경위님, 저도 그 생각을 하고 있었습니다."

"압박이군요."

"프라이엄의 신경을 건드리려고 한 거겠죠."

키츠 경위가 일어섰다.

"만약 그자가 강철 같은 신경의 소유자라면…… 글쎄요. 이렇게 해서는 진척이 되는 게 없을 겁니다."

"힐과 프라이엄에 대한 정보는 아직 없습니까?"

경위는 천천히 담배를 짓이겼다.

"아직 없습니다. 퀸 선생, 이건 몹시 고약한 사건일지도 몰라요. 지금까지 저는 제1루까지도 가지 못했습니다."

"무엇 때문에 더 나아가지 못하고 있나요?"

"아직 모르겠습니다. 며칠 시간을 주세요."

"월리스는 어떻습니까?"

"뭔가 발견하게 되면 말해드리죠."

그날 오후 늦게—그날은 21일로 천주교 신자들의 행진이 있던 다음 날이었다—엘러리는 타자기에서 눈을 돌려 창문을 바라보았다. 딜리아 프라이엄의 크림색 컨버터블이 들어오는 모습이 보였다.

그는 윌리엄스 부인이 현관에 나갈 때까지 일부러 참고 기다렸다.

그가 머리를 만져 다듬고 있을 때, 윌리엄스 부인이 들어왔다.

"그 나체족 남자가 왔어요. 계신다고 할까요?"

맥고언은 혼자였다. 그는 나무 위에 있을 때와 같은 차림을 하고 있었다. 이번에는 밝은 주황색 천을 허리에 두르고 있었다. 그는 엘러리의 손을 힘없이 쥐고 얼음이 든 스카치 잔을 받아 들고는 소파에 앉아서 맨발을 전망창의 창턱에 올려놓았다.

"본 적이 있는 차 같은데요."

엘러리가 말했다.

"어머니 차예요. 제 차는 기름이 떨어졌어요. 제가 방해가 됩니까?"

거인은 타자기를 쳐다보았다.

"어떻게 저런 걸로 소설을 만들어내죠? 어쨌든 당신을 만나야만 했어요."

그는 불안한 듯 보였다.

"맥, 무슨 일로 왔죠?"

"그게…… 전 당신이 이 사건을 맡지 않기로 한 이유가 사례금이 적기 때문일 거라고 생각했어요."

"그래요?"

"그러니까…… 당신이 들인 시간이 아깝지 않도록 제가 더 많이 드릴 수도 있다는 거죠."

"맥, 저를 고용하고 싶다는 건가요?"

"그런 셈이죠."

이렇게 제안하고 나자 그는 안도한 듯 보였다.

"저도 생각해보았습니다……. 그 편지, 그리고 힐 노인이 죽은 개를 받던 날 아침, 로저가 받은 상자 속에 들어 있던 것을 말입니다. 퀸 씨, 어찌 되었든 그 상자 속에는 무언가 들어 있었을 겁니다."

엘러리는 호기심에 찬 눈초리로 그를 쳐다보았다.

"뭔가 들어 있다고 하죠. 그런데 왜 수사하는 데 돈을 쓸 정도로 관심을 갖는 거죠?"

"로저가 제 어머니의 남편이라 그렇다고 할까요?"

"참으로 감동적이군요. 맥, 언제부터 두 사람이 그렇게 죽고 못 살았죠?"

맥고언의 구릿빛 얼굴이 한층 더 어둡게 변했다.

"제 뜻은…… 로저와 사이가 좋지 못한 건 사실입니다. 그는 언제나 저를 다른 사람들처럼 지배하려고 했어요. 하지만 선의로 그랬으니까……."

엘러리는 미소를 지었다.

"그래서 당신은 크로 프라이엄이 아닌 크로 맥고언이라는 이름을 사용하는 겁니까?"

크로는 웃음을 터뜨렸다.

"맞아요. 나는 제대로 일하지 않고 얻은 로저의 재산이 싫어요. 우리는 늘 들개처럼 싸웠어요. 어머니가 그 사람과 결혼했을 때, 그는 나를 법적인 양자로 삼으려고 하지 않았어요. 내가 자신에게 매달리길 원했기 때문이었죠. 그때 나는 너무 어렸고, 그런 사실 때문에 그가 싫었어요. 그래서 내 아버지의 성을 그대로 썼고 로저에게서 돈을 받지 않았어요. 내가 영웅적인 인물이어서가 아니에요. 아버지가 남겨준 신탁예금에서 작은 수입이 있었어요. 그것 때문에 프라이엄과의 관계가 어떠했을지 상상할 수 있을 거예요."

그는 다시 웃음을 터뜨렸다가 부자연스럽게 멈추며 말했다.

"최근 한두 해 사이에 제가 철이 들었나 봐요. 어머니 때문에 그를 용서하고 있어요. 그뿐입니다."

그는 밝은 표정으로 덧붙여 말했다.

"어머니 때문이에요. 그래서 전 이 사건을 철저히 규명하고 싶은 겁니다. 퀸 씨, 아시겠습니까?"

"당신 어머니는 프라이엄을 사랑하고 있나요?"

"그게 아니라면 왜 결혼했겠어요?"

"맥, 솔직하게 말해봐요. 지난번 당신의 나무 집에 올라갔을 때, 당신 어머니가 이미 나를 고용하고 싶어 했다고 슬쩍 말했잖아요. 로렐은 말할 것도 없이 말이에요. 도대체 어떻게 된 거죠?"

맥고언은 성난 듯이 일어섰다.

"제가 의뢰하는 이유가 그렇게 중요한가요? 진지하게 부탁하는 겁니다. 제가 원하는 건 오직 이놈의 사건을 깨끗이 해결하는 겁니다. 원하는 비용을 말씀하시고 곧장 착수해주세요!"

"맥, 교과서에 나오는 말을 빌려 말하자면 당신 스스로 알 때까지 그냥 두겠습니다. 그게 제가 할 수 있는 최선이니까요."

"도대체 뭘 기다리고 있는 겁니까!"

"두 번째 경고죠. 맥, 이 사건이 진짜라면 두 번째 경고가 나타날 겁니다. 그게 나타날 때까지 난 아무것도 할 수 없어요. 프라이엄이 고집을 부리고 있지만, 당신과 당신 어머니가 그저 눈을 크게 뜨고 있으면 큰 도움이 될 겁니다. 저는 그때 결정을 내릴 겁니다."

"무엇을 감시해야 하죠? 또 다른 이상한 상자인가요?"

젊은이가 비웃었다.

"그건 모르죠. 하지만 맥, 그게 무엇으로 밝혀지든 간에 물건이 아니라 사건일 가능성이 있어요. 당신과 당신 어머니에게 아무리 시시하고 어리석은 것으로 보일지라도 평범하지 않은 일이 일어난다면 곧바로 저한테 알려주세요."

엘러리는 문득 생각이 떠오른 듯 덧붙여 말했다.

"당신이나 당신 어머니 둘 다 말입니다."

전화벨이 울리고 있었다. 그는 벨 소리가 아까부터 들렸다는 사실을 의식하면서 눈을 떴다.

전등을 켜고 손목시계를 보느라 눈을 깜박거렸다. 4시 35분. 그는 1시 반이 되어서야 잠이 들었었다.

"여보세요?"

엘러리가 중얼거렸다.

"퀸 씨."

딜리아 프라이엄이었다.

"네?"

엘러리는 여느 때보다 더 정신이 바짝 들었다.

"제 아들 크로가 전화를 하라고 했어요. 만일……."

그녀의 목소리는 겁을 먹고 있는 듯이 멀게 느껴졌다.

"네? 말씀하세요."

"별일 아닐지도 몰라요. 하지만 당신이 크로에게 말했다지요."

"딜리아, 무슨 일이 일어났습니까?"

"로저가 병이 났어요, 엘러리. 볼루타 박사가 와 있어요. 박사는 프토마인* 중독이라고 하더군요. 하지만……."

"곧 가도록 하죠!"

볼루타 박사는 턱 밑의 살이 늘어지고 눈빛이 흐릿한 게 야무져 보이지 못한 사람으로, 한눈에 정이 떨어지는 그런 부류였다. 박사는 노란 실크 셔츠 위에 감색 바람막이 재킷을 입고 기름을 바른 갈색 머리카락을 완전히 뒤로 넘기고 있었다. 발에는 모직 슬리퍼를 신고 있었다. 엘러리는 그를 두 번이나 '블라이 선장'**이라고 부를 뻔했다. 더러워진 하얀색 즈크 바지와 터틀넥 스웨터를 아무렇게나 입은 엘러리를 보고서 프라이엄의 주치의가 반대로 크리스천 씨라고 불렀어도 그는 놀라지 않았을 것이다.

"당신네들의 문제점은 살인을 정말로 즐기고 있다는 거요. 그렇지 않으면 복통이 일어날 때마다 살인이라고 생각하지 않을 거요."

볼루타 박사가 구겨진 침대 요에서 오물을 쓸어 모아 샘플 수집용 병 속에 담으며 말했다.

엘러리가 입을 열었다.

"복통이 심했던가 보군요. 박사님, 마개는 바로 싱크대 위에 있습니다."

"고맙소. 프라이엄은 돼지나 다름없어요. 아무리 건강한 사

---

* 단백질의 부패로 생기는 유독물.
** 《바운티호의 반란》에 등장하는 잔혹한 성격의 선장으로 선원인 크리스천과 대립하는 인물.

람이라 해도 너무 과하게 먹으니 말이야. 소화기관 자체에도 의학적으로 문제가 있다오. 몇 년 전부터 잠자리에서 간식을 먹지 말라고 당부했는데. 특히 양념이 강한 생선은 안 된다고 그렇게 말했건만."

"그는 양념이 강한 생선을 좋아한다고 들었습니다."

볼루타 박사가 잘라 말했다.

"난 팔팔한 금발을 좋아한다오, 퀸 씨. 하지만 식욕은 억제하지요."

"박사님께서 참치에 문제가 있다고 하신 줄로 아는데요."

"확실히 참치에 문제가 있어요. 나도 맛을 보았소. 하지만 진짜 문제는 거기 있는 게 아니오. 만약 프라이엄이 내 지시를 귀담아 들었더라면 애초에 아무것도 먹지 않았을 거라는 점이지."

그들은 식료품 저장실로 향했다. 볼루타 박사는 남아 있던 참치를 담은 플라스틱 접시를 덮을 것을 찾느라 초조하게 두리번거리고 있었다.

"그럼 박사님 의견은……?"

"내 의견은 이미 말했잖소. 참치가 담긴 깡통이 부패한 상태였어요. 퀸 씨, 당신은 부패한 통조림 음식을 처음 보는 겁니까?"

그는 왕진 가방을 열고 외과용 장갑을 움켜쥐더니 접시 위로 그것을 잡아당겼다.

"볼루타 박사님, 전 빈 깡통을 조사해보았습니다."

엘러리는 캔 수거함에서 빈 깡통을 꺼내 들고 있었다. 다행스럽게도 로스앤젤레스에서는 빈 깡통을 쓰레기통에 넣지 않도록 되어 있었다.

"빈 깡통이 불룩해진 걸 보지 못했는데요?"

박사는 의견이 다른 듯이 말했다.

"그 빈 깡통을 썩은 참치가 든 깡통으로 생각하는군. 어떻게 안 거요?"

"요리사가 말해주었습니다. 그게 오늘 개봉한 유일한 참치 통조림이라고 하더군요. 자러 가기 바로 전에 땄으니 쓰레기통 맨 위에서 그 깡통을 발견한 겁니다."

볼루타 박사는 두 손을 들며 말했다.

"미안하지만 손을 씻어야겠소."

엘러리는 아래층 화장실 문간까지 박사를 따라갔다.

"박사님, 샘플용 병과 접시를 좀 봐야겠습니다."

그는 미안하다는 듯 말했다.

"그것들을 저에게 넘겨주진 않으실 테니까요."

"퀸 씨, 당신이 무슨 말을 하고 있는지 하나도 모르겠소. 난 아직도 그게 죄다 허황한 얘기라고 생각하고 있어요. 하지만 이것을 분석해야만 한다면 내가 직접 경찰에 가져다줄 거요. 뒤로 물러서주지 않겠소? 문을 닫아야겠군요."

"병을 보여주세요."

엘러리가 말했다.

"오, 제발 그만둬요."

볼루타 박사가 등을 돌리고 수도꼭지를 틀자 쉭 하는 소리가 났다.

그들은 키츠 경위를 기다리고 있었다. 시간은 거의 6시가 가까웠고, 동이 트는지 창밖으로 희뿌옇게 세상의 윤곽이 드러나고 있었다. 집 안은 추웠다. 프라이엄은 관장을 마치고 잠들어 있었다. 임종이 가까운 왕처럼 안락의자에 누워 있었고, 덮은 담요 위로 검은 수염이 불거져 나와 있었다. 앨프리드 월리스가 문을 닫아 엘러리를 들어오지 못하게 하기 전까지 그 모습을 보고서 엘러리의 머릿속에 떠오른 이미지는 무덤 속에 누워 있는 아시리아의 왕 센나케리브였다. 하지만 그런 생각은 아무런 도움이 되지 않았다. 월리스는 프라이엄의 방문을 안에서 잠가버렸다. 그는 응급 시에 그가 쓰기로 되어 있는, 프라이엄의 방 안에 있는 침대 겸용 소파 위에서 나머지 밤을 보내고 있었다.

크로 맥고언은 퉁명스럽게 말했다.

"제가 당신과 약속만 하지 않았더라면 어머니가 당신에게 전화를 걸도록 하지는 않았을 겁니다. 조금 토했기로서니 이렇게 냄새가 고약해서야. 볼루타 박사에게 맡기고 집으로 돌아가세요."

그는 하품을 하고서 자신의 참나무 집으로 돌아가버렸다.

딜리아 프라이엄의 아버지 콜리어는 부엌에서 조용히 차 한 잔을 타고는 찻잔을 들고 빠른 걸음으로 계단을 오르고 있었다. 그는 엘러리를 보더니 잠시 걸음을 멈추고 싱긋 웃었다.

"바보는 폭식을 멈춰야 해."

딜리아 프라이엄……. 엘러리는 그녀를 전혀 보지 못했다. 올바르게 처신할 준비가 되어 있긴 했지만 엘러리는 내심 한밤중에 그녀와 만나게 되리라는 기대를 가지고 있었다. 물론 그녀가 그것을 알 리 없었다. 엘러리가 도착했을 무렵, 그녀는 2층 자신의 침실로 돌아가버렸던 것이다. 어떤 면에서 그는 품행에 대한 그녀의 감각이 자신의 심리 상태와 매우 미묘하게 맞춰지는 걸 다행으로 여기고 있었다. 사실 그녀는 놀라울 정도로 상황을 예리하게 파악하고 있었다. 동시에 그는 약간 허전함을 느꼈다.

엘러리는 대담한 눈초리로 볼루타 박사의 감색 등을 노려보았다. 거대한 등에는 커다란 비곗덩이 주름들이 꿈틀거리고 있었다.

그는 물론 의사를 쫓아버리고 2층으로 올라가 그녀의 방문을 두드릴 수도 있었다. 이러한 사건에는 언제나 물어볼 의문점이 한두 가지는 있기 마련이었다.

그녀가 무얼 하고 있을지 궁금했다.

그리고 아침 6시에 어떤 얼굴을 하고 있을지도 궁금했다.

엘러리는 얼마간 그런 생각을 하며 시간을 보냈다.

박사는 돌아서서 수건을 찾으며 말했다.

"보통 때면 난 어서 꺼지라고 당신에게 말했을 거요. 그러나 존경받는 의사라면 이 도시에서는 입이 무거워야 해요. 퀸 선생, 로렐이 리앤더 힐의 죽음을 타살이라고 지껄이기 시작하면서 문제가 시작된 거요. 나는 당신 같은 부류의 사람을 잘 알아요. 유명해지고 싶어 안달이 나 있지."

그는 세면대에 수건을 던지고 병과 플라스틱 접시를 들어 단단히 손에 쥐었다.

"퀸 씨, 나를 감시하지 않아도 돼요. 나는 이 용기를 당신에게 내주지 않을 거요. 그런데 경찰은 어디 있는 거요? 밤새 한숨도 못 잤건만."

엘러리가 씩 웃으며 입을 열었다.

"박사님, 누가 〈해변의 부랑자〉라는 영화에 나오는 찰스 로턴을 닮았다고 하지 않던가요?"

그들은 차를 타고 도착한 키츠 경위가 서둘러 들어올 때까지 서로 노려보고 있었다.

그날 오후 4시, 엘러리가 빌린 카이저를 몰고 프라이엄 저택 앞에 도착했을 때 키츠 경위의 차는 벌써 그곳에 와 있었다. 안면 근육에 심한 경련이 일어난 채로 하녀가 그를 거실로 안내했다. 키츠 경위는 자연석 벽난로 앞에 서서 손에 든 종이의 모서리 부분으로 이를 톡톡 두드리고 있었다. 로렐 힐, 크로 맥고언, 딜리아 프라이엄 세 사람이 마치 꾸지람을 듣는 학생들처럼 경위 앞에 앉아 있었다. 엘러리가 들어서자 그들은 고개를 돌렸다. 엘러리가 보기에 로렐은 냉정하게 그가 오기를 기다리고 있었고, 맥고언은 불안해 보였으며 딜리아는 놀라는 것 같았다.

"경위님, 미안합니다. 차에 기름을 넣느라고 늦었습니다. 그건 실험실 보고서인가요?"

키츠 경위는 그 서류를 엘러리에게 건네주었다. 세 사람의 시선도 서류를 따라 움직였다. 엘러리가 그 서류를 돌려주었을 때도 역시 그들의 시선이 움직였다.

"퀸 선생, 이분들에게 보고서의 내용을 대충 설명해주는 게 좋겠습니다. 저도 그래야 사정을 제대로 이해할 것 같습니다."

키츠 경위가 말했다.

엘러리는 고개를 끄덕였다.

"제가 오늘 아침 5시경에 여기 왔을 때 볼루타 박사님은 식중독이라고 확신했습니다. 사실은 이렇습니다. 볼루타 박사님이 충고했음에도 불구하고 프라이엄 씨는 변함없이 취침 전에 간식을 먹었던 모양입니다. 이러한 습관은 이미 다들 알고 있었죠. 프라이엄 씨는 불면증이 있어 보통 늦은 시간에 잠자리에 듭니다. 반면에 요리 담당인 기티에레스 부인은 일찍 일을 끝내고 쉬는 편입니다. 따라서 프라이엄 씨는 보통 밤중에 먹고 싶은 음식을 월리스 씨에게 말하고 월리스 씨는 요리사가 쉬러 가기 전에 메뉴를 통보합니다. 기티에레스 부인은 주문대로 간식을 만들어 냉장고에 넣어두고 방에 들어가죠.

어젯밤 프라이엄 씨가 좋아하는 참치 요리 주문이 떨어지자 기티에레스 부인은 식료품 저장실에서 나름 유명한 브랜드의 참치 통조림을 꺼내 프라이엄 씨가 좋아하는 대로 잘게 썬 양파와 맵지 않은 피망, 샐러리와 마요네즈 소스를 듬뿍 넣고 신선한 레몬 반 개 분량의 즙과 새로 간 후추, 그리고 소량의 소금, 소량의 우스터소스, 겨자 분말 반 티스푼, 오레가노와 사향초 분말 한 줌을 넣어 요리한 뒤 뚜껑을 덮어 음식을 담은 그릇을 냉장고에 넣어두었습니다. 그러고는 부엌을 정리하고 자러 갔습니다. 기티에레스 부인은 약 10시 20분 전에 부엌을 떠나면서 야간 비상등을 켠 채 두었습니다."

엘러리는 어느 한 쌍의 눈길에 방해받지 않도록 벽난로 위에 걸려 있는 스페인 대공의 유화를 보며 말을 이었다.

"밤 12시 10분쯤 앨프리드 월리스는 로저 프라이엄의 명을 받고 간식을 가지러 왔습니다. 냉장고에서 참치 샐러드 그릇을 꺼내어 캐러웨이 씨가 박힌 호밀 빵과 스위트 버터, 뚜껑을 닫은 우유 한 병과 함께 쟁반에 받쳐 프라이엄 씨의 서재로 가져갔습니다. 가져온 음식을 죄다 먹어치우지는 못했지만 프라이엄 씨는 양껏 먹었을 겁니다. 윌리스는 잠자리에 들 준비를 하고 전등을 끈 뒤 남은 음식을 부엌으로 다시 가져갔고요. 그는 쟁반을 그대로 두고 2층 자기 침실로 올라갔습니다.

오늘 새벽 3시쯤 윌리스는 프라이엄 씨의 방으로 통하는 인터폰의 부저 소리에 잠이 깼습니다. 그 소리는 프라이엄 씨가 고통에 못 이겨 부르는 소리였죠. 아래층으로 달려간 윌리스는 몹시 고통스러워하는 프라이엄 씨를 보았습니다. 윌리스는 곧장 볼루타 박사에게 전화를 걸고 위층으로 뛰어 올라가서 프라이엄 부인을 깨웠고요. 두 사람은 볼루타 박사가 몇 분 후 도착할 때까지 할 수 있는 조치들을 했죠."

맥고언은 화난 듯이 말했다.

"제기랄, 도대체 왜 이런 얘기를 들어야 하는지 모르겠군요."

딜리아 프라이엄이 아들의 팔 위에 손을 내려놓자 그는 입을 다물었다.

"퀸 씨, 계속하세요."

그녀가 낮은 목소리로 말했다. 그녀의 말에 한 남자의 모든 것이 긴장감에 휩싸였다. 엘러리는 그녀가 자신의 영향력의 정도와 범위를 정말로 알고 있는지가 궁금했다.

"제가 여기 도착했을 때 그 쟁반은 윌리스가 말한 대로 부엌에 있었습니다. 여러 사실을 알고 난 후에 저는 키츠 경위님에게 전화를 걸었습니다. 경위님이 도착하기를 기다리는 사이, 저는 밤참을 준비하는 데 사용되었던 모든 재료들을 한데 모았습니다. 향신료, 빈 참치 캔, 심지어 쟁반 위에 있는 남은 음식은 물론 레몬 껍질까지도 가져왔습니다. 그리고 꽤 많은 양의 샐러드, 호밀 빵, 버터, 우유도 있었습니다. 그러는 동안 볼루타 박사님은 프라이엄 씨가 토한 것을 그대로 병에 모았습니다. 키츠 경위님이 도착했을 때 우리는 모든 걸 경위님에게 넘겼습니다."

엘러리는 이야기를 중단하고 담배에 불을 붙였다.

키츠 경위가 말문을 열었다.

"저는 증거물들을 모두 감식과에 보냈습니다. 그리고 보고서를 받았습니다. 시시콜콜한 내용으로 여러분을 귀찮게 하지 않고 요점만 말씀드리겠습니다."

그는 서류를 힐끗 쳐다보았다.

"프라이엄 씨가 위에서 토해낸 것을 분석한 결과 비소가 발견되었습니다. 나머지는 전부 깨끗합니다. 향신료, 참치 캔, 레몬, 빵, 버터, 우유 등은 문제가 없었습니다. 단지 참치 샐러드에만 문제가 있었던 겁니다. 같은 종류의 비소가 남은 참치 샐러드에서도 발견되었습니다. 볼루타 박사는 잘못된 진단을 내렸습니다."

키츠 경위가 말했다.

"상한 생선에 의한 프토마인 중독 증상이 아닙니다. 비소가 들어 있는 샐러드가 야기한 비소 중독 증상입니다. 기티에레스 부인은 어젯밤 9시 40분경에 냉장고에 샐러드를 넣어두었습니다. 월리스 씨가 밤 12시 10분경 프라이엄 씨에게 가져갔고요. 그 시간 동안 부엌은 희미한 전등불만 켜진 채 비어 있었습니다. 이 두 시간 반 사이에 누군가가 부엌에 몰래 들어가 샐러드에 독을 넣었습니다."

엘러리가 덧붙였다.

"틀림없습니다. 밤마다 냉장고에는 프라이엄 씨가 먹을 음식이 담긴 그릇을 넣어둡니다. 그 그릇은 그의 밤참을 담을 용도로만 사용하는 특별한 것이죠. 게다가 아주 쉽게 알아볼 수 있도록 로저란 글자가 금색으로 새겨져 있습니다. 앨프리드 월리스가 크리스마스 선물로 로저 프라이엄 씨에게 준 겁니다."

키츠 경위가 말했다.

"문제는 프라이엄 씨를 독살하려고 한 자가 누구냐는 겁니다."

그는 상냥한 태도로 세 사람을 쳐다보았다.

딜리아 프라이엄은 갑자기 자리에서 일어나 손수건을 코에 대며 중얼거렸다.

"믿을 수가 없군요."

로렐은 딜리아의 등에 대고 미소를 보내며 말했다.

"저도 그렇게 생각해요. 아버지가 죽은 후부터 말이죠."

딜리아의 아들이 고함을 쳤다.

"제발 맥베스 부인이나 커샌드라 같은 미소를 짓지 말아요. 어머니와 나는 이 일로 소란이 벌어지는 걸 원치 않습니다."

로렐도 대꾸했다.

"맥, 아무도 당신을 탓하지 않아요. 내가 말하고 싶은 건 여태까지 내가 아편 구름 속에서 지껄이고 있지 않았다는 걸 이제 여러분들도 믿게 될 거라는 거예요."

"이제 그만!"

딜리아는 키츠 경위 쪽으로 돌아앉았다. 엘러리는 그가 불편해하면서도 샅샅이 보고 싶은 욕망을 억누르지 못하고 그녀를 바라보는 것을 느꼈다. 오늘 그녀는 기가 막히게 아름다웠다. 온통 새하얀 옷차림에 허리에는 커다란 나무 십자가가 달린 은사슬을 두르고 있었다. 이 스커트에는 길게 슬릿을 낸 곳이 전혀 없었고, 기다란 소매에 드레스는 목까지 올라왔다. 그러나 그녀의 등은 허리까지 속살을 드러내고 있었다. 어느 할리우드 디자이너가 개인의 취향에 맞춰 만든 것이겠지. 딜리아는 이 옷이 얼마나 충격적인지를 모르는 걸까? 엘러리는 여자들이 아무리 덕망이 높더라도 이러한 점에 있어서는 사악할 정도로 무지하다는 것을 새삼 깨달았다. 왼손 약지에 금반지를 끼고 있는 성실한 경찰관에게 이건 정말로 공평하지 않았다.

"경위님, 경찰이 이 사건에 개입해야만 하나요?"

그녀가 따지듯이 물었다.

"프라이엄 부인, 평소라면 그와 같은 질문에는 당장 대답할 수 있었을 겁니다."

키츠 경위는 시선을 옮겼다. 그는 불을 붙이지 않은 담배를 입술 사이에 물고 초조한 듯이 입 한구석으로 굴렸다. 그의 목소리에 완강함이 서렸다.

"그러나 이번 사건은 이전에 부딪쳐보지 못한 사건인 것 같습니다. 부군께서는 협조하기를 거부합니다. 저와 의논조차 하지 않으려고 하죠. 계속 다시는 그런 꼴을 당하지 않겠다, 내 몸은 내가 지킨다, 그러니 경찰은 어서 꺼지라는 말만 할 뿐이에요."

딜리아는 창가로 갔다. 그녀의 등을 바라보면서 엘러리는 그녀가 이제 마음이 놓이고 기분이 나아졌을 거라고 생각했다. 키츠 경위는 그녀를 궁지에 몰아넣어야 했다. 프라이엄 부인을 다루는 가장 좋은 방법에 관해서 키츠 경위와 좀 의논을 했어야 했나. 그러나 그 등은 여전히 엘러리의 마음을 어지럽혔다.

"프라이엄 부인, 부군께서는 정신이 좀 이상하지 않습니까?"

"경위님, 저도 때로는 그게 궁금하답니다."

딜리아는 돌아보지 않고 중얼거렸다.

키츠 경위가 불쑥 말을 이었다.

"이렇게 말씀드리고 싶군요. 누구라도 그 참치에 독을 넣을 수 있었을 겁니다. 부엌 뒷문은 잠겨 있지 않았습니다. 집 뒤편으로 자갈이 깔려 있고 그 너머는 숲이죠. 집 안을 미리 보아두고 자정 무렵에 밤참 먹는 습관이 있다는 걸 알아내는 건 누구에게든 쉬운 일이었을 겁니다. 프라이엄 씨와 힐 씨의 과거와 관련된 누군가와 연관이 있을지도 모르죠. 오랫동안 두 사람에게 앙심을 품어온 사람이 있는 것 같으니까요. 저는 그 사실을 간과하지 않습니다. 하지만 너무나 솔깃한 이야기라는 것도 인정하지 않을 수가 없습니다. 그건 은폐 수단일지도 모릅니다. 사실 저는 그렇게 생각합니다. 복수를 위해 서서히 죽음을 맞게 한다는 발상에 찬성하지 않습니다. 전 단지 모두가 그걸 깨닫길 바랐습니다. 자, 퀸 선생, 이상입니다."

그는 그녀의 등을 계속 보고 있었다.

젠장, 엘러리는 측은한 기분으로 생각했다.

그리고 입을 열었다.

"경위님, 당신 말이 옳을지 몰라요. 하지만 저는 이 실험실 보고서에 있는 흥미로운 사실 한 가지를 지적하고 싶군요. 보고서에는 분명 사용된 비소의 양이 치사량에는 '미달'이라고 나와 있는데요."

"실수죠. 그런 일은 늘 일어납니다. 너무 많이 사용하거나 너무 적게 사용하거나 둘 중 하나죠."

"경위님, 늘 그런 건 아니죠. 지금까지 일어난 일로 판단하건대, 그가 누구이건 간에 이 인물은 충동적이고 감정적인 부류의 살인자라고 볼 수 없어요. 만약 이것이 모두 연관되어 있는 거라면 이 사건의 배후에는 꽤 조심스럽고 냉정한 두뇌가 있을 겁니다. 치사량에 못 미치는 독약을 주입하는 단순한 오류 따위는 범하지 않는 머리 좋은 범죄자 부류죠. '치사량에는 못 미치는'이라니……. 이건 계획적인 겁니다."

"하지만 왜 그런 거죠?"

맥고언이 소리쳤다.

로렐이 의기양양하게 말했다.

"맥, 서서히 죽이기 위해서요. 기억해요?"

엘러리가 침울한 어조로 말했다.

"맞습니다. 힐에게 보낸 편지의 내용과 맞아떨어지죠. 절대 치사량은 아닙니다. 프라이엄을 중태에 빠지게는 하지만 치명적이지는 않으니까요. '천천히 그리고 확실히……' '한 걸음씩 앞으로 나아갈 때마다 경고가……'라는 문구와 들어맞는군요. 독살 시도는 로저 프라이엄에 대한 두 번째 경고입니다. 힐이 죽은 개를 받던 날 아침에 그가 받은 상자 속에 무엇이 있었는지는 모르겠지만 아무튼 그다음으로 보내온 경고죠. 첫 번째 경고는 알 수가 없고…… 두 번째 경고는 독이 든 참치라. 아주 흥미롭군요."

크로 맥고언이 대꾸했다.

"골칫거리에 흥미를 느낀다니 도무지 이해가 안 가는군요. 도대체 무슨 뜻이죠? 이렇게 장황하게 설명을 늘어놓다니."

엘러리가 대답했다.

"그건 제가 당신의 의뢰를 받아들이지 않을 수 없다는 뜻이죠. 그리고 로렐, 당신의 의뢰도 받아들이죠. 딜리아, 당신의 의뢰도요. 너무 뜸을 들인 것 같군요. 하지만 제가 달리 뭘 할 수 있었겠습니까?"

딜리아 프라이엄은 엘러리에게 다가가서 그의 두 손을 붙잡고 눈을 들여다보며 솔직하게 말했다.

"엘러리, 고마워요. 정말…… 마음이 놓여요. 이 사건을 당신이 맡아주다니."

그녀는 엘러리의 손을 아주 살짝 쥐었다. 그녀로서는 감정이 담기지 않게 친근감을 표시한 것이었다. 그는 느낄 수 있었다. 아들이 있는 데서는 그래야 했을 것이다. 그러나 그는 땀이 배어 나오는 걸 어쩔 수가 없었다.

키츠 경위는 불을 붙이지 않은 채 담배를 물었다.

맥고언은 흥미롭다는 듯이 그들을 바라보았다.

로렐이 아무런 감흥 없는 목소리로 말했다.

"그럼 다들 원하는 대로 된 거군요."

그리고 그녀는 걸어 나갔다.

6

밤은 싸늘했다. 로렐은 손전등의 불빛을 위아래로 비추며 오솔길을 활기차게 걸었다. 기다란 스웨이드 코트를 걸치고 있었지만 맨다리에 소름이 돋는 것을 느꼈다.

그녀는 커다란 참나무 밑까지 와서 손전등으로 녹색 천장을 비췄다.

"맥, 아직 안 자고 있죠?"

맥고언의 큰 얼굴이 빛에 비쳐 나타났다.

"로렐?"

그는 웬일이냐는 듯이 물었다.

"에스더 윌리엄스는 아니에요."

"밤중에 혼자 숲 속을 걷다니, 제정신이 아니구나? 내일 신문에 성범죄의 희생자로 실리고 싶은 거야?"

밧줄 사다리가 그녀의 발치까지 내려졌다.

"그럼 용의자는 당연히 당신이 되겠죠."

로렐은 사다리를 오르기 시작했다. 그녀의 손전등이 공터 주위를 길게 비췄다.

"잠깐 기다려! 조명등 켜줄게."

맥고언이 사라졌다. 잠시 후 공터는 스튜디오 세트처럼 밝아졌다.

"이래서 내가 힘이 세졌다니까."

맥고언이 다시 나타나더니 싱긋 웃으며 기다란 팔로 그녀를 끌어 올렸다.

"여긴 아늑해. 어서 들어와."

"맥, 조명등 꺼요. 남들이 보면 어떡하려고요."

"그러고 말고!"

그는 곧 돌아와 그녀를 안아 올렸다. 그는 그녀를 나무 집 속으로 데려가 이불이 덮인 접이식 침대 위에 올려놓았다.

"잠깐만, 라디오 끌게."

그가 몸을 펴자 머리가 거의 천장에 닿을 듯했다.

"그리고 등도."

"등은 그대로 두세요."

"알았어, 알았어. 춥지는 않아?"

"맥, 당신이 대비하지 못한 유일한 것이 캘리포니아의 밤 추위였군요."

"내 몸에는 자가 난방장치가 되어 있다고. 자리 좀 좁혀 앉아봐."

"맥, 앉으세요."

"뭐라고?"

"마루 위에 앉아요. 할 얘기가 있어요."

"넌 눈짓이라든지 뭐 그런 것도 모르는 거야?"

"오늘 밤은 얘기를 해야 해요."

로렐은 몸을 뒤로 젖히고 그에게 미소를 지었다. 그는 성난 눈초리로 쳐다보기 시작했다. 그러나 이내 그녀의 발치에 앉아 몸을 굽히고 그녀의 무릎 위에 고개를 얹었다. 로렐은 그의 머리를 치우고 코트를 다리 위로 끌어당겼다. 그러고는 다시 머리를 무릎 위에 얹었다.

"좋아. 그럼 얘기해봐!"

"맥, 당신은 왜 엘러리 퀸을 고용했죠?"

그는 잠시 조용히 앉아 있다가 선반에 손을 뻗어 담배 한 개비를 꺼내 불을 붙이고 뒤로 물러앉았다.

"밤 12시에 나무 집에서 혈기 왕성한 남자에게 하는 질문치고는 굉장한 질문이군."

"마찬가지예요. 대답하세요."

"그게 뭐가 중요하지? 너도 그를 고용했고, 어머니도 그를 고용했고, 다들 그렇게 하고 있잖아. 그래서 나도 그렇게 했지. 다른 얘기를 하는 게 어때? 굳이 얘기를 해야 한다면 말이지."

"미안하지만, 그게 오늘 밤 내 화제예요."

그는 커다란 다리를 감싸고는 담배 연기 사이로 자신의 맨발을 노려보았다.

"로렐, 우리가 서로 알게 된 지 얼마나 됐지?"

"어릴 때부터 알았잖아요."

그녀는 놀란 듯이 말했다.

"함께 자랐던가?"

"그랬죠."

"내가 무슨 허튼짓을 한 적이 있었던가?"

로렐은 부드럽게 웃었다.

"없었어요. 그러나 당신이 하려고 하지 않았기 때문은 아니에요."

"요 쪼그만 게 못 하는 소리가 없네. 난 너를 두 동강 내어 반쪽씩 내 바지 주머니 속에 쑤셔 넣을 수도 있어. 아기가 어떻게 태어나는지 알게 될 무렵부터 너를 사랑했다는 걸 몰라?"

로렐이 중얼거렸다.

"어머, 맥. 당신은 이전에 내게 그런 말을 한 적이 없었어요. 그러니까 그 단어를 쓴 적이 없었다는 뜻이에요."

"그래, 지금 썼으니까 네 대답을 들려줘."

그는 으르렁거리듯 말했다.

"다시 말해주겠어요, 맥?"

"사랑한다고! 널 사랑한단 말이야!"

"그런 목소리로요?"

그녀는 침대에서 내려와 마루 위에 앉아 그에게 안겼다. 그가 소곤거렸다.

"이 바보야, 너를 사랑한단 말이야."

로렐은 그를 올려다보았다.

"맥……."

"널 사랑해……."

"맥, 놓아주세요!"

그녀는 그의 팔에서 빠져나와 벌떡 일어서며 외쳤다.

"그게 당신이 그를 고용한 이유라는 거군요! 나를 사랑해서, 아니면 뭐 그런 비슷한 것 때문이라고요. 맥, 진짜 이유가 뭐예요? 난 알아야만 해요!"

"그게 너를 사랑한다고 고백하는 남자에게 할 수 있는 말의 전부인가?"

"맥, 이유를 말해주세요."

맥고언은 벌렁 드러누워 담배 연기를 뿜어 올렸다. 연기를 뱉으면서 별 의미 없는 말을 중얼거리더니 이내 멈췄다. 연기가 걷혔을 때 그는 눈을 감고 누워 있었다.

"말하고 싶지 않은가 보군요."

"로렐, 난 할 수 없어. 특별한 이유는 아무것도 없어. 그저 내 자신의 바보 같은 이유일 뿐이야."

로렐은 다시 침대 위에 걸터앉았다. 다리를 쭉 뻗고 누워 있는 그는 크고 떡 벌어졌으며 갈색의 피부에, 근육이 불거져 있는 건강한 사내였다. 그녀는 코트 주머니에서 던힐 담배 한 개비를 꺼내어 떨리는 손가락으로 불을 붙였다. 그러나 다시 입을 열었을 때, 그녀의 목소리는 침착했다.

"이곳엔 비밀이 너무나 많아요. 당신에 관한 비밀을 하나 알고 있어요. 당신의 비밀은……."

그는 두 눈을 번쩍 떴다.

"맥, 거기 그대로 있어요. 전 아주 바보가 아니라고요. 당신이 이 나무 집을 짓고 문명의 종말에 관해 유식한 척 지껄이는 데는 다른 이유가 있을 거예요. 수소폭탄 때문이 아니라는 거죠. 당신은 그저 게으른 거예요? 아니면 모텔에서는 얻을 수 없는 조금쯤 특별한 인생을 원하는 영화 촬영소 아가씨들에게 제공할 새로운 스릴을 위해서인가요?"

그는 얼굴을 붉혔으나 그의 입은 계속 시무룩해 보였다.

"좋아요. 이 얘긴 그만두죠. 이젠 아까 하던 사랑 얘기로 넘어가요."

그녀는 그의 곱슬머리 속에 한 손을 집어넣고 움켜쥐었다. 그는 몹시 놀라 그녀를 올려다보았다. 그녀는 몸을 기울여 그의 입술에 키스했다.

"이건 감사의 키스예요. 맥…… 당신은 참 미남이에요. 여자도 저마다 자기의 비밀을 가지고 있죠. 아니, 맥. 안 돼요. 만약 우리가 한 몸이 된다면 깨끗한 집에서 그래야 해요. 땅 위에서요. 어쨌든 난 지금 당신과 사랑을 나눌 시간이 없어요."

"시간이 없다고?"

"맥, 무슨 일이 일어나고 있어요. 그것도 아주 추악한 일이죠. 여태까지 내 생애에 결코 추악한 일은 없었어요……. 내가 기억하는 한에서 말이에요. 아버지는 내게 너무나 잘해주셨어요. 내가 보답할 수 있는 유일한 길은 아버지를 살해한 자를 찾아내어 그자가 죽는 것을 보는 거예요. 그게 바보 같은 짓이라고 생각하나요? 전 너무 잔인한 여자일지도 몰라요. 그러나 그게 지금 이 세상에서 내가 가지고 있는 유일한 관심사예요. 그자가 법의 심판을 받는다면 만족하겠어요. 하지만 만약……."

"제발 그만!"

맥고언은 벌떡 일어섰다. 섬뜩한 표정이었다. 로렐의 손에 들린 총신이 짧은 소형 자동 권총이 무심코 그의 배꼽을 겨누고 있었다.

"만약 경찰이 찾지 못한다면 내가 그자를 찾아낼 거예요. 그리고 맥, 그를 찾아내면 나는 그자를 그 개처럼 쏘아 죽일 거예요. 설사 내가 그 때문에 가스실로 보내질지라도요."

"로렐, 그 망할 무기를 주머니에 집어넣으라니까!"

갈색 반점이 어린 그녀의 녹색 눈이 반짝이고 있었다. 총은 움직이지 않았다.

"그게 누구든 상관없어요. 설사 그게 당신이라 해도, 우리가

결혼하고, 우리 사이에 아이가 있다 해도 말이에요. 맥, 당신이
범인으로 밝혀진다면 나는 당신을 죽일 거예요."

"고집불통은 로저뿐이라고 생각했는데."

맥고언은 그녀를 노려보았다.

"그래, 그게 나라고 밝혀지면 그에 따른 벌을 받게 되겠지.
하지만 그때까지는……."

로렐이 비명을 질렀고 이내 권총은 그의 손에 들려 있었다.
그는 신기한 듯이 권총을 요리조리 살펴보았다.

"형편없는 장난감 총이군. 빨간 머리 아가씨, 범인을 찾아낼
때까지 이렇게 총을 빼앗기면 안 되지."

그는 총을 얌전히 그녀의 주머니 속에 넣고서 그녀를 안아
올리더니 그 상태로 침대 위에 걸터앉았다.

잠시 후 로렐은 가는 목소리로 말했다.

"맥, 이것 때문에 여기 온 것이 아니었어요."

"놀랍군."

"엘러리 퀸을 어떻게 생각해요?"

"어머니의 사건 의뢰를 받은 사람이지. 그 얘기를 해야 해?"

"당신은 빈틈이 없군요. 당연히 그렇죠. 하지만 내가 얘기
하려고 한 건 그게 아니에요. 난 직업적인 면을 얘기한 거예
요……."

"오, 그 사람이야 아주 좋은 사람이지……."

"맥!"

그는 내키지 않는 듯이 일어나 그녀를 털썩 내려놓았다.

"그 사람이 명성의 절반만큼이라도……."

"바로 그거예요. 정말 그럴까요?"

"뭐가 그렇다는 거야? 도대체 무슨 얘기를 하고 있는 거야?"

그는 잔에 술을 따랐다.

"그 사람이 명성의 절반만큼이라도 되나요?"

"내가 어떻게 알아? 한잔하겠어?"

"아뇨. 난 지난 이틀 사이에 그 사람 집에 두 번이나 들렀고 수없이 전화를 걸었는데, 그때마다 그 사람은 늘 집에 있었어요. 까마귀 둥지 같은 집 안에 앉아서 담배를 피우며 지평선을 바라보고 있었다고요."

맥고언은 술을 꿀꺽 들이켜고 얼굴을 찌푸렸다.

"제발, 로렐. 나름의 방식이 있는 거야. 거물급 탐정들이 때때로 쓰는 방법이라고. 자, 이 얘기는 이쯤 해두자고."

로렐이 갑자기 벌떡 일어났다.

"하지만 난 그 사람이 좀 움직여주면 좋겠어요. 맥, 이렇게 아무것도 하지 않고 있는 걸 견딜 수 없어요. 당신과 내가 해보면 어때요? 우리 힘으로요."

"뭘 말이야?"

"그 사람이 하고 있는 일 말이에요."

"수사를 하자고?"

거인은 믿을 수가 없었다.

"당신이 뭐라고 부르든 상관없어요. 영화에서처럼 사실을 추적한다고 표현해도 좋고요. 무언가 결과를 얻을 만한 일을 해보는 거예요."

맥고언은 두 손으로 천장을 만지면서 말했다.

"여자 탐정 빨간 머리 힐과 그녀의 경호원이라. 흠, 구미가 당기는군."

로렐은 싸늘하게 그를 바라보았다.

"맥, 나 지금 농담하고 있는 게 아니에요."

"누가 농담을 한다고 그래? 당신의 머리에 내가 가진 완력이면……."

"그만 됐어요. 잘 자요."

그는 큰 손으로 문을 향해 돌아선 그녀를 붙들었다.

"이봐! 조급히 굴지 마! 로렐, 나는 여기 나무 위에서 새처럼 살고 있어. 하지만 웅크리고 앉아 뭔가 큰 사건이 터지길 기다리는 건 힘든 일이야. 어떻게 할 생각이지?"

그녀는 한참 동안 그를 쳐다보았다.

"맥, 내게 얄은 수작 걸지 말아요."

"뭐라고! 네게 무슨 수작을 건다고!"

"이건 당신의 원숭이 곡예 같은 게임이 아니에요. 우린 터키어로 암호명을 쓰거나 변장을 하거나 은밀한 술집에서 만나지 않아요. 엄청나게 걸어 다녀야 하고 그 때문에 보여줄 건 물집밖에 없을지도 몰라요. 당신이 그걸 이해하고 그래도 같이 하고 싶으면, 좋아요. 하지만 그렇지 않다면 나 혼자 하겠어요."

거인은 침울하게 말했다.

"치마나 적어도 긴 바지를 입어주면 좋겠어. 어디서부터 시작하지?"

로렐은 호주머니 속에 두 손을 집어넣은 채 문기둥에 기대서서 말했다.

"우린 죽은 개에서부터 출발했어야 했어요. 진작부터요. 그 개가 어디서 왔는지, 개의 주인이 누구인지, 그 개가 어떻게 해서 죽었는지, 뭐 그런 것들 말이에요. 그런데 이제 그런 걸 알기는 불가능해졌으니……. 맥, 비소부터 시작하면 어떨까 해요. 얼마 되지 않았잖아요. 무슨 단서가 될 거예요. 누군가가 부엌으로 침입해서 로저가 먹는 참치 요리에 비소를 탔어요. 비소는 손에 넣기가 그렇게 쉽지 않아요. 틀림없이 어떤 흔적이 남아 있을 거예요."

"그건 생각하지 못했어. 어떻게 추적할 셈이지?"

"내게 생각이 있어요. 하지만 그 전에 해야 할 일이 하나 있어요. 집 안에서 참치 샐러드에 독을 넣었으니까 집 안에서부터 찾기 시작해야 해요."

"나가지."

맥고언은 팔을 뻗어 짙은 청색 스웨터를 집어 들었다.

"지금 당장요?"

로렐은 약간 당황하는 것 같았다.

"지금이 아니면 언제 가겠다는 거야?"

윌리엄스 부인이 방으로 들어오다가 의자에 채여 비틀거렸다.

"퀸 씨, 방에 계신가요?"

"있습니다."

"그럼 왜 불을 켜지 않죠?"

그녀는 스위치를 찾았다. 엘러리는 소파의 한구석에 박혀서 전망창 위에 다리를 걸치고 할리우드를 바라보고 있었다. 마치 불꽃놀이처럼 보였다. 온갖 색깔의 빛이 명멸하고 있었다.

"음식이 식겠어요."

"윌리엄스 부인, 부엌 식탁에 두고 집으로 돌아가세요."

그녀가 콧방귀를 뀌며 말했다.

"힐 양과 오늘 저녁에는 옷을 입고 있지만 그 벌거벗은 남자가 왔어요."

엘러리는 소파에서 펄쩍 뛰어 일어났다.

"왜 진작 말하지 않았어요! 로렐, 맥, 들어와요!"

그들은 미소를 짓고 있었다. 그러나 엘러리는 두 사람 모두 다소 수척해 보인다고 생각했다. 크로 맥고언은 단정하게 양복을 입고 있었다. 게다가 넥타이까지 매고 있었다.

"아, 이런. 퀸 씨, 여전히 추리를 하고 계셨던 모양이군요. 우리가 중요한 때에 찾아와 생각을 방해한 건 아닌가요?"

"제가 보기에는 한 예순 시간 동안 꼼짝달싹하지 않은 것 같은데요."

로렐이 갑자기 엘러리를 향해 말했다.

"엘러리, 뉴스를 가져왔어요."

"뉴스? 저를 위해서요?"

"우리가 뭔가를 찾아냈어요."

엘러리가 입을 열었다.

"왜 맥이 옷을 입었나 했지. 여기 앉아서 이야기해요. 당신들도 수사를 했었군요."

거인은 다리를 펴면서 말했다.

"탐정 노릇이 뭐 별거 있나요. 당신네 탐정들은 소란을 피우고도 벌을 받지 않죠. 로렐, 말씀드려."

"우린 우리 스스로 수사를 해보기로 했어요."

엘러리가 중얼거렸다.

"그 말이 내게는 의뢰인이 불만을 터뜨리는 것으로 들리는데."

로렐은 담배를 피우면서 방 안을 거닐었다.

"맞아요. 엘러리, 좀 더 얘기를 했어야 했어요. 당신을 고용한 건 살인자를 찾기 위해서였어요. 당신이 스물네 시간 후에 찾아내리라고 생각하지는 않았지만 뭔가 기대를 걸고 있었어요. 관심의 표현이라든가 밖에 나가 찾아본다든가 하는 것들을요. 하지만 당신은 도대체 뭘 하고 있었던 거죠? 여기 앉아서 담배만 피웠잖아요!"

엘러리는 파이프에 손을 뻗으면서 말했다.

"로렐, 그건 나쁜 방법이 아닌데요. 난 몇 년 동안 그 방법으로 일을 해왔어요."

"저는 그런 방식이 싫어요!"

"그럼 난 해고인가요?"

"그런 말이 아니잖아요."

맥고언이 말했다.

"퀸 씨, 아무래도 로렐이 원하는 건 당신에게 한방 먹이는 것 같은데요. 로렐은 추리가 행동을 대신할 수 있을 거라고 생각하지 않거든요."

엘러리는 상냥하게 말했다.

"각자 나름의 효과가 있어요. 로렐, 앉지 않겠어요? 각기 그 나름의 맡은 바가 있어요. 추리는 매우 중요한 위치를 차지해요. 난 앉아서 움직이지 않고 있지만 그렇다고 돌아가는 일에 대해서 전혀 모르지는 않아요. 내가 과연 이걸 추리할 수 있는지 없는지 한번 볼까요……."

그는 두 눈을 감았다가 잠시 후 입을 열었다.

"당신들은 프라이엄의 참치 요리 속에 들어간 비소를 추적했군요."

그는 두 눈을 떴다.

"지금까지 맞죠?"

"네, 맞아요."

맥고언이 말했다.

로렐이 노려보며 물었다.

"어떻게 아셨죠?"

엘러리는 이마를 가볍게 두드렸다.

"두뇌의 사고력을 가볍게 보지 마시길! 자, 당신들이 얻어낸 건 무엇일까요? 어디, 내 머릿속 수정 구슬을 들여다볼까요. 당신과 맥이…… 프라이엄 저택의 지하실에서 쥐약 캔을…… 찾아내는 게 보이는군요."

그들의 입이 벌어졌다.

"그래요, 쥐약입니다. 그리고 바로 이 쥐약 속에 비소가 들어 있는 걸 찾아냈죠……. 프라이엄의 샐러드에서 발견된 독약 말입니다. 내 추리가 어때요?"

로렐이 조그마한 목소리로 말했다.

"하지만 전 당신이 어떻게 해서…… 그렇게 할 수 있는지 믿을 수가 없군요."

엘러리는 창문 옆에 있는 블론드 우드로 만든 책상으로 가서 서랍을 열었다. 그리고 명함 한 장을 꺼내어 그것을 힐끗 쳐다보았다.

"자, 당신은 '데스-온-래츠'라는 상표가 붙은 쥐약의 구입 경로를 추적했습니다. 음침한 이름을 가진 이 쥐약을 올해 5월 13일…… 그러니까 노스 하이랜드 1723번지의 케플러 약국에서 구입했다는 걸 알아냈고요."

로렐은 맥고언을 쳐다보았다. 그는 씩 웃고 있었다. 그녀는 그를 노려보다가 다시 엘러리를 바라보았다.

엘러리는 말을 계속했다.

"당신은 케플러 씨나 점원 캔디 씨에게 물어봤겠죠. 불행하게도 내 머릿속 수정 구슬은 이 시점에서 아무것도 보여주지 않는군요. 그러나 그들 중 누군가가 당신에게 그 쥐약을 사 간 건 키가 크고 날씬한 미남이라고 말했을 테고, 아마도 당신이 가지고 있던 스냅 사진을 보고서는 앨프리드 월리스를 알아보았겠죠. 로렐, 내 말이 맞나요?"

로렐은 긴장하며 말했다.

"어떻게 알아낸 거죠?"

"로렐, 나는 나나 당신이나 여기 있는 핵 시대의 나무 청년보다 훨씬 신속하고 효과적으로 일 처리를 할 수 있는 사람들에게 이런 문제를 맡기죠. 키츠 경위님은 몇 시간 만에 그 모든 정보를 얻어 내게 전해주었어요. 이곳에서 편하게 앉아 추리할 수 있는데 굳이 캘리포니아의 햇볕에 그을리며 돌아다닐 필요가 있을까요?"

로렐의 입술이 비죽거렸다. 엘러리는 웃음을 터뜨렸다. 그는 머리를 흔들고는 턱을 한쪽으로 기울이며 말했다.

"역시 당신은 정말 적극적이군요. 로렐. 괜찮았어요."

로렐은 슬픈 표정을 짓고 의자에 풀썩 주저앉았다.

"괜찮지 않아요. 엘러리, 죄송해요. 저를 바보라고 생각하시겠죠."

"조금도 그렇지 않아요. 당신은 단지 조바심이 났을 뿐이에요. 이런 일은 다리와 두뇌와 엉덩이가 모두 필요한 일이죠. 앞의 두 가지를 실컷 써먹는 동안 마지막 것에 신념을 갖고 따르는 걸 배워야 해요. 그 외에 무엇을 발견했죠?"

"아무것도 없어요."

로렐이 비참한 기분으로 말했다.

크로 맥고언이 말했다.

"나는 상당한 정보라고 생각했어요. 로저를 쓰러뜨린 독약을 앨프리드가 샀다는 걸 알아냈잖아요. 그건 큰 의미가 있을 것 같은데요, 퀸 씨."

엘러리는 무뚝뚝하게 말했다.

"그렇게 결론을 성급히 내면 낭패를 볼 수 있어요. 키츠 경위님이 다른 사실을 밝혀냈거든요."

"그게 뭐죠?"

"맥, 지하실에서 쥐 소리가 난다고 생각한 사람은 바로 당신의 어머니예요. 월리스에게 쥐약을 사 오도록 한 건 당신 어머니였어요."

맥고언의 입이 떡 벌어졌다. 로렐은 갑자기 자신의 두 손을 내려다보았다.

"맥, 화내지 말아요. 수사가 진행되고 있지는 않으니까요. 쥐똥이나 쥐구멍을 찾을 수는 없었지만 설사 쥐가 상상에 불과했다 할지라도…… 사실, 구체적인 증거가 없어요. 프라이엄의 참치 샐러드 속에 든 비소가 지하실 쥐약 캔에서 나왔다는 직접적 증거는 아무것도 없어요. 당신 어머니나 월리스가 있지도 않은 쥐를 잡는 용도 외에 다른 목적으로 쥐약을 썼다는 어떠한 직접적인 증거도 찾을 수가 없어요."

"당연히 있을 리가 없죠."

맥고언은 정신을 되찾았다. 그는 이제 덤벼들 듯한 표정까지 지으며 말을 이었다.

"무엇보다도 그건 당치 않은 생각이에요. 로렐, 네가 말하던 탐정의 육감과 똑같은 거야. 모든 게 통제되고 있어. 그대로 내 버려두자."

"좋아요."

로렐은 말했다. 그녀는 여전히 자신의 두 손을 보고 있었다.

엘러리가 말했다.

"아니요. 나는 그렇게 보지 않습니다. 당신 두 사람이 뒤지고 다닌 건 나쁜 생각이 아니었어요. 당신들은 마침 현장에 있었고……"

"만약 당신이 내가 어머니를 배신할 걸로 생각한다면……"

크로는 성난 듯이 대꾸했다.

엘러리가 항의하듯 말했다.

"이러다간 끝이 없겠군. 맥, 어머니가 당신의 의붓아버지를 독살하려고 했을지도 모른다고 생각하는 겁니까?"

"아니요! 제가 무슨 말을 하려는지 당신은 알고 있잖아요! 저를 그렇게 비열한 인간으로 생각하시는 건가요?"

"맥, 괜히 이 일에 끌어들여서 미안해요. 그만 빠져도 돼요."

로렐이 말했다.

"난 빠지지 않을 거야! 당신들은 내가 하는 모든 말을 곡해 하려고 하는군요!"

"월리스와 관련해서 무슨 거리끼는 점이라도 있나요?"

엘러리가 미소를 지으며 물었다.

"천만에요. 월리스는 나한테 아무것도 아니에요."

맥고언은 부루퉁한 표정으로 재빨리 덧붙여 말했다.

"어머니가 그렇죠. 당신에게도 내 어머니는 그런 존재일 거라고 생각했는데요."

"그건 그렇죠."

사실, 딜리아 프라이엄과 쥐약에 관한 키츠의 정보는 그를 당혹스럽게 했다.

"하지만 잠시 월리스에게 집중해보죠. 맥, 당신은 그에 관해서 무얼 알고 있죠?"

"아무것도 몰라요."

"월리스는 당신의 의붓아버지 밑에서 얼마 동안 일을 했었죠?"

"1년 정도 됐어요. 밑에 있던 사람들은 얼마 못 있었어요. 로저는 지난 15년 동안 열두 명이나 갈아치웠어요. 월리스는 최근에 고용한 꼭두각시죠."

"어쨌든 그 사람을 잘 지켜보세요. 그리고 로렐은……."

"어머니를 감시해야겠죠."

맥고언이 조롱하는 듯이 말했다.

"로렐은 모든 일을 주시해야 해요. 그리고 내게 계속 알려주세요. 이상한 일이라면 무엇이든 알려주세요. 이번 사건은 결국 계속해서 파 내려가야 할 겁니다. 진실은 맨 밑바닥에 있을 테니까요. 끝까지 파보죠."

로렐이 중얼거렸다.

"저는 다시 처음으로 돌아가 죽은 개를 추적해볼까 해요……."

"아, 그것에 대해 모르고 있었나요?"

엘러리는 다시 책상으로 돌아섰다.

"개에 대해서요?"

그는 또 한 장의 명함을 들고서 돌아섰다.

"톨루카 레이크 구역의 클라이본 애비뉴에 사는 헨더슨이라는 자가 그 개의 주인이었어요. 영화에 이따금씩 출연하는 난쟁이예요. 개 이름은 프랭크고요. 프랭크는 현충일에 실종되었죠. 헨더슨은 프랭크가 실종됐다고 임시 동물 보호소에 신고했지만 그의 설명이 분명치 않은 데다 불행하게도 프랭크에게는 등록표가 없었어요. 헨더슨은 관청의 통제에 반대하는 사람이었던 모양이에요. 로렐, 개를 인식할 만한 표시가 없었기 때문에 당신의 집에서 실려 간 개의 시체는 일반적인 방식으로 처리되었죠. 그 후에야 헨더슨은 돌아온 목걸이를 보고서 프랭크의 신원을 확인했고요.

헨더슨이 감정적인 이유로 내놓기를 거부했지만 키츠 경위는 목걸이를 직접 봤습니다. 하지만 경위는 거기서 무언가를 알아낼 수 있다고는 생각하지 않았습니다. 목걸이에 붙어 있던 조그마한 은색 상자의 흔적이 없었으니까요. 헨더슨이 임시 동물 보호소에서 서명한 영수증에는 상자 건이 기입되어 있었는데, 헨더슨은 자신의 것이 아니라는 이유로 내버렸더군요.

개의 사인에 대해서는, 마침 그 개를 기억하는 보호소의 직원이 독살이라는 의견을 내놓았습니다. 독살 원인이 비소냐는 질문에 그 직원은 비소 중독이 맞을 거라고 했답니다. 하지만 시체 검시를 하지 않았기 때문에 그 의견은 효력이 없어요. 우리는 그 개가 비소가 들어 있는 어떤 음식을 먹은 것으로 추측할 뿐이죠. 흥미로운 추측이지만 증거로서는 의미가 없어요. 로렐, 죽은 개에 관한 소식은 이게 다예요. 그러니 이제 잊도록 해요."

로렐은 가라앉은 목소리로 말했다.

"제가 할 수 있는 한 돕겠어요. 그리고 엘러리 씨, 다시 한 번 죄송해요."

"그런 소리 말아요. 당신에게 새로운 정보를 제대로 알려주지 않은 건 제 잘못이니까요."

엘러리가 한 팔로 그녀의 몸을 감싸자 로렐이 어렴풋이 미소를 지었다.

엘러리가 말했다.

"아, 맥. 로렐에게 개인적으로 하고 싶은 말이 있어요. 단둘이 얘기하고 싶은데 잠시만 시간을 줄 수 있나요?"

거인은 투덜거리며 일어났다.

"퀸 씨, 내가 보기에 탐정으로서 당신은 늑대의 핏줄을 가지고 있는 것 같군요."

그는 턱을 내밀며 말했다.

"어머니 근처엔 얼씬도 마시길. 그렇지 않으면 당신의 쇄골을 부숴 수프를 끓여 먹을 테니까!"

로렐이 재빠르게 말했다.

"맥, 허튼소리 그만해요."

"로르, 너는 이 사람과 단둘이 있고 싶은 거야?"

"차에서 기다려요."

맥은 돌쩌귀가 빠질 정도로 쾅 하고 현관문을 세게 닫았다.

"맥은 그레이트데인* 같아요."

로렐이 문을 등지며 중얼거렸다.

"덩치가 크고 정직하고, 좀 얼빠진 구석이 있죠. 엘러리, 뭐예요?"

엘러리는 그녀를 흘겨보았다.

"로렐, 뭐가 얼빠졌다는 거죠? 나를 말하는 건가요? 그건 얼빠진 게 아니에요. 물론 딜리아 프라이엄이 대단히 매력적이라고 생각했던 건 인정하죠."

로렐은 고개를 흔들었다.

"나는 당신을 두고 얼빠졌다고 한 게 아니었어요. 엘러리, 이제 그만해요. 무슨 얘기를 하고 싶으신 거죠?"

"딜리아에 대해 얼이 빠졌다고요? 로렐, 맥의 어머니에 대해서 뭔가 알고 있죠?"

"딜리아에 대해서 묻고 싶으시다면, 전 대답할 수 없어요. 이제 가도 될까요?"

엘러리는 한 손으로 문손잡이를 쥐고 그녀의 계피색 머리카락을 내려다보았다.

"금방 보내드리죠. 로렐, 키츠 경위는 당신 집에서도 뭔가 조사를 했어요."

그녀의 두 눈이 그의 눈을 응시했다.

"무슨 뜻이죠?"

"당신 집 가정부, 운전사, 하인을 대상으로 심문을 했죠."

"저는 아무것도 못 들었는데요!"

엘러리의 두 눈은 심각해 보였다.

---

* 독일 원산의 대형견.

"로렐, 당신은 프로와 상대하고 있어요. 그것도 아주 유능한 프로와 말이죠. 그들은 심문을 받고 있다는 걸 깨닫지도 못했어요. 로렐, 몇 주 전 당신은 작은 은색 상자를 잃어버렸거나 혹은 어디에 잘못 두었었죠. 약상자 같은 거였다고 하더군요."

그녀의 얼굴빛이 새파래졌다. 그러나 그녀의 목소리는 침착했다.

"맞아요."

"멍크 부인, 시미언, 이치로의 설명으로는 당신이 그들에게 그걸 찾아달라고 부탁했다던데, 그 상자는 당신이 내게 말한 아버지에게 보내진 경고문이 들어 있던 상자와 틀림없이 크기와 모양이 같았을 거예요. 키츠 경위는 그 상자에 대해서 당장 당신에게 물어보고 싶어 했지만 내가 조사하겠다고 말했어요. 로렐, 헨더슨의 죽은 개의 목걸이에 달려 있던 은색 상자가 당신 것이었나요?"

"전 모르는 일이에요."

"왜 당신은 내게 6월 2일 이전에 당신이 가지고 있었던 같은 모양의 상자가 없어진 사실을 말하지 않았습니까?"

"왜냐하면 그게 같은 것이 아니라는 확신이 있었으니까요. 그런 생각 자체가 말이 안 되는 거였어요. 그게 어떻게 해서 내 상자가 될 수 있냐고요? 저는 메이 컴퍼니에서 그걸 샀어요. 브로드웨이와 다른 백화점에도 그런 상자가 있었을 거예요. 비타민 알약 같은 걸 담을 수 있다고 광고를 하잖아요. 로스앤젤레스 일대에서 팔리는 것만 해도 수천 개가 넘을 거예요. 저는 정말로 아버지에게 드리려고 샀어요. 아버지는 약을 가지고 다니셔야 했기 때문에 시계 호주머니 속에 이 상자를 넣어

다니시면 좋을 것 같았어요. 하지만 그 상자를 어디에 둔 건지…….

"그게 당신의 약상자일 수도 있을까요?"

"그럴 수도 있겠죠. 하지만……."

"잃어버린 상자를 다시는 찾지 못했나요?"

로렐은 걱정스런 얼굴로 엘러리를 바라보았다.

"그 상자가 제 거였다고 생각하시나요?"

"로렐, 아직 추리할 만한 것은 그렇게 많지 않아요. 그저 얻은 정보를 정리하거나 정보를 수집하고 있을 뿐이에요."

엘러리는 문을 열고 조심스럽게 내다보았다.

"당신의 근육질 숭배자에게 내가 당신을 깨끗하게 돌려보낸다고 분명히 전해줘요. 나는 쇄골에 관해서라면 여린 사람입니다."

그는 미소를 짓고 그녀의 손가락을 꼭 쥐었다.

그는 두 사람이 언덕 밑 커브를 돌아서 보이지 않을 때까지 배웅했다. 그는 더 이상 미소를 짓고 있지 않았다.

엘러리는 아래층으로 내려가 식어빠진 저녁 식사를 먹기 시작했다. 집 안은 냉랭하고 고요했다. 턱이 움직일 때마다 소리가 났다.

이어서 다른 소리가 났다.

부엌문을 두드리는 소리였을까?

엘러리는 부엌문을 응시했다.

"들어오세요."

그녀가 나타났다.

"딜리아."

그는 나이프와 포크를 든 채 의자에서 일어섰다.

그녀는 짙은 푸른색의 품이 넉넉한 롱코트를 입고 있었다. 세워진 깃이 그녀의 머리를 에워싸고 있었다. 그녀는 문을 등지고 서서 실내를 둘러보았다.

"뒤뜰 어두운 곳에서 기다리고 있었어요. 로렐의 차를 보았거든요. 그리고 로렐과…… 크로가 떠난 후에도 좀 더 기다리는 게 좋겠다고 생각했어요. 가정부가 있을지도 모르니까요."

"가정부는 갔습니다."

"그럼 됐군요."

그녀는 웃었다.

"딜리아, 당신 차는 어디 있습니까?"

"언덕 밑 갓길에 세워두었어요. 걸어서 올라왔어요. 엘러리, 부엌이 아늑하네요."

"신중하군요."

엘러리가 말했다. 그는 미동도 하지 않았다.

"들어오라고 하지 않으실 건가요?"

그는 천천히 말했다.

"그럴 생각이 없는데……."

그녀의 얼굴에서 미소가 사라졌다. 그러나 미소는 곧 다시 떠올랐다.

"어머, 너무 심각하게 생각하지 말아요. 지나가던 참에 당신이 어떻게 지내고 있나 하고 들른 거니까요……."

"사건 얘기도 듣고 싶었겠죠."

"물론이에요."

그녀의 얼굴에는 보조개가 있었다. 이상하게도, 그는 여태까지 그 보조개를 알아보지 못했다.

"딜리아, 이건 좋은 생각이 아니에요."

"왜죠?"

"이곳은 작은 마을이에요. 주위에 온통 눈과 귀가 있다고요. 할리우드에서는 한 여자의 평판을 망가뜨리는 데 그다지 많은 것이 필요치 않아요."

"아, 그거요?"

그녀는 잠시 침묵하다가 이내 이를 드러내고 웃었다.

"물론 당신이 옳아요. 내가 바보였어요. 그냥 때로는……."

그녀는 말을 멈추고 갑자기 부들부들 떨었다.

"때로는 뭐가 그렇다는 거죠, 딜리아?"

"아무것도 아니에요. 그만 갈게요. 무슨 새로운 일이라도 있나요?"

"쥐약에 관한 얘길 들었습니다."

그녀는 어깨를 으쓱했다.

"전 정말로 쥐가 있는 줄 알았어요."

"그러시겠죠."

"엘러리, 안녕히 계세요."

"안녕히 가세요, 딜리아."

그는 언덕 밑까지 그녀를 배웅하겠다고 나서지 않았고, 그녀도 그걸 기대하지 않은 모양이었다.

그는 한동안 부엌문을 노려보았다.

그러고서 그는 위층으로 올라가 독한 술을 퍼마셨다.

새벽 3시에 엘러리는 잠자기를 포기하고 침대에서 기어 나왔다. 거실에서 전등불을 켜고 브라이어 파이프에 담배를 채워 불을 붙였다. 그러고서 전등불을 끄고 의자에 앉아, 희미하게 빛나는 할리우드를 내려다보았다. 불빛은 그가 어둠 속에서 생각에 잠겨 있을 때마다 그를 방해했다.

지금 그는 생각에 잠겨 있었고, 주위는 어두웠다.

물론 이번 사건은 수수께끼처럼 난해했다. 그러나 수수께끼는 단순히 답을 찾지 못한 것일 뿐이다. 답을 찾고 나면 수수께끼는 사라진다. 그는 로스앤젤레스의 새벽안개처럼 사건을 둘러싼 환상의 후광에도 현혹되지 않았다. 모든 범죄는 대부분의 인간이 단지 꿈꾸는 데 그쳤던 것을 실현해 보인다는 점에서 환상적이다. 미지의 적이 20년 혹은 그 이상 꿈꾸어온 것이 실현되려 하고 있었다…….

엘러리는 어둠 속에서 자신에게 혀를 끌끌 찼다. 편지를 쓴 자에서부터 다시 시작해야 했다.

그자가 독살한 개와 기묘한 편지를 보내 서서히 드리우는 죽음을 즐기며, 특별한 의미를 지닌 수수께끼와 같은 경고를 약속한 건 놀라운 일이 아니었다. 놀라운 건 그가 거의 한 세대가 지나도록 증오의 감정을 생생하게 간직해왔다는 것이었다. 그건 환상이 아니라 엄연한 병이었다.

환상이란 정상적 경험의 변형이며, 정도의 문제이다. 할리우드라는 곳은 항상 정상으로부터 변형된 것들을 너무나 많이 끌어들였다. 일리노이 주 밴달리아에서라면 로저 프라이엄은 공동체 속에서 이질적인 물질처럼 포낭 속에 싸였을 것이다. 그러나 남부 캘리포니아의 협곡에서 그는 기묘하게 녹아들 수 있었다. 딜리아 프라이엄 같은 여자는 시애틀에도 있을지 모르지만, 할리우드라는 미인 천국에서는 모든 욕망의 원천인 원형적 여성으로서 존재했다. 뉴욕이라면 벨뷰 병원의 감시 병동으로 끌려갔을 나무 청년도 이 마을에서는 시민들의 칭찬을 받는 한 사람으로서 호의적인 신문 기사에 실리는 존재였다.

아니, 그건 환상이 아니었다.

그건 사실의 지나친 부재였다.

여기에 과거로부터의 적이 나타났다. 어떠한 과거였을까? 정보가 전혀 없다. 적은 일련의 경고를 준비하고 있었다. 그 경고들은 무엇이었을까? 죽은 개가 첫 경고였다. 다음은 조그마한 마분지 상자에 든 미지의 내용물이었다. 그다음은 의도적으로 치사량에 못 미치게 주입한 비소였다. 더 이상의 약속된 경고는 아직 나타나지 않았다. 경고는 얼마나 더 나타날 것인가? 그것들은 '특별한 의미'를 가진 경고였다. 연속적이었고, 패턴이 있었다. 그러나 죽은 개와 비소를 뿌린 참치 샐러드 사이에 무슨 관련이 있는 걸까? 리앤더 힐이 웅크리고 앉아 개의 시체를 바라보면서 얇고, 여러 겹으로 접은 편지를 읽고 있던 바로 그날 로저 프라이엄이 받았던 그 상자 속에 든 것이 무엇인지 알 수 있다면 도움이 될 것이다. 그것도 아주 큰 도움이 될 것이다. 그러나…… 어떠한 정보도 없었다. 그것이 무언지는 몰라도 프라이엄이 훼손했을 것이다. 프라이엄은 알고 있었다. 어떻게 해야 그자의 입을 열게 할 수 있을까? 그가 말하게 해야 한다.

어둠이 더욱 짙게 깔렸다. 엘러리는 파이프를 입에 문 채 생각에 잠겼다. 패턴이 있는 건 틀림없다. 그러나 그게 유일한 패턴이라는 걸 어떻게 확신할 수 있을까? 죽은 사냥개가 힐에게 보내진 일련의 경고 중 특별한 의미를 가진 첫 경고라고 가정한다면, 그다음 경고는 힐의 느닷없는 죽음 때문에 미지의 영혼이 머무는 연옥 속으로 영원히 사라지게 되는 것일까? 그리고 프라이엄의 상자 속에 들어 있던 것이 무엇이든 간에 그것이 두 번째 연속 경고 중 제1의 경고라고 가정한다면, 음독이라는 제2의 경고는 힐의 심장마비 때문에 허사가 된 첫 번째 연속 경고와 별다른 관련이 없는 것일지도 모른다. 가능한 일이었다. 힐이 받은 경고와 프라이엄이 받은 경고 사이에는 의미상 아무런 관련이 없을 수도 있다.

당분간 가장 안전한 방법은 힐이 받은 죽은 개를 무시하고, 살아 있는 프라이엄에게 수사의 초점을 맞추어, 프라이엄이 받은 상자 속의 알 수 없는 내용물과 그의 샐러드에 주입된 독약이 전혀 별개의 연속 경고를 구성한다는 가정 위에서 사건을 해결해나가는 것이다…….

엘러리는 침대로 돌아갔다. 잠들기 전 마지막으로 한 생각은 어떤 대가를 치르더라도 그 상자 속에 들어 있던 것을 찾아내고, 프라이엄에게 제3의 경고가 오기만을 기다리는 수밖에 없다는 것이었다.

그러나 꿈에서 그는 정글의 숲 속에서 딜리아 프라이엄이 싱긋이 미소 짓고 있는 것을 보았다.

7

기분 좋은 일요일 아침, 딜리아 프라이엄의 호출을 받은 엘러리가 딜리아와 앨프리스 월리스와 콜리어 씨의 이야기를 듣고 알 수 있었던 것은 딜리아 프라이엄이 교회에 가기 위해 아침 일찍 일어났다는 것이었다. 교회에 나가는 일에 관해서 딜리아는 "가끔 한 번씩 간다"고만 했을 뿐, 그 이상은 얘기하지 않았다. 엘러리는 그녀가 삶의 특수한 여건들 때문에 원하는 대로 꼬박꼬박 교회에 나갈 수 없었을 것이며, 아주 가끔씩 '축복의 미사곡 찬송'을 통해 유년 시절과 핏줄을 다시금 느끼게 해줄 옛 교회로 피신할 수 있을 뿐일 거라 짐작했다. 그날 아침도 그런 날이었다. 그녀의 남편이 독살될 뻔한 지 불과 닷새밖에 지나지 않았고 그녀가 느닷없이 엘러리의 거처를 방문한 지 이틀이 지난 후였다.

딜리아가 아침 일찍 일어나 있는 동안, 앨프리드 월리스는 느지막이 일어났다. 그는 평소에는 일찍 일어났다. 프라이엄은 요구가 많은 주인이었고, 월리스는 아침 식사를 여유 있게 즐기려면 프라이엄이 눈을 뜨기 전에 식사를 끝내야만 한다는 걸 알고 있었기 때문이었다. 그러나 일요일에는 프라이엄이 아침 늦게까지 침대에 누워 있고 싶어 했기 때문에, 월리스도 9시까지 잠을 잘 수가 있었던 것이다.

딜리아의 아버지는 변함없이 새들과 함께 일어났다. 이날 아침 콜리어 씨는 딸과 함께 아침 식사를 하고, 딜리아가 로스앤젤레스로 간 뒤에는 숲 속으로 이른 아침 산책을 나갔다. 돌아오는 길에 커다란 참나무 앞에 멈춰 서서 손자를 깨워보려 했지만, 나무 집에서는 크로의 코 고는 소리만 우렁차게 들려올 뿐 아무런 대꾸가 없었으므로 노인은 집으로 돌아와 서재로 들어갔다. 서재는 아래층 메인 홀에서 떨어져 로저 프라이엄의 거실 문 정반대쪽에 계단을 사이에 두고 있었다. 콜리어 씨는 이때가 막 8시가 지났을 무렵이었다고 엘러리에게 말했다. 사위의 방문은 닫혀 있었고 문 아래로 빛은 전혀 비치지 않았다. 평상시 일요일 아침과 다를 바 없어 보였다. 노인은 서재 책상 서랍에서 그가 수집하는 우표 앨범과 힌지,* 우표 핀셋과 우표 도감을 꺼냈다. 그리고 최근에 통신으로 구입한 우표를 붙이기 시작했다.

"난 세계 곳곳을 돌아다녔다오. 내가 실제로 갔던 곳의 우표를 수집하는 건 무척 재미있는 일이지. 내 수집품을 보겠나?"

그가 엘러리에게 권했지만 엘러리는 거절했다. 너무 바빴기 때문이었다.

9시가 조금 지나서 앨프리드 윌리스가 2층에서 내려왔다. 그는 열려 있는 서재로 가서 딜리아의 아버지와 아침 인사를 나눈 뒤 프라이엄의 방문 쪽으로는 가까이 가지도 않고 아침 식사를 하러 갔다.

기티에레스 부인이 차려준 아침을 먹으며 윌리스는 언제나

---

* 우표 뒤에 대는 얇은 종이.

문 앞에 배달되는 일요일 조간을 읽었다. 이날은 하녀와 운전사의 일요일 휴가였다. 그래서인지 집 안이 이상할 정도로 조용했다. 부엌에서 요리사가 로저 프라이엄의 아침을 준비하고 있었다.

10시 직전에 앨프리드 윌리스는 신문을 원상태로 돌려놓고 의자를 밀어 일어선 뒤 신문을 들고 메인 홀로 나갔다. 프라이엄은 일요일 아침마다 눈을 떴을 때 신문이 팔이 닿는 곳에 있기를 바랐다. 그리고 만약 신문이 구겨져 있거나 순서가 바뀌어 있으면 몹시 화를 냈다.

프라이엄의 방문 아래 틈으로 빛이 보이자 윌리스는 걸음을 재촉했다.

콜리어 씨가 이상한 일이 일어났음을 처음 알게 된 건, 로저 프라이엄의 방에서 윌리스가 "콜리어 씨! 콜리어 씨! 이리 와주세요!" 하고 외치는 소리를 들었을 때였다고 했다. 노인은 우표 앨범을 내던지고 메인 홀을 건너갔다. 윌리스는 교환수를 호출하려고 전화기를 더듬고 있었다. 그가 "프라이엄 씨를 보세요! 그분이 괜찮은지 보세요!" 하고 콜리어 씨에게 고함을 치고 있을 때 교환수가 대답했다. 윌리스는 무척 겁을 먹고 있는 듯이 보였다. 그는 경찰과 키츠 경위에 대해서 뭐라고 중얼거리고 있었다. 콜리어는 방을 가로질러 아직도 침대 형태를 하고 있는 사위의 휠체어에 다가갔다. 잠옷을 입은 프라이엄은 한쪽 팔꿈치로 몸을 지탱하고 공포에 질린 눈으로 어딘가를 노려보고 있었다. 입은 벌어져 있었고 수염이 파르르 떨리고 있었다. 그러나 아무 소리도 나오지 않았다. 노인이 본 바로는 공포로 마비되어 있는 것 외에는 문제가 없어 보였다. 콜리어 씨는 굳어 있는 프라이엄을 뒤로 눕히고서 진정시키려고 했으나, 프라이엄은 마치 혼수상태에 빠진 듯 경직된 채 누워서, 자신이 본 것을 다시 보지 않으려는 듯이 눈을 꼭 감았다. 그리고 노인은 그에게서 어떠한 반응도 볼 수 없었다.

바로 그때 딜리아가 교회에서 돌아왔다.

문간에서 숨 막히는 듯한 소리가 들리자 전화를 받던 월리스와 프라이엄을 살피던 콜리어 씨가 뒤를 돌아보았다. 딜리아가 믿을 수 없다는 듯한 눈초리로 방 안을 노려보고 있었다. 그녀는 남편보다 더 얼굴이 새파랗게 질려 있었고 곧 실신할 것만 같았다.

"이게 다…… 이것들이 다……."

그녀는 킥킥 웃기 시작했다.

월리스가 거칠게 소리쳤다.

"저분을 밖으로 데리고 나가세요."

"그이가 죽었어요. 그이가 죽었단 말이에요!"

콜리어 씨가 그녀에게로 뛰어갔다.

"아니다, 아니야. 그저 겁을 먹었을 뿐이야. 어서 위층으로 올라가거라. 로저는 우리가 살피마."

"그이가 죽지 않았다고요? 그럼 왜……? 어째서 이렇게 다……?"

"딜리아."

노인은 딜리아의 손을 쓰다듬었다.

"아무것도 만지지 말아요. 아무것도!"

"괜찮아, 딜리아."

"아무것도 손을 대면 안 돼요. 모든 걸 본 그대로 두어야 해요. 그대로요."

그리고 딜리아는 휘청거리며 전화가 있는 메인 홀 쪽으로 가서 엘러리에게 전화를 걸었다.

엘러리가 프라이엄 저택 현관 앞에 차를 댔을 때, 차도에는 벌써 순찰차가 주차되어 있었다. 젊은 경관이 무전기로 본서에 보고하고 있었다. 그의 입은 마치 수도꼭지처럼 튀어나와 있었다. 동료는 저택 안에 들어가 있는 모양이었다.

"이봐요. 어딜 가려고 하는 겁니까?"

경관이 차에서 뛰어나왔다. 그의 얼굴은 벌겋게 달아올라 있었다.

"경관님, 전 이 집에 사는 가족의 친구입니다. 방금 프라이엄 부인의 전화를 받고 오는 길입니다."

엘러리는 다소 격앙된 듯 보였다. 전화를 건 딜리아가 너무 흥분한 탓에 그가 알아들을 수 있었던 말은 고작 '안개'뿐이라 도대체 어찌 된 영문인지 알 수가 없었던 것이다.

"무슨 일이 일어났습니까?"

경관은 흥분하여 대답했다.

"또 말하고 싶지 않습니다. 바보 취급을 받고 싶지 않다고요. 내가 술에 취한 줄로 아나 본데, 도대체 나를 어떻게 보고 있는 거요? 주일날 아침이라고요! 이 마을에서 이상한 일을 많이 보았지만……."

"진정하세요, 경관님. 키츠 경위님은 보고를 받았나요?"

"댁에서 연락을 받으셨어요. 이리로 오시는 중입니다."

엘러리는 계단을 뛰어 올라갔다. 메인 홀에 들어갔을 때 딜리아가 그곳에 있었다. 그녀는 수수한 검은색 외출복을 입고 있었다. 모자를 쓰고 장갑을 낀 그녀는 핏기 없는 얼굴로 벽에 기대고 있었다. 머리카락이 헝클어지고 맥이 빠진 앨프리드 월리스는 두 손으로 그녀의 장갑 낀 손 하나를 붙들고서 무언가를 속삭이고 있었다. 그러나 그 광경은 순식간에 사라졌다. 엘러리를 발견한 딜리아가 손을 빼면서 월리스에게 재빠르게 뭔가를 말하더니 엘러리 쪽으로 뛰어왔던 것이다. 월리스는 놀란 듯이 돌아보았다. 그는 황급히 발을 끌며 그녀의 뒤를 따라왔다. 혼자 남겨진 것이 두려운 것처럼.

"엘러리."

"프라이엄 씨는 괜찮습니까?

"그이는 심한 충격을 받았어요."

"주인님이 기절한 것도 무리는 아니죠. 지금 의사 선생님이 오는 중입니다. 우린 프라이엄 씨가 정신을 차리게 할 수 없어요."

월리스는 떨리는 손에 손수건을 쥐고 뺨을 닦으며 중얼거렸다.

"딜리아, 아까 '안개(fog)'라고 했는데 그게 무슨 뜻이죠?"

엘러리는 메인 홀을 서둘러 걸어갔다. 딜리아가 그의 팔에 매달리다시피 붙어 있었다. 월리스는 여전히 얼굴을 닦으며 그대로 서 있었다.

"안개라고요? 그런 말은 하지 않았어요. 제가 말한 건……."

엘러리는 문간에 멈춰 섰다.

순찰차를 타고 온 또 다른 경관이 모자를 뒤로 젖혀 쓴 채 의자에 양다리를 걸치고 심란한 듯이 주위를 둘러보고 있었다.

로저 프라이엄은 천장을 응시하며 뻣뻣하게 침대에 누워 있었다.

로저 프라이엄의 몸과 담요, 시트, 휠체어의 선반과 서랍 위는 물론, 마루와 가구, 윌리스의 간이침대, 창문턱, 처마, 난로, 벽난로 위까지 온통 개구리(frog)로 덮여 있었다.

개구리와 두꺼비들.

수백 마리의 개구리와 두꺼비들.

조그마한 청개구리.

다리가 노란 개구리.

황소개구리.

전부 목이 비틀려 있었다.

방 안에는 온통 그것들의 시체가 널려 있었다.

엘러리도 한 대 얻어맞은 걸 인정하지 않을 수 없었다. 개구리 떼로 뒤덮인 말도 안 되는 광경은 웃음의 한계선을 넘어 마음속 어두운 밑바닥으로 뛰어드는 것 같았다. 등에는 독수리가, 혀에는 딱정벌레의 형상이 그려진 고대 이집트 나일 강의 검은 수송아지 뒤로 아피스*가 서 있었고 부조리 너머에는 공포가 아른거렸다. 공포는 시간을 초월한 폭군이었다. 20세기 중엽에는 그것이 거대한 버섯 같은 형태로 나타났다. 개구리라고 안 될 것이 없지 않은가. 히브리인의 분노는 개구리를 통해 이집트에 재앙을 가져왔다. 개구리 떼와 피, 야수, 암흑과 첫 아이의 살육……. 엘러리는 로저 프라이엄이 얼어붙은 듯 누워 있는 것을 비난할 수 없었다. 프라이엄은 신의 행적에 대해서 무언가 알고 있었다. 그 자신이 작은 신이었기 때문에.

* 고대 이집트 신화에 등장하는 신성한 황소 신

키츠 경위와 순찰 경관이 저택 주변을 돌고 있는 사이, 엘러리는 프라이엄가의 거실을 이리저리 거닐며 수사의 방향을 잡으려고 애쓰고 있었다. 모든 일이 그를 자극하고 매혹시켰다. 그러나 그건 아무런 의미도 없었다. 그건 아무런 관련도 없었다. 거기에는 무지한 자를 지배하는 힘이 있었다. 군중들은 겉모습만 볼 수 있었다. 그러나 프라이엄은 신전의 내부에 있던 사람이다. 그는 남들이 모르는 것을 알고 있었다. 그는 이 무의미한 짓의 의미를 알고 있었다. 그는 그것이 관련된 비밀의 본질을 알고 있었다. 그는 이 원시적인 신의 본성을 알고 있었고 이 신의 상징이 가진 의미를 파악했다. 앎이라는 것이 반드시 힘은 아니다. 확실성이 반드시 평화를 가져오지는 못한다. 앎은 마비를 가져오고 확실성은 공포를 가져왔다.

키츠 경위가 스페인 귀족 그림 밑에서 엄지를 깨물고 있는 엘러리를 발견했다.

"그럼, 의사 선생도 가셨고, 개구리들은 죄다 치웠으니까 우린 이 문제에 대해서 이야기하는 게 좋을 것 같군요."

"그러죠."

"이게 당신이 말하는 프라이엄의 세 번째 경고인가요?"

"그렇습니다, 경위님."

묵직한 의자에 털썩 앉으며 경위가 말했다.

"제 생각에 이건 장난에 불과한 것 같습니다."

"그렇게 생각하신다면 오산입니다."

키츠 경위는 못마땅한 듯이 그를 쳐다보았다.

"퀸 선생, 나라면 이 일을 맡지 않겠어요. 직접 눈으로 보긴 했지만 믿을 수가 없군요. 그 작자는 왜 이따위 번거로운 짓을 하는 걸까요?"

그의 어조는 복잡하지 않게 깨끗이 총알로 해치웠으면 고마워했을 거라는 투였다.

"프라이엄은 어때요?"

"죽지는 않을 겁니다. 문제는 이 볼루타라는 의사였어요. 말리부에서 금발 여자와 파티를 벌이던 도중에 불려온 것 같았다니까요. 그자는 개구리를 모욕으로 느꼈나 봐요. 충격받은 프라이엄을 치료하고 잠들게 하고서는 자기 차로 줄행랑을 치더군요."

"프라이엄과 얘기해보셨나요?"

"물론 했죠. 하지만 내게는 말을 안 하더군요."

"아무 말도요?"

"잠에서 깨어 전등을 켜기 위해 설치한 코드 위 버튼을 누르려고 손을 내밀었을 때 조그마한 짐승들이 득실대는 것을 보고는 그대로 정신을 잃었다고만 했어요."

"설명을 해보려고 하지는 않았나요?"

"당신은 그가 이 사건에 대한 해답을 알고 있다고는 생각하지 않는군요!"

엘러리가 대답했다.

"경위님, 우리의 친구 프라이엄으로 대표되는 강인한 부류의 인간들은 몇 백 마리의 개구리가 설사 침대 위에 흩어져 있다 해도 그걸 보고서 기절하지는 않아요. 그의 반응은 너무 격렬했어요. 물론 프라이엄 씨는 답을 알고 있어요. 그래서 겁을 먹은 겁니다."

키츠 경위가 고개를 흔들었다.

"이제부터 우린 어떻게 해야 하죠?"

"뭔가 발견한 것이 있나요?"

"아무것도 없습니다."

"침입한 흔적은요?"

"없습니다. 거기에 무슨 흔적이 있겠어요? 퀸 선생, 당신은 의심 많은 동부 출신이죠. 이곳은 남자들이 남자답게 사는 위대한 서부예요. 동부인들처럼 문을 잠그지는 않아요."

키츠 경위는 입속에서 너덜너덜해진 담배를 반대쪽으로 굴렸다. 그는 불쾌한 목소리로 말했다.

"누군가의 살인 명단에 올라 있는 납세자들조차도 집 문을 잠그지는 않아요."

그는 실망감을 감추지 않고 벌떡 일어났다.

"문제는 이 프라이엄이라는 자가 사실과 직면하려고 하지 않는다는 거예요. 독살당할 뻔했는데도 그는 생각만 하고 있죠. 2, 3백 마리의 죽은 개구리를 침대 주위에 뿌려놓아도 그는 믿을 수 없다는 듯이 고개만 흔들고 있어요. 내가 어떻게 생각하는지 압니까? 여기 있는 우리를 제외하고 이 집의 모든 사람이 다 정신이 나갔다고 생각해요."

그러나 엘러리는 보이지 않는 지평선 쪽을 곁눈질로 노려보면서 조그마한 원을 그리며 걷고 있었다.

"그렇군요. 그자는 그냥 걸어서, 아무런 장애물 없이 들어왔군요. 아마도 프라이엄 씨의 방문은 한밤중에 월리스나 다른 사람이 위급 상황을 대비해 그에게 달려올 수 있도록 잠그지 않았을 겁니다. 결과적으로 범인 역시 쉽사리 프라이엄 씨의 방에 들어갈 수 있다는 얘기죠. 그래서 죽은 개구리들로 가득 찬 자루나 여행 가방을 들고 그곳에 나타났고요. 프라이엄 씨는 잠들어 있었겠죠. 죽은 게 아니라 잠들어 있었어요. 하지만 그냥 죽는 편이 나았을지도 몰라요. 왜냐하면 방문객은 무엇보다도 잠든 프라이엄 씨를 깨우지 않고서도 어둠 속에서 2, 3백 마리의 개구리를 주변에 뿌릴 수 있었으니까요. 경위님, 어떻게 그럴 수 있었는지 아시는지요?"

키츠 경위는 지친 듯이 말했다.

"물론이죠. 프라이엄은 간밤에 술 한 병을 다 비웠어요. 때문에 그는 외부 세계와 단절되어 죽은 것이나 다름없었어요."

엘러리는 어깨를 으쓱하고 다시 걷기 시작했다.

"다시 개구리 얘기로 돌아가죠. 무엇인지는 모르겠지만…… 마분지 상자 속에 들어 있던 것이 첫 번째 경고였어요. 비소 중독…… 그게 두 번째 경고였고요. 세 번째 경고는…… 죽은 개구리 떼고요. 첫 번째는 내용물을 알 수 없고, 두 번째는 독이 든 음식, 세 번째는 목이 비틀린 개구리라……. 그러고 보면 틀림없이 첫 번째 내용물을 아는 데 도움이 될 만한 게 있을 것 같아요."

"기름에 튀긴 코코넛이라고 가정한다면 도움이 될까요?"

키츠 경위가 빈정댔다.

"경위님, 어떤 연관성이 있어요. 패턴이 있다고요."

"계속해봐요."

"마술처럼 모자 속에서 그저 개구리를 꺼낸 것이 아닙니다. 개구리에는 의미가 있어요."

키츠 경위는 공허한 웃음을 지으며 말했다.

"그렇겠죠. 왜 안 그렇겠어요. 좋아요, 개구리에 의미가 있다고 치죠. 이 모든 것에 의미가 있다고 가정해요. 하지만 거기에 무슨 뜻이 있건 저는 상관없어요. 이 프라이엄이라는 자는 미치광이인 겁니까? 그냥 죽고 싶다는 건가요? 싸워보지도 않고서?"

엘러리는 이마를 찌푸렸다.

"경위님, 프라이엄 씨는 싸우고 있어요. 자신만의 기묘한 방법으로요. 용감한 사내죠. 도움을 청하거나 청하지 않은 도움을 받아들이는 것도 프라이엄에게는 패배가 될 겁니다. 그걸 이해하지 못하시겠습니까? 그는 일인자가 되어야 해요. 그는 그 자신의 운명을 좌우해야만 해요. 그래야만 해요. 그렇지 않으면 그의 인생은 아무런 의미도 없어요. 경위님, 그는 인생을 휠체어에서 살아야 하는 사람입니다. 그가 지금 잠들어 있다고 하셨나요?"

"월리스가 그를 지키고 있어요. 내가 경관 한 사람을 보낸다고 했다가《이그재미너》지로 머리를 얻어맞을 뻔했어요. 할 수 있는 건 이제부터 문을 잠그겠다고 프라이엄에게 다짐을 받는 일뿐이었습니다. 그러나 그는 약속해주지 않더군요."

"배경 조사는 어떻게 되었나요? 동업자들에 대한 조사는요?"

경위는 침으로 얼룩진 꽁초를 손으로 짓이겨 난로 속으로 내던졌다. 그리고 천천히 말했다.

"마치 어려운 문제를 풀고 있는 것 같아요. 도무지 이해가 안 갑니다. 아무튼 어제 담당자를 두 명 더 배치했어요."

그는 새 담배를 입에 툭 넣으며 말을 이었다.

"퀸 선생, 내가 보기에 시골 보안관들이나 할 일을 하고 있는 것 같군요. 우린 직접 부딪쳐야 해요. 프라이엄 씨가 말문을 열어야 해요. 그는 사건의 진상과 해답을 죄다 알고 있어요. 누가 그의 적인지, 왜 그 작자가 그렇게도 오랫동안 이를 갈았는지도 말이죠. 왜 그런 괴상한 물건을⋯⋯."

"그리고 상자 속에 무엇이 들어 있었는지도요."

엘러리가 중얼거렸다.

"맞아요. 볼루타 박사에게 오늘은 프라이엄을 그대로 두겠다고 약속했어요. 그러나 내일은 가만있지 않을 겁니다."

키츠 경위는 머리 위에 모자를 툭 걸쳤다.

키츠 경위가 떠나고 엘러리는 어슬렁어슬렁 메인 홀로 나갔다. 집 안은 침묵 속에 잠겨 있었다. 크로 맥고언은 로렐에게 양서류의 침입에 대해 얘기하려고 힐의 저택에 가고 없었다. 프라이엄의 저택 현관문은 굳게 닫혀 있었다.

딜리아는 인기척이 없었다. 그녀는 자기 방에 가서 문을 잠그고 누워 있겠다고 말했다. 남편의 상태에 더 이상 관심이 없는 듯 보였다. 그녀는 아주 기분이 나쁜 것 같았다.

엘러리는 기분이 울적해져 돌아가려고 했으나 그 순간 서재를 떠올렸다. 아마도 그는 좀 더 머물 구실을 찾고 있었는지도 모른다. 그는 메인 홀을 지나 프라이엄의 방문 반대쪽 문간으로 다가갔다.

딜리아의 아버지가 서재 책상에 앉아 우표의 수위표를 열심히 조사하고 있었다.

"저, 콜리어 씨."

노인은 고개를 들었다. 그는 엘러리를 보자마자 일어서며 미소를 지었다.

"들어와요, 들어와. 퀸 씨, 이제 다 끝났나?"

엘러리는 말했다.

"글쎄요. 개구리를 다 치우긴 했죠."

콜리어는 고개를 흔들었다.

"인간은 만물에 대해서 비인간적이오. 당신은 살인에 대한 욕구를 우리 종족으로 제한해야 한다고 생각하겠지만 실은 그렇지 않지. 어떤 사람은 자신의 불행을 아무런 해도 끼치지 않는 조그마한 '하일러 레길라'에게 풀어야만 했어. 더구나……."

"뭐라고요?"

엘러리가 물었다.

"하일러 레길라는 청개구리 종을 말하오, 퀸 씨. 저 방에 있던 작은 녀석들이 대부분 이 종에 속하지."

그의 얼굴색이 밝아졌다. 그리고 다시 말을 이었다.

"그 얘긴 그만두지. 하지만 왜 로저 프라이엄이 모가지를 비틀린 개구리를 무서워하는지 난 이해할 수가 없소."

엘러리는 조용히 말했다.

"콜리어 씨, 이 일이 도대체 무엇을 의미하는지 아시겠습니까?"

노인은 대답했다.

"알다마다요. 퀸 씨, 이 일의 본질에 대해 말해드리리다."

그는 자신의 우표용 핀셋을 열심히 흔들며 말을 이었다.

"그건 부패와 사악이오. 탐욕과 이기심과 죄악과 폭력과 증오와 자제력의 결여요. 검은 비밀과 검은 마음과, 잔혹한 혼란과 공포요. 그건 사물을 악용하기 때문이오. 가진 것에 만족하지 않고 항상 가지지 않은 걸 원하기 때문이오. 선망과 의혹과 악의와 육욕과 소란과 주정과 불순한 흥분과 열혈의 갈망 때문이오. 퀸 씨, 바로 인간에 관한 거요."

"감사합니다."

엘러리는 겸허하게 말하고 집으로 돌아갔다.

다음 날 아침, 할리우드 경찰국의 키츠 경위는 위압적으로 보이는 경찰복을 입고 로저 프라이엄에게 마치 로스앤젤레스 시의 운명이 그의 대답에 달려 있기라도 한 것처럼 달려들었다. 그러나 키츠 경위가 노하여 경찰 수칙에서 금지하는 표현을 사용하는 바람에 그와 엘러리는 오히려 더 심한 욕설과 함께 박격포처럼 날아오는 물체의 공격을 받으며 퇴각할 수밖에 없었다. 프라이엄이 분노한 나머지 탄약을 찾느라 자신의 휠체어에서 부속품들을 뜯어냈던 것이다.

수염이 덥수룩한 사내는 하룻밤 사이에 기력을 회복했다. 그런데 그 회복이 완전하지는 못했는지 두 눈은 빛을 잃은 것처럼 보였고 떨림 증상까지 나타났다. 하지만 그의 내부에 있는 불꽃은 깊숙한 곳에서 여전히 타오르고 있었고, 비록 목표물을 맞히지는 못했으나 그건 힘이 없어서가 아니었다. 그의 방 안은 무혈의 아수라장이 되었다.

키츠 경위는 단계를 밟으며 갖은 노력을 다했다. 이성에 호소하고, 달래고, 농담을 걸고, 그의 자존심과 사회적 책임감에 호소하고, 조소하고, 냉소하고, 위협하고, 욕하고, 종국에는 고함을 질렀다. 위협과 욕설을 제외하고 프라이엄은 끄떡도 하지 않았다. 그는 위협과 욕설에 맞서 똑같이 응수했다. 분노 때문에 안색이 흙빛이 된 경위는 자신의 위협과 욕설과 고함에도 불구하고 상대방이 이겼다는 것을 인정해야 했다.

그 북새통에도 앨프리드 월리스는 고용주 곁에서 입가에 가벼운 미소를 띤 채 흐트러짐 없이 서 있었다. 월리스 씨에게도 역시 포탄이 스쳐 갔었다. 엘러리는 월리스의 모습이 콜리어 노인이 말한 하일러 레길라와 많이 닮았다는 생각이 들었다. 즉 자신에게 닥친 상황에 대처하기 위하여 즉시 빛깔을 바꾸는 카멜레온과 같은 특성을 가지고 있는 것 같았다. 어제 프라이엄의 기가 꺾였을 때 월리스의 기도 꺾여 있었다. 오늘 프라이엄이 강해지자 월리스도 강해졌다. 크게 당혹스러운 것은 아니었으나 엘러리는 짜증이 솟구쳤다.

그때 엘러리는 자신의 추리가 틀렸을지도 모르고, 현상은 전혀 달리 설명할 수 있을지도 모른다고 생각했다. 프라이엄의 마지막 폭발의 메아리를 들으면서 문턱을 넘어가고 있을 때, 월리스가 문을 닫으려는 그 순간 엘러리는 기괴하리만치 달라진 프라이엄을 볼 수 있었다. 그는 더 이상 적대적인 모습이 아니었다. 분노에 휩싸여 있지도 않았다. 그의 수염이 가슴까지 내려와 있었다. 그는 휠체어의 두 팔걸이를 붙들고 있었다. 마치 현실과의 접촉을 확인하는 것처럼. 두 눈은 꼭 감겨져 있었다. 엘러리는 그의 입술이 움직이는 것을 보았다. 그리고 만약 그 생각이 불경한 것이 아니었다면, 엘러리는 프라이엄이 기도를 하고 있었다고 말했을 것이다. 바로 그때 월리스가 쾅 하고 문을 닫았다.

엘러리는 문을 노려보며 말했다.

"경위님, 그걸로 됐어요. 효과가 있었어요."

키츠 경위가 소리쳤다.

"무슨 효과요? 당신도 그가 하는 말을 들었잖아요. 그는 마분지 상자에 무엇이 들어 있었는지 말하지 않을 겁니다. 누가 그를 쫓고 있는지 그 이유도 말하지 않을 거라고요. 아무 말도 하지 않을 거예요. 그저 이 문제를 스스로 처리할 거고, 범인이 용기 있는 자라면 자신을 잡으러 오게 두라고만 하고 있지 않습니까? 도대체 우리가 뭘 얻었다는 거죠, 퀸 선생?"

"곧 무너질 겁니다."

"뭐가 무너진다는 거죠?"

"프라이엄 씨 말입니다. 경위님, 잔뜩 겁에 질린 황소가 어둠 속에서 울부짖는 모습이었죠. 그는 제가 생각한 것보다 훨씬 기가 꺾였어요. 그는 우리를 위해 방금 아주 큰 쇼를 벌였던 겁니다. 마음속에서 겪고 있을 혼란을 생각한다면 아주 그럴듯했죠.

경위님, 아마 한 번 더 있을 겁니다. 한 번 더요."

엘러리가 중얼거렸다.

8

로렐은 개구리가 매우 중요하다고 말했다. 적은 실수를 했다. 반점투성이 짐승이 저렇게 수백 마리나 있다면 분명 흔적이 남아 있을 터였다. 그들이 해야 할 일은 그 흔적을 찾아내는 것이라고, 그녀는 말했다.

"무슨 흔적? 어디서 그걸 찾아내지?"

맥고언이 물었다.

"맥, 개구리가 필요하다면 어디로 가야 하죠?"

"난 개구리는 필요하지 않아."

"물론 애완동물 가게로 가야겠죠!"

거인은 정말로 감탄하고 있는 듯했다. 그가 투덜거렸다.

"왜 나는 그런 생각을 못 하지? 애완동물 가게로 가보자."

그러나 날이 저물자 맥고언의 들뜬 기분은 가라앉았다. 그리고 고집을 부리기 시작했다. 로렐이 포기하려고 하자 그는 "어린애로군!" 하고 놀리면서 목록에 있는 다음 가게로 차를 몰았다. 로스앤젤레스 대도시권에는 애완동물 가게가 무척 많았다. 또 로스앤젤레스 대도시권은 북쪽 버뱅크에서 남쪽 롱비치까지, 서쪽 산타모니카로부터 동쪽 먼로비아까지 1백 개의 소도시와 36개의 합병 도시를 포함하고 있었다. 길고 긴 하루가 끝나갈 무렵, 힐과 맥고언 탐정 팀은 비록 역부족이긴 하나, 그들의 고매한 목적에는 부끄럽지 않은 수사에 착수했음이 분명해졌다.

"이런 식으로 가면 크리스마스 때까지 걸리겠어요."

두 사람이 베벌리힐스의 야외 레스토랑에서 특제 스티어버거를 우적우적 먹고 있을 때, 로렐이 절망적으로 말했다.

더블딥 자이언트 몰트에 손을 뻗으며 크로가 투덜댔다.

"넌 그만둬도 돼. 난 2백 마리 개구리에 지지 않을 거야. 내일 혼자서라도 할 거야."

로렐은 잘라 말했다.

"난 포기하지 않아요. 내가 말하려고 했던 건, 우리가 아마추어처럼 덤벼들었다는 것뿐이에요. 내일부터 목록을 둘로 나누어 따로따로 움직여요. 그렇게 하면 같은 시간에 두 배나 조사할 수 있어요."

거인이 툴툴거렸다.

"그럴듯한 생각이군. 하지만 우선 뭐 좀 먹는 게 어때? 여기서 멀지 않은 곳에 괜찮은 스테이크 가게가 있는데. 거기선 와인은 공짜야."

이튿날 일찍부터 그들은 남은 지역을 둘로 나누고는, 6시 반에 중국 식당 그로먼 근처의 주차장에서 만나기로 하고 따로따로 차를 몰고 나갔다. 둘은 6시 반에 만나서, 할리우드 사람들이 집으로 돌아가기 위해 사방에서 경적을 울리고 있는 동안 각자가 적은 것을 비교했다.

맥고언의 수첩은 엉망이었다.

"단서가 전혀 없단 말이야. 아직도 가봐야 할 가게가 많아.

너는 어때?"

로렐은 우울한 얼굴로 말했다.

"한 건 건졌어요. 직감적으로 엔시노에 있는 한 가게에 갔어
요. 그곳엔 동물원에서 볼 수 있는 동물들도 있었어요. 타자나
에 사는 어떤 사람이 개구리를 주문했대요. 그래서 서둘러 그
곳으로 갔죠. 근데 알고 보니 어떤 영화배우가 정원 웅덩이에
넣으려고 스물네 마리를 사들인 거였어요. 그는 개구리를 '괴
상하게 우는 놈'이라고 불렀어요. 얻은 거라곤 원하지도 않는
사인과 데이트 신청뿐이었어요. 하지만 거절했어요."

"그 작자 이름이 뭐야?"

크로가 으르렁거렸다.

"신경 쓰지 마요. 이제 엘러리 씨한테 가요. 근처까지 왔으니
까."

"뭐하러?"

"어쩌면 조언을 해줄지도 모르잖아요."

"전문가가 무슨 말을 해줄지 보자 이거지, 어?"

그녀의 조력자가 못마땅한 목소리로 말했다.

그는 언덕 밑에 이르기까지 내내 경적을 울렸다.

로렐이 오스틴에서 내렸을 때 크로는 벌써 엘러리의 문을 두
드리고 있었다.

"퀸 씨, 문 열어요! 뭐 하느라 이렇게 틀어박혀 있는 겁니
까?"

"맥?"

엘러리의 목소리가 들렸다.

"로렐도 왔어요."

로렐이 소리를 질렀다.

"잠깐 기다려요."

엘러리가 현관문을 열었을 때 그의 머리칼은 헝클어지고 눈은 부어 있는 듯이 보였다.

"낮잠을 자고 있었어요. 그리고 윌리엄스 부인은 갔을 겁니다. 들어와요. 두 사람은 종일 힘든 하루를 보낸 것 같군요."

맥고언은 얼굴을 찌푸렸다.

"형님, 형님의 오아시스에 시원한 술이 많이 있습니까?"

"엘러리, 욕실을 사용해도 될까요?"

로렐은 닫혀 있는 침실 문 쪽으로 갔다.

"로렐, 아마 엉망일 겁니다. 아래층 화장실을 써요……. 자여기 있어요, 맥. 마음껏 들어요."

로렐이 2층으로 돌아왔을 때 그녀의 조수는 엘러리에게 목록을 보여주는 중이었다. 크로는 투덜대고 있었다.

"단서를 얻을 수 있을 것 같지가 않아요. 이틀간 애썼는데 전혀 얻은 게 없어요."

"확실히 많은 지역을 조사했군요. 로렐, 마실 건 저쪽에 있어요."

"아, 그렇군요."

거인은 술잔을 흔들며 말을 이었다.

"당신은 간단하다고 생각하실 테지만, 사실 몇 사람이나 개구리를 사겠어요? 실제로 아무도 사지 않아요. 어떤 애완동물 가게에서도 개구리를 팔지 않아요. 카나리아는 팔고 있어요. 피리새 종류는 틀림없이 있고요. 잉꼬는 수레에 실을 정도로 많고요. 잉꼬, 마코 앵무새, 개, 고양이, 열대어, 원숭이, 칠면

조, 거북 그리고 뱀까지도 팔아요. 그리고 이제 난 코끼리를 싸게 살 수 있는 가게도 알아요. 하지만 개구리는 없었어요. 그리고 두꺼비는……. 가게 직원들은 그런 걸 사는 사람을 마치 얼간이처럼 보지요."

"우리가 뭘 잘못한 건가요?"

로렐은 크로의 의자 팔걸이 위에 걸터앉아서 물었다.

"뛰쳐나오기 전에 먼저 문제를 분석하지 않은 점이 잘못된 겁니다. 당신들은 바보들을 상대하고 있는 게 아니에요. 물론 일반적인 경로를 통해서 개구리를 구할 수 있을지도 모르죠. 만약 그랬다면 그건 특별 주문이에요. 그리고 특별 주문은 단서가 남죠. 우리의 상대는 당신들 편의를 위해서 단서를 남겨두는 일 같은 건 하지 않았고요. 둘 중 누구라도 주 정부 어획·수렵 위원회에 문의 전화를 할 생각을 해보았나요?"

그들은 놀란 눈으로 쳐다보았다.

엘러리는 미소를 지으며 말했다.

"전화를 걸었으면 우리가 프라이엄 씨의 방에서 발견한 작은 녀석들이 대부분 '하일러 레길라'라는 학명을 가진 조그마한 청개구리라는 걸 알았을 텐데요. 보통은 스프링 피퍼라고 불려요. 이 녀석들은 이 지역의 시내와 나무에서, 특히 언덕 기슭에서 대량으로 발견돼요. 이 지역에 서식하고 있지는 않지만 황소개구리도 여기서 찾을 수 있어요. 그것들은 모두 동부에서 들어왔죠. 그래서 개구리와 두꺼비를 많이 갖고 싶은데 단서를 남기고 싶지 않으면, 직접 그것들을 잡으러 나가면 됩니다."

"이틀을 꼬박 했는데……."

맥고언은 신음하듯이 말했다. 그는 잔에 남아 있는 술을 단숨에 들이켰다.

"맥, 내 잘못이에요."

로렐은 비참한 기분으로 말했다. 그러나 그녀는 이내 기운을 차리고 말했다.

"경험이라고 해두죠, 뭐. 다음엔 그런 수에 넘어가지 않을 거예요."

"다음엔 개구리를 사용하지 않겠지!"

엘러리는 자신의 파이프 부리로 이를 톡톡 치며 말했다.

"맥, 전 당신 할아버지를 생각하고 있었어요."

"그래서요?"

맥은 즉시 도전적인 얼굴을 했다.

"재미있는 분이더군요."

"맞아요. 그리고 굉장한 분이죠. 거의 혼자 지내고 계시지만, 그건 남에게 방해가 되고 싶지 않기 때문이에요."

"얼마 동안 당신 식구들과 함께 사셨죠?"

"몇 년 되었어요. 평생 동안 방방곡곡을 돌아다니셨는데, 늙어서 돌아다니지 못하게 되자 어머니하고 함께 계시는 거예요. 왜 우리 할아버지에게 흥미를 가지시죠?"

"할아버지는 당신 어머니를 아주 많이 사랑하고 계신가요?"

크로는 눈을 가늘게 뜨고 빈 술잔을 보며 말했다.

"글쎄요, 그걸 이렇게 표현해보죠. 만약 어머니가 신이라면 할아버지는 교회에 갈 거예요. 할아버지의 관심사는 온통 어머니뿐이에요. 할아버지가 로저와 함께 있는 유일한 이유는 바로 어머니 때문이죠. 이런 질문에는 대답하고 싶지 않군요. 이제 그만 화제를 바꿀까요?"

크로가 엘러리를 쳐다보면서 말했다.

"맥, 당신은 할아버지를 싫어하나요?"

"전 할아버지를 사랑합니다! 다른 얘기를 하도록 하죠."

엘러리는 생각에 잠긴 표정으로 말을 계속했다.

"당신 할아버지는 우표 수집에다가 이제는 나비를 수집하고 표본을 만들고 있어요. 사업도 직업도 없이 취미를 좇고 있는 콜리어 씨 연배의 사람은 대개 한두 개의 취미를 갖는 데 그치지 않아요. 할아버지가 다른 취미를 가지고 있나요?"

크로는 탁 소리를 내며 술잔을 내려놓았다.

"할아버지 얘기를 더 하면 내가 사람이 아니지. 로렐, 안 갈 거야?"

"맥, 왜 이렇게 화를 내죠?"

"할아버지에 대한 질문을 왜 자꾸 하는 거죠?"

"왜냐하면 내가 하는 일은 여기 앉아서 생각하는 것이니까요. 그리고 내 생각은 광범위한 영역을 포괄하죠. 맥, 지금 나는 이것저것 생각하며 더듬어보고 있는 겁니다."

"다른 방향으로 생각을 바꿔보시죠!"

엘러리가 대답했다.

"아니죠. 모든 방향을 더듬어봐야 합니다. 그게 탐정 수칙 제1장이죠. 당신의 할아버지는 저 청개구리의 학명을 알고 있었어요. 그 점으로 미루어보건대, 그분은 그 주제에 대해 연구했을지도 모릅니다. 그래서 나는 알고 싶어졌죠. 그분이 언덕 숲속을 오랫동안 산책하고 다녔는데, 그사이 청개구리를 수집하고 있지는 않았을까 하고요."

맥고언의 얼굴이 약간 창백해졌다. 그리고 그의 잘생긴 얼굴에 괴로우면서도 어리둥절한 표정이 떠올랐다.

"전 모릅니다."

로렐은 낮은 목소리로 말했다.

"맥, 할아버지는 집 근처 어딘가에 토끼집을 지어놓으셨어요. 가볼 수 있지 않을까요."

"가볼 수는 있겠지. 하지만 우린 가지 않을 거야! 나는 가지 않을 거라고. 나를 뭘로 보고 이러는 겁니까?"

그는 두 주먹을 그들의 머리 위로 획획 휘두르며 말을 이었다.

"그래요, 할아버지가 그랬다고 하면 어쩔 겁니까? 이곳은 자유 국가입니다. 그리고 주위에 개구리들이 많다고 당신이 아까 말했잖아요!"

엘러리는 그를 달랬다.

"네, 그랬죠. 한 잔 더 하세요. 제가 노신사한테 너무 빠졌었나 봅니다. 그런데 말이죠, 로렐……."

"이제 제가 마음의 준비를 해야 할 차례인가요?"

로렐이 중얼거렸다.

엘러리는 씽긋이 웃었다.

"글쎄요, 내 생각이 당신 쪽으로도 향했던 걸 인정하죠, 로렐. 나를 찾아온 맨 첫날 당신은 리앤더 힐의 의붓딸이라고 했었는데……."

"맞아요."

"그리고 어머니에 대한 기억이 없다는 그런 얘기를 했었죠. 당신의 친부모나 출신 지역에 대해 아는 바가 없나요?"

"네."

"질문이 듣기 괴로웠다면 미안합니다."

맥고언이 찬장 옆에서 고함을 쳤다.

"당신이 어떤 사람인지 알기나 해요? 당신은 정확히 엉덩이와 코로 나뉘는 인간이야!"

로렐은 억지로 미소를 지으며 말했다.

"엘러리, 난 괴롭지 않아요. 내가 어디 출신인지에 대해서는 아무것도 몰라요. 나는 이야기책에 나오는 아기처럼 현관에 버려졌어요. 물론 아버지에게는 나를 양육할 수 있는 권리가 없었어요. 미혼인 데다 여러 가지 사정이 있었으니까요. 하지만 아버지는 믿을 만한 여자를 고용해서 나를 신고할 때까지 약 1년간 키워주었어요. 그러다가 아버지는 여러 가지 곤란을 겪었어요. 나는 아버지와 떨어져 지내게 되었고, 오랜 법정 다툼이 이어졌어요. 하지만 결국 나에 관해서 아무것도 알아낼 수 없었고, 데려가겠다고 주장하는 사람이 아무도 없어서 아버지는 법정에서 이겨 정식으로 법적 허가를 받고 나를 양녀로 삼았어요. 물론 내게는 그에 대한 아무런 기억이 없어요. 아버지는 그 후에도 몇 년 동안 내 친부모를 추적했어요. 왜냐하면 아버지는 언젠가 누가 불쑥 나타나서 나를 데려갈까 봐 두려워했고, 그 문제를 완전히 해결하고 싶어 했거든요. 하지만……."

로렐은 얼굴을 찌푸렸다가 다시 말을 이었다.

"아버지는 단서 하나 찾지 못했고 아무도 나타나지 않았어요."

엘러리는 고개를 끄덕였다.

"내가 당신에게 그런 질문을 한 이유는 이번 사건 모두가…… 당신 의붓아버지의 죽음과 로저 프라이엄을 향한 협박을 둘러싼 모든 정황이…… 어떻게든 당신의 과거와 연결되어 있지 않을까 하고 생각했기 때문입니다."

로렐이 빤히 쳐다보았다.

맥고언이 말했다.

"탐정학의 승리로군요. 어떻게 해서 그렇게 되죠, 대장? 설명해보세요."

엘러리가 어깨를 으쓱하며 말했다.

"나는 사실 여부를 잘 모른다 해도 일단은 그걸 한번 검토해봅니다. 가치가 별로 없거나 전혀 없을 가능성이 있다는 걸 인정하면서 말이죠. 하지만, 로렐. 그게 엉뚱한 이론이건 아니건 간에 당신의 과거는 이 문제와 관련이 있을지 모릅니다. 또 다른 방식으로요. 사실 이 일에서 당신 때문에 좀 신경이 쓰였습니다. 충동적으로 이 사건을 파고들려고 하는 것이라든지 복수를 간절히 원하는 그런 모습이……."

"그게 뭐 잘못된 건가요?"

로렐의 목소리는 날카로웠다.

"잘못이라는 건 그게 전혀 정상적으로 보이지 않기 때문이죠. 로렐, 기다려요. 당신은 너무나 충동적이고 복수에 전전긍긍하고 있어요. 그런 감정을 갖는 건 당신답지 않아요. 내가 생각하는 당신의 모습이 아닙니다."

"아버지와 떨어져본 적이 없어요."

"압니다. 하지만……."

"당신은 나를 몰라요."

로렐은 웃었다.

엘러리는 멍하니 파이프에 담뱃가루를 채웠다.

"물론 모르죠. 그러나 한 가지 설명이 가능해요. 당신의 충동

밑바닥에 있는 동기는 살인자에 대한 복수가 아니라 자기를 발견하려는 욕망이라는 거죠. 살인자를 찾으면 당신 자신의 배경에 대한 수수께끼를 해결할 수 있을 거라는 무의식중의 희망을 가지고 있을지도 모릅니다."

"전 그렇게 생각해본 적 없어요."

로렐은 자신의 턱을 오목한 손바닥으로 받치고 한동안 말없이 있었다. 그러고서 그녀는 고개를 흔들었다.

"전 그렇게 생각하지 않아요. 제가 누구이고 어디 출신이며, 친부모가 어떤 사람들인지는 알고 싶어요. 하지만 그것이 제게 큰 의미가 있는 건 아닐 거예요. 그분들은 낯선 사람들일 테고, 배경이라는 것도…… 제 집이 아닐 테니까요. 아니요. 전 아버지를 제 친아버지처럼 사랑했어요. 제 아버지였다고요. 그리고 아버지에게 치명적인 심장마비를 가져다준 자가 대가를 치르는 걸 보고 싶어요."

로렐과 맥고언이 가고 나자 엘러리는 침실 문을 열고 말했다.

"딜리아, 이젠 괜찮아요."

"그 애들이 여기 계속 있을 거라고 생각했어요."

"내 실수였어요. 내가 그들을 붙잡아두었어요."

"당신은 제가 숨어버려 벌주고 싶었겠죠?"

"그럴지도요."

그는 기다렸다.

"이곳이 마음에 들어요."

딜리아는 천천히 말하며 평범해 보이는 엷은 갈색 가구류를 둘러보았다.

그녀는 엘러리의 침대 위에 앉아서 두 손으로 침대 덮개를 움켜쥐었다. 그녀는 모자도 장갑도 벗지 않았다.

엘러리는 자기가 다른 방에 있는 동안 그녀가 내내 그런 모습으로 앉아 있었을 거라고 생각했다. 허공에 매달린 것 같았다. 프라이엄 저택에서 빠져나오기 위한 그녀의 그럴듯한 구실처럼. 시내 어딘가를 방문한다고 했겠지. 모자와 장갑을 낀 사람들 사이에서.

"딜리아, 왜 숨어야 한다고 느끼는 건가요?"

"그렇게 하면 귀찮은 상황을 피할 수 있으니까요. 설명할 필요가 없고 거짓말을 꾸며댈 필요가 없으니까요. 소란을 일으킬 일도 없고요. 전 소란스러운 게 싫어요."

그녀는 엘러리보다 그의 집에 더 흥미가 있는 것 같았다.

"혼자 사는 남자라니, 전혀 상상도 못 했어요."

"왜 다시 왔죠?"

그녀는 웃었다.

"모르겠어요. 그저 그러고 싶었어요. 당신은 더 이상 지난번만큼 호의적인 것 같지 않군요. 난 눈치가 빠른 사람은 아니지만 당신이 이젠 나를 좋아하지 않는다는 생각이 들기 시작하네요."

그는 거칠게 내뱉었다.

"언제 그런 생각이 들었죠?"

"오, 처음에 한두 번 봤을 때 알았죠."

"딜리아, 그건 좀 저속한 표현이군요. 당신은 모든 남자가 수탉이 된 것처럼 느끼게 만들어요."

그녀는 다시 웃었다.

"그럼 지금 당신 기분은 어때요? 이젠 더 이상 수탉이 된 기분이 들지 않나요?"

"딜리아, 그 질문에 대한 답은 거실에서 하면 좋겠군요."

그녀는 고개를 매섭게 쳐들었다.

"질문에 대답할 필요 없어요."

그녀는 일어나 그의 옆을 천천히 지나갔다.

"거실에서든 어디서든 말이죠."

엘러리가 침실 문을 닫고 그녀를 돌아보았을 때 그녀는 아쉬운 듯한 어조로 말했다.

"나를 정말로 좋아하지 않나요?"

"딜리아, 난 당신을 좋아해요. 그러니까 당신은 여기 와서는 안 돼요."

"하지만 저기 안에서 방금 말했잖아요……."

"그 안에서는 그랬죠."

그녀는 고개를 끄덕였으나 정말로 이해한 것 같지는 않았다. 그녀는 그의 파이프 하나를 집어 들고는 검지로 어루만졌다. 그는 그녀의 두 손을 가만히 바라보았다. 투명한 나일론 장갑 밑에서 피부가 빛나고 있었다.

그는 정신을 차리려고 애썼다.

"딜리아."

"당신은 외롭지 않나요?"

그녀가 중얼거렸다.

"저는 매일 조금씩 외로움 때문에 죽어가고 있어요. 제게 말을 걸어오는 사람은 진정으로 말을 하는 게 아니에요. 그저 단어를 나열할 뿐이죠. 사람들은 자신의 말을 듣고 있을 뿐이에

요. 여자들은 저를 싫어하고, 남자들은…… 적어도 그럴 땐 제
게 말을 걸잖아요!"

그녀는 홱 돌아서며 소리쳤다.

"제가 그렇게도 어리석은가요? 당신도 제게 말을 걸지 않을
거죠? 제가 그렇게 바보 같아요?"

그는 다시 애를 써야 했다. 이번에는 아까보다 힘들었다. 그
러나 그는 이를 꽉 물고 말했다.

"딜리아, 집으로 돌아가세요."

"왜죠?"

"왜냐하면 당신은 외롭고, 당신 집에는 반신불수의 남편이
반쯤 죽은 상태에 놓여 있고, 나는 비열한 놈이 아니고, 당신은
창녀가 아니기 때문이죠. 딜리아, 이게 이유입니다. 만약 당신
이 계속 여기에 머무른다면 난 이 네 가지 이유를 잊어버릴지
도 몰라요."

그녀는 손바닥으로 그의 뺨을 갈겼다. 머리가 뒤로 젖혀지고
어깨뼈가 벽에 부딪치는 것이 느껴졌다.

일순 부옇게 된 그의 시야에 문간에 서 있는 그녀가 보였다.

그녀는 괴로운 듯이 말했다.

"미안해요. 당신은 바보예요. 하지만 미안해요. 여기 온 것
말이에요. 다시는 그러지 않을게요."

엘러리는 딜리아가 언덕을 내려가는 것을 지켜보았다. 안개
가 끼어 있었고, 그녀는 안개 속으로 사라졌다.

그날 밤, 그는 어둠 속에서 전망창 앞에 앉아 손가락으로 턱
을 어루만지며 스카치 한 병을 거의 다 비웠다. 안개가 점점 짙
어져 혼돈밖에는 아무것도 보이지 않았다. 아무것도 분간할 수

가 없었다.

그러나 엘러리는 속이 후련해지고, 편안해지고, 씁쓸하지만 고상해진 기분이었다.

9

로스앤젤레스에서 6월 29일은 특별한 날이었다. 기상 캐스터는 기온이 섭씨 32.7도라고 전했고, 신문은 이 도시에서 6월 29일의 날씨로서는 43년 만에 가장 혹독한 더위라고 떠들어댔다.

그러나 양털 재킷을 입고 할리우드 대로를 거닐고 있던 엘러리는 사막과 같은 열기를 거의 느끼지 못하고 있었다. 그는 요즘 꿈속을 헤매고 있었다. 그의 꿈은 리앤더 힐과 로저 프라이엄 사건의 단편들로 꽉 차 있었다. 그러나 머릿속으로 그 이상한 사건에 관한 단서를 좇는 그의 꿈은 아직 아무 의미 없는 꿈에 불과했다. 그 세계에선 좌절의 온도계에서만 온도가 존재할 수 있었다.

키츠 경위에게서 힐과 프라이엄의 과거 이력에 관한 조사 결과가 나왔다는 전화가 걸려왔다. 하긴 그럴 때가 되었던 것이다.

엘러리는 우체국을 지나서 남쪽으로 방향을 돌려 윌콕스로 갔다.

당분간 아무것도 인식하지 못한 채 머릿속에서 헤매도 될 것이다. 나침반과 판독 가능한 지도를 찾아내거나 그냥 정신을 놓아버려야 할 시기가 왔으니까.

반드시 그렇게 될 것이다.

엘러리가 안으로 들어서자 키츠 경위가 담배를 만지작거리고 있었다. 넥타이 매듭이 가슴팍까지 늘어져 있었고 모랫빛 머리털이 곤두서 있었다.

"여기까지 올 거라고는 생각 못 했습니다."

"걸어왔죠. 자, 그럼 어디 한번 들어볼까요."

엘러리는 의자를 당겨 걸터앉았다.

"어떻게 말씀드릴까요? 곧장 말할까요?"

"무슨 소리죠?"

엘러리는 똑바로 앉았다.

키츠 경위는 입술에 붙은 담배 부스러기를 뜯어내면서 말했다. "그러니까……. 제기랄, 왜 이렇게 시원찮게 담배를 말아놓은 거야! 그러니까 부스러기조차 얻지 못했다는 겁니다."

"무슨 부스러기 말입니까?"

"정보 말입니다."

"아무것도 찾아내지 못했단 말입니까?"

엘러리는 믿을 수가 없었다.

"1927년, 즉 힐과 프라이엄이 로스앤젤레스에서 동업을 시작하던 그해 이전에 있었던 일은 아무것도 알아내지 못했습니다. 그 전에 그들이 로스앤젤레스에서 살았다는 사실을 증명해 줄 만한 건 전혀 알아내지 못했어요. 사실 두 사람이 이곳에 살지 않았고, 1927년에 다른 곳에서 왔다는 것을 믿을 만한 이유가 있어요. 하지만 어디서 왔는지는 기록이 없어 전혀 알 수가 없죠. 우린 세무 기록에서부터 경찰청의 지문 파일에 이르기까지 모든 걸 조사해보았습니다. 그들에게 전과 기록이 없다고 믿고 있습니다만, 그것도 추측에 불과하죠. 어쨌든 캘리포니아주에 그들에 관한 기록이 전혀 남아 있지 않다는 건 확실해요."

키츠 경위는 씁쓸한 표정으로 말을 이었다.

"그들은 1927년에 이곳에 왔어요. 함께 보석 도매상을 운영해 1929년 대공황 이전에 꽤 많은 재산을 모았죠. 그들은 시장에 좌우되지 않고, 교묘한 시세 조작과 뛰어난 상술로 공황기를 헤쳐나갔습니다. 오늘날 힐 앤드 프라이엄은 업계에서 굴지의 업체로 꼽히고 있죠. 그들은 미국에서 최대의 귀금속 재고량을 가진 회사로 정평이 나 있습니다. 이 정도면 많은 도움이 되지 않나요?"

엘러리가 이의를 제기했다.

"하지만 보석 도매상은 어느 날 갑자기 시작할 수 있는 사업이 아니죠. 업계와 이전에 관련이 있다는 기록이 어딘가에 남아 있지 않았나요? 적어도 그들 중 어느 한 사람의 기록이라도 말입니다."

"전미보석협회의 기록에도 1927년 이전에 대해서는 아무런 언급이 없습니다."

"그러면 이건 조사해보았습니까? 틀림없이, 적어도 힐은 회사의 해외 지점과 관련해서 이따금 출국해야만 했었죠. 로렐 말로는 암스테르담과 남아프리카에 지점이 있다고 합니다. 그렇다면 여권과 출생증명서가 있다는 건데……."

키츠 경위는 새 담배를 입에 물었다.

"그건 나의 비장의 카드였죠. 하지만 알아본 바에 따르면, 힐 앤드 프라이엄은 뉴욕에는 지점을 두고 있지만 암스테르담이나 남아프리카에는 지점이 없었어요. 외국의 기존 회사들과 거래를 하고 있을 뿐이죠. 그들은 자신들의 회사에 많은 투자를

하고 있어요. 하지만 모든 사업 거래는 예나 지금이나 대리인
을 통해 진행하고 있습니다. 지난 23년 동안 힐이나 프라이엄
이 미국 땅 밖으로 나간 증거는 없습니다만, 적어도 23년 동안
의 그들에 대한 기록은 가지고 있는 것이죠."

그는 어깨를 으쓱하며 말을 이었다.

"두 사람은 1929년 초에 뉴욕 지점을 개설하였고, 몇 년 동
안은 프라이엄이 직접 관리했습니다. 그러나 그건 오로지 직원
을 훈련시켜 회사가 운영되도록 하기 위한 것이었습니다. 그는
현재 지점을 운영하고 있는 사람에게 일을 위임하고 이곳으로
돌아왔습니다. 이후 프라이엄은 딜리아 콜리어 맥고언을 만나
결혼했고 얼마 후 반신불수가 되어버렸죠. 그런 일이 있은 후
에는 힐이 동부와 서부를 오가며 회사를 운영했고요."

"프라이엄은 출생증명서를 제출할 일이 없었습니까?"

"없었습니다. 그리고 그의 건강 상태로 봐서는 제출할 기회
가 영영 있을 것 같지 않습니다. 예컨대, 그는 투표를 한 적이
없습니다. 행여 그에게 미국 시민임을 증명하라고 요구하거나
출생지 같은 것들을 털어놓으라고 강요하더라도 얻기까지는
엄청난 시간이 걸릴 겁니다. 너무나 오래 걸려 이번 사건에는
적용할 수도 없을 겁니다."

"징집 기록은……."

"제2차 세계대전 징병이 시작되었을 때 프라이엄과 힐은 둘
다 복무 연령을 넘어 있었어요. 그들은 등록할 필요가 없었어
요. 제1차 세계대전의 기록을 봐도 그들의 이름은 없었고요."

"경위님, 점점 초조해지는군요. 리앤더 힐은 보험에 들지 않
았나요?"

"1927년 이전의 것은 하나도 없었어요. 그리고 그 후 그가 인출한 보험 관련 서류 사본에는 출생지가 시카고로 나와 있더 군요. 일리노이 주 기록을 조사해보았는데 리앤더 힐의 기록은 전혀 없었어요. 그리고 그건 가짜였어요. 프라이엄은 보험에 들지 않았어요. 회사가 들어준 노동자 보험은 별로 도움이 되지 않고요.

다시 말해, 퀸 선생, 두 사람은 로스앤젤레스에 나타나기 이전 그들이 살아온 자취를 남기는 것을 피했거나 또는 은폐한 흔적이 역력해요. 요컨대 모든 점을 종합하면 한 가지 결론에 도달합니다."

그때, 엘러리가 중얼거렸다.

"1927년 이전에는 리앤더 힐이나 로저 프라이엄이 존재하지 않았다는 거겠죠. 힐과 프라이엄은 그들의 진짜 이름이 아니었을 테고요."

"맞습니다."

엘러리는 일어서서 창가로 갔다. 어둠이 내린 창유리 사이로 그는 익숙한 풍경을 다시 바라보았다.

그가 갑자기 돌아보며 물었다.

"경위님, 로저 프라이엄의 마비 증세에 대해 조사해보았나 요?"

키츠 경위는 미소를 지었다.

"알 수 없는 주문과 같은, 수많은 의학 용어를 읽고 싶은 거라면 기록은 많이 확보했어요. 미국의 거물급 전문의들이 작성한 진단서들이죠. 하지만 만약 쉽고 평이한 말로 알고 싶다면, 프라이엄의 상태는 안정되어 있지만 절망적이라고 말할 수 있죠. 한데 의사들은 프라이엄의 이전 병력에 관해서는 아무것도 알아낼 수가 없었다고 합니다. 그걸 묻고 싶었는지는 모르겠지만요."

"경위님, 징글징글할 정도로 철저하시군요. 당신을 칭찬하고 싶은 마음이 들면 좋겠는데. 앨프리드 월리스에 관해서도 아무 것도 알아낼 수 없었다고 말해주세요. 그러면 당신 머리에 왕관을 씌워드리죠."

키츠 경위는 잉크 스탠드를 집어 들고는 엘러리에게 내밀며 말했다.

"자, 대관식을 거행하시죠."

"월리스에 관해서도 역시 아무것도 없었군요?"

"그렇습니다. 앨프리드 월리스에 관해서 캐낸 건 불과 1년 전 프라이엄이 그를 고용한 시점의 정보밖에 없습니다."

키츠 경위는 담배의 마른 줄기를 내뱉었다.

"설마, 그럴 리가! 세 사람 다 같은 경우일 리가 없잖아요."

엘러리가 소리쳤다.

"그는 로스앤젤레스 출신이 아닙니다. 그 점은 확신할 수 있습니다. 하지만 아직 그의 정체를 모르겠습니다. 조사 중이에요."

"경위님, 그건 너무 최근이잖아요!"

경위는 담배를 문 채로 이를 내보이며 말했다.

"압니다. 뉴욕에 돌아가 큰물에서 노는 형사 팀과 같이 하고 싶으시겠죠. 마찬가지로 월리스에게도 이상한 점이 있어요. 퀸 선생, 오늘 당신을 기운 나게 해줄 정보가 거의 없었기 때문에 공상은 그만 버리고 수사의 핵심 속으로 뛰어들어야겠다고 생

각했습니다. 월리스를 아직 신문하지 않았습니다. 지금 하면
어떨까요?"

"그를 여기 데려왔나요?"

엘러리가 외쳤다.

"옆방에서 기다리고 있어요. 이곳 경찰서로 와서 얘기를 하
자고 정중하게 초대했습니다. 그도 꺼리는 것 같진 않았어요.
어쨌든 쉬는 날이라고 하더군요. 그가 심심하지 않도록 부하
한 명을 붙여두었죠."

엘러리는 사무실의 그늘진 한구석으로 의자를 끌고 가더니
딱 잘라 말했다.

"데리고 오시죠."

앨프리드 월리스는 미소를 띠면서 들어왔다. 그는 급격히 오
른 기온에 두려움을 느끼는 사람들과 달리 더위에 아랑곳하지
않는 모습이었다. 그의 백발은 구불거렸고, 손에는 챙이 늘어
진 멋진 중절모를 들고 있었고, 옷깃에는 조그마한 자주색 과
꽃이 꽂혀 있었다.

월리스는 반가운 듯이 말했다.

"퀸 씨, 키츠 경위가 한 시간 이상이나 나를 기다리게 한 게
바로 당신 때문이었군요."

"그렇습니다."

엘러리는 일어나지 않았다.

그러나 키츠 경위는 정중했다.

"월리스 씨, 죄송합니다. 여기 의자에 앉으시지요…… 그러
나 살인 사건을 수사하다 보면 시간을 맞추기가 늘 어렵습니다."

월리스는 의자에 앉아 다리를 꼬고는 모자를 무릎 위에 똑바르게 놓고서 말했다.

"엄밀히 말해 살인 사건을 수사한다고 볼 수는 없을 것 같은데요, 경위님. 아니면 새로운 사실이라도 드러났나요?"

"월리스 씨, 당신이 몇 가지 질문에 대답해준다면 새로운 사실이 드러날 겁니다."

월리스는 짙은 눈썹을 치켜 올리며 말했다.

"제가요? 햇빛이 제 얼굴에 그대로 비치는 곳에 의자를 둔 건 그 때문인가요?"

그는 재미있어하는 것 같았다.

경위는 말없이 블라인드 끈을 잡아당겼다.

"경위님, 고맙습니다. 묻는 질문에 쾌히 대답해드리겠습니다. 물론 제가 대답할 수 있는 거라면 말이죠."

"이 질문에 대답하기는 어렵지 않을 겁니다, 월리스 씨. 고향이 어디인가요?"

월리스는 생각에 잠기는 듯했다.

"경위님, 그 질문에는 대답할 수 없습니다."

"대답하고 싶지 않다는 건가요?"

"아니요. 대답할 수 없다는 겁니다."

"고향을 모르나 보군요."

"바로 그렇습니다."

방 한구석에 앉아 있던 엘러리가 말했다.

"월리스 씨가 그런 태도로 나온다면 면담을 끝내는 게 좋겠습니다."

월리스는 정색하며 말했다.

"퀸 씨, 제 말을 오해하시는군요. 전 수사를 방해할 생각은 없습니다. 제 자신에 대해 모르기 때문에 두 분께 고향을 말씀 드릴 수 없는 겁니다. 저는 두 분이 신문에서나 읽을 법한 흥미로운 사례 중 하나입니다. 기억상실증 환자이지요."

키츠 경위는 엘러리를 힐끗 쳐다보고는 자리에서 일어났다.

"윌리스 씨, 됐습니다. 그만하죠."

"경위님, 그런 게 아닙니다. 이 사실을 증명하지 못할 것도 없어요. 사실 당신이 꺼낸 얘기지만 기어코 증명해 보이도록 하죠. 물론 이 얘기는 기록되는 거겠죠? 꼭 기록해주시기 바랍니다."

키츠 경위는 손사래를 쳤다. 그의 두 눈에는 열의와 감탄에 찬 빛이 떠올랐다.

앨프리드 윌리스는 침착하게 입을 열었다.

"1년 반쯤 전 어느 날, 정확히 말해 작년 1월 16일, 정신이 든 저는 네바다 주 라스베이거스의 거리 한 모퉁이에 서 있는 제 자신을 발견했습니다. 제 이름이 무엇이며, 어디서 왔으며, 어떻게 해서 그곳에 왔는지 전혀 생각이 나지 않았습니다. 몸에 맞지 않는 더러운 옷을 입고 있었죠. 몸에 상처도 좀 난 것 같았고요. 호주머니를 샅샅이 뒤져봤지만 아무것도 없었어요. 지갑, 편지, 신분증 같은 것도 전혀 없었고요. 돈이라곤 동전한 푼조차 없었죠. 경찰을 찾아가서 제가 처한 사정을 얘기했더니, 저를 경찰서로 데려가더군요. 그들은 저에게 여러 가지질문을 하더니 의사를 불러 저를 진단하게 했어요. 의사의 이름은 제임스 V. 커트빌, 그의 주소는 라스베이거스 노스 5번가 515번지였어요. 경위님, 여기까지 기록하셨죠?

커트빌 박사는 제가 제대로 교육받았고 좋은 배경에서 자랐으며 쉰 살 혹은 그보다 조금 더 나이가 들었을 거라고 말해줬습니다. 제가 기억상실증에 걸린 것 같다고 하더군요. 건강에는 전혀 이상이 없었으며 제 말투로 보아 북미 출신인 것 같다고도 했고요. 불행하게도 제 몸에는 신원 확인이 가능한 자국이나 수술한 흔적이 전혀 없다고 말했어요. 다만 어릴 때 편도선을 적출한 자국이 있다고는 하더군요. 물론 이건 어떠한 단서도 되지 않았습니다. 좋은 재료로 치아를 몇 개 때운 자국이 있다고 했지만 큰 치료를 받은 적은 없었습니다. 경찰은 제 사진을 찍고 사진과 인상착의를 전국의 실종자 지원국에 보냈어요. 키츠 경위님, 로스앤젤레스에도 저에 관한 서류가 틀림없이 있을 겁니다."

키츠 경위의 얼굴이 빨갛게 달아올랐다. 그는 투덜거리며 말했다.

"확인해보도록 하죠. 그리고 다른 것들도……."

윌리스는 미소를 지으며 말했다.

"당연히 그러셔야죠. 라스베이거스 경찰은 제게 깨끗한 옷을 입혀주고 모텔에 사환으로 취직까지 시켜주었어요. 거기서 저는 식사와 숙소를 제공받고 주급으로 약간의 돈을 받게 되었어요. 모텔의 이름은 91번 국도에 있는 '711'이었습니다. 라스베이거스의 북쪽에 있었죠. 그곳에서 약 한 달 동안 일하면서 급료를 저축했어요. 라스베이거스 경찰은 제가 전국 어느 곳에서도 실종자 명단에 올라 있지 않다고 말했습니다. 그래서 저는 일을 그만둔 뒤 자동차를 얻어 타고 캘리포니아 주로 왔습니다.

로스앤젤레스에는 작년 4월에 왔습니다. 그리고 사우스 호프 스트리트에 있는 기독교 청년 회관의 다운타운 지부에 숙박했 습니다. 경위님, 그들의 명부에 적혀 있는 제 이름을 못 보셨다 니 뜻밖이네요. 아니면 제 신원을 조사해보지 않은 건가요? 그 러고서 일자리를 구하느라 바쁘게 보냈습니다. 저는 제가 타자 도 치고 속기도 할 수 있고 숫자에도 능하다는 걸 알게 되었죠. 아무래도 폭넓은 교육에다가 실무 훈련 같은 것도 받았던 모양 입니다. 그러던 어느 날 신체 활동이 어려운 어떤 실업가가 말 동무 겸 간호인 겸 비서를 구한다는 광고를 보고 곧장 연락했 습니다. 지금 여러분에게 말씀드린 것처럼 프라이엄 씨에게도 전부 말했습니다. 당시 프라이엄 씨는 몇 년 새 고용한 사람들 이 자주 바뀌어 곤란을 겪고 있었습니다. 그래서 그는 제 이력 을 조사한 후에 한 달 동안 임시 고용인으로 채용했죠. 그리고 이렇게 아직까지 근무하고 있는 겁니다."

윌리스는 미소를 지었다.

키츠 경위는 끼적거리며 말했다.

"프라이엄 씨가 소개장 없이 당신을 고용했다고요? 그 정도 로 급했나요?"

"경위님, 무척 다급했었나 봐요. 그리고 프라이엄 씨는 자신 이 인간의 성격을 꿰뚫어 볼 수 있는 능력을 가진 걸 자랑으로 여기는 분이죠. 그게 저는 정말로 좋았습니다. 왜냐하면 지금 까지 저 자신이 어떠한 인물인지 전혀 자신이 없었으니까요."

엘러리는 담배에 불을 붙였다. 윌리스는 비난하는 듯한 눈초 리로 성냥불을 바라보았다. 엘러리가 불꽃을 불어 껐을 때 윌 리스는 다시 미소를 지었다. 그때 바로 엘러리가 말했다.

"당신은 과거의 기억이 전혀 없다면서 어떻게 앨프리드 월리스라는 이름을 갖게 됐죠? 아니면 이름은 기억이 난 건가요?"

"아니요, 퀸 씨. 그건 제가 아무렇게나 갖다 붙인 이름입니다. '앨프리드', '월리스'……. 평범한 이름이지만 흔해빠진 '존 도(John Doe)'*보다는 맘에 들어요. 경위님, 제 얘기를 확인해보지 않으시나요?"

키츠 경위는 확신에 찬 어조로 말했다.

"확인해볼 겁니다. 지금 당신이 진술한 것과 정확히 일치할 것이라 생각합니다, 월리스 씨. 날짜며, 이름이며, 장소들은 그렇겠죠. 다만 그게 전부 조작이라는 게 문제죠. 저는 뼛속 깊이 그걸 느껴요. 뼛속까지 탐정이신 퀸 선생, 당신의 생각은 어떻습니까?"

"라스베이거스에서 진료를 해준 의사가 최면술을 써서 치료했나요?"

엘러리는 미소를 짓고 있는 사내에게 물었다.

"최면술요? 퀸 씨, 그런 건 받은 적이 없습니다. 그는 일반의였어요."

"다른 의사한테는요? 예를 들어 정신과 전문의라든가."

"없습니다."

"그럼, 키츠 경위님이 지정한 정신과 전문의에게 진찰을 받는 데 반대하십니까?"

월리스는 중얼댔다.

"그건 곤란합니다. 전 제가 정말로 어떠한 인간인지 알고 싶지 않아요. 예컨대, 제가 도망 중인 도둑이라든지 또는 저에게

* '신원미상'의 남자를 가리키는 용어. 여자의 경우는 제인 도(Jane Doe)라고 한다.

다리가 굽은 아내와 바보 자식이 다섯이나 딸려 있다든지 하는 사실이 드러날지도 모르잖아요. 지금 저는 아주 행복합니다. 물론 로저 프라이엄이 세상에서 가장 편한 고용주는 아니지만 이 일에는 합당한 보상이 있어요. 저는 호화 저택에서 살고 있어요. 프라이엄이 주는 급료는 대단히 많습니다. 늙고 뚱뚱한 기티에레스 부인은 유능한 요리사이고, 하녀 머그스는 구취가 심하고 저를 괜히 싫어하는 융통성 없는 사람이지만, 제 방을 청소하고 구두도 꼬박꼬박 닦아줍니다. 그리고 현재의 제 위치는 제 성생활의 문제도 해결해줍니다. 아, 이런 말은 하면 안 되는 거겠죠?"

월리스는 난처한 모습이었다. 그는 근육이 불거진 손을 조용히 흔들며 덧붙였다.

"말이 헛나갔네요. 못 들은 걸로 해주시면 좋겠군요."

키츠 경위가 일어섰다. 그때 엘러리가 불쑥 물었다.

"월리스 씨, 지금 당신이 한 말은 무슨 뜻이죠?"

"퀸 씨, 신사라면 이런 일을 추궁하는 악취미를 가지고 있지 않겠죠."

"신사라면 애당초 그런 말을 꺼낼 수 없었을 겁니다, 월리스 씨. 다시 묻겠습니다. 프라이엄 씨의 수발을 드는 일이 어떻게 당신의 성생활 문제를 해결해주죠?"

월리스는 괴로운 표정을 지었다. 그는 키츠 경위를 힐끗 쳐다보았다.

"경위님, 이 질문에 대답을 해야 합니까?"

경위가 천천히 말했다.

"꼭 대답해야 할 필요는 없지요. 하지만 월리스, 당신이 꺼낸 얘기입니다. 개인적으로는 이 사건과 관계가 없다면 당신의 성생활이 어떻든 관심이 없습니다. 그러나 관계가 있으면 대답하는 게 좋겠죠."

"경위님, 관계가 없습니다. 있을 리가 있나요?"

"저는 모르죠."

"질문에 대답해주세요."

엘러리가 재미있다는 듯이 말했다.

"퀸 씨가 당신보다 더 관심이 있는 것처럼 보이는군요."

"말씀해주세요."

엘러리의 목소리는 여전히 부드러웠다.

월리스는 어깨를 으쓱했다.

"좋습니다. 그러나 키츠 경위님, 내가 이 문제의 여자를 감싸주려고 최선을 다했다는 걸 변호할 증인이 되어주세요."

그는 갑자기 엘러리를 쳐다보았다. 엘러리는 월리스의 눈에서 싸늘하게 어른거리는 미소를 보았다.

"퀸 씨, 저는 제 고용주의 아내와 침대를 함께 쓰는 대단한 행운을 누리고 있습니다. 마음이 내키기도 하고 육체라는 게 나약한 존재잖아요. 그리고 프라이엄 부인은 이 멋진 캘리포니아에서 가장 매력적인 여자이기도 하죠. 일주일에 몇 번은 마음이 동하다 보니 한 1년 동안 그런 생활을 이어오게 되었습니다. 이걸로 당신의 질문에 대한 대답이 되었습니까?"

"잠깐만요, 월리스 씨."

키츠 경위가 불쑥 말했다.

그리고 그는 엘러리와 월리스 사이에 서서 엘러리를 바라보며 재빨리 속삭였다.

"퀸 선생, 여기서부턴 제가 맡겠습니다. 이곳에서 나가주시 겠습니까?"

"왜 그래야 하죠?"

엘러리는 단도직입적으로 말했다.

키츠 경위는 움직이지 않았다. 그러나 이내 몸을 곧게 펴고 옆으로 비켜섰다.

엘러리는 월리스에게 말했다.

"당신은 거짓말을 하고 있군요. 예의 바른 남자라면 품위 있는 여자에게 그런 질문을 할 리가 없고 따라서 거짓말이 들통 날 가능성이 없을 거라고 확신하고 있는 거죠. 어떠한 비열한 목적에 거짓말을 써먹으려고 하는지는 모르나 당장 확인해보도록 하죠. 경위님, 전화를 이리 건네주세요."

그러나 엘러리는 그렇게 지껄이면서도 그것이 사실이라는 것을 알고 있었다. 그 말이 월리스의 입에서 나온 순간부터 그게 사실이라는 걸 알고 있었던 것이다. 기억상실은 피상적인 사실에 관한 한 진실이었다. 월리스는 자기 자신을 위해 막다른 골목을 준비해두었다. 라스베이거스 경찰과 평범한 의사를 이용해서 더 이상 파낼 수 없게 봉쇄해버린 것이다. 그러나 그것은 모두 사실이었다. 그는 그게 모두 사실이라는 것을 알고 있었고 싸늘한 미소를 지으며 방 건너편에 앉아 있는 이 남자의 목을 졸라 죽일 수도 있을 것 같았다.

키츠 경위가 나서며 말했다.

"그게 무슨 도움이 되는지 모르겠지만 그녀는 그런 사실을 부인할 겁니다. 아무것도 증명하지 못할 겁니다."

"경위님, 저자는 거짓말을 하고 있어요."

월리스는 비웃는 듯한 목소리로 말했다.

"퀸 씨, 당신이 그런 태도를 보이다니 기쁘군요. 물론 저는 거짓말을 하고 있습니다. 경위님, 이제 보내주시겠습니까?"

경위가 턱을 내밀며 말했다.

"안 됩니다, 월리스 씨. 전부 듣지 않고 이대로 끝낼 수는 없습니다. 당신은 거의 1년간 프라이엄의 아내와 바람을 피웠다고 말했는데, 그럼 딜리아 프라이엄은 당신을 사랑하고 있나요?"

월리스는 대답했다.

"그렇지 않을 겁니다. 그건 저도 마찬가지입니다. 서로 편의상 그렇게 된 거죠."

"그러나 얼마 전에 그런 관계를 그만두지 않았나요?"

키츠 경위의 목소리는 윙크라도 하는 것 같았다. 남자들끼리 통하는 눈짓 말이다.

"지금도 계속되고 있진 않겠죠."

"지금도 계속되고 있습니다. 그만둘 이유가 있나요?"

경위는 어깨를 움츠렸다.

"월리스 씨, 당신은 틀림없이 스스로를 자랑스럽다고 생각하겠죠. 한 남자의 음식을 먹고 그가 주는 술을 실컷 마시고 그의 돈을 타먹고, 그가 아래층에서 휠체어에 탄 채 실의에 빠져 있는 사이 그의 아내와 잠자리까지 갖고 있으니까요. 설사 무슨 일이 일어나고 있는지 알고 있다 해도 그는 당신에게 응당한 대가를 치르게 할 수 없는 불구자 신세고요."

앨프리드 월리스는 미소를 지으며 말했다.

"경위님, 제가 말씀드리지 않았던가요? 프라이엄은 무슨 일이 일어나고 있는지 알고 있어요. 사실상, 돌이켜보면 모든 일을 그가 꾸몄다고 볼 수 있어요."

"지금 무슨 얘기를 하는 겁니까!"

"프라이엄이 어떠한 부류의 남자인지 모르시는 것 같습니다. 당신들은 어떻게든 그의 목숨을 구하려 하고 있으니까 프라이엄이 어떻게 살고 있는지 알아야 한다고 생각합니다."

월리스는 엄지손가락으로 모자의 챙을 어루만졌다.

"딜리아와 처음 잠자리를 하게 되었을 때, 프라이엄의 의도가 뭔지 제대로 이해하지 못했던 건 사실입니다. 당연히 눈치를 볼 수밖에 없었어요. 그러나 딜리아는 웃으면서 프라이엄이 알고 있으니까 바보처럼 굴지 말라고 했어요. 그가 그걸 바라고 있다고 말했죠. 물론 프라이엄은 저나 그녀에게 결코 시인하거나 털어놓으려고 하지는 않았어요."

월리스는 겸손하게 말을 이었다.

"물론 저는 그녀가 절 놀리는 거라고 생각했습니다. 그러나 곧 뭔가를 깨닫기 시작했죠. 그의 눈빛이라든가, 우리가 함께 있도록 몰아붙이는 태도라든가 하는 것들을요. 그래서 저는 몰래 조사를 해봤습니다. 비서를 채용할 때 프라이엄이 언제나 특히 정력적인 남자를 고용했다는 것을 알아냈죠.

그리고 이 일에 지원했을 때, 그가 제게 묻던 질문들이나 저를 말 보듯이 계속 살펴보던 눈초리가 떠올랐죠."

월리스는 주머니에서 시가를 꺼내어 불을 붙이고는 기분 좋은 듯이 시가를 피우면서 의자에 등을 기댔다. 그러고는 계속 말을 이었다.

"솔직히 말하면 저는 너무나 부끄러워 딜리아에게 직접 물

어보지는 못했습니다. 그러나 제가 틀리지 않았다면, 틀렸다고
생각하지 않습니다만, 프라이엄의 비서들은 언제나 이중의 의
무를 수행했었습니다. 지난 10년간 어쨌든 그랬습니다. 비서가
자주 교체됐던 것도 그런 까닭입니다. 실제로는 모든 남자가
겉으로 보이는 것처럼 정력이 좋은 건 아니거든요.”

윌리스는 웃음을 터뜨리며 말을 이었다.

“물론 그러한 상황을 불편하게 여기는 약해빠진 젊은이들이
늘 있어요……. 하지만 사실은 사실이죠. 프라이엄은 자신은
물론 안주인에게도 봉사할 남자를 고용하려고 한 겁니다.”

‘이자를 끌어내요!’

엘러리는 키츠 경위에게 외쳤지만 놀랍게도 목소리가 나오
지 않았다.

앨프리드 윌리스는 시가를 흔들면서 말을 이었다.

“로저 프라이엄은 미숙함과 폭력과 좌절 속에 허우적대고
있는 환자입니다. 두 분께 말씀드리지만, 저는 프라이엄의 성
격을 판단할 수 있는 충분한 기회를 가졌다고 생각합니다. 그
의 성격에 대한 단서는 주위에 있는 모든 사람과 모든 사물을
지배하려는 강압적 욕구에서 볼 수 있습니다. 로저 프라이엄
은 집에서 휠체어에 앉아 1백만 달러짜리 사업을 운영하고 있
는 척 상황극을 벌이며 리앤더 힐을 지배하려고 했습니다. 딜
리아의 말에 의하면 그는 크로 맥고언이 장성하기 전에 맥고언
을 휘어잡으려고도 했다 합니다. 그리고 말다툼을 싫어했던 딜
리아를 늘상 지배하려고 했죠. 마비 증세를 일으키기 전까지는
정말 믿기 어려울 정도로 저속하고 난폭하게 딜리아의 육체를
지배했다고 들었습니다.”

월리스는 중얼거렸다.

"생각해보세요. 허리 아래가 마비되었으니, 여자를 지배하려는 프라이엄의 욕구가 어떻게 되었겠어요. 육체적으로 그는 더이상 남자가 아니었습니다. 그리고 그의 아내는 미인이었고요. 지금도 그녀와 만나는 남자들은 하나같이 황소처럼 자신을 과시하려고 하죠. 딜리아를 알고 있는 프라이엄은 그들 중의 한녀석이 딜리아의 눈에 들어오는 건 시간문제라는 걸 알고 있었죠. 만약 그렇게 되면 그는 어떻게 될까요? 그런 건 생각조차 못 했을 겁니다. 그는 지배력을 완전히 잃게 되겠죠. 당연히 생각할 수 없는 일이죠! 그래서 프라이엄은 자신의 비뚤어진 방법으로 대리인을 통해 딜리아를 지배하려고 해결책을 강구했던 겁니다.

상상해보세요! 그는 육체적으로나 정신적으로 자신을 대신할 만한 정력적인 남자를 신중하게 골라 아내와 그 남자가 서로 호감을 느끼게 만든 뒤 자연의 섭리에 맡긴 겁니다."

월리스는 키츠 경위의 책상에 놓인 재떨이 속에 재를 떨어뜨렸다.

"저는 프라이엄이 45년 동안 한 권의 책이라도 읽었는지 의문이었지만 그가 윌리엄 포크너의 장편소설 《성역》이나 크라프트에빙의 정신병학 저서를 펼쳐보지 않았나 하고 생각했습니다. 아니, 프라이엄은 이 모든 것을 자기 자신에게 전혀 설명할 수 없었을 겁니다. 그는 무식한 남자입니다. 그런 걸 말로 표현할 수 있다고 생각도 못 할 겁니다. 숱한 무식쟁이처럼 순수한 행동가라고 할 수 있죠. 그는 자신의 아내와 엄선된 비서를 결합시켜 남편의 기능을 대행하게 합니다. 자신의 통제가 미치지 못하는 곳에서 일상적으로 벌어지는 일에 대해서는 귀를 닫은 척함으로써 그는 상황에 대한 지배력을 확보합니다. 그는 기계 장치의 신입니다. 로저 프라이엄 이외의 다른 신은 없습니다. 그러니까 로저 프라이엄에게는 말이죠."

월리스는 굵은 동그라미 모양의 연기를 만들어 불고서 일어서며 덧붙였다.

"더 이상 용무가 없다면, 경위님, 남은 휴식 시간을 건지고 싶습니다."

키츠 경위가 큰 소리로 말했다.

"월리스, 당신은 한 입으로 두말하는 여자 같은 더러운 거짓말쟁이군요. 난 이따위 더러운 농담은 절대로 곧이듣지 않아요. 그리고 당신이 거짓말쟁이라는 걸 증명하게 되면 내 경찰 배지를 아내와 자식들에게 맡겨두고 당신을 어두운 골목으로 끌고 가서 죽도록 두들겨 팰 겁니다."

월리스의 미소는 사라졌다. 그의 얼굴은 새로 짜 맞춘 듯 갑자기 늙어 보였다. 그는 키츠 경위의 책상 위로 손을 뻗어 전화기를 집어 들었다.

그는 경위에게 전화기를 내밀며 말했다.

"걸어보세요. 아니면 제가 걸어드릴까요?"

"썩 꺼져요."

"증거가 필요하시잖아요. 경위님, 딜리아에게 곧장 물어보면 시인할 겁니다. 딜리아는 대단히 예의 바른 여자니까요."

"어서 나가요."

월리스는 웃었다. 그는 전화기를 조심스럽게 놓아두고는 단정히 빗은 머리 위에 최신 유행의 모자를 썼다. 그리고 콧노래를 흥얼거리며 걸어 나갔다.

키츠 경위는 엘러리를 집까지 차로 데려다주겠다고 고집했
다. 경위는 오후 5시의 교통난을 뚫고 차를 몰았다.

두 사람은 아무 말도 하지 않았다.

엘러리는 딜리아의 호출의 받고서 죽은 개구리 떼를 수사하
기 위해 프라이엄 저택에 갔던 날, 현관 복도에서 그들을 목격
했다. 월리스는 여자가 싫어하지 않는다는 걸 알고 있지 않고
서는 그렇게 가까이 갈 수 없을 정도로 바짝 그녀에게 붙어 서
있었다. 그리고 그녀는 그를 밀어내지 않았다. 월리스가 그녀
의 한 손을 꼭 쥐고 그녀의 귀에다가 속삭이는 동안, 그녀는 그
의 몸이 압박해오는 것을 받아들이며 그곳에 서 있었다…….
엘러리는 월리스가 그녀에게 던지는 시선을, 비밀을 알고 있
는 남자의 시선을, 자기의 힘을 즐기고 있는 듯한 시선을 기억
하고 있었다……. '저는 언제나 저항하지 않는 편을 택하거든
요…….' 그는 딜리아가 아들과 로렐이 오는 소리를 듣고 그의
방에 숨었던 그날 밤을 떠올렸다. 그녀는 프라이엄 저택에서
몸에 밴 일상에서와 같은 목적으로 그의 집에 찾아왔던 것이
다. 십중팔구 '유명 인사'에 대해 호색적인 호기심을 느꼈거나
월리스에게 싫증이 났기 때문일 것이다. 그럼 이것은 월리스의
복수였을까? 그날 그가 그녀의 무기력을 겸손으로 오해하지
않았더라면 그녀의 신호를 섭사리 알아차렸을 텐데…….

"퀸 선생, 다 왔습니다."

키츠 경위가 말했다.

그들은 엘러리의 집에 와 있었다.

엘러리는 지체 없이 차 밖으로 나왔다.

"고맙습니다. 안녕히 가세요."

키츠 경위는 곧장 떠나는 대신 질문을 던졌다.

"당신 집에서 나는 전화 소리가 아닌가요?"

"그렇군요. 윌리엄스 부인은 전화를 안 받고 뭘 하는 건지⋯⋯."

엘러리는 화난 듯이 말했다. 그러다가 이내 그는 웃었다.

"부인이 전화를 받지 않는 건 제가 오후에 쉬라고 했기 때문이네요. 들어가봐야겠군요."

키츠 경위는 시동을 끄고 차 밖으로 뛰어나왔다.

"잠깐만요. 경찰서에서 온 걸지도 몰라요. 내가 여기 있을지도 모른다고 말했거든요."

엘러리는 현관문을 열고 들어갔다. 키츠 경위는 문턱에 서 있었다.

"여보세요?"

엘러리의 표정이 굳어졌다.

"네, 딜리아."

엘러리는 말없이 듣고 있었다. 허스키한 목소리의 떨림이 키츠 경위에게도 들려왔다. 들릴 듯 말 듯 따스하고 촉촉한 목소리였다.

"키츠 경위님도 나와 함께 있습니다. 우리가 갈 때까지 숨겨놓아요. 딜리아, 곧 갈게요."

엘러리는 전화를 끊었다.

"그녀가 원하는 게 뭡니까?"

키츠 경위가 물었다.

"딜리아의 말로는 마분지 상자를 또 받았다는군요. 길가에 세워둔 프라이엄의 우편함 속에 바로 얼마 전 놔두고 간 모양입니다. 프라이엄의 이름이 수기로 적혀 있었대요. 프라이엄에게는 아직 상자 얘기를 하지 않았다고, 어떻게 해야 하느냐고 묻더군요. 제가 그녀에게 한 말을 들으셨겠죠."

"또 하나의 경고군요!"

키츠 경위는 집 앞에 세워둔 차로 뛰어갔다.

10

키츠 경위는 프라이엄 저택 우편함 15미터 앞에서 차를 세웠다. 그들은 차에서 내려 차도를 살피면서 우편함을 향해 천천히 걸어갔다. 타이어 자국들이 분간하기 어렵게 뒤섞여 있었다. 우편함 근처에서 여자 구두의 뒤축 자국을 발견했지만, 그밖의 흔적은 전혀 없었다.

우편함 뚜껑은 열려 있었고 속에는 아무것도 없었다.

그들은 집까지 걸어갔다. 키츠 경위는 초인종을 누르지도 않고 문을 두드리지도 않았다. 안으로 들어가서 경위가 문을 닫았을 때, 안면 신경통이 있는 하녀가 서둘러 그들에게로 다가왔다.

"프라이엄 부인이 위층 방으로 올라오시라고 합니다."

하녀가 작은 목소리로 말했다. 그녀는 로저 프라이엄의 동굴로 들어가는 문이 닫혀 있는 것을 어깨 너머로 힐끗 쳐다보았다. 그러고 나서 말했다.

"소리를 내지 않도록 해주세요. 프라이엄 씨의 귀는 사냥개 귀와 같으니까요."

"그러죠."

키츠 경위가 대답했다.

머그스는 까치발을 하고 자리를 떠났다. 두 남자는 그녀가 메인 홀의 끝에 자리한 뒷문으로 사라질 때까지 서 있었다. 그런 다음 난간에 매달리다시피 해서 위층으로 올라갔다.

그들이 위층에 올라섰을 때 계단 꼭대기의 반대편 문이 안으로 열렸다. 키츠와 엘러리는 방 안으로 들어갔다.

딜리아 프라이엄은 재빨리 문을 닫고 문에 등을 기댔다.

그녀는 꽉 끼는 짧은 바지와 일광욕용 가느다란 홀터*를 입고 있었다. 그녀의 허벅지는 길고 두툼했고 허리까지 불룩하게 뻗어 있었다. 가슴은 홀터에서 쏟아져 나올 듯했다. 윤기 나는 검은 머리칼은 아무렇게나 말아 올려 묶었고 맨발이었다. 굽이 높은 구두는 벗어 내던져져 있었다. 등나무 블라인드는 내려져 있었고 어스름 속에서 그녀의 파리한 눈은 졸리는 듯이 빛나고 있었다.

키츠 경위는 그녀를 유유히 훑어보았다.

"엘러리 씨, 오셨군요."

그녀는 안심한 듯한 목소리로 말했다.

"딜리아, 안녕하세요."

그러나 엘러리의 목소리에는 아무런 감정도 섞여 있지 않았다. 냉랭한 목소리였다.

키츠 경위는 입술로만 웃으며 말했다.

"프라이엄 부인, 옷을 좀 걸치는 게 어떨까요? 다른 때라면 영광스럽고 즐거운 일일 테지만, 우린 일을 하려고 여기에 온 겁니다. 제대로 생각이나 할 수 있을지 모르겠군요."

그녀는 자신의 몸을 내려다보고서 깜짝 놀랐다.

---

* 어깨에 끈이 달리고 잔등과 팔이 노출된 여성용 운동복이나 야회복.

"경위님, 미안합니다. 아까 차도에 내려가기 전에 일광욕을 하고 있었거든요. 정말로 미안합니다."

그녀의 목소리는 화가 난 듯도 했고 당황한 것 같기도 했다.

엘러리가 말했다.

"딜리아, 괜찮아요. 보는 사람의 생각에 달려 있는 거니까."

그녀는 재빨리 그를 힐끗 쳐다보았다. 그녀의 짙은 눈썹 사이로 불쾌한 표정이 떠올랐다.

"엘러리, 뭐가 잘못됐나요?"

그는 그녀를 바라보았다.

그녀의 얼굴이 창백해졌다. 두 손으로 맨어깨를 가린 그녀는 황급히 두 사내 앞을 지나 화장실로 들어가더니 문을 쾅 하고 닫았다.

"음란한 여자 같으니라고."

키츠 경위는 유쾌한 듯이 말했다. 그는 호주머니에서 담배를 한 개비 꺼내어 입에 물었다가 끄트머리가 터지자 돌아서서 내뱉었다.

엘러리는 주위를 둘러보았다.

방 안은 스페인풍의 거무스레한 가구와, 커다란 열대 꽃의 무늬가 화려하게 새겨져 있는 벽지와 커튼으로 호화찬란했다. 융단은 5센티미터 두께에, 이국적인 느낌이 드는 차분한 붉은색이었다. 기묘한 형태와 색채의 쿠션과 무릎 덮개도 있었다. 백합이 가득 담긴 거대한 마졸리카* 도자기도 세워져 있었다. 벽에는 대담한 고갱의 그림이 걸려 있었고, 침대 위에는 무척 오래된 것으로 보이는 커다란 검은색 철제 십자가가 걸려 있었

---

* 이탈리아산의 장식적인 칠보 도자기.

다. 벽감에는 도자기와 목각과 이국적인 주제의 금속 조각들이 가득했으나, 주로 모던한 스타일이었으며 대부분 남자의 나체상이었다. 쇠사슬로 매단 기묘한 책장이 있었는데, 엘러리는 어슬렁어슬렁 책장으로 다가가다가 침대에 다리를 스쳤다. 책장에는 토마스 아퀴나스, 킨지, 비숍 버클리, 피에르 로티, 하블록 엘리스, 《성자의 삶》, 파리판 《패니 힐》과 추리소설들이 있었다. 그중에는 엘러리 퀸의 최근작도 있었다. 침대는 폭이 넓고 육중했으며 바닥에서 그리 높지 않게 설치되어 있었다. 침대 위에는 화려한 빛깔의 금실로 커다란 '생명의 노송나무' 무늬를 수놓은 비단 침대 덮개가 덮여 있었다. 침대 바로 위 같은 크기로 된 천장에는 형광등 틀 속에 끼워진 거울이 반짝이고 있었다.

말이 없던 키츠 경위가 입을 열었다.

"이유는 모르겠지만, 무성영화 시대의 어느 영화배우가 생각나는군요. 그는 화장실 옆 벽에 구멍이 뚫린 토끼 가죽 두루마리를 걸어놓았어요."

화장실 문이 열리자 키츠 경위가 말했다.

"프라이엄 부인, 이제 안심이로군요. 대단히 감사합니다. 그 상자는 어디 있나요?"

딜리아는 침대 발치에 있던, 동인도식으로 복잡하게 양각된 놋쇠를 씌운 트렁크 크기의 티크 나무 상자가 있는 곳으로 가서 상자 뚜껑을 열었다. 그녀는 수수한 갈색 리넨 드레스를 입고 양말과 굽이 낮은 구두를 신고 있었다. 머리는 빗어 넘겨 올린 상태였다. 얼굴은 창백하고 냉랭했다. 그녀는 두 남자 중 어느 쪽도 보고 있지 않았다.

딜리아는 나무 상자 속에서 가로 13센티미터, 세로 23센티미터, 깊이 25센티미터 정도의, 평범한 흰 끈으로 묶은 하얀 마분지 상자를 꺼내어 키츠 경위에게 건네주었다.

"프라이엄 부인, 이걸 열어보셨습니까?"

"아뇨."

"그럼 그 속에 무엇이 들어 있는지 모르시겠군요."

"모릅니다."

"그 상자를 정확히 어디서, 어떻게 발견했는지 말해주시겠습니까?"

"차도 가까이 세워둔 우리 집 우편함에서요. 저녁 식탁을 장식할 꽃을 꺾으려고 내려갔는데 우편함이 열려 있는 게 눈에 띄었어요. 안을 들여다보니까 이게 있더군요. 상자를 2층으로 가져와 제 소지품 보관함에 넣고 잠근 뒤 전화를 걸었던 거예요."

상자는 아무런 상표도 없는 싸구려 제품이었다. 흔한 마닐라지 꼬리표가 끈에 달려 있었다. 거기엔 로저 프라이엄의 이름이 검은색 크레용으로 일부러 특징 없이 쓴 것처럼 대문자로 적혀 있었다.

"10센트 균일가 매장에서 산 거로군."

키츠 경위는 손톱으로 상자를 두드렸다. 그는 꼬리표를 살펴보았다.

"역시 같은 곳에서 산 거야."

"딜리아!"

엘러리의 목소리를 듣고 딜리아가 돌아보았다. 그러나 그의 표정을 보고서 곧 외면했다.

"힐이 죽은 개를 받은 날 아침에 당신 남편이 받았던 상자를 봤다고 했죠. 이것과 같은 것이었나요? 품질이나 끈의 종류, 꼬리표는요?"

"맞아요. 단지 그 상자가 좀 더 컸어요. 그뿐이에요."

그녀의 부드러운 목소리에 어딘가 날이 서 있었다.

"상점 표시 같은 건 없었나요?"

"없었어요."

"이 꼬리표에 적힌 필체는 일전에 본 꼬리표의 것과 같나요?"

"똑같아 보여요."

그녀는 갑자기 한 손을 그의 팔 위에 얹었으나 눈은 키츠 경위를 보고 있었다.

"경위님, 퀸 씨와 단둘이 잠깐 얘기하고 싶은데요."

"키츠 경위님께 숨길 필요는 없을 것 같은데요."

엘러리는 자신의 팔을 힐끗 내려다보며 말했다.

"말씀하시죠."

키츠 경위는 그 상자를 가지고 창가로 갔다. 그는 블라인드를 올려놓고 상자의 매끄러운 표면을 쏘아보았다.

"엘러리, 그날 밤의 일 때문에 이러는 건가요?"

그녀의 목이 쉰 듯 낮은 목소리로 말했다.

"그날 밤에는 아무 일도 없었습니다."

"그게 문제인가 보군요."

그녀는 웃었다.

"그러나 그날 이후부터는 많은 일이 일어났죠."

그녀는 웃음을 거두었다.

"그게 무슨 뜻이에요?"

엘러리는 어깨를 으쓱했다.

"엘러리, 누가 저에 관한 거짓말을 했었나요?"

엘러리는 다시 그녀의 손을 힐끗 보았다.

"딜리아, 제 경험에 의하면 들어보기도 전에 거짓말이라고 단정하는 건 그게 모두 사실이라는 걸 시인하는 것과 마찬가지 예요."

그는 그녀의 손을 마치 불쾌한 물건이라도 되는 듯 엄지와 검지로 집었다가 툭 놓았다.

그러고는 그녀에게서 등을 돌렸다.

키츠 경위는 상자를 귀에 대고 열심히 흔들었다. 안에서 무언가 바스락거리는 소리가 났다. 그는 상자의 무게를 가늠해보았다.

경위는 그녀를 힐끗 보았다.

"흐트러져 있지는 않군요. 소리를 들어보니, 포장지로 싼 단단한 물체 같은데. 그리고 무게는 그다지 많이 나가지 않는군요. 저에겐 이걸 뜯어볼 권한이 없습니다, 프라이엄 부인. 하지만 지금 여기서 당신이 이걸 뜯어보지 못하도록 막는 법규는 없죠……."

딜리아 프라이엄은 떨리는 목소리로 대꾸했다.

"키츠 경위님, 속으로 무슨 추잡한 생각을 하시는지 모르겠지만 저는 그 끈을 풀지 않을 거예요."

키츠 경위는 불그스레한 눈썹을 치켜 올리며 상자를 엘러리에게 건넸다.

"내가 뭘 어쨌다고 그러는 겁니까? 퀸 선생, 당신에게 맡기죠. 어떻게 하고 싶습니까?"

"두 분 다 제 침실에서 나가주세요!"

그때 엘러리가 입을 열었다.

"경위님, 제가 뜯어보겠습니다. 하지만 여기서, 지금 뜯어보지는 않겠습니다. 프라이엄 부인과 로렐 힐이 지켜보는 가운데 로저 프라이엄 앞에서 뜯어봐야 할 것 같습니다."

그녀가 조그마한 목소리로 말했다.

"제가 없어도 상관없잖아요. 어서들 나가주세요."

엘러리는 그녀에게 말했다.

"당신도 같이 있어야 합니다."

"이래라저래라 명령하지 마세요."

"그렇다면 당신에게 명령할 수 있는 사람에게 도움을 받아야겠군요."

"아무도 내게 명령할 수 없어요."

엘러리는 미소를 지으며 말했다.

"월리스도 못 할까요? 그 전에 있었던 많은 비서들은요?"

딜리아 프라이엄은 주저앉아 그를 노려보았다.

"경위님, 나가죠. 이 종마 사육장에서 시간을 너무 낭비했네요."

로렐이 10분도 안 되어 잔뜩 호기심 어린 표정으로 나타났다. 그녀의 뒤를 따라 '미래의 사나이'가 동굴처럼 침침한 방으로 어슬렁어슬렁 들어왔다. 맥고언은 핵 시대 이후로 돌아와 있었다.

"무슨 일인가요?"

그가 불평하듯이 물었다.

아무도 대답하지 않았다.

본능처럼 그는 어머니를 긴 팔로 안고 키스했다. 딜리아는 미소를 짓고는 걱정스러운 듯이 아들을 쳐다보았고, 아들이 몸을 일으키자 그의 큰 손을 붙잡고 놓아주지 않았다. 맥고언은 방 안의 분위기에 어리둥절한 듯이 보였다. 그는 분위기가 키츠 경위 때문에 그렇게 된 거라고 여기고는 경위를 바라보던 사나운 시선을 닫혀 있는 상자로 옮겼다.

"이봐, 눈에 힘 좀 풀지. 나무 위에서 생활하느라 머리가 어떻게 됐나 보군. 퀸 선생, 됐습니까?"

"네."

맥고언은 아무것도 알지 못한다. 로렐은 알고 있다. 로렐은 이미 오래전부터 알고 있었다. 딜리아의 아들은 새끼 양털과 같은 모정 속에 감싸여 있었다. 엘러리는 그에게 사실을 폭로하는 최초의 인물이 되고 싶지 않다고 생각했다.

로렐은 딜리아에 이어 엘러리를 힐끗 쳐다보았다. 그러고는 겁먹은 쥐처럼 조용해졌다.

엘러리가 메인 홀로 이어지는 문턱에서 기다리고 있는 동안 키츠 경위는 상자에 관해서 설명했다.

로렐이 침울한 표정으로 상자를 주시하며 입을 열었다.

"죽은 개의 경우와 꼬리표도 똑같고 크레용으로 쓴 필체도 비슷하네요. 안에는 무엇이 들어 있나요?"

"이제 안에 뭐가 들어 있는지 알게 될 겁니다."

엘러리는 키츠 경위로부터 상자를 건네받았고, 그들은 모두 엘러리의 뒤를 따라 메인 홀을 지나 프라이엄의 방으로 갔다.

"돛을 걷어 올려라."

누군가가 외쳤다. 콜리어 씨였다. 그는 메인 홀 건너편 문간에 서 있었다.

"콜리어 씨, 같이 가주시겠습니까? 새로운 일이 일어났거든요."

"나는 삭구* 위에 앉아 있겠네. 아직도 일어날 사건이 남아 있다는 건가?"

딜리아의 아버지가 말했다.

"저희는 사건을 막아보려고 노력 중입니다."

키츠 경위가 조용히 대답했다.

그러자 노인은 고개를 설레설레 흔들며 대꾸했다.

"그래서 사건을 찾아다니는 거로군. 난 이해 못 하겠어. 살겠다면 살게 내버려둬요. 죽겠다면 죽게 내버려두고. 어느 쪽이든 다 옳으니까."

그는 한 걸음 물러나더니 쾅 하고 서재 문을 닫았다.

엘러리는 프라이엄의 방문을 밀어보았다. 방문은 잠겨 있었다. 그는 요란하게 방문을 두드렸다.

"누구야?"

걸쭉한 굵은 목소리가 들렸다.

엘러리가 말했다.

"딜리아, 당신이 대답해요."

그녀는 기계적으로 고개를 끄덕거렸다.

"로저, 문 좀 열어주시지 않겠어요?"

그녀는 수동적이고 따분한 듯한 목소리로 말했다.

---

* 배에서 쓰는 로프나 쇠사슬 따위의 총칭.

휠체어가 구르는 소리와 유리잔 소리가 들렸다.

"딜리아? 무슨 일이야? 제기랄, 이놈의 깔개가! 앨프리드에게 열 번도 넘게 못으로 고정시키라고 했는데…….."

문이 열리자 놀란 눈을 한 그가 휠체어에 앉아 있었다. 앞에 펼쳐진 선반에는 위스키 병과 사이펀과 반쯤 빈 유리잔이 있었다. 눈은 충혈되어 있었다.

그는 엘러리에게 고함을 쳤다.

"뭐야? 당신들 두 사람한테 내 집에서 나가 다시는 얼씬거리지 말라고 말한 것 같은데."

그의 사나운 눈이 엘러리의 손 안에 있는 상자 위에 멎었다. 그는 눈살을 찌푸리고는 고개를 쳐들어 주위를 둘러보았다. 그의 시선은 아내와 의붓아들이 마치 그곳에 있지 않은 것처럼 두 사람을 지나치더니 로렐의 얼굴 위에 한순간 꽂혔는데, 그 눈빛에는 증오심이 잔뜩 담겨 있어서 크로 맥고언은 자기도 모르게 투덜거리는 소리를 내고 말았다. 로렐은 입술을 꼭 다물고 있었다.

그는 털이 수북한 손을 내밀었다.

"그 상자를 이리 내놔."

"프라이엄 씨, 안 됩니다."

"그 꼬리표에 내 이름이 붙어 있잖아. 이리 내놓으라고!"

"프라이엄 씨, 죄송합니다."

그는 분노에 휩싸였다. 눈에서 불꽃이 이글거리는 것 같았다.

"남의 물건을 가로챌 셈인가!"

"프라이엄 씨, 저는 그럴 생각이 없습니다. 단지 무엇이 들어 있는지 알고 싶을 뿐입니다. 교양인답게 들어가서 볼 수 있도록 방으로 돌아가시지 않겠습니까?"

엘러리는 무표정한 얼굴로 그를 계속 바라보았다. 프라이엄도 맞받아 노려보며 두 손으로 휠체어의 바퀴를 잡았다. 그는 투덜대면서 바퀴를 뒤로 밀었다.

키츠 경위는 문을 조용히 닫고 등을 지고 서 있었다. 그는 그곳에 서서 프라이엄을 지켜보았다.

엘러리가 상자를 풀기 시작했다.

그는 느긋하게 움직이는 듯했다.

프라이엄의 두 손은 아직도 자신의 휠체어 옆에 가 있었다. 그는 몸을 앞으로 기울여 상자를 푸는 과정에 온 신경을 쏟고 있었다. 숨을 내쉬고 들이쉴 때마다 수염이 가슴팍에서 오르락내리락했다. 분노의 감정은 지나가고 안개 낀 하늘처럼 잿빛의 공허함만 남은 듯했다.

로렐은 주의를 집중하고 있었다.

맥고언은 불안한 듯이 신발을 신었다 벗었다 하고 있었다.

딜리아 프라이엄은 꼼짝하지 않고 있었다.

엘러리는 마지막 매듭을 풀려다가 갑자기 입을 열었다.

"경위님, 이 속에 무엇이 들어 있을 것 같습니까?"

"죽은 개구리 때문에 골치가 아프던 참이라 생각하고 싶지도 않군요."

키츠 경위는 프라이엄을 계속 바라보고 있었다.

맥고언이 외쳤다.

"매듭을 안 풀고 뭐 하는 겁니까? 빨리 열어요!"

"누가 한번 추측해보시죠."

"제발, 어서요."

로렐은 애원하고 있었다.

"프라이엄 씨?"

프라이엄은 조금도 움직이지 않았다. 그저 입술과 입술 가장자리의 수염만이 움직였다. 그러나 그의 입에서는 아무 말도 나오지 않았다.

엘러리는 뚜껑을 홱 벗겼다.

로저 프라이엄은 거의 의자가 뒤집힐 정도로 뒤로 물러났다. 이내 다른 사람들이 놀란 걸 의식하고서 위스키 잔을 더듬었다. 그는 고개를 젖히고 술을 들이켰다. 그러면서도 상자에서 시선을 떼지는 않았다.

상자를 열자 한 겹의 얇고 하얀 포장지가 드러났다.

엘러리는 거침없이 말했다.

"프라이엄 씨, 펄쩍 뛰시는 걸 보니 굶주린 방울뱀이나 징그러운 생물이 저 상자에서 튀어나와 당신에게 덤벼들 거라고 생각한 모양이군요. 당신이 겁내는 게 도대체 뭐죠?"

프라이엄은 술잔을 탕 하고 내려놓았다. 그는 하얗게 질리도록 주먹을 꽉 쥐고는 더듬더듬 입을 열었다.

"나는…… 아무것도 겁나지 않아."

그는 가슴을 펴고 말했다.

"그만 까불어! 그렇지 않으면……."

그는 팔을 마구 휘둘렀다. 술병이 팔에 닿는 바람에 선반에서 마룻바닥으로 떨어져 산산조각 났다.

엘러리는 포장지를 걷어내고 거기에서 꺼낸 물건을 높이 쳐들었다. 그는 두 손으로 그 물건의 모서리를 움켜쥐고 있었다. 그의 두 눈은 놀라움으로 가득 찼고 키츠 경위 역시 놀란 눈치였다.

그가 들고 있는 물건 속에는 사람을 두려움으로 움츠리게 하는 건 아무것도 들어 있지 않았기 때문이었다.

그건 단순한 지갑에 지나지 않았다. 악어가죽으로 만든 가슴주머니 크기의 남자 지갑이었다. 가죽 표면이 도톨도톨한 데다 짙은 황록색으로 염색되어 있어서 아름다웠다. 그 위엔 흉측한 얼룩도 없었고, 누가 쓰던 것도 아닌 완전히 새것이었다. 게다가 비싼 물건인 듯 금테가 둘러져 있었다. 엘러리는 지갑을 활짝 열었다. 텅 비어 있었다. 상자에는 쪽지나 명함도 전혀 없었다.

"제가 좀 보겠습니다."

키츠 경위가 말했다.

남자를 두렵게 하거나 여자를 새파랗게 질리게 하는 건 아무것도 없었다.

"이니셜도 없고 제조사명밖에는 없군요."

키츠 경위는 뺨을 긁으며 프라이엄을 다시 힐끗 쳐다보았다.

"경위님, 그게 뭐죠?"

로렐이 물었다.

"로렐 양, 그거라뇨?"

"제조사명 말이에요."

"할리우드, 캘리포니아, 레더랜드 주식회사라고 되어 있군요."

프라이엄의 수염이 가슴팍까지 늘어졌다.

딜리아의 얼굴은 프라이엄보다 더욱 창백했다. 지갑을 보고 두 눈이 번쩍 뜨인 딜리아 프라이엄의 얼굴에서는 핏기가 사라졌다. 그리고 그녀는 마치 유령을 보지 않으려는 듯이 눈을 질

끈 감았다.

충격을 받은 것이다. 무엇에서 받은 충격일까? 공포에서? 그렇다. 공포를 느꼈기 때문이다. 그러나 공포는 충격에 뒤따른다. 공포가 충격보다 먼저 오지는 않는다.

별안간 엘러리는 그게 무엇인지를 깨달았다.

무언가를 알아챘기 때문이었다.

그는 이 문제를 곰곰이 생각해보았지만, 당황하지 않을 수 없었다. 그건 새 지갑이었다. 그녀는 아마 이전에 그것을 볼 수 없었을 것이다. 아니면……. 마찬가지로 프라이엄도 보지 못했을 것이다. 지갑은 그들 두 사람에게 똑같은 의미를 지닌 것일까? 막연하지만 그는 의심이 들었다. 그들의 반응은 각각 다르게 나타났다. 두 사람은 벼락을 맞았으나, 프라이엄은 재해의 성격을 이해한 기상학자처럼 반응했고, 그의 아내는 자신이 실신했다는 사실만 아는 무지한 방관자처럼 반응을 보였다. 엘러리는 이 점에 너무 의미를 두고 있다는 생각이 들었다. 외관만으로는 진실을 판단할 수 없다……. 지금 그녀에게 얘기를 하려는 건 쓸데없는 것이다……. 왠지 그는 기뻤다. 열정이 더러운 사실에 의해서 그렇게 쉽사리 사그라지다니, 놀라운 일이었다. 이제 그녀를 보아도 아무것도 느껴지지 않았다. 혐오조차도 느껴지지 않았다. 배 속에서 느끼는 역겨움은 자기 자신과 그의 어리석음에 대한 것이었다.

"어머니, 어디 가세요?"

그녀는 걸어 나가고 있었다.

"어머니."

맥고언 또한 딜리아의 표정을 보았다. 그는 딜리아를 쫓아가

문가에서 멈춰 세웠다.

"무슨 일이에요?"

그녀는 애써 말했다.

"이렇게 어이없는 일이 있다니 더 이상 참을 수가 없구나. 지갑이라니! 그것도 아주 멋진 지갑이라니. 누군가 로저의 생일이라고 선물로 보내온 거겠지. 크로, 나를 놔주렴. 식사 준비 때문에 기티에레스 부인을 만나야겠구나."

"아, 그렇군요."

맥은 마음이 놓였다.

그리고 로렐은……

키츠 경위가 느릿느릿 지껄이고 있었다.

"한 가지 걸리는 게 있어요. 그러니까 만약 제가 프라이엄 씨의 입장이라면……."

로렐은 지갑을 보고 어리둥절했을 뿐이었다.

"도대체 그걸 어떻게 처리하길 바랐던 걸까요. 마치 군함에다가 잔디 깎는 기계를 보내는 것과 다를 게 없잖아요."

로렐은 단지 지갑 때문에 어리둥절했을 뿐이었다. 그러나 딜리아의 얼굴을 흘끗 보고 난 뒤 그녀의 얼굴에도 충격이 어렸다. 역시 뭔가를 알아차린 것이다. 그러나 이 충격은 물건 자체를 알아봤기 때문이 아니었다. 딜리아가 알아챘다는 걸 알아보았기 때문이었다. 연쇄반응이었다.

"차분하게 돌아보니 지금까지 우리가 이 선물들에 대해 알아낸 것은 이들 사이에 공통점이 하나 있다는 겁니다."

엘러리가 물었다.

"공통점? 경위님, 그게 뭐죠?"

"비소, 죽은 개구리, 두문불출하고 있는 사람에게 보내온 지갑. 선물은 하나같이 '쓸데없는' 물건들이에요."

엘러리가 웃음을 터뜨렸다.

"프라이엄 씨, 한번 추측을 해볼까 합니다. 시인하건 부인하건 다 당신 마음입니다. 당신이 받은 첫 번째 선물 역시 쓸데없는 물건이었나요? 첫 번째 마분지 상자에 들어 있던 물건 말입니다."

프라이엄은 고개를 들지 않았다.

"프라이엄 씨, 첫 번째 상자에는 무엇이 들어 있었나요?"

프라이엄은 엘러리의 질문을 들은 척도 하지 않았다.

"이 물건들은 무엇을 뜻하는 겁니까?"

프라이엄은 대답하지 않았다.

"이 지갑을 조사해도 되겠습니까?"

키츠 경위가 물었다.

프라이엄은 그저 앉아 있을 뿐이었다.

"퀸 선생, 방금 한쪽 속눈썹이 깜박거린 걸 본 것 같습니다."

키츠 경위는 지갑을 포장지에 조심스럽게 싸서 상자 속에 도로 넣었다.

"당신을 댁까지 모셔다 드리고, 이걸 수사연구소로 가져가겠습니다."

그들은 로저 프라이엄을 얼어붙은 혼돈 속에 그대로 둔 채 그곳을 떠났다.

키츠 경위는 천천히 차를 몰았다. 팔을 운전대 위에 얹고서 마치 해답이 거기에 있다는 듯 앞을 기웃거리고 있었다. 그는 염소처럼 담배를 씹고 있었다.

엘러리가 웃음을 터뜨렸다.

"프라이엄을 잘못 봤어요. 완패로군요."

키츠 경위는 엘러리가 뒤에 덧붙인 의견을 무시했다.

"프라이엄을 어떻게 잘못 봤다는 거죠?"

"전 그가 네 번째 경고를 받으면 머리가 뒤집혀 전부 불게 될 거라고 생각했어요. 그런데 그와는 반대로, 더 깊숙이 숨어버렸죠. 일시적인 후퇴에 불과할 거라고 희망을 걸어야죠."

"당신은 이 일을 경고라고 확신하는군요."

엘러리는 멍하니 고개를 끄덕였다.

경위가 투덜거렸다.

"전 잘 모르겠습니다. 이번 건은 감이 오질 않아요. 마치 맨손으로 송사리 떼를 잡으려고 하는 것 같다고 할까. 비소에 관해서는 아직은 오리무중이긴 해도 단서를 잡기 위해 뭐라도 할 수 있었는데. 하지만 나머지 것들은 전혀……."

"경위님, 나머지 건도 그 존재를 부인할 수는 없어요. 죽은 개는 실제로 있었고, 프라이엄이 받은 상자도 그 안에 무엇이 있었든 간에 실제로 있었습니다. 죽은 개구리나 두꺼비도 결코 가공의 것이 아니었죠. 그리고 이 상자 속에 든 것도요."

엘러리는 어깨를 으쓱하며 말을 이었다.

"이 모든 일의 시작인 힐에게 보내온 편지도 그렇죠."

"퍽이나 그렇겠죠."

키츠 경위가 투덜댔다.

"무슨 뜻이죠?"

"편지 말입니다. 그 편지에 관해서 우리가 뭘 알고 있죠? 아무엇도 없어요. 사실 편지라고 할 수도 없어요. 그 편지의 사본일 뿐이죠. 아니, 과연 그럴까요? 그렇게 보이는 것뿐일지도 몰라요. 어쩌면 죄다 힐이 꾸며낸 것일지도 모르죠."

엘러리가 무심히 말했다.

"비소며 개구리며 지갑이며 모두 힐이 꾸며낸 건 아닙니다. 힐의 현 상태와 위치로 보아서 말이죠. 경위님, 당신은 합리적인 사람이 되려는 유혹에 빠져 있군요. 하지만 이번 사건은 합리적으로 처리할 수 있는 일이 아니에요. 이건 환상이고 그래서 신념이 필요해요."

그는 앞쪽을 응시하며 말을 이었다.

"편지의 작성자가 명명한 이 네 가지 '경고'를 하나로 연결해 주는 무언가가 있어요. 네 가지 경고는 하나의 그룹을 이루고 있어요."

키츠 경위의 담배 부스러기가 튀었다.

"어떻게요? 독이 든 음식, 죽은 개구리, 75달러짜리 지갑이 무슨 관련이 있죠? 그리고 프라이엄이 받은 첫 번째 상자 속에 무엇이 들어 있었는지 누가 압니까? 뒤따른 경고들로 미루어 판단한다면, 그건 호팔롱 캐시디*가 입는 3 사이즈의 슈트이거나, 1897년도 흑맥주 광고용 달력일지도 몰라요. 퀸 선생, 당신은 저 물건들을 연결 지을 수 없어요. 불가능한 일입니다."

키츠 경위는 팔을 휘저었고, 그 바람에 차가 옆길로 벗어났다. 그가 다시 말을 이었다.

"제 생각에 각각의 경고는 따로 독립되어 있는 것 같습니다. 비소는 '네가 나를 독살하려 했던 것을 기억하라'는 뜻일 겁니

---

* 클래런스 E. 멀퍼드가 1904년 발표한 소설 속 카우보이 영웅. 1930∼1940년대에 영화로도 제작되었다.

다. 상기시키기 위한 신호 같은 거죠. 그럼 개구리는 무슨 뜻일까요? 그건…… 당신이 한번 말해봐요."

그러나 엘러리는 고개를 저었다.

"이번 사건에서 제가 확신하고 있는 것이 있다면, 그건 경고들에 서로 연결된 의미가 있다는 겁니다. 그리고 그 뜻을 합치면 프라이엄과 힐의 과거와 그들의 적의 과거가 서로 연결될 겁니다. 게다가 프라이엄은 그 뜻을 알고 있어요. 그래서 두려움에 떨고 있는 거죠.

경위님, 우리가 해야 할 일은 너무 늦기 전에 프라이엄의 입을 열게 하거나 수수께끼를 푸는 겁니다."

"단단한 껍질 속에 있는 프라이엄의 비밀을 알아내고 싶군요."

키츠 경위가 대꾸했다.

그들은 집까지 남은 거리를 말없이 달렸다.

키츠 경위는 자정 직전에 전화를 걸었다.

"수사연구소에서 지갑과 상자를 조사한 결과가 나왔는데 당신이 알고 싶어 할 것 같아 전화했습니다."

"결과가 어떻게 나왔죠?"

"아무것도 없습니다. 상자에 있는 지문은 프라이엄 부인의 것뿐이었습니다. 지갑에는 지문이 전혀 없었고요. 저는 그만 집에 가서 이혼당한 건 아닌지나 확인해봐야겠어요. 당신은 캘리포니아가 마음에 듭니까?"

11

차고 밖에서 로렐은 주위를 둘러보았다. 그녀는 뭔가를 살피는 것 같았다. 다행히 이날 아침 맥은 호두나무 위에 없었다. 인기척도 없는 것 같았다. 햇빛 아래 있다가 차고 안으로 들어간 로렐은 눈을 깜박거리면서 오스틴이 있는 곳으로 뛰어갔다.

"안녕, 부지런한 아가씨."

"맥! 정말 못 말리겠군요!"

크로 맥고언은 씽긋이 웃으면서 커다란 패커드 차를 빙 돌아 다가왔다.

"어젯밤 나한테 내일 아침 실컷 늦잠을 자겠다고 말했을 때 뭔가 감추고 있다는 예감이 들었지. 공식적인 업무겠지?"

그는 옷을 갖춰 입고 있었다. 옷을 입고 있지 않을 때만큼이나 옷을 입고 있는 모습도 아주 근사했다. 심지어 스위스의 요들 가수가 쓸 법한 깃털 달린 모자를 쓰고 있었다.

"좀 비켜봐."

"오늘은 함께 있기 싫어요."

"왜 그래?"

"맥, 그냥 싫단 말이에요."

"좀 그럴듯한 이유를 대줘."

231

"당신은…… 이 사건을 진지하게 받아들이지 않잖아요."
"개구리 사냥 때는 무척 진지했다고 생각했는데."
"아…… 알았어요. 타요."
로렐은 오스틴을 몰고 프랭클린으로 가서 서쪽으로 향했다. 그녀의 턱은 북쪽을 향하고 있었다. 맥고언은 로렐의 옆모습을 찬찬히 뜯어보았다.
"라브레아에서 3번 도로, 그리고 3번 도로에서 서쪽으로 꺾어 페어팩스로 가야지. 안 그렇습니까, 선장님?"
"맥! 벌써 조사를 끝냈군요!"
"캘리포니아 주 할리우드 시에 레더랜드라는 회사는 단 하나뿐이니까. 파머스 마켓 안에 있잖아."
"당신을 버리고 갈 수 있으면 좋겠군요."
"어림도 없지. 네가 아편굴로 잡혀가기라도 하면 어쩌려고?"
"페어팩스와 3번 도로에는 아편굴이 없어요."
"깡패들이 있을지도 몰라. 깡패들은 모두 서부로 오고 있잖아. 그리고 파머스 마켓에 몰려드는 관광객들은 어떻고."
로렐은 더 이상 말을 하지 않았다. 그러나 그녀의 마음은 울적했다. 그녀와 오가는 자동차들 사이에 녹색 악어가 어른거렸다.
그녀는 길모어 경기장에서 가장 가까운 구역에 주차했다. 이른 시간이었으나 포장된 넓은 주차장에는 차가 가득 차 있었다.
"어떻게 할 작정이야?"
그녀가 서두르자 보폭을 줄여 바삐 걸으면서 맥고언이 물었다.
"할 일은 별로 없어요. 그들이 내놓는 디자인은 독특해요. 그들은 구내에서 모든 걸 만들어 팔고 다른 지점은 없어요. 그냥 남자용 지갑을 보고 싶다고 부탁하고, 악어가죽 지갑을 달라고 하다가 녹색 악어가죽 지갑을 보여달라고 할 거예요."

"그러고 나서는?"

그가 물었다.

"그야…… 누가 최근에 악어가죽 지갑을 샀는지 알아내야 죠. 금테를 두른 녹색 악어가죽 지갑이 많이 팔리지는 않았을 거예요. 맥, 당신은 어쩔 셈이죠? 어서 가요!"

그들은 안내소 바깥에 와 있었다. 레더랜드 회사는 근처에 있었다. 목장 오두막과 울타리로 꾸며진, 창이 두 개 나 있는 가게였다. 여러 가지 빛깔로 염색된 피혁들이 깃발처럼 내걸려 있었고 젖가슴이 풍만한 카우걸들이 손님을 접대하고 있었다.

크로는 집게손가락으로 로렐의 팔을 그녀의 등 뒤로 돌리면 서 물었다.

"어떻게 아가씨들의 입을 열게 할 작정이지? 첫째, 저 여자 들은 고객들의 이름을 머릿속에 기억하고 있지 않아. 그럴 만 한 머리를 가지고 있지 않단 말이야. 둘째, 저 여자들은 너를 위해 전표를 조사하려고 하지 않을 거야. 셋째로, 나는 어떻게 하지?"

"그럴 거라 생각은 했어요."

"내가 해야 할 일은 그저 나의 진짜 레드 라이더 보안관 배지 를 내보이고 매력을 발산하는 거야. 그럼 순조롭게 안으로 들 어갈 수 있을 거야. 로렐, 딱 나한테 어울리는 배역인데."

로렐이 신랄하게 대꾸했다.

"옷을 벗어요. 그럼 당신이 해낼 수 있는 것보다 더 많은 배 역을 맡게 될 테니까."

"두고 봐. 옷을 차려입고 편하게 해낼 테니."

그는 자신 있게 가게 안으로 들어갔다.

로렐은 진열장에 있는 은 단추가 달린 수제 안장에 흥미를 느끼는 척했다.

가게는 손님들로 붐볐으나 카우걸 하나가 곧장 크로를 발견하고 그에게로 달려갔다. 출렁이는 가슴을 보며 로렐은 브래지어의 패드가 빠지면 볼만하겠다고 생각했다. 그러나 그것은 단단히 고정되어 있었다. 로렐은 크로가 그녀의 가슴에 탄복하는 걸 볼 수 있었고, 카우걸도 그 사실을 알았을 것이다.

그들은 꼬박 2분간 즐겁게 대화를 나누었다. 그다음 가게 뒤편으로 들어갔다. 그는 영화배우처럼 모자를 뒤로 젖혀 쓰고 진열대 위에 팔을 걸쳤다. 로데오 경기의 여신은 야생마처럼 전후좌우로 몸을 흔들며 그에게 지갑을 보여주기 시작했다. 그 상황이 얼마 동안 계속되고 보안관은 그녀의 가슴께에 입김이 닿을 때까지 진열대 너머로 더욱 몸을 기울였다. 갑자기 그는 똑바로 서서 주위를 둘러보고 자신의 호주머니 속에 한 손을 집어넣어 손바닥에 무엇인가를 움켜쥐고 꺼냈다. 그러자 목장 요부의 눈이 휘둥그레졌다.

크로가 어슬렁어슬렁 가게에서 걸어 나갈 때 로렐 옆을 지나면서 윙크를 던졌다.

그녀는 화가 났지만, 한편으로는 안심하며 그의 뒤를 따라갔다. 로렐은 이 불쌍한 멍청이가 아직도 상황을 제대로 파악하지 못하고 있다고 생각했다. 하지만 사내들의 관심사가 여자 외에 또 뭐가 있단 말인가. 좀 더 정확히 말하면, 맥과 같은 사내들은 그렇다는 것이다. 로렐은 길모퉁이를 돌자마자 팔을 벌리고 그녀를 안으려던 맥고언과 부딪쳤다.

그는 싱글싱글 웃고 있었다.

"섹시한 아가씨한테서 필요한 정보를 전부 다 얻어냈다고."

"정말로 다 얻었다고 생각하는 거예요?"

로렐은 쌀쌀맞게 말하며 그의 품에서 벗어났다.

"내게 골드스타 상이라도 줄 줄 알았는데!"

"바랄 걸 바라야죠. 하지만 당신의 정신적 조언자로서 한마디 할게요. 방사능에 덮인 새로운 세계를 위해 미래 인류의 어머니들을 구하고 싶으면 나무 위에 올라갈 수 있을 법한 아가씨들을 선택하도록 해요. 아까 그 아가씨는 구명 장비를 입혀야 할 거예요."

"정말 다 얻었다고 생각하냐니, 무슨 뜻으로 한 말이야? 창문으로 날 봤잖아. 정말 인간적인 구석이라고는 조금도 없군."

"그 여자의 전화번호를 적은 거잖아요!"

"나 원 참. 전문적인 정보를 적은 거라고. 여기 봐봐."

그는 로렐을 번쩍 들어 오스틴에 태우고 옆자리에 앉았다.

"작년에 남성용 악어가죽 지갑을 만들어서 팔았대. 서너 가지 다른 빛깔로 염색한 지갑 중에, 녹색 이외의 색상은 죄다 팔렸고 녹색은 세 개만 팔렸다는군. 세 개 중 둘은 7개월 전 크리스마스 전에 선물로 팔렸어. 하나는 브로드웨이의 배우가 뉴욕에 있는 에이전트에게 보낸 것이고, 또 하나는 모 스튜디오의 간부가 프랑스의 거물 영화 제작자에게 보낸 거야. 가게에서는 그걸 파리로 우송했다는군. 나머지 하나는 누가 사 갔는지 모르겠다는데."

로렐은 시무룩하게 말했다.

"아무래도 그 나머지 하나가 우리가 찾고 있는 물건 같군요.

맥, 어떻게 모를 수가 있죠?"

"아까 그 아가씨가 매상 전표 사본을 찾아주었어. 그런데 현금 판매라 구매자의 이름이 적혀 있지 않더군."

"날짜는 언제였어요?"

"올해였어. 하지만 올해 몇 월, 며칠이었는지는 전표에 없었어. 먹지가 미끄러진 건지 날짜가 지워져 있었거든."

"그 여자는 구매자가 어떻게 생겼는지 기억하고 있지 않던가요? 기억하고 있으면 무언가 알아낼 수 있을 텐데."

"구매자는 아까 나와 얘기를 나눈 아가씨한테서 지갑을 산 게 아니야. 전표에 적힌 판매자 이니셜은 다른 여자의 것이었어."

"누구예요? 누군지 알아냈어요?"

"물론 알아냈지."

"그럼 왜 그녀에게 얘기하지 않았나요? 그 가슴 큰 아가씨한테 푹 빠져 있었던 건가요?"

"무슨 아가씨? 뭐, 가슴이 진짜인가 싶을 만큼 끝내주긴 했지. 지갑을 판매한 아가씨에겐 말하지 못했어. 그 아가씨는 지난주에 일을 그만두었거든."

"그녀의 이름과 주소는 적지 않았나요?"

"이름은 적었지. 라비스 라 그레인지라고 하더군. 하지만 가게에 있던 여자 말로는 그게 본명도 아니고, 본명이 뭔지도 모른다고 했어. 틀림없이 라비스도, 라 그레인지도 아니야. 주소도 쓸모가 없었어. 왜냐하면 그녀는 화려한 할리우드 생활이 지겹다며 고향으로 돌아갔으니까. 가게에 있던 여자에게 라비스의 고향을 물어봤지만 답을 못 하더군. 그 여자가 아는 건 라비스의 고향이 래브라도일지도 모른다는 것뿐이었어. 그리고 우리가 라비스를 찾아내서 물어본다 해도 라비스는 기억하지 못할 거라고 했어. 머리가 새대가리라서 그렇다나 뭐라나."

"그러니까 우린 구매자의 성별조차 확인할 수 없는 거군요. 이렇게 대단한 탐정들이라니."

로렐이 씁쓸한 목소리로 말했다.

"이제 뭘 해야 하지? 명탐정 나리한테 보고해야 하나?"

"맥, 당신이나 명탐정에게 보고하세요. 보고할 게 뭐가 있나요? 어쨌든 그분은 해가 지기 전에 죄다 알고 있을 텐데. 난 집에 갈래요. 집까지 데려다줄까요?"

"오늘따라 더 매력적인데. 네 옆에 붙어 있을 테야."

맥고언은 그날 끝까지 로렐에게서 떨어지지 않았다. 정확히 말하자면, 두 사람은 이튿날 이른 새벽까지 함께 있었다. 그녀가 나무 집에서 불이 환하게 밝혀진 공터로 밧줄 사다리를 타고 내려왔을 때는 새벽 2시 5분이었다. 맥고언은 로렐의 뒤를 따라 뛰어오더니 한쪽 팔로 그녀의 목을 감싸고서 그녀의 집 현관문까지 걸어갔다.

"몸이 달았었구나."

그는 유쾌한 듯이 말했다.

"마음대로 생각하세요."

로렐이 침울한 기분으로 말했다. 그러나 그녀는 키스를 하기 위해 입술을 내밀었다. 맥고언이 로렐의 입술에 입을 맞추었다. 하지만 그건 실수였다. 그를 떼어놓기까지 15분이나 더 걸렸던 것이다.

로렐은 아무도 없는 걸 확인하느라 닫힌 문 뒤에서 15분 이상을 기다렸다.

그리고 집을 빠져나와 차도로 걸어 내려갔다.

그녀는 손전등을 갖고 있었고, 코트 주머니 속에 권총도 지니고 있었다.

프라이엄의 저택으로 가는 차도에 이르기 직전에 그녀는 숲속으로 돌아 들어갔다. 그녀는 그곳에 멈춰 서서 손수건으로 손전등의 렌즈를 덮었다. 그리고 약한 불빛을 지면에 비추며 프라이엄의 저택으로 걸어갔다.

로렐은 모험을 즐기고 있지 않았다. 오히려 그녀는 메스꺼운 기분이 들었다. 그것은 두려움 때문이 아니라, 그녀가 마음속으로 자신을 비판하고 있었기 때문이었다. 소설의 여주인공들은 어떻게 했을까? 그녀들은 여주인공이잖아, 하고 로렐은 생각했다. 현실에서 여자가 남자로부터 열쇠를 훔쳐내기 위해 사랑을 나눠야 했다면, 그 여자는 그냥 창녀에 불과했다. 아니, 창녀보다 못할지도 모른다. 진짜 창녀는 매춘을 통해 무언가를, 돈이나 아파트나 몇 잔의 술, 가능성은 적더라도 심지어는 즐거움이라도 얻으니까. 그건 꽤 솔직한 거래다. 그러나 그녀는……. 그녀는 열쇠를 찾는 동안 내내 가장을 해야 했다. 가장 최악인 건 그 짓을 싫어하려고 애썼다는 것이었다. 맥고언이라는 사내는 음험한 데라고는 전혀 없는 순정파여서 그는 기꺼이 마음으로부터 우러난 애정 행위를 했다. 그런 그가 너무 사랑스러워서 그를, 그 짓을, 그리고 자신을 싫어하려는 로렐의 노력은 제대로 실현되지 못했다. 얼마나 더러운 짓이었던가! 로렐은 호주머니 속에 있는 열쇠를 꼭 움켜쥐고서 고통의 신음 소리를 냈다.

그녀는 프랑스 라일락 덤불 뒤에서 멈춰 섰다. 집은 어두웠다. 어디에도 불빛은 보이지 않았다. 그녀는 테라스 밑의 조그마한 잔디밭을 따라 걸어갔다.

그래도 맥의 어머니와 아무 관련이 없었더라면 그렇게까지 일이 고역스럽지는 않았을 것이다. 어떻게 맥은 그 오랜 세월을 어머니와 함께 살면서 어머니가 어떠한 여자였는지 전혀 모르고 지낼 수가 있었을까? 왜 딜리아는 그의 어머니여야만 했을까?

로렐은 조심스럽게 현관문을 밀어보았다. 꼭 잠겨 있었다. 그녀는 열쇠로 문을 열면서 프라이엄의 집에서 개를 키우지 않는 것을 고맙게 생각했다. 문을 닫을 때도 역시 조심스럽게 움직였다. 손수건을 덮은 손전등을 비춰보며 어디로 갈지 방향을 정한 뒤에 손전등을 껐다.

난간에 바짝 붙어 계단을 기어올랐다.

계단참에서 그녀는 손전등을 다시 켰다. 거의 3시가 다 된 시각이었다. 네 개의 침실 문은 닫혀 있었다. 그녀가 있는 층과 운전사가 자고 있는 위층에서도 아무런 소리가 나지 않았다. 기티에레스 부인과 머그스는 아래층 부엌 가까이에 있는 하인용 방을 각자 쓰고 있었다.

로렐은 까치발을 하고 복도를 가로질러 어느 방의 문에 귀를 대보았다. 그러고서 소리가 나지 않도록 재빠르게 문을 열고 딜리아 프라이엄의 침실로 들어갔다. 마침 딜리아는 주말에 산타바바라에 가서 몬테시토의 옛 친구들을 방문할 거라고 했다. 금실로 노송 모양을 수놓은 비단 덮개가 단정하게 침대 위에 펼쳐져 있었다. 오늘 밤 그녀는 누구의 침대 속에서 잠들어 있을까?

로렐은 손전등을 코트 벨트에 걸고 화장대 서랍을 뒤지기 시작했다. 한밤중에 딜리아의 물건을 샅샅이 뒤진다는 게 로렐에게는 참으로 꺼림칙한 일이었다. 훔치려는 게 아니라는 사실은 중요하지 않았다. 뭔가를 뒤지는 행위가 바로 좀도둑이 하는 짓이었으니까. 만약 딜리아의 아버지나 무서운 앨프리드가 그녀에게 겁을 주려고 한다면……. 로렐은 아버지의 납빛 얼굴과 파랗게 변한 입술만 생각하려고 애를 썼다.

그건 화장대 속에 없었다. 그녀는 딜리아의 옷장 속으로 들어갔다.

딜리아가 사용하는 향수 냄새는 강력했다. 그리고 그 냄새는 방충제의 화학 성분 냄새, 옷장 벽에 붙인 소나무 냄새와 뒤섞여 불쾌하게 느껴졌다. 딜리아의 향수에는 상표가 없었다. 그건 로저 프라이엄과 거래하는, 영국 식민지에 공장을 둔 어떤 제조업자가 몇 해 전 프라이엄 저택에 2주간 머문 후부터 전적으로 그녀를 위해 만든 것이었다. 그 후 크리스마스 때마다 약 1리터들이 향수병이 버뮤다에서 딜리아에게로 전해졌다. 시계꽃에서 추출한 원액으로 만들어진 것이었다. 로렐은 딜리아에게 '전조(前兆)'라 이름 지으면 어떻겠냐고 다정하게 권한 적이 있었다. 그러나 딜리아는 그 이름에 별로 흥미를 보이지 않는 듯했다.

그것은 옷장 속에 없었다. 로렐은 옷장을 빠져나와 문을 닫고 숨을 들이마셨다.

역시 착각이었을까? 어쩌면 딜리아에 대한 혐오감과 엘러리
가 그 녹색 지갑을 치켜들었을 때 딜리아의 얼굴 위에 분명히 떠
올랐던 놀란 표정을 토대로 쌓아 올린 환상이었을지도 모른다.

그러나 환상이 아니었다면……. 그렇다면 그것이 평소 그녀
가 이런 물건을 놓아두는 곳에 있지 않다는 것은 매우 중요한
사실일지도 모른다. 왜냐하면 딜리아는 로저의 동굴에서 황급
히 나갔으니까. 그녀는 곧장 위층의 자기 침실로 올라가 그 물
건을 끄집어내어 들키지 않을 만한 곳에 숨겨버렸을지도 모른
다. 예컨대, 머그스가 찾아내지 못하는 곳에.

딜리아는 그걸 어디에 숨겼을까? 로렐은 오직 그것을 보고
그것이 존재한다는 사실을 확인하고 싶을 뿐이었다…….

침대 발치에 있는, 놋쇠로 장식한 티크 목재의 소지품 보관
함 속에도 없었다. 로렐은 안에 있는 물건을 죄다 꺼낸 뒤에 다
시 모두 집어넣었다.

찾기를 포기하고 침대 속으로 기어들어 이불을 뒤집어쓰고
전부 잊어버리고 싶은 유혹을 세 번이나 떨쳐낸 후에, 그녀는
드디어 그 물건을 찾아냈다. 그건 옷장 안에 있었다. 그러나 제
자리에 있었던 건 아니라고 로렐은 생각했다. 그건 딜리아의
사치스러운 흰색 듀베틴* 겨울 코트의 소매 속에 감춰져 있었
고, 코트는 투명한 플라스틱 가방 속에 들어 있었다. 순진하면
서도 교묘한 방법이었다. 오직 탐정만이 찾아낼 수 있을 거라
고 로렐은 생각했다. 아니면 또 다른 여자가 찾아내거나.

로렐은 어떤 승리감도 느끼지 못했다. 마치 주삿바늘에 찔렸
을 때와 같은 예리한 고통만을 느꼈다. 그리고 모든 것이 확실

---

* 비단실을 섞어 짠 모직물의 일종.

해지는 것을 느꼈다.

　그녀의 생각은 틀리지 않았다. 그녀는 딜리아가 그런 물건을 가지고 있는 걸 본 적이 있었던 것이다. 불과 몇 주 전에.

　그건 금색 이니셜이 붙은, 짙은 황록색 악어가죽으로 된 여성용 핸드백이었다. 캘리포니아 할리우드의 레더랜드 회사 제품이었다.

　한마디로 이브가 아담에게 호응하듯 로저 프라이엄이 받은 지갑과 짝을 맞춘 것이었다. 네 번째 경고와 짝을 이루는 것이었다.

　로렐은 언덕 위의 집에서 엘러리에게 말했다.

　"어제 당신에게 얘기했어야 했는데. 맥과 제가 파머스 마켓까지 가서 녹색 지갑을 추적한 사실 말이에요. 우린 아무것도 찾아내지 못했어요. 물론 당신은 이미 알고 있겠죠."

　엘러리는 짓궂은 눈으로 로렐을 쳐다보았다.

　"키츠 경위님에게 상세한 보고를 받았습니다. 여점원으로부터 인상에 대한 설명을 듣고 맥고언의 신원을 알아내는 건 어렵지 않았어요. 물론 그를 부추긴 건 당신이었겠죠."

　"하지만 당신이 모르는 게 있어요."

　"로렐, 수사의 생명은 정보입니다. 중요한 건가요? 심각하게 보이는데."

　로렐은 웃었다.

　"저 말인가요? 혼란 속에 빠졌기 때문일 거예요. 이 사건에서 중요 인물일지 모르는 어떤 사람에 관한 어떠한 사실을 찾아냈어요……."

"어떠한 사실?"

엘러리는 그녀가 말을 멈추었을 때 진지하게 물었다.

로렐의 두 눈이 반짝였다.

"우리가 제대로 찾아냈다는 뜻이에요. 하지만 전 그걸 전혀 해석할 수 없어요. 너무 많은 의미가 담겨 있는 것 같아요……. 엘러리, 어젯밤. 아니, 사실은 오늘 새벽에 전 떳떳하지 못한 짓을 했어요. 끔찍한 짓이었죠. 로저가 독살당할 뻔한 이후로 앨프리드 월리스는 밤에 문을 잠가두고 있어요. 전 맥에게서 열쇠를 훔쳐 밤에 로저의 집으로 들어가 위층에 잠입했어요."

"그리고 딜리아 프라이엄의 침실에 들어가 그걸 찾았군."

"어떻게 아셨죠?"

"그제 딜리아의 얼굴을 보는 당신 표정을 봤기 때문이죠. 딜리아는 그 지갑을 알아봤거나 아니면 지갑의 어떤 면이 그녀에게 곧바로 그 지갑과 비슷한 무언가를 상기시켰을 겁니다. 그리고 그녀의 깨달음은 당신에게도 어떤 깨달음을 가져다주었을 겁니다. 딜리아는 그 즉시 방을 나갔고 우리는 떠나기 전에 그녀가 간 곳을 확인했어요. 그녀는 곧장 자신의 침실로 올라갔어요.

딜리아가 어제 오후 산타바바라로 떠났기에 어젯밤 저는 프라이엄 저택의 2층에 올라가 딜리아의 침실을 조사해봤어요. 아마도 당신이 맥고언을 유혹해 열쇠를 훔쳐내고 있는 동안이었겠죠. 물론 키츠 경위님은 위험한 짓을 할 수가 없었어요. 로스앤젤레스 경찰은 최근 몸조심을 해야 할 처지에 놓여 있어서, 만약 경위님이 가택 침입을 하다 붙잡혔다면 모든 게 엉망

243

진창이 됐을지도 모릅니다. 그렇다고 수색영장을 발부받아 공개수사를 할 만한 충분한 증거가 있는 것도 아니었고요.

저는 딜리아의 악어가죽 백을 흰 코트의 소매 속에 그대로 두고 나왔어요. 그리고 두세 시간이 지난 후 거기서 당신이 그 백을 찾아낸 거죠. 모든 걸 있던 그대로 두고 나왔기를 바라요."

로렐은 한탄했다.

"그건 걱정 마세요. 하지만 제가 가슴 졸이며 한 짓이 다 헛수고였군요."

엘러리는 담배에 불을 붙였다.

"로렐, 당신이 아직 모르는 것을 지금 얘기해줄게요."

웃음기 없던 그의 두 눈이 담배 연기처럼 흐려졌다.

"딜리아의 녹색 악어가죽 백은 선물로 받은 겁니다. 그녀가 직접 산 것이 아니에요. 현금 거래였지만 다행히 여점원이 구매자의 인상을 기억하고 있었습니다. 그녀는 명확하게 알아볼 수 있게 인상착의를 들려주었고, 그 진술에 부합하는 사진을 보여주자 자신이 기억하는 손님과 동일 인물이라고 확인을 해줬어요. 그 지갑은 올해 4월 중순 딜리아의 생일 전날 판매되었고, 구입한 사람은 앨프리드 월리스였죠."

"앨프리드!"

로렐은 말하려다 말고 아랫입술을 깨물었다.

엘러리는 말했다.

"로렐, 괜찮아요. 난 딜리아와 앨프리드의 관계를 알고 있어요."

"뭐가 뭔지 모르겠어요."

로렐은 아무 말도 하지 않았다. 잠시 후 그녀가 물었다.

"이게 무슨 뜻이라고 생각하세요?"

엘러리는 천천히 입을 열었다.

"아무 뜻도 없을지도 몰라요. 예컨대, 우연일 수도 있죠. 물론 우연이라는 것과 저는 몇 년간 아무런 인연이 없었지만요. 보다 그럴듯한 건 우리가 쫓고 있는 사람이 누구든, 그가 딜리아의 백을 보았고, 그게 의식적이건 무의식적이건 범인에게 프라이엄에 대한 네 번째 경고의 성격을 암시해준 걸지도 몰라요. 이렇게 해석하면 딜리아의 수상한 행동은 불쾌한 개입에 직면하고 있는 죄 없는 자의 공포라는 것으로 설명할 수 있죠. 때로는 죄 없는 사람이 죄 있는 사람보다 더 죄인처럼 행동하는 경우도 많거든요."

엘러리는 어깨를 한 번 으쓱하며 말을 이었다.

"그런 의미일 수도 있고…… 아니면……. 아무튼 이 일에 대해 좀 더 생각해봐야겠군요."

12

그러나 엘러리의 생각은 예기치 못했던 방향으로 흐르게 되었다. 그렇게 된 건 엘러리 혼자만이 아니었다. 갑자기 지구 반 바퀴나 떨어진, 38선이라고 불리는 것이 1억5천만 미국인들의 주요 관심사가 되었던 것이다.

특히 로스앤젤레스는 도시 전체가 심한 히스테리에 빠져 있었다.

며칠 전 북한군이 소련제 전차와, 엄청나게 많은 수의 7.63밀리 구경 경기관총을 가지고 남한을 침공했던 것이다. 이 군사 행동의 폭발적인 의미가 미국인들의 조용한 생활을 뒤흔들기까지는 어느 정도 시간이 걸렸다. 미 점령군이 일본에서 한국으로 급파되었으나 패배를 거듭하고 부상당한 미군 병사가 침략군에게 살해당했다는 보도가 신문에 나오기 시작하자 미국은 대뜸 각오를 굳혔다. 대통령은 불쾌감을 드러내는 성명을 거듭 발표했고, 예비군 소집령이 내려졌고, 국제연합은 일대 혼란에 빠졌으며, 쇠고기와 커피 값이 치솟고 설탕과 비누가 품귀 현상을 빚고 있다는 소문이 나돌아 사재기가 시작되었다. 로스앤젤레스의 모든 사람들이 제3차 세계대전이 시작되었으며 로스앤젤레스는 원자폭탄의 화염을 보게 되는 북미 대륙의 첫 번째 도시가 되리라고 떠들어대고 있었다. 게다가 그게 오늘이 아니라고 누가 장담하겠는가? 샌디에이고, 샌프란시스코, 시애틀도 깊이 잠들지 못하고 있었다. 그러나 그 사실이 로스앤젤레스에 위안을 주진 못했다.

불안이 도처에 퍼져 있는데, 그 영향을 받지 않는다는 건 불가능했다. 그리고 그런 생각이 터무니없는 것임에도, 근거가 매우 충분할 가능성은 언제나 있었다.

지지부진하게 진행되던 소설도 더 이상 의미가 없어져버렸다. 엘러리는 매일 오전 8시부터 오후 5시까지 부엌에서 쉴 새 없이 날아드는, 루이지애나 사투리로 울부짖는 '최후의 심판'의 예언을 듣지 않으려고 애쓰면서 라디오에 매달려 있었다. 그의 머릿속은 온통 나무에서 사는 청년에 대한 생각뿐이었다. 크로 맥고언이 이제는 괴짜처럼 느껴지지 않았다.

키츠 경위에게서 소식을 듣지 못한 지도 며칠이 지났다.

프라이엄 저택에서도 아무런 소식이 없었다. 딜리아가 몬테시토에서 돌아온 걸 알고 있었지만, 엘러리는 아직 그녀의 얼굴도 보지 못했고 목소리도 듣지 못했다.

로렐은 한 번 전화를 걸어왔는데, 정보를 제공하기 위한 것이 아니라 정보를 얻기 위한 것이었다.

"엘러리, 크로는 그저 앉아서 골똘히 생각만 하고 있어요. 한국에서 일어나고 있는 사건에 대해 '내가 그럴 거라 말했죠'라고 지껄이고 있을 거라 생각하시죠? 하지만 그게 아니에요. 도무지 그 큰 입을 열게 할 방법이 없어요."

"환상의 세계에 붙잡힌 거겠죠. 아마 고통스러운 경험일 겁니다. 프라이엄 저택에는 별일 없나요?"

"쥐 죽은 듯 조용해요. 엘러리, 이렇게 조용하다는 건 무슨 의미일까요?"

"모르죠."

"전 요즘 무척 혼란스러워요!"

로렐의 목소리는 울부짖는 듯했다.

"지금 세상에서 일어나고 있는 일 때문에 이 모든 사건이 바보 같고 시시하게 느껴질 때가 있어요. 그리고 어느 면에서는 정말 그렇게 생각해요. 하지만 그런 게 아니라고, 시시하지 않다고, 중요한 사건이라고 마음을 다잡아요. 침략 전쟁 역시 살인이에요. 누워서 가만히 있으면 안 돼요. 모든 전선에서 싸워야 해요. 개인의 시시한 전쟁부터 시작해야 해요. 그렇지 않으면 패배하게 되니까요."

엘러리는 한숨을 내쉬었다.

"물론이죠. 전 단지 이 특별한 전선이 그렇게…… 걷잡을 수 없게 되기를 바라지 않아요, 로렐. 우리에겐 꽤 유능한 참모진이 있고 배후에는 훌륭한 군대도 있지만 정보진이 약해요. 우리는 언제, 어디서, 어떤 형태와 어떤 병력으로 다음 공격을 받게 될지도 모르고 적의 작전이 가진 의미도 전혀 몰라요. 우리가 할 수 있는 건 긴장한 채로 앉아서 늘 경계하는 것뿐이에요."

"행운을 빌어요."

로렐은 재빨리 말하고서 전화를 끊었다.

적의 공격은 7월 6일에서 7일로 이어지는 밤에 일어났다. 놀랍게도 크로 맥고언이 엘러리에게 소식을 알렸다. 새벽 1시가 좀 지나 엘러리가 잠자리에 들려고 할 때 그에게서 전화가 걸려왔다.

"퀸 씨, 방금 이상한 일이 일어났어요. 그래서 당신한테 알려야겠다고 생각했어요."

맥고언의 목소리는 평소의 그답지 않게 피곤하게 들렸다.

"무슨 일이죠, 맥?"

"서재에 침입한 흔적이 있어요. 창문 하나가 깨졌어요. 평범한 빈집털이같이 보이는데 잘 모르겠어요."

"서재에요? 훔쳐 간 물건이 있나요?"

"아직까지는 모르겠어요."

"아무것도 손대지 마세요. 10분 후에 가죠."

엘러리는 키츠 경위의 집에 전화를 걸었다. 그는 키츠 경위가 졸린 목소리로 "또 무슨 일이 일어났습니까?" 하고 묻는 것을 듣고는 뛰어나갔다.

맥고언이 프라이엄 저택의 차도에서 기다리고 있었다. 저택 위층과 아래층 모두 불이 켜져 있었다. 그러나 테라스에서 로저 프라이엄의 방으로 들어가는 프랑스식 창문은 캄캄했다.

"들어가기 전에 제가 먼저 상황을 설명하는 게 좋을지도 몰라요……."

"지금 안에 누가 있죠?"

"딜리아와 앨프리드요."

"말해봐요. 하지만 짧게 부탁해요, 맥."

"지난 이틀 밤 저는 옛날에 쓰던 이 집의 제 방에서 잤어요."

"뭐라고요? 이젠 나무 위에서 안 지내요?"

거인이 투덜댔다.

"짧게 끝내라면서요. 오늘 밤 저는 일찌감치 잠자리에 들었는데, 좀처럼 잠들지 못했어요. 시간이 한참 지난 후에 아래층에서 소리가 들려왔어요. 서재에서 나는 소리 같았어요. 제 방은 서재 바로 위에 있어요. 할아버지일지도 모른다고 생각했고, 할아버지와 이야기를 나누고 싶어졌어요. 그래서 일어나서 복도를 지나 계단 꼭대기에서 '할아버지?' 하고 불렀어요. 대답이 없었어요. 아래층은 조용했어요. 이상한 생각이 들어 복도를 거슬러 가서 할아버지 방을 들여다보았죠. 그런데 할아버지는 안 계시더군요. 침대에 주무신 흔적도 없었어요. 그래서 계단 머리로 돌아왔는데 그곳에 윌리스가 있었어요."

"윌리스?"

"실내복을 입고 있었어요. 아래층에서 소리가 나서 내려가려던 참이었다고 했어요."

맥고언의 목소리가 기묘하게 들렸다. 그의 두 눈은 달빛을 받아 날카롭게 보였다.

"퀸 씨, 당신은 무언가를 알고 계시죠? 저 계단 머리에서 윌리스를 보았을 때 이상한 느낌을 받았어요. 그가 아래층으로 내려가려 하고 있었는지…… 아니면 그곳에서 방금 올라온 건지 판단할 수가 없었어요."

그는 도전적인 눈빛으로 엘러리를 노려보았다.

차 한 대가 타이어를 찢는 듯한 소리를 내며 달려오고 있었다.

엘러리가 말했다.

"인생이란 모순으로 가득 차 있죠. 맥, 할아버지를 찾았나요?"

"아니요. 숲 속을 찾아보는 게 좋을지도 모르겠군요."

맥고언의 목소리가 가벼워졌다.

"할아버지는 종종 밤중에 산책을 가시니까요. 나이가 들어야 이해할 수 있겠죠."

"그렇죠."

엘러리는 딜리아의 아들이 호주머니에서 손전등을 꺼내며 뚜벅뚜벅 걸어가는 걸 지켜보았다.

키츠 경위의 차가 엘러리의 등 뒤에서 한 발짝 떨어진 곳에 끼익 소리를 내며 멈춰 섰다.

"오셨군요."

"이번엔 무슨 일입니까?"

키츠 경위는 내복 위에 가죽점퍼를 걸치고 있었다. 목소리는 기분이 상한 듯이 들렸다.

엘러리가 자초지종을 설명한 뒤 두 사람은 안으로 들어갔다.

딜리아 프라이엄이 서재 책상을 살펴보고 있었다. 그녀는 어리둥절한 표정을 짓고 있었다. 두꺼운 실로 짠 옷감으로 만든 갈색 승복 비슷한 가운을 입고, 묵직한 놋쇠 사슬 허리띠를 매고 있었다. 머리카락은 등까지 늘어뜨려져 있었고, 눈 밑에는 마치 얻어맞은 것 같은 자주색 멍이 들어 있었다. 앨프리드 윌리스는 페이즐리 천으로 된 실내복을 입고 낮은 안락의자에 편히 앉아서 담배를 피우고 있었다.

키츠 경위와 엘러리가 서재에 들어가자 딜리아는 돌아보았고 윌리스는 일어섰다. 그러나 아무도 말을 하지 않았다.

경위는 유일하게 열려 있는 창문으로 곧장 다가갔다. 그리고 창틀에 달린 손잡이를 조심스럽게 살펴보았다.

"쇠 지렛대로 열었군. 창문에 손댄 사람 있습니까?"

월리스가 입을 열었다.

"죄송합니다만, 저희들 모두 손을 댔어요."

키츠 경위는 뭔가 거친 말을 중얼거리고는 나가버렸다. 얼마 후, 엘러리는 열린 창문 바깥쪽 아래에서 들려오는 경위의 목소리를 듣고 그의 손전등 불빛을 보았다.

엘러리는 주위를 둘러보았다. 그가 좋아하는 분위기의 서재였다. 프라이엄 저택의 우울함을 풀어줄 부드러운 분위기가 감도는 유일한 방이었다. 가죽은 윤이 났고 검은색 오크 패널은 책들과 잘 어울리는 배경이 되었다. 책들이 마룻바닥에서 천장까지 사방을 둘러싸고 있었다. 자연석으로 만든 벽난로는 사용되고 있는 것 같았다. 공간은 널찍했고 전등은 고급품이었다.

"딜리아, 없어진 것은 없나요?"

그녀는 고개를 흔들었다.

"도대체 영문을 모르겠어요."

그녀는 가운의 앞섶을 여미면서 몸을 돌렸다.

"크로와 내가 나타나니까 놈이 겁을 먹고 달아났나 봅니다."

앨프리드 월리스는 다시 앉아 연기를 내뿜었다.

"당신 아버지의 우표책은요?"

엘러리는 딜리아의 등을 향해 물었다. 그는 왜 놈이 콜리어 씨의 보물을 가치 있는 것으로 생각하지 않았는지 알 수 없었다.

"내가 아는 바로는 손대지 않았어요."

엘러리는 방 안을 이리저리 거닐었다.

"크로의 말로는 콜리어 씨가 잠자리에 들지 않았다고 하던데요. 딜리아, 아버지가 어디 가셨는지 알고 있나요?"

그녀는 엘러리를 향해 몸을 돌렸다. 두 눈에 불꽃이 번쩍였다.

"아니요. 아버지와 저는 서로 감시하고 있는 게 아니니까요. 그리고 퀸 씨, 제 이름을 부르도록 당신에게 허락한 적이 없는 것 같은데요. 그렇게 부르지 말아주셨으면 해요."

엘러리는 미소를 지으며 그녀를 쳐다보았다. 곧 그녀는 고개를 돌렸다. 윌리스는 계속 담배를 피우고 있었다.

엘러리는 다시 느릿느릿 걷기 시작했다.

안으로 들어온 키츠 경위가 퉁명스럽게 말했다.

"바깥에는 아무것도 없어요. 뭐 좀 알아냈습니까?"

엘러리는 벽난로 앞에 웅크리고 있었다.

"그런 것 같아요. 여길 봐요."

그 말을 듣자 딜리아 프라이엄과 윌리스가 돌아보았다.

벽난로에는 나무를 태운 재가 남아 있었다. 나무는 타버려 재가 되어 있었다. 그 재 위에 열을 받아 꼬부라지고 몹시 검게 탄, 형체를 알 수 없는 물건이 있었다.

"경위님, 옆에 있는 재를 만져보세요."

"돌처럼 차가운데."

"이번에는 새까맣게 탄 물건 밑의 재를 만져보세요."

경위는 손을 댔다가 화들짝 놀라 급히 거둬들였다.

"아직도 뜨거워요!"

엘러리가 딜리아에게 말했다.

"오늘 밤 이 벽난로에서 나무를 땠나요⋯⋯ 프라이엄 부인?"

"아니에요. 아침에 한 번 때고 정오쯤 꺼졌어요."

"경위님, 이 물건은 방금 태운 거예요. 식은 재 위에서요."

경위는 한쪽 손을 손수건으로 감싸고는 새까맣게 탄 물건을 조심스럽게 옮겼다. 그는 그것을 벽난로 위에 놓았다.

"이게 뭐죠?"

"책입니다, 경위님."

"책? 도대체······."

경위는 사방을 둘러보았다.

"더 이상 알 수 없어요. 알맹이는 모두 타버렸고, 타다 남은 부분으로는 무슨 책인지 알아낼 수가 없습니다."

"이건 틀림없이 특수 장정이었을 겁니다."

서가 위의 책은 대부분 가죽 장정이었다.

"이런 값비싼 책은 제목을 표지에 각인하지 않나요?"

키츠 경위는 그 책의 타다 남은 부분을 쿡쿡 찔러 뒤집었다.

"무슨 표시가 남아 있을 텐데."

"있었을 겁니다. 다만 이걸 태운 사람이 불을 붙이기 전에 훼손했을 뿐이죠. 책등에 칼로 쨈 자국들을 보세요. 그리고 여기도요. 책을 난로 속에 던지기 전에 예리한 연장으로 망가뜨렸어요."

키츠 경위는 그들 위로 몸을 구부리고 있는 딜리아와 월리스를 쳐다보았다.

"이 책이 무슨 책인지 모르십니까?"

"이놈들! 여기가 어디라고 다시 온 거야!"

로저 프라이엄의 휠체어가 문가를 가로막았다. 머리털과 수염이 험악하게 보였다. 잠옷이 벌어져 털북숭이 가슴이 드러났다. 화가 나서 쥐어뜯은 듯 단추가 한 개 떨어져 있었다. 그의 휠체어는 침대로 바뀌어 있었고, 담요가 마루 위에 끌리고 있었다.

"왜 아무도 입을 열지 않는 거지? 내 집에서조차 잠을 잘 수 없다니! 앨프리드, 도대체 어디 있었지? 네 방에 없으니까 내가 인터폰으로 부를 수가 없잖아!"

프라이엄은 아내를 거들떠보지도 않았다.

"프라이엄 씨, 이곳에서 무슨 일이 일어났습니다."

월리스가 달래듯이 말했다.

"무슨 일이 일어났다는 거야! 또 무슨 일이야?"

엘러리와 키츠 경위는 프라이엄을 면밀히 지켜보았다. 휠체어와 난로 사이에는 서재 책상과 큰 의자가 있었다. 프라이엄은 불에 탄 책을 보지 못했던 것이다. 키츠 경위가 쉰 목소리로 말했다.

"오늘 밤 누군가가 이곳 서재에 침입했습니다. 당신이 저를 싫어하는 만큼 저도 당신이 싫으니 제가 좋아할 거라고 생각하지는 마십시오. 그리고 만약 저를 호통 쳐서 쫓아낼 생각이라면 그만두시죠. 무단 침입은 범법 행위이고, 저는 이 사건을 담당하고 있는 경찰관입니다. 지금부터 질문을 드릴 테니 성실하게 대답해주세요. 거부하면 공무집행 방해죄로 구속할 겁니다. 왜 이 책이 절단되어 불에 태워진 거죠?"

경위는 새까맣게 탄 물건을 내보이면서 방 안을 뚜벅뚜벅 가로질러 갔다. 그는 프라이엄의 턱밑에 그 물건을 들이밀었다.

"책이…… 불에 탔다고?"

프라이엄의 얼굴에서 분노가 사라지고, 황갈색 피부가 드러났다. 그는 경위의 손에 들려 있는 타고 남은 비틀어진 덩어리를 흘겨보고 뒤로 물러났다.

"이 책을 알아보시겠습니까?"

프라이엄은 고개를 흔들었다.

"무슨 책인지 모르겠다는 말씀입니까?"

"그래."

대답하는 목소리가 갈라졌다. 그는 책의 장정에 매혹된 것처럼 보였다.

키츠 경위는 혐오감을 느끼며 돌아섰다.

"이 책을 알아보지 못하나 보군. 그럼……."

"경위님, 잠깐만요."

엘러리는 서가에서 책장을 뒤지고 있었다. 아름다운 책들이었다. 주로 개인 인쇄소에서 만든 책들이었다. 수제지, 금박지, 컬러 잉크, 특별히 고안된 표지 디자인, 심오한 삽화, 특별히 고안된 활자들, 이것들은 각각 손으로 장정하고 수공구를 써서 만든 값비싼 것이었다. 책들은 흠잡을 데가 없는 고전이라고 할 수 있는 것들이었다. 다만 한 가지 이상한 점이 있었다. 엘러리가 스무 권이나 되는 책을 죽 넘겨보았는데도 책장이 잘려 나간 책을 한 권도 발견하지 못한 것이다.

책들은 전혀 읽은 흔적이 보이지 않았다. 여전히 빳빳한 상태인 것으로 보아 제본소를 떠난 뒤로 한 번도 펼쳐진 적이 없는 것 같았다.

"프라이엄 씨, 얼마 동안 이 책을 소장하셨나요?"

프라이엄은 입술을 핥았다.

"얼마 동안이냐고? 딜리아, 얼마 동안이지?"

"우리가 결혼한 직후부터예요."

프라이엄은 고개를 끄덕이면서 중얼거렸다.

"서재에는 책이 있어야지. 고급품을 파는 장사꾼을 불러들여

서가의 치수를 재게 하고, 서가 공간을 꽉 채울 책을 구해 오라
고 일렀지. 있어 보이는 최고의 양서로 말이야.”

그는 말하면서 자신감을 얻는 것 같았다. 그의 무거운 목소
리는 거만한 활기를 띠었다.

“그자가 책을 한가득 끌고 왔을 때, 그 낯짝에다가 책들을 내
던졌지. ‘최고급으로 가져오라고 말했잖아! 이 잡동사니들 도
로 가져가서 제일 비싼 가죽과 재료로 처바르라고! 돈이 든 것
처럼 보여야 해. 그렇지 않으면 한 푼도 주지 않을 거야’ 하고
호통을 쳤지.”

키츠 경위는 화가 났지만 참았다. 그는 조금 뒤로 물러났다.

엘러리가 중얼거렸다.

“그 친구는 아주 훌륭하게 작업을 수행했군요. 프라이엄 씨,
책들은 처음 상태 그대로인 것 같군요. 펴본 흔적도 없는 것 같
고요.”

“펴본다고! 저 장정을 망가뜨린다고! 이건 엄청난 돈이 든
수집품이오. 이미 가격 평가도 받았다고. 아무도 읽지 못하게
할 거요.”

“그러나 책은 읽히기 위해서 만들어지지요. 이 속에 무엇이
들어 있는지 보고 싶지 않던가요?”

프라이엄은 즉각 반발했다.

“난 초등학교를 빼먹기 시작한 후부터 책을 읽지 않았소. 책
이란 여자나 장발족을 위한 거요. 신문은 다르지. 그림 잡지도
마찬가지고.”

프라이엄은 적대적인 반항의 표시로 고개를 쳐들었다.

“도대체 무슨 꿍꿍이지?”

"프라이엄 씨, 여기서 한 시간쯤 당신의 책들을 보고 싶습니다. 아주 조심스럽게 다루겠다고 약속드리겠습니다. 괜찮겠습니까?"

프라이엄의 눈에 교활한 빛이 나타났다.

"당신은 책을 쓰는 작가가 아닌가?"

"그렇습니다."

"일요 잡지에도 기고를 하나?"

"이따금씩 합니다."

"프라이엄의 장서에 관해서 기사를 써볼 생각이 있나 보군. 어때?"

"프라이엄 씨, 당신은 빈틈이 없는 분이군요."

엘러리는 미소를 지으며 말했다.

"상관없어."

수염이 덥수룩한 사나이는 쾌활한 목소리로 말했다. 그의 광대뼈가 다시 붉어졌다.

"책 장수가 말하기를 백만장자의 서재에는 자신만의 특별한 카탈로그가 있어야 한다더군. '프라이엄 씨, 너무나 훌륭한 장서입니다. 도서목록이 있어야 합니다. 애…… 뭐시기가 사용할 수 있게……'라고 그자가 말하던데."

"애서가요?"

"그래, 맞아. 그게 뭐 대단한 작업도 아니고 게다가 내 보석 사업을 선전하는 데 도움이 되리라 생각했지. 그래서 나는 그에게 해보라고 했소. 저기 스탠드 바로 위에 카탈로그의 복사본이 있을 거요. 돈이 많이 들었지. 특수지에 특별히 고안한 네 가지 색으로 인쇄를 했으니까. 책을 설명하는 데도 많은 전문

적 방법을 도입했고. 어떻게 발음해야 하는지도 모를 용어들을
써서 말이야."

프라이엄은 낄낄 웃었다.

"맹세코 말인데, 돈을 지불할 수 있다면 그런 발음은 할 줄
몰라도 돼."

그는 털이 덥수룩하게 난 손을 흔들었다.

"하고 싶은 대로 하게. 그나저나 이름이 뭐라고?"

"퀸입니다."

"퀸, 마음대로 하게."

"프라이엄 씨, 대단히 감사합니다. 그런데 카탈로그를 만든
후에 책을 더 추가하셨나요?"

프라이엄은 눈을 크게 떴다.

"추가했느냐고? 좋은 책을 전부 가지고 있는데 뭐가 더 필요
해. 자, 언제 시작할 텐가?"

"지금만큼 좋은 때도 없죠, 프라이엄 씨. 저는 언제나 그렇게
말하죠. 하여튼 오늘 밤은 잠을 자긴 다 틀렸으니까요."

"내일이면 내 마음이 변할까 봐 그러는 건가?"

프라이엄은 다시 이를 내보이고 웃었는데, 그 웃음은 다정하
게 보이려고 지은 것이었다.

"괜찮아, 퀸. 당신이 책을 쓰고는 있지만 바보가 아니라는 걸
보여주시오. 어서!"

프라이엄이 짐승 같은 눈을 윌리스에게 돌렸을 때 그의 입가
에서 미소가 사라졌다.

"앨프리드, 뒤에서 밀어. 오늘 밤은 아래층에서 꼼짝 말고 있
으라고."

"프라이엄 씨, 그렇게 하겠습니다."

앨프리드 윌리스가 대답했다.

"딜리아, 무엇 때문에 서 있는 거요? 돌아가서 쉬어요."

"로저, 그러죠."

윌리스가 미는 휠체어를 타고서 메인 홀을 가로질러 가며 다정하게 손을 흔드는 것이 그들이 본 프라이엄의 마지막 모습이었다. 그의 몸짓을 보니 비록 공포의 원인을 전적으로 잊지는 않았다 해도 실컷 지껄이는 사이 두려움에서 벗어난 듯 보였다.

메인 홀 건너편의 문이 닫히자, 엘러리가 입을 열었다.

"프라이엄 부인, 괜찮겠지요? 우리는 이 책이 어떤 책인지 알아야만 합니다."

"당신은 로저를 바보로 생각하고 있잖아요, 아닌가요?"

"침실로 돌아가시죠."

"그런 바보 같은 짓은 하지 말라고요."

그녀의 목소리가 부드러워졌다.

"크로! 어디 가 있었니? 걱정했잖아. 할아버지는 찾았니?"

맥고언은 문간을 가로막고 서 있었다. 그는 활짝 웃고 있었다.

"짐작도 못 하실 거예요."

그가 잡아당기자 콜리어 씨가 나타났다. 코에는 화학약품 얼룩이 묻어 있었고, 행복한 듯이 미소를 짓고 있었다.

"지하실에 계셨어요."

"지하실?"

"지하실을 고쳐서 암실로 만드셨어요. 어머니, 할아버지는 사진에 빠졌어요."

"애야, 네 콘택스 카메라를 종일 사용했다. 괜찮지? 난 아직

배울 게 많단다."

콜리어 씨는 고개를 흔들며 말을 이었다.

"내 사진은 잘 나오지가 않아. 안녕하시오, 신사 양반들! 크로 말로는 문제가 또 생겼다던데."

"콜리어 씨, 줄곧 지하실에 계셨나요?"

키츠 경위가 물었다.

"저녁 식사 후 줄곧 있었다네."

"무슨 소리를 듣지 못했나요? 누가 저 창문을 부수고 들어왔어요."

"손자한테 들었소만. 아니, 난 아무 소리도 듣지 못했소. 만약 무슨 소리를 들었다면 아마 지하실 문을 잠그고 소동이 끝날 때까지 기다렸을 거요! 딜리아, 기진맥진해 보이는구나. 이런 일 때문에 쓰러지면 안 된다."

"아버지, 전 괜찮아요."

"위층에 가서 쉬도록 해라. 신사분들도 안녕히 주무시오."

노인은 나가버렸다.

딜리아의 얼굴이 굳어졌다.

"크로, 퀸 씨와 경위님은 서재에서 한동안 일을 할 거야. 너도…… 여기에 남아 있는 게 좋겠다."

"알았어요."

맥이 말했다. 그는 허리를 굽혀 어머니에게 키스했다. 그녀는 크로보다 나이가 든 남자들은 거들떠보지도 않고 나가버렸다. 맥고언이 문을 닫았다. 그는 불평조로 엘러리에게 물었다.

"어떻게 된 거예요? 두 사람 이제 사이가 나빠진 건가요? 무슨 일이 있었나요?"

엘러리가 무뚝뚝하게 말했다.

"맥, 만약 우리를 감시해야 한다면 방해가 되지 않게 구석에 있는 의자에 앉아서 해요. 경위님, 시작하죠."

'프라이엄 장서'는 기괴한 서지 목록이었다. 그러나 엘러리는 미적인 기준보다는 과학적인 기준에 중점을 두고 있었다. 그의 방법론은 예술이나 심지어는 도덕률과도 아무런 관계가 없었다. 그는 단순히 프라이엄의 서가에 꽂혀 있는 책들의 제목을 키츠 경위에게 읽게 하고 자신은 금박을 입힌 카탈로그와 맞춰보았다.

그들이 족히 두 시간을 보내는 동안 크로 맥고언은 가죽 의자에서 잠이 들었다.

키츠 경위가 제목 읽기를 끝냈을 때 엘러리는 "잠깐만요!" 하더니 엄지손가락으로 카탈로그의 책장을 반대로 넘기기 시작했다.

"왜 그러죠?"

경위가 물었다.

엘러리는 카탈로그를 내려놓고 새까맣게 된 책의 잔해를 집어 들었다.

"딱 제목 하나가 빠졌어요. 이 책은 아리스토파네스의 《새들》이라는 책입니다. 참나무의 얇은 판자로 장정하고 비단 면지를 붙여 손으로 만든 8절본이었죠."

"누구의 무슨 책이라고요?"

"아리스토파네스의 희극 《새들》요. 아리스토파네스는 기원전 5세기 최고의 풍자극 작가였죠."

"장난하지 말고 말해요."

엘러리는 침묵했다.

키츠 경위가 물었다.

"몇 세기 전에 죽은 극작가의 책을 태운 것이 경고들 가운데 하나라고 말하려는 겁니까?"

"틀림없어요."

"어째서 그런 거죠?"

"경위님, 책을 훼손하고 태웠잖아요. 적어도 이전의 경고 넷 중에서 둘은 어떤 형태의 폭력성을 보이고 있습니다. 음식에 독을 넣었다든지, 죽은 개구리를 방에 늘어놓았다든지……."

그러고서 엘러리는 몸을 펴고 바로 앉았다.

경위가 물었다.

"왜요, 무슨 일이 있어요?"

"개구리들요. 아리스토파네스의 또 하나의 희극 제목이 바로 《개구리들》입니다."

키츠 경위는 괴로운 표정을 지었다.

"하지만 이건 우연의 일치라고 봐야 할 것 같아요. 다른 경고들과는…… 이 《새들》이라는 희극이 부합하지 않으니까요. 알 수 없는 첫 번째 경고, 식중독, 죽은 두꺼비와 개구리들, 값비싼 지갑 그리고 제가 '고전 2' 시간에 배운 걸 잊지 않았다면 기원전 414년에 첫 공연된 그리스 사회 풍자극의 고급 장본이라……."

"담배 가지고 있어요?"

키츠 경위가 투덜거렸다. 엘러리는 담뱃갑을 던져주었다.

"고맙습니다. 뭔가 연관이 있다는 겁니까?"

엘러리가 편지 구절을 인용했다.

"'그리고 한 걸음씩 앞으로 나아갈 때마다 경고가…… 너와, 그리고 그놈에게 특별한 의미를 지닌 경고가 나갈 것이다. 그 의미가 무엇인지 곰곰이 생각하고 알아내봐.'"

"그자의 말대로 가고 있군요. 하지만 퀸 선생, 저는 이 경고들이 의미를 가지고 있다면 하나하나가 각기 독자적 의미를 가지고 있을 거라고 생각합니다."

"경위님, '한 걸음씩 앞으로 나아갈 때마다'라고 했어요. 어딘가로 향하고 있는 거예요. 아니, 그것들은 연결되어 있어요. 이 모든 것은 무언가를 향해 전진하고 있는 거예요."

엘러리는 고개를 저으며 말을 이었다.

"프라이엄이 그것들의 의미를 죄다 알고 있는지 이젠 확신할 수 없어요. 오늘 밤 일 때문에 상황이 정말로 복잡하게 됐어요. 프라이엄은 사실상 문맹자나 다름없어요. 그가 어떻게 고대 그리스 희극의 훼손이 뜻하는 의미를 알 수 있겠어요?"

"어떤 내용이죠?"

"희극 말인가요? 글쎄요……. 제 기억이 틀림없다면, 아테네인 두 명이 신과 인간을 떼어놓기 위하여 새들에게 공중 도시를 건설하게 하죠."

"사건에 참 도움이 되는 내용이네요."

"아리스토파네스가 자신의 공중 도시를 뭐라고 불렀더라? 구름…… 구름 나라…… 구름 뻐꾸기 나라였던 것 같군요."

"이 사건에서 가장 경고다운 경고로 들리는군요."

키츠 경위는 넌더리가 난다는 듯 자리에서 일어나 창가로 갔다.

한참이 지났다. 키츠 경위는 창밖에서 들끓어 거품이 일기 시작하는 밤을 내다보았다. 실내는 싸늘했고 그는 가죽점퍼로 감싼 어깨를 움츠렸다. 맥고언은 낮은 안락의자에 앉은 채 태평하게 코를 골고 있었다. 엘러리는 아무 말도 하지 않았다.

엘러리의 침묵이 오랫동안 계속되자, 머리가 텅 비어 기분이 참담했던 키츠 경위는 어느 순간부터 이어지는 침묵을 의식하게 되었다. 그는 지친 나머지 뒤를 돌아보았는데, 그곳에는 여윈 얼굴에 면도도 하지 않고 이글이글 타오르는 눈빛을 한, 분별 있는 세상에서 온 도망자가 마치 첫 키스를 생각하는 아가씨처럼 기쁨에 가득 차서 자신을 바라보고 있었다.

"대체 왜 그러는 겁니까?"

그 모습에 놀란 키츠 경위가 말했다.

"경위님, 그 경고들에는 어떤 공통점이 있습니다!"

"물론 그렇겠죠. 당신이 이미 열 번도 더 말했으니까."

"하나가 아니라 둘입니다."

경위는 다가와서 엘러리의 담배 한 개비를 뽑으며 말했다.

"이쯤에서 그만하는 게 어때요? 집에 가서 샤워하고 잠이나 잡시다."

그러고서 그는 물었다.

"뭐라고 하셨죠?"

"경위님, 공통점이 두 가지 있다고요!"

엘러리는 침을 꿀꺽 삼켰다. 그의 입은 메마르고, 머릿속엔 음악처럼 피로가 몰려왔다. 그러나 그는 수수께끼가 풀렸음을 깨달았다. 드디어 경고의 의미를 알아낸 것이다.

"알아낸 겁니까?"

"경위님, 의미를 알았습니다. 알아냈단 말입니다."

"그게 뭡니까, 뭐냐고요?"

그러나 엘러리는 듣고 있지 않았다. 그는 다른 곳을 보며 담배를 더듬었다.

경위는 엘러리를 위해 성냥불을 켜주고 아무 생각 없이 자신의 담배에 성냥불을 갖다 댔다. 그는 다시 창가로 가서 숨을 들이마시며 폐 속 깊은 곳까지 신선한 공기를 가득 채웠다. 밤은 거품이 가라앉고 물에 불린 쌀처럼 하얗게 빛나는 끈끈한 덩어리를 남겼다. 경위는 문득 자신이 무엇을 하고 있는지 알아차렸다. 그는 놀랐다가 절망하고 이내 반항했다. 그는 굶주린 듯이 담배를 피우며 기다렸다.

"경위님."

키츠 경위가 홱 돌아섰다.

"네?"

엘러리는 일어서 있었다.

"그 개의 주인 말인데, 이름과 주소를 다시 말해주시겠습니까?"

"누구요?"

키츠 경위가 눈을 깜빡거렸다.

"죽은 개의 주인 말입니다. 힐의 집 현관 계단에 버려지기 전 독살된 것으로 당신이 추정했던 그 개의 주인요. 개 주인 이름이 뭐라고 했지요? 지금 생각이 나질 않는군요."

"헨더슨이라고 합니다. 주소는 톨루카 레이크의 클라이본 애비뉴입니다."

"가능한 한 빨리 그를 만나야겠어요. 집에 가실 거죠?"

"하지만 왜……."

"집에 돌아가서 두 시간쯤 쉬세요. 아침 늦게 경찰서에 가 계실 거죠?"

"네. 근데 무슨 일이죠……?"

그러나 엘러리는 로저 프라이엄의 서재에서 뻣뻣한 종종걸음으로 몽유병자처럼 걸어 나가고 있었다.

키츠 경위는 그의 뒷모습을 노려보았다.

엘러리의 카이저가 떠나는 소리가 들리자 그는 엘러리의 담뱃갑을 주머니 속에 넣고서 불에 탄 책의 잔해를 집어 들었다.

크로 맥고언이 코 고는 소리와 함께 눈을 떴다.

"아직까지 있었군요? 퀸 씨는 어디 있죠? 뭘 찾아냈나요?"

맥고언은 하품을 했다.

경위는 타고 있는 꽁초로 새 담배에 불을 붙이고서 뻑뻑 피워댔다.

"전보를 보내도록 하죠."

그는 씁쓸하게 말하고는 밖으로 나갔다.

잠을 이룰 수가 없었다. 그는 잠들기를 기대하지도 않으면서 얼마 동안 뒤척거렸다.

6시가 조금 지난 시각 엘러리는 자신의 집 아래층 부엌에서 커피를 끓이고 있었다.

그는 커피 석 잔을 마시며 할리우드에 낀 안개를 바라보았다. 태양이 더러운 잿빛 세계를 뚫고 떠오르기 위해 몸부림치고 있었다. 잠시 후면 안개는 사라지고 태양은 또렷하게 빛날 것이다.

그것은 날카롭게 반짝일 것이다. 그가 해야 할 일은 안개를 제거하는 것뿐이었다.

저 하얗게 반짝이는 것 속에서 무엇을 보게 될지 엘러리는 감히 예상할 수 없었다. 그건 무언가 거대한 것이었고 거대한 대로 아름다운 것이었다. 그는 희미하게나마 그 점을 이해할 수가 있었다.

그러나 아직 안개가 남아 있었다.

그는 위층으로 올라가서 면도와 샤워를 한 뒤 새 옷으로 갈아입고 집에서 나와 차에 올라탔다.

13

거의 8시가 다 되어 엘러리는 리버사이드 드라이브에서 나와 클라이본 애비뉴로 들어가 코발트블루색을 칠한 조그마한 회반죽 벽 집 앞에 차를 세웠다.

월트 디즈니의 만화에 나오는 난쟁이 도피를 닮은 수제 나무 인형이 잔디밭 말뚝 위에 꽂혀 있었다. 그 위에 칠장이가 멋들어지게 써놓은 '헨더슨'이라는 이름이 보였다.

한결같이 닫힌 베니스식 판자 차양은 손님을 반기는 것처럼 보이지 않았다.

엘러리가 현관 쪽으로 걸어가자 웬 여자의 목소리가 들려왔다.

"헨더슨을 찾으러 왔다면 못 만날 거예요."

오렌지색 실내복을 입은 뚱뚱한 여자가 옆집 붉은색 시멘트 현관의 난간 너머로 몸을 내밀고 반지를 낀 손가락으로 제비꽃 화단 속에 숨겨진 무언가를 더듬고 있었다.

"어디로 가면 만날 수 있습니까?"

그때 쉭 하는 소리가 났다. 그리고 여섯 개의 물뿌리개가 여자의 잔디밭 위로 꽃다발 같은 물을 뿜어 올렸다. 그녀는 얼굴이 빨개진 채 의기양양한 듯이 몸을 일으켰다.

그러고는 숨이 차는지 헐떡거리며 말했다.

"만날 수 없을 거예요. 헨더슨은 영화배우라고요. 해적의 마스코트를 맡아서 카탈리나 섬인지 뭔지 하는 곳으로 야외 촬영을 갔어요. 2, 3주 걸린다더군요. 당신은 신문기자인가요?"

"맙소사."

엘러리가 낮은 목소리로 중얼거렸다.

"헨더슨 씨의 개를 알고 있었나요?"

"그 사람 개요? 알다마다요. 이름이 프랭크였죠. 언제나 내 잔디밭을 뛰어다니고 나방을 쫓다가 제비꽃 화단을 망가뜨리곤 했어요. 하지만 더 이상 생각하지 않아요."

뚱뚱한 여자는 황급히 덧붙였다.

"난 프랭크의 독살과는 전혀 관계가 없어요. 왜냐하면 동물에게 그런 짓을 하는 사람을 용서할 수가 없거든요. 설사 화단을 망치더라도요. 헨더슨은 그 일로 몹시 낙심했어요."

"프랭크는 어떤 개였습니까?"

엘러리가 물었다.

"어떤 개라뇨?"

"종류 말이에요."

"글쎄요…… . 프랭크는 그렇게 크지도 작지도 않았어요. 그 녀석 크기에 대해 생각해보면…… ."

"종류를 모르시는 건가요?"

"아마 사냥개 종류일 거예요. 동물 애호 협회나 생체 해부 반대 연맹에서 나오신 건가요? 나는 동물실험에는 반대해요.《이그재미너》지가 늘 주장하듯이 만약 하느님이…… ."

"부인, 프랭크가 어떤 종류의 사냥개인지 말해줄 수 없나요?"

"글쎄……."

"잉글리시 세터? 아이리시? 고든? 루엘린? 체서피크? 바이마라너?"

부인은 유쾌하게 말했다.

"그냥 그럴 거라고 생각한 거예요. 난 몰라요."

"어떤 색깔이었나요?"

"글쎄요. 갈색과 백색이었어요. 흑색은 아니에요. 생각해보니 백색도 아니었던 것 같아요. 크림색에 가까웠어요."

"크림색 같다고요? 감사합니다."

엘러리가 말했다. 그는 차에 올라타 15미터쯤 움직여 제보자에게서 보이지 않는 곳에 정차했다.

몇 분간 생각한 후에 그는 다시 출발했다.

그는 파스와 올리브에 이어 워너 브러더스 촬영소를 지나 바함 대로로 들어가 고속도로로 달렸다. 노스 하이랜드 출구를 지나 할리우드로 들어가면서 그는 맥케이든 광장에서 주차장을 발견하고 모퉁이를 돌아 플로버 서점으로 뛰어갔다.

서점은 아직 문이 닫혀 있었다.

플로버 서점이 문을 아직 열지 않은 것을 보고 그는 형편없는 서점이라고 생각하지 않을 수가 없었다. 할리우드 대로를 침울한 기분으로 어슬렁거리며 올라가다가 '단'이라는 카페 맞은편에 다다랐다. 카페를 보자 시장기가 좀 느껴지는 것 같아 아침을 먹으러 길을 건너갔다. 누군가 카운터 위에 신문을 두고 간 덕분에, 그는 식사를 하면서 신문을 차분히 읽었다. 계산할 때 점원이 "오늘 아침 한국에 관한 무슨 뉴스가 있나요?" 하고 물어 그는 "역시 같은 뉴스네요" 하고 멍청하게 대답해야 했다. 그도 그럴 것이 방금 읽었던 기사를 한 단어도 기억할 수가 없었기 때문이었다.

플로버는 문이 열려 있었다.

그는 뛰어 들어가 점원의 팔을 붙잡고 거칠게 내뱉었다.

"급합니다. 개에 관한 책 있습니까?"

점원이 대답했다.

"개에 관한 책요? 개에 관한 책 가운데 무슨 특별한 거라도 찾으십니까, 퀸 씨?"

"사냥개요. 자세한 설명과 컬러 삽화가 있는 책으로 주세요."

플로버 서점은 그를 실망시키지 않았다. 그는 두꺼운 책과 세금을 포함한 7달러 50센트짜리 영수증을 들고서 나왔다.

그는 힐의 집으로 급히 차를 몰았다. 그리고 로렐 힐이 샤워실로 들어가려고 하는 찰나 그녀를 붙잡았다.

"나가주세요. 옷도 안 입고 있다고요."

로렐은 목소리를 낮춰 말했다.

"물을 잠그고 어서 이쪽으로 나와요!"

"왜 그러는 거죠, 엘러리."

"아……! 난 당신 나체엔 조금도 흥미 없다고요."

"고맙군요. 딜리아 프라이엄에게도 그 말을 한 적이 있나요?"

"이걸로 당신의 소중한 몸을 덮도록 해요! 나는 침실에 가 있겠습니다."

엘러리는 목욕 타월을 욕실 문 너머로 던지고 바삐 나왔다. 로렐은 그를 5분간 기다리게 했다. 욕실에서 나왔을 때 그녀는 붉은색과 흰색, 푸른색이 섞인 목욕 가운을 입고 있었다.

"그렇게 신경을 써주실 줄은 몰랐네요. 하지만 다음엔 적어도 노크는 해주시지 않겠어요? 세상에, 머리 꼴이 이게 뭐람……."

"그럼요. 그렇게 하고말고요. 자, 로렐, 당신 아버지와 함께 현관문 밖에 서서 죽은 개의 시체를 보았던 그날 아침으로 기억을 되돌려봐요. 그날 아침을 기억하고 있죠?"

"물론이죠."

로렐은 침착하게 대답했다.

"지금 그 개를 떠올릴 수 있나요?"

"털끝 하나까지도 기억하고 있어요."

"그럼 그 개를 떠올려봐요!"

엘러리가 팔을 잡아당기자 그녀는 옷 앞자락을 움켜쥐고 비명을 질렀다. 그녀는 자신의 침대를 내려다보고 있었다. 침대에 펼쳐져 있는 큰 책에는 스프링어 스패니얼 종류의 사냥개 그림이 펼쳐져 있었다.

"그 개는 이렇게 생겼었나요?"

"아니요……."

"책을 샅샅이 뒤져봐요. 헨더슨의 개나 그 개와 많이 닮은 개를 보면 정확히 알려줘요."

로렐은 이상하다는 듯 그를 쳐다보았다. 술 한 병을 비우기에는 너무 이른 아침이었고, 면도를 하고 바지 주름도 잡혀 있는 걸 보면 그가 밤새 술을 마신 건 아닌 듯했다. 아니면…….

그녀는 외쳤다.

"엘러리! 당신 무언가를 찾아냈군요!"

"어서 책을 보기나 해요."

엘러리는 심하게 다그쳤다. 적어도 엘러리의 귀에는 심하게 들렸다. 그러나 로렐은 기뻐 어쩔 줄 모르는 표정을 지으며 책장을 미친 듯이 넘기기 시작했다.

그는 외쳤다.

"천천히, 천천히 해요. 못 보고 넘길 수도 있어요."

"꼭 그 녀석을 찾아낼 거예요."

책장이 마치 오월 바람에 아카시아 나무의 꽃잎이 흩날리듯이 넘어갔다.

"여기 있어요."

"아!"

엘러리는 책을 집어 들었다.

삽화에는 조그마한, 다리가 짧고 귀가 처지고 꼬리가 빳빳하게 위로 꼬부라진 개가 나와 있었다. 털은 매끄러웠다. 뒷다리와 앞부분이 주둥이와 같은 노르스름한 흰 빛깔이었다. 그 작은 개는 등과 귀가 검은색이었고 꼬리까지는 군데군데 누런 갈색빛을 띠고 있었다.

그림의 해설에는 '비글'이라고 적혀 있었다.

엘러리는 눈을 활짝 떴다.

"비글…… 비글이라……. 그럼, 그럼. 다른 종류일 리가 없지. 없고말고. 설사 내가 쥐며느리의 두뇌를 가졌다 해도……. 로렐, '비글'이라고요. '비글'이란 말이에요!"

엘러리는 로렐을 번쩍 들어 올려 그녀의 젖은 머리카락 위에 다섯 번이나 키스를 했다. 그리고 그녀를 아직 정돈되지 않은 침대 위에 내동댕이치고서 겁에 질린 그녀 앞에서 빠른 탭댄스를 추기 시작했다. 이건 아버지도 모르는 엘러리의 신성한 비밀 기술이었다. 그리고 엘러리는 노래를 불렀다.

"고마워라, 나의 예쁜 아가씨. 나의 여탐정. 당신은 비소와 작은 개구리와 지갑 등 온갖 단서를 추적하고 다녔지. 늘 당신 머릿속에 있던 그것, 바로 '비글'을 빼고 말이야. 오, '비글'이여!"

그러고서 그는 부드러운 스텝으로 바꾸었다.

"엘러리, 개의 종류가 이 사건과 무슨 관계가 있나요?"

로렐은 괴로운 목소리로 물었다.

"'비글'이라는 낱말과 관련이 있다면 그건 속어로 쓰일 때의 뜻밖에 없는 것 같은데요. '비글'이란 탐정이란 뜻 아니에요?"

"아이러니하죠?"

엘러리가 크게 웃었다. 그리고 그는 〈셔플-오프-투-버펄로〉 스텝을 밟으며 이별 키스를 던지고서는 밖으로 나가다가 공포에 질린 채 침실 문에 바짝 붙어 있던 로렐의 가정부 멍크 부인의 높은 콧대를 부러뜨릴 뻔했다.

20분 후, 엘러리는 할리우드 경찰국에서 키츠 경위와 만났다. 닫힌 문 앞을 지나가는 사람들에게 퀸의 중얼거리는 목소리가 들렸는데, 사이사이로 평소 어조와는 전혀 다른 키츠 경위의 기묘한 음성이 이어졌다.

회의는 한 시간 이상 계속되었다.

문이 열렸을 때, 고통스러운 표정을 한 사내가 나타났다. 키츠 경위는 마치 사타구니를 차이고 쓰러졌다가 겨우 일어선 듯한 얼굴이었다. 그는 계속 고개를 저으며 혼자 중얼중얼하고 있었다. 엘러리는 생기 넘치는 모습으로 그의 뒤를 따라 나왔다. 그들은 서장실로 들어갔다.

한 시간 반 후에 그들이 나왔다. 키츠 경위는 상태가 나아진 것은 물론이고 기운이 왕성해 보이기까지 했다.

키츠 경위가 입을 열었다.

"전 아직도 믿을 수가 없습니다. 하지만 뭐, 아무려면 어떻습니까? 어차피 우리가 사는 세상은 이상한 것투성인데요."

"경위님, 얼마나 걸릴까요?"

"찾아야 할 대상이 무엇인지 확실해졌으니 며칠이면 될 겁니다. 그동안 퀸 선생은 뭘 하실 작정입니까?"

"잠을 잘 겁니다. 그리고 다음 경고를 기다려야죠."

키츠 경위가 싱긋이 웃었다.

"그때쯤이면 아마 우린 이 친구에 관해서 상당히 많은 정보를 얻게 되겠죠."

그들은 엄숙히 악수를 하고 헤어졌다. 엘러리는 잠을 자기 위해 집으로 갔고, 키츠 경위는 로스앤젤레스 경찰 조직을 스물네 시간 동원하여 20년 이상이나 지난 옛일을 조사하기 위해 각자의 길로 향했다. 이번에는 성공 가능성이 높아 보였다.

사흘 후, 케케묵은 실마리가 모두 모이지는 않았으나, 텔레타이프와 장거리 전화를 통해 긁어모은 정보들은 그들이 이미 알고 있었던 것과 딱 들어맞았다. 엘러리와 키츠 경위가 할리우드 경찰국에 앉아서 빠진 부분의 범위와 성격을 추측하려 애쓰고 있을 때, 경위의 전화벨이 울렸다. 그가 수화기를 들자 긴장된 목소리가 들렸다.

"키츠 경위님, 엘러리 씨 계신가요?"

"로렐 양의 전화군요."

엘러리가 수화기를 받아 들었다.

"로렐, 한동안 연락을 못 했어요. 무슨 일이죠?"

로렐은 몹시 신경질적으로 킬킬 웃으며 말했다.

"제가 일을 저질렀어요."

"심각한가요?"

"남의 물건을 슬쩍하면 어떤 벌을 받게 되나요?"

엘러리는 날카롭게 물었다.

"또 프라이엄 씨에게 뭐가 왔나요?"

엘러리는 투닥거리는 소리를 들었다. 그러고서 크로 맥고언의 목소리가 들렸다.

"퀸 씨, 로렐이 훔치지 않았어요. 제가 훔쳤어요."

로렐이 외치는 소리가 들렸다.

"아니에요! 맥, 난 어떻게 되든 상관없어요. 아무것도 모르는 채로 시간을 보내는 데 지쳤어요."

"로저 프라이엄에게 온 겁니까?"

맥고언이 대꾸했다.

"맞아요. 이번에는 꽤 큰 상자예요. 퀸 씨, 우편함 위에 놓여 있었어요. 전 로렐이 로저에게 약점을 잡히도록 내버려두지 않을 거예요. 그래서 제가 훔쳤고, 그렇게 된 겁니다."

"맥, 상자를 열어보았나요?"

"아니요."

"지금 어디에 있죠?"

"당신 집에요."

"그곳에서 기다려요. 상자에는 손대지 말고요."

엘러리는 전화를 끊었다.

"경위님, 여섯 번째 경고가 왔어요."

그들이 엘러리의 거실로 들어섰을 때 로렐과 맥고언은 남자용 양복 상자 크기만 한, 튼튼한 마닐라 종이로 싸서 굵은 끈으로 묶은 꾸러미를 적의에 찬 눈초리로 내려다보고 있었다. 검정 크레용으로 프라이엄의 이름을 적은, 낯익은 꼬리표가 끈에 달려 있었다. 꾸러미에는 소인도, 어떠한 종류의 표시도 없었다.

키츠 경위가 말했다.

"또 직접 보낸 것이군. 힐 양, 어떻게 이걸 손에 넣었죠?"

"며칠 동안 감시하고 있었어요. 아무도 저에게 연락해주지 않으니 뭐라도 해야만 했죠. 그래서 수풀 뒤에 몇 시간이고 숨어 있었는데…… 젠장, 결국 그 여자를 놓치고 말았어요."

"그 여자라니?"

크로 맥고언이 멍청히 물었다.

"그러니까, 그 여자든 그 남자든 누구든 간에요."

로렐의 낯빛이 어두워졌다.

크로는 그녀를 노려보았다.

키츠 경위가 말했다.

"법적 절차는 따라야죠. 맥고언, 당신이 뜯어봐요. 그러면 우리가 죄의식 때문에 밤잠을 설칠 일은 없을 겁니다."

"아주 재미있군요."

딜리아의 아들이 중얼거렸다. 그는 끈을 끊고 말없이 포장을 뜯었다.

상자는 아무런 상표도 없는, 흰색의 싸구려 마분지로 된 것이었다. 안에 든 내용물 때문에 불룩하게 솟아 있었다.

맥은 뚜껑을 열었다.

상자는 다양한 크기와 모양, 그리고 컬러 잉크로 인쇄된 서류들로 가득 차 있었다. 대부분 지폐 용지에 인쇄되어 있었다.

키츠 경위는 그중 아무거나 한 장을 집어 들었다.

"도대체…… 이건 주권 아닙니까?"

엘러리도 말했다.

"이것도 그렇군요. 그리고 이건…….."

잠시 후 그들은 서로를 바라보았다.

"모두 주권으로 보이는군요."

키츠 경위는 엄지를 물어뜯기 시작했다.

"정말 알 수가 없군요. 이건 당신이 생각한 것과 들어맞지 않아요. 그럴 수가 없죠."

엘러리는 얼굴을 찌푸렸다.

"로렐, 맥. 이것들이 무슨 의미인지 알겠어요?"

로렐은 고개를 흔들며 집어 든 주권의 이름을 노려보았다. 그녀는 그것을 내려놓고는 천천히 돌아섰다.

"세상에, 틀림없이 한 재산 되겠는데요. 엄청난 경고군요!"

맥고언이 외쳤다.

엘러리는 로렐을 쳐다보고 있었다.

"경위님, 이 상자에 든 것의 명세서를 만드는 게 좋겠습니다. 그러면 이걸 어떻게 할 건지 결정할 수 있을 겁니다. 로렐, 무슨 일이죠?"

"어디 가는 거야?"

맥고언이 물었다.

로렐이 문간에서 돌아섰다.

"지쳤어요. 전부 다 넌더리가 나요. 기다리고 바라보고 찾아내고 결국 아무것도 못 하는 이 모든 상황이 지겹다고요. 엘러리, 당신과 경위님이 무언가 알고 있다고 했는데 그게 뭐죠?"

"로렐, 우린 아직 확실하게 조사를 끝내지 못했어요."

"끝내기는 할 건가요?"

그녀는 지쳤다는 듯이 말했다. 그러고 나서 그녀는 나가버렸다. 잠시 후에 오스틴이 떠나는 소리가 들려왔다.

그날 밤 7시경, 엘러리와 키츠 경위는 경위의 차를 타고 프라이엄 저택에 도착했다. 엘러리가 주권 상자를 들고 갔다. 크로 맥고언은 현관문에서 그들을 기다리고 있었다.

"맥, 로렐은 어디 있죠? 전화로 한 얘기 전했나요?"

엘러리가 물었다.

맥고언이 망설였다.

"집에 있어요. 그런데 로렐이 어떻게 된 건지 모르겠어요. 마티니를 여덟 잔이나 단숨에 마셨어요. 말릴 수가 없었어요. 로렐이 그처럼 행동하는 걸 본 적이 없어요. 원래는 일주일에 한 잔도 마시지 않거든요. 마음에 들지 않아요."

키츠 경위는 비아냥거렸다.

"글쎄, 아가씨에게도 이따금 한 번은 술주정할 권리가 있지 않나요. 어머니는 계십니까?"

"네. 어머니한테 말씀드렸어요. 뭘 찾아내셨죠?"

"별로 없어요. 포장지와 상자에는 지문이 전혀 없었어요. 우리 친구는 장갑을 좋아하는 모양입니다. 프라이엄 씨에게도 말했나요?"

"두 분이 중요한 일로 온다고 말했어요. 그뿐이에요."

키츠 경위는 고개를 끄덕였다. 그들은 로저 프라이엄의 방으로 갔다.

프라이엄은 식사 중이었다. 살짝 익힌 두꺼운 스테이크를 앞에 두고 예리한 나이프와 포크를 휘두르고 있었다. 앨프리드 월리스는 휴대용 그릴에다 스테이크를 또 한 덩이 굽고 있었다. 스테이크는 양파와 송이버섯, 몇 개의 보온용 냄비에서 떠낸 바비큐 소스로 범벅이 되어 있었다. 그리고 쟁반 위에 놓여 있는 레드와인 병은 4분의 3이 비어 있었다. 프라이엄의 식사하는 모습은 그의 성격과 딱 맞았다. 그는 사정없이 이빨로 뜯고, 강한 턱으로 우적우적 씹고, 식욕으로 눈이 툭 불거진 채, 실룩거리는 수염에 얼룩덜룩 음식을 묻히면서 먹고 있었다.

그의 아내는 남편 곁에 앉아 마치 동물원의 동물이 먹이를 먹는 걸 지켜보듯이 그를 말없이 바라보고 있었다.

세 남자가 들어왔을 땐, 고기를 찌른 포크가 입으로 들어가기 직전이었다. 잠깐 포크가 멈췄다가 드디어 입 안으로 들어갔다. 그러나 동작은 느렸고, 프라이엄의 턱은 기계적으로 음식을 씹고 있었다. 그의 두 눈은 엘러리가 두 손으로 들고 있던 상자에 고정되어 있었다.

키츠 경위가 입을 열었다.

"프라이엄 씨, 식사를 방해해서 죄송합니다만, 이 상자를 지금 보여드리는 것이 좋을 듯해서 왔습니다."

"앨프리드, 한 접시 더 주게."

프라이엄이 접시를 내밀자 월리스는 말없이 그것을 채웠다.

"또 뭐야?"

"프라이엄 씨, 여섯 번째 경고입니다."

엘러리가 말했다.

프라이엄은 두 번째 스테이크를 공격했다.

그는 아주 상냥한 어조로 말했다.

"당신들 두 사람에게 내 일에 참견하지 말라고 아무리 말해도 소용이 없군."

느닷없이 크로 맥고언이 말했다.

"제가 가져간 거예요. 우편함 위에 놓여 있길래 제가 훔쳤어요."

"네 녀석이 그랬다고."

프라이엄은 의붓아들을 뚫어지게 보았다.

"저도 이 집에서 살고 있어요. 이 상황을 더 이상 두고 볼 수가 없었어요. 그래서 깨끗이 해결됐으면 하는 마음에 그랬어요."

프라이엄은 크로 맥고언의 머리를 향해 접시를 던졌다. 접시는 거인의 귀 위쪽을 스쳐 지나갔다. 맥고언은 비틀거리며 쾅하고 문에 부딪혔다. 그의 얼굴이 노래졌다.

"크로!"

그는 어머니를 밀어냈다. 그리고 낮은 목소리로 말했다.

"로저, 다시 그런 짓을 하면 죽여버리겠어."

"꺼져!"

프라이엄은 고래고래 소리를 질렀다.

"어머니가 있는 동안은 못 나가요. 어머니만 아니면 당장 군

대에 들어갔을 겁니다. 왜 어머니가 여기에 있는지 모르겠지
만, 어머니가 있는 한 나도 여기 있어요. 로저, 난 당신에게 신
세를 지고 있지 않아요. 이 쓰레기장 같은 집에서 내 앞가림은
하고 있다고요. 그리고 나는 무슨 일이 일어나고 있는지 알 권
리가 있어요……. 어머니, 괜찮아요."

딜리아는 피가 흐르는 아들의 귀에 손수건을 가볍게 갖다 댔
다. 그녀의 얼굴은 찌들고 늙어 보였다.

"로저, 내가 한 말 잊지 말아요. 다시는 그런 짓 말아요."

월리스는 무릎을 구부리고 앉아 깨진 접시를 치우기 시작했다.

프라이엄의 광대뼈는 짙은 자줏빛으로 변했다. 그는 긴장감
과 근육의 수축으로 우그러든 것 같았다. 맥고언을 노려보는
그의 눈초리는 손에 만져질 것처럼 으스스했다.

엘러리는 쾌활하게 말했다.

"프라이엄 씨, 이 주권을 이전에 본 적이 있습니까?"

엘러리는 휠체어의 쟁반 위에 상자를 내려놓았다. 프라이엄
은 '손도 대지 않고서'—엘러리라면 '거의 보지도 않고서'라고
말했을 것이다—오랫동안 주권 더미를 바라보았다. 그러나 점
점 어떤 깨달음이 얼굴에 떠올랐고, 그 깨달음이 퍼지자 그의
얼굴은 창백한 기운이 서서히 사라지고 마치 화학 작용을 일으
키듯 자줏빛으로 변했다.

그는 하나씩 움켜쥐기 시작했다. 그의 커다란 두 손은 상자
속을 파헤쳐 안에 든 것들을 흐트러뜨렸다. 갑자기 그는 두 손
을 내려놓고 아내를 쳐다보았다.

"나는 이것들을 기억하고 있지."

프라이엄은 묘한 어조로 강조하며 덧붙였다.

"딜리아, 당신은 기억 안 나나?"

바늘이 그녀의 갑옷을 꿰뚫는 것 같았다.

"저요?"

그의 낮은 목소리는 악의에 차 있었다.

"최근에 이것들을 보지 못했다면, 지금 보면 되겠군."

그녀는 그에게 쾌감을 주고 있던 불쾌한 것을 의식하면서 머뭇머뭇 휠체어에 가까이 다가갔다. 설사 그가 여섯 번째 경고의 성질에 공포를 느꼈을지라도 그는 더 이상 두려움을 내보이지 않았다.

그는 이름이 새겨진 주권을 내놓았다.

"딜리아, 어서 보라고. 당신을 물어뜯지는 않을 테니까."

"무슨 꿍꿍이죠?"

크로가 고함을 치며 성큼 다가섰다.

"맥고언, 오늘 아침에 이미 보지 않았습니까."

키츠 경위가 말했다. 맥고언은 불안한 기색으로 자리에 멈춰 섰다. 경위는 한동안 보이지 않았던 반짝이는 눈으로 방 안의 모든 사람들을 지켜보고 있었다. 다만 방 안에 혼자 있는 것처럼 바비큐를 치우느라 부산한 월리스에게는 주목하지 않는 것 같았다.

딜리아 프라이엄은 딱딱한 목소리로 읽었다.

"하비 맥고언."

그녀의 남편은 큰 소리를 질렀다.

"바로 그거야. 딜리아, 그게 주권에 적혀 있는 이름이야. 하비 맥고언. 크로, 네 아버지라고."

그는 낄낄 웃었다.

맥고언은 멍한 표정이었다.

"어머니, 전 그 이름을 전혀 알아보지 못했어요."

딜리아 프라이엄은 기묘한 몸짓을 했다. 마치 그의 입을 막으려는 듯이.

"그것들은 전부……?"

키츠 경위가 대답했다.

"프라이엄 부인, 하나도 빠짐없이 그렇습니다. 그것들이 당신에게 무슨 의미라도 있는 겁니까?"

"그건 모두 제 첫 남편의 것이었어요. 아주 오래전에 봤었죠……. 몇 년 전인지도 모르겠군요."

"당신은 이 주권들을 하비 맥고언의 유산 일부로서 상속받지 않았나요?"

"맞아요. 그 주권들이 같은 거라면."

키츠 경위는 냉담하게 말했다.

"프라이엄 부인, 같은 주권입니다. 유언 검증 기록을 조사해 봤습니다. 이 주권들은 당신의 첫 남편의 유산 처리 때 당신에게 양도된 것이었죠. 그동안 그것들을 어디에 보관했었나요?"

"상자 속에 들어 있었어요. 이 상자는 아니에요……. 하도 오래전 일이라 기억이 나지 않아요."

"그건 당신 자산의 일부가 아닌가요? 당신이 프라이엄 씨와 결혼했을 때 이 집으로 가지고 오지 않았나요?"

"아마 그랬을 거예요. 저는 모든 걸 가져왔으니까요."

그녀는 명확히 발음하기가 어려운 것 같았다. 로저는 그녀의 입술을 계속 지켜보고 있었다. 씩 웃는 로저의 입술이 벌어져 있었다.

"프라이엄 부인, 정확히 어디에 보관해두었는지 기억하시나
요? 중요한 일입니다."

"다락방 창고가 아니면 아마 지하실에 둔 트렁크나 상자일
거예요."

"별 도움이 되지 않는 답변이군요."

"경위님, 어머니를 괴롭히지 말아주세요."

맥고언이 대꾸했다. 그는 당황한 터라 턱을 길게 내밀고 있
었다.

"당신은 초등학교 졸업장을 어디 두었는지 기억하나요?"

경위가 말했다.

"이야기가 전혀 다르죠. 이 주권의 액면가는 1백만 달러가
넘으니까요."

"말도 안 돼요. 이 주권들은 가치가 없어요."

딜리아 프라이엄이 버럭 화를 내며 말했다.

"바로 그렇습니다, 프라이엄 부인. 모두가 알고 있었는지는
확신하지 못했죠. 이들 주권은 인쇄 종이보다도 훨씬 값이 떨
어집니다. 이 주권들을 발행한 모든 회사들이 이젠 망하고 없
으니까요."

"주식시장에서는 '고양이와 개'로 알려져 있지."

로저 프라이엄이 아주 즐겁다는 듯이 말하자, 딜리아가 건조
한 목소리로 말했다.

"제 첫 남편은 거의 모든 재산을 이런 종잇조각에다 쏟아부
었어요. 그이는 자기가 '확실한 투자'라고 부르는 것에 투자하
는 천부적인 재능을 가지고 있었지만 결과는 항상 그 반대였
죠. 하비가 죽고 나서야 전 알게 되었죠. 제가 왜 이것들에 매

달리고 있었는지 모르겠어요."

로저 프라이엄이 대꾸했다.

"그거야, 딜리아. 사랑하는 당신의 두 번째 남편에게 보여주기 위해서였겠지. 우리가 결혼한 직후에 있었던 일 기억하나? 내가 당신에게 그 주권들을 크로의 작은 방 벽지로 발라 친아버지를 떠올리게 하라고 얘기했잖아? 당신에게 그 주권들을 돌려준 후 이제야 보게 되는군."

"집 안 어딘가에 있었다고 했잖아요! 그래서 누구든 찾아낼 수 있었겠죠!"

엘러리가 입을 열었다.

"어딘가에서 누군가가 찾아냈겠죠. 프라이엄 씨, 어떻게 생각하시죠? 이건 당신이 지금까지 받아온 저 기묘한 경고들 가운데 여러 면에서 가장 기묘한 경고가 아닌가요? 당신의 생각을 듣고 싶군요."

프라이엄은 웃었다.

"저 '고양이와 개' 말인가? 당신들에게 맡길 테니 한번 해결해보지."

그의 목소리에는 멸시가 담겨 있었다. 그는 일련의 터무니없는 사건 전체가 무의미하며, 미치광이의 짓이라고 확신하고 있었거나, 또는 그가 알고 있는 현실에 대한 공포를 극복했기 때문에 노련한 배우처럼 시치미를 뗄 수 있었는지 모른다. 프라이엄은 배우가 되려는 열망을 가지고 있었다. 오랫동안 한 방안에 틀어박혀 있던 나머지 방을 무대로 바꾸어 스스로 배우처럼 연기를 해왔을지도 모른다.

키츠 경위가 시원스럽게 말했다.

"좋습니다. 그렇게 하도록 하죠."

"그렇게 생각하신다고요?"

방의 다른 쪽에서 목소리가 들려왔다.

모두가 돌아보았다.

로렐 힐이 프라이엄의 테라스로 통하는 차광 창문 안쪽에 서 있었다.

그녀의 얼굴은 하얗고, 콧구멍은 좁아져 있었다. 그녀의 음울한 눈은 딜리아 프라이엄에게 쏠려 있었다.

로렐은 스웨이드 재킷을 입고 있었다. 두 손은 호주머니 속에 있었다.

"그렇게 끝이 나는 건가요?"

로렐은 창문 쪽에서 빠져나왔다. 그녀는 순간 넘어질 뻔했으나 균형을 잡고서 딜리아 프라이엄과 그렇게 멀리 떨어져 있지는 않도록 조심스럽게 자리를 잡았다. 그녀의 두 손은 여전히 호주머니 속에 있었다.

"로렐, 잠깐."

크로가 말을 걸었다.

"맥, 가까이 오지 말아요. 딜리아, 할 얘기가 있어요."

"뭐지?"

딜리아 프라이엄이 물었다.

"우편으로 보내온 녹색 악어 지갑을 봤을 때 저는 뭔가를 떠올렸어요. 당신이 갖고 있는 어떤 것이었죠. 당신이 몬테시토에 있는 동안 당신 방을 뒤졌어요. 그리고 그걸 발견했죠. 당신의 가방들 중에는 악어가죽에 녹색으로 물들인, 그 지갑과 같은 가게의 제품이 있었어요. 딜리아, 그래서 나는 당신이 이 모든 사건의 배후에 있다고 확신했어요."

"로렐을 이 방에서 내보내는 게 좋겠어요. 취했어요."

앨프리드 월리스가 갑자기 참견했다.

"앨프리드, 입 닥쳐."

로저 프라이엄이 낮은 소리로 다그쳤다.

"힐 양."

키츠 경위가 말했다.

로렐은 웃음을 터뜨리면서도 두 눈은 딜리아에게서 떼지 않았다.

"아니요! 딜리아, 당신이 배후에 있는 것이 틀림없어요. 하지만 엘러리 씨는 그렇게 생각하는 것 같지 않았어요. 물론, 그분은 명탐정이니까 내가 틀린 거라고 생각했어요. 하지만 이 주권은 당신 거예요, 딜리아. 당신이 그걸 어딘가에 치워놓고 그것이 있는 곳을 알고 있었죠. 당신이야말로 이 주권들을 보낼 수 있던 유일한 사람이에요."

엘러리가 입을 열었다.

"로렐, 그건 전혀 논리에 맞지 않아요."

"가까이 오지 말아요!"

그녀는 호주머니에서 오른손을 뺐다. 소형 권총이 쥐어져 있었다.

로렐은 권총을 딜리아 프라이엄의 심장에 겨누었다.

맥고언은 입을 떡 벌렸다.

"당신의 독한 마음속에 무슨 의도가 담겨 있든지 간에 당신이 이 경고를 보냈다면, 나머지 경고들도 당신이 보낸 거겠죠. 그리고 경찰은 이 경고에 대해서 아무 조치도 하지 않을 거예요. 매번 지문이 지워져 있다고 할 뿐이죠. 전 그들에게 기회를 주었어요, 딜리아. 단순히 남자 문제였다면 당신은 무사했을 거예요. 당신 같은 부류의 여자는 언제나 그렇죠. 하지만 우리 아버지를 죽인 죗값은 반드시 치르게 하고 말 거예요! 지금 당장 대가를 치르게 해드리죠, 딜리아! 지금 당장……."

권총이 발사되기 직전, 엘러리가 그녀의 팔을 쳤고 키츠 경위가 허공에 떠오른 권총을 솜씨 좋게 붙잡았다. 크로는 목이 메는 소리를 지르며 어머니에게로 성큼 다가섰다. 그러나 딜리아 프라이엄은 움직이지 않았다. 로저 프라이엄은 자신의 접시를 내려다보고 있었다. 총알은 그의 손에서 5센티미터밖에 떨어지지 않은 와인 병을 박살냈다.

"맙소사, 나를 잡을 뻔했군. 내가 맞을 뻔했다고!"

프라이엄은 버럭 소리를 쳤다.

키츠 경위가 말했다.

"힐 양, 그런 어리석은 짓을 저지르다니. 당신을 살인 미수 혐의로 체포하겠습니다."

로렐은 얼어붙은 것처럼 가만히 서서 경찰의 손에 있는 총에서 딜리아에게로 흐리멍덩한 시선을 돌렸다. 엘러리는 로렐이 그의 손아귀 속에서, 마치 가장 작은 공간 속에 자신을 구겨 넣으려고 애쓰기라도 하듯이, 경련을 일으키며 위축되고 있다고 느꼈다.

키츠 경위가 입을 열었다.

"프라이엄 부인, 죄송합니다. 힐 양이 권총을 가지고 있는지는 몰랐습니다. 도저히 그런 일을 할 만한 아가씨로는 보이지 않았으니까요. 경찰서에 와서 고소 절차를 취해주시기 바랍니다."

"경위님, 쓸데없는 짓은 그만두세요."

"예?"

"전 이 아이를 고소하지 않을 거예요."

"하지만 프라이엄 부인, 힐 양은 방금 당신을 쏘아 죽이려고……."

"내가 맞을 뻔했다고!"

로저 프라이엄이 고래고래 소리를 질렀다.

딜리아 프라이엄은 힘없이 말했다.

"아니요. 그녀가 겨눈 건 저예요. 로렐이 잘못한 건 맞지만 사랑했던 사람을 잃었을 때 이렇게밖에 할 수 없는 그 마음을 전 이해해요. 저도 로렐처럼 용기가 있었으면 좋겠어요. 크로, 어서 정신 차려. 이 일 때문에 화가 나서 로렐을 실망시키지는 않았으면 좋겠구나. 로렐은 이렇게 하기로 마음먹는 데 몇 주일이 걸렸을 거야. 그리고 맨정신으로는 감당하지 못할 테니 술에 취해야 했을 거고. 크로, 로렐은 좋은 아가씨야. 그녀에겐 네가 필요해. 그리고 넌 그 애를 사랑하고 있잖니?"

로렐의 온몸이 당장 녹아내리는 것 같았다. 그녀는 한숨을 내쉬고 입을 다물었다.

엘러리는 중얼거렸다.

"이 착한 아가씨가 기절한 것 같군요."

맥고언은 다시 정신을 차렸다. 그는 로렐의 축 늘어진 몸을 엘러리의 팔에서 가로챈 뒤 정신없이 주위를 둘러본 다음 그녀를 데리고 나갔다. 성큼성큼 걸어가는 그의 앞에서 문이 열렸다. 월리스가 미소를 지으며 거기에 서 있었다.

딜리아 프라이엄이 방에서 걸어 나가며 말했다.

"로렐은 괜찮을 거예요. 제가 돌보겠어요."

그들은 딜리아가 등을 꼿꼿이 세우고, 고개를 높이 들고, 엉덩이를 흔들며 아들 뒤를 따라 계단을 오르는 것을 지켜보았다.

14

7월 13일 밤, 모든 보고서가 들어와 있었다.

키츠 경위는 언짢은 기분으로 엘러리에게 말했다.

"전 형사지만 당신은 투시력을 갖고 있군요. 내부의 제보도 없이 어떻게 이러한 비밀을 캐냈는지 아직도 모르겠어요."

엘러리는 웃었다.

"프라이엄 씨와 다른 분들에게 몇 시라고 알려주었나요?"

"8시요."

"그럼 축배를 들 시간이 좀 있군요."

그들은 8시 정각에 프라이엄 저택에 들어섰다. 딜리아 프라이엄과 그녀의 아버지, 크로 맥고언, 기가 죽어 말을 잃은 로렐도 그곳에 있었다. 로저 프라이엄은 분명히 이 모임을 위해 애를 썼다. 녹색 벨벳 실내복과 소맷부리에 풀을 먹인 셔츠를 입고, 수염과 머리는 단정히 손질했다. 그는 무슨 이상한 일이 일어나지 않을까 예상하고 정장을 갖추고 당당한 자세로 대응할 태세를 보이고 있었다. 앨프리드 윌리스는 구석진 곳에서 서성거리며 한결같이 비웃는 듯하면서도 약간 신경을 거스르는 미소를 짓고 있었다. 자신을 드러내지 않고 있었지만 눈에 띄지 않을 수 없는 존재감을 내뿜고 있었다.

키츠 경위가 말했다.

"시간이 좀 걸립니다만, 무료하지는 않을 겁니다…… . 저는 단지 분위기를 보려고 참석한 겁니다. 이제 퀸 선생이 쇼를 시작할 겁니다."

그는 테라스 쪽의 벽으로 물러나 사람들의 얼굴을 지켜볼 수 있는 위치에 섰다.

"쇼? 무슨 쇼를 한다는 거지?"

프라이엄의 어조에는, 예의 일촉즉발의 투지가 만만했다.

"쇼라기보다 발표라고 하는 게 더 정확할 겁니다, 프라이엄 씨."

엘러리가 말했다.

프라이엄은 웃었다.

"당신은 내 시간은 물론이거니와 당신 시간까지도 낭비하고 있다는 사실을 언제쯤 깨달을 거요? 나는 도움을 청하지 않았소. 당신 도움을 원하지 않아요. 당신의 도움을 받지 않겠소. 그리고 어떠한 정보도 당신에게 주지 않겠소."

"프라이엄 씨, 저희는 당신에게 정보를 드리려고 모인 겁니다."

프라이엄의 눈이 휘둥그레졌다. 그는 오만함을 한껏 드러내야 한다는 부담감 이외의 어떠한 부담감도 갖고 있지 않은 유일한 사람이었다. 그러나 그의 작은 눈에는 호기심이 어렸다.

"그렇소?"

"프라이엄 씨, 저희는 모든 이야기를 알고 있습니다."

"무슨 이야기를 모두 안다는 거요?"

"당신의 본명은 물론 리앤더 힐의 본명도 알고 있습니다. 당신들이 1927년 로스앤젤레스에서 사업을 시작하기 전에 어디서 왔는지, 그리고 1927년 캘리포니아에 정착하기 전에 무슨 일을 하고 있었는지를 알고 있습니다. 프라이엄 씨, 우리는 이 모든 것을 알고 있고 더 많은 걸 알고 있습니다. 한 예로, 1927년 이전에 당신과 힐 씨 때문에 인생을 망쳐버려 오늘날 당신을 죽이려고 하는 사람의 이름을 알고 있습니다."

수염 난 사내는 자신의 휠체어의 두 팔걸이를 꼭 붙잡고 있었다. 그러나 그는 다른 내색은 전혀 하지 않았다. 그의 얼굴은 무쇠와 같았다. 한쪽에서 지켜보고 있던 키츠 경위는 딜리아 프라이엄이 흥미 있는 연극을 볼 때처럼 앞으로 당겨 앉는 것을 보았다. 콜리어 노인의 눈에서 불안감이 일렁이는 것을, 맥고언이 열중하고 있는 것을, 월리스의 입술에서 변하지 않는 미소를 보았다. 그리고 로렐 힐의 얼굴에 생기가 돌아오는 것을 보았다.

엘러리는 계속 말했다.

"저는 리앤더 힐이 죽은 개를 선물로 받던 날 아침에 당신이 받았던 상자 속에 무엇이 들어 있었는지를 정확히 말할 수도 있습니다."

프라이엄이 소리를 질렀다.

"새빨간 거짓말이야! 그 상자와 상자 속에 들어 있던 것은 받았던 날 전부 다 태워버렸다고. 바로 저기 있는 난로에서! 당신이 하려는 나머지 이야기도 이렇게 다 거짓말로 가득 차 있는 거요?"

"프라이엄 씨, 전 거짓말을 하고 있지 않습니다."

"그 상자 속에 무엇이 들어 있었는지 안다고?"

"알고 있습니다."

"수천 억 개의 물건 중 하나일 텐데 그 상자에 든 것이 무엇인지 정확히 알고 있다고?"

프라이엄은 피식 웃었다.

"퀸, 당신의 배짱이 마음에 들어. 당신은 틀림없이 훌륭한 포커 플레이어일 거야. 하지만 포커라면 나도 꽤 잘 치지. 자, 당신의 패가 무엇인지 보여주지그래?"

그는 위스키 잔을 입으로 가져갔다.

"죽은 뱀장어처럼 보이는 것 아닙니까?"

엘러리가 '살아 있는 일각수'라고 했더라도 프라이엄이 그보다 더 격렬히 반응할 수는 없었을 것이다. 그는 갑자기 쟁반을 밀쳤다. 위스키가 그의 수염에 잔뜩 뿌려졌다. 그는 투덜거리며 신랄하게 자신을 나무랐다.

키츠 경위가 보기에 다른 사람들은 그저 어리둥절한 표정을 짓고 있을 뿐이었다. 월리스의 얼굴에서도 미소가 사라졌지만 그는 재빨리 원래 상태로 돌아가 다시 미소를 지었다.

엘러리는 계속했다.

"저는 사실 처음부터, 힐에게 보낸 애초의 편지에서 쓰인 언어를 쓰자면, 이들 '경고'는 서로 관련이 있다고 확신하고 있었습니다. 개별적이면서도 전체 형식을 이루는 중요한 부분들이라고요. 그리고 실제로 그랬습니다. 형식은 터무니없어 보입니다. 예컨대 지금도 키츠 경위님은 할리우드가 '비엔나소시지'라고 부르는 것을 의심하고 있다고 확신합니다. 그러나 터무니없건 아니건 간에 그것은 엄연히 존재합니다. 제가 착수한 일은 그게 무엇인지 밝혀내는 것이었습니다. 그리고 실체를 밝혀내고 보니 그건 조금도 터무니없어 보이지 않았습니다. 직접적이고 단순하기까지 합니다. 그리고 분명 충분히 구체적인 의미를 표현하고 있습니다. 이 사건에 있어서 터무니없는 것은 많은 사건에서처럼 형식을 만들어 내놓은 머릿속에 존재하는 것이지 형식 자체에 있지 않습니다.

경고들이 계속 왔기 때문에 저는 계속해서 그것들의 공통분모, 그것들을 결합하는 요소를 찾으려고 노력했습니다. 무엇을 찾아야 할지 알고 있었던 프라이엄 씨와는 달리, 무엇을 찾아야 할지 몰랐던 저는 매우 힘들었습니다. 어떤 결과들 속에는 결합 요인이 숨어 있었기 때문입니다.

경고들을 수없이 조사한 후 어떤 생각이 떠올랐습니다."

엘러리는 잠시 말을 멈추고 담배에 불을 붙였다. 방 안에서는 성냥을 긋는 소리와 로저 프라이엄의 무거운 숨소리 외에는 아무 소리도 들리지 않았다.

"마침내 '모든 경고의 중심에는 동물이 포함되어 있다'는 생각이 떠오른 것입니다."

로렐이 물었다.

"뭐라고요?"

"힐에게 경고문을 전하기 위해 사용된 개는 계산에 넣지 않았습니다. 프라이엄 씨, 그 개는 당신이 아니라 힐에게 전달된 경고였기 때문에 우리는 죽은 개를 당신에게 보낸 경고와는 별도로 간주해야만 했습니다. 말이 나왔으니 말이지만, 한 번밖에 오지 않았던 힐에 대한 경고 역시 동물로 시작했다는 걸 주목한다면 흥미로운 일입니다."

엘러리는 말을 계속했다.

"프라이엄 씨, 당신이 받은 첫 번째 상자의 내용물은 잠시 제쳐두고, 어떻게 해서 '동물'이라는 개념이 우리가 직접 알고 있는 경고로부터 나오는가를 살펴보도록 하죠. 당신이 받은 두 번째 경고는 치사량에 미달하는 비소에 의한 독살이었습니다. 여기서 사용된 동물은 독살의 매개체였던 참치였습니다.

세 번째 경고는 어떤가요? 개구리와 두꺼비였습니다.

네 번째 경고는 이 개념과는 한 발짝 떨어져 있습니다만, 그 지갑은 가죽이었고 그것도 악어의 가죽으로 만든 것이었죠.

다섯 번째 경고에도 여지없이 동물이 사용되었죠. 아리스토파네스가 쓴 고대 그리스 희극《새들》이 그것이었죠.

그리고 프라이엄 씨, 여섯 번째 경고인 무가치한 낡은 주권은, 당신이 그 연관성을 암시하는 듯한 발언을 하지 않았더라면 저에게 상당한 어려움을 안겨주었을 겁니다. 증권업자들이 이러한 주권에 붙이는 멸시적인 어구가 있더군요. 당신이 말했듯이 그건 '고양이와 개'입니다. 당신 말이 옳았습니다. 업계에서는 그렇게들 부르고 있더군요.

그래서 알아낸 동물은…… 물고기, 개구리, 악어, 새, 고양이와 개였습니다. 물고기, 개구리, 악어는 글자 그대로 제시되었고, 새와 고양이와 개는 암시적으로 제시되었죠. 모두 동물이었습니다. 그건 상당히 놀라운 사실이었죠. 프라이엄 씨, 뭐라고 하셨나요?"

그러나 프라이엄은 수염 아래로 입을 우물거릴 뿐이었다.

"하지만 제가 개인적으로 접촉한 다섯 개의 경고가 수수께끼처럼 각기 다른 동물을 감추고 있다는 사실은 놀랍기는 했지만 아무런 의미를 주지 못했습니다."

엘러리는 담배를 난로 속에 던지고서 말을 이었다.

"저는 얼마간 머리를 짜낸 후에, 의미는 훨씬 깊은 곳에 있다는 걸 깨달았습니다. 그걸 파헤쳐야 했죠.

그러나 보다 깊은 의미를 파헤친다는 건 또 다른 이야기였습니다.

보통은 그 의미를 보거나 보지 못할 뿐이죠. 모든 것은 거기에 있습니다. 숨겨진 것은 아무것도 없습니다. 모든 대단한 속임수가 그렇듯 트릭은 투명 망토를 입고 있다는 사실 속에 존재합니다. 저는 '대단한'이란 단어를 아무 때나 쓰지 않습니다. 이것은 실로 대단한 착상이며 범죄자의 머리에서 나온 고전적인 발명품 속에 그 위치를 차지하더라도 저는 놀라지 않았을 겁니다."

크로 맥고언이 버럭 화를 냈다.

"제발 알아들을 수 있게 말해주세요."

엘러리가 물었다.

"맥, 개구리와 두꺼비는 뭐죠?"

"개구리와 두꺼비가 뭐냐고요?"

"그래요. 그들은 어떤 종류의 동물이죠?"

맥고언은 눈을 깜박거렸다.

"양서류죠."

콜리어 씨가 말했다.

"콜리어 씨, 고맙습니다. 그리고 악어는요?"

"악어는 파충류죠."

"지갑은 파충류에서 나왔습니다. 그렇다면 고양이와 개가 속한 동물의 계통은 뭐죠?"

"포유류요."

딜리아의 아버지가 대답했다.

"자, 그럼 여전히 프라이엄 씨 이외에는 아무도 모르는 첫 번째 경고를 무시하고서 우리가 가진 정보에 대해 다시 말해보죠. 두 번째 경고는 어류였습니다. 세 번째 경고는 양서류, 네 번째 경고는 파충류, 다섯 번째는 조류, 여섯 번째는 포유류였죠.

여기서 우리는 경고의 외관이 변화한다는 걸 바로 알 수 있습니다. 외관상으로 서로 관련이 없고 다소 무의미한 집합체라는 것에서 이들 경고는 과학적으로 관련된 특성을 갖게 되었습니다.

과학에서 어류, 양서류, 파충류, 조류, 포유류로 연결되고, 거기다가 정확히 그 순서에 따르는 것을 무엇이라고 부를까요?

경고가 온 순서와 마찬가지로 어류가 두 번째, 양서류가 세 번째, 파충류가 네 번째, 조류가 다섯 번째, 포유류가 마지막 단계라고 간주되는 상황을 과학에서는 뭐라고 부를까요?

고등학교 생물을 배운 학생이라면 누구라도 그 질문에 어려움 없이 대답할 수 있을 겁니다.

바로 인간 진화의 진행 단계입니다."

로저 프라이엄은 마치 점점 세지는 불빛에 눈이 부신 것처럼, 자꾸만 눈을 깜박거리고 있었다.

엘러리는 미소를 지으며 말했다.

"프라이엄 씨, 보다시피 어떠한 거짓말도 없었습니다. 두 번째 경고인 물고기는 인간 진화의 두 번째 단계를 나타내고, 세 번째 경고인 양서류는 인간 진화의 세 번째 단계를 나타내며 나머지도 마찬가지입니다. 그렇다면 명백히 첫 번째 경고는 인간 진화의 첫 번째 단계를 나타낼 수밖에 없었을 겁니다. 그건 동물학자들이 척추동물 중 최하등 동물로 부르는 것으로, 제 의견으로는 뱀장어와 비슷하나 다른 목에 속하는 칠성장어였을 거라 봅니다. 그래서 프라이엄 씨, 당신이 그 첫 번째 상자를 열었을 때, 당신은 뱀장어처럼 보이는 것을 발견했을 겁니다. 다른 가능성은 없었죠."

"난 그게 죽은 뱀장어라고 생각했어."

프라이엄은 딱딱하게 말했다.

"그럼 죽은 뱀장어같이 보이는 것이 무엇을 뜻하는지 알았습니까, 프라이엄 씨?"

"아니, 몰랐어."

"첫 번째 상자 속에는 경고의 열쇠가 되는 편지가 없었나요?"

"없었지⋯⋯."

엘러리는 이마를 찌푸리며 말했다.

"범인은 당신이 각 경고의 특징을 통해 자신이 원하는 의미를 파악하기를 기대하지는 않았을 겁니다. 이러한 것을 꿰뚫어 보기 위해서는 최소한의 교육이 필요한데, 불행하게도 당신은 그런 교육을 받지 못했으니까요. 그리고 그는 당신이 그런 교육을 받지 않았다는 걸 알고 있었어요. 그자는 당신을 잘 알고 있는 것 같습니다."

로렐이 외쳤다.

"그럼 이해하든 말든 상관없이 이것들을 보냈다는 거예요?"

그 의문은 키츠 경위의 두 눈 속에도 떠올라 있었다.

엘러리는 천천히 말했다.

"그자는 사람들이 이해하지 못하길 바랐던 것 같습니다. 그가 노린 건 공포, 공포 그 자체였죠."

그는 걱정스런 표정으로 슬그머니 외면했다.

로저 프라이엄은 중얼거렸다.

"나는 그것들이 뭘 의미하는지 전혀 몰랐어. 무슨 뜻인지 몰랐기 때문에……."

엘러리는 어깨를 으쓱하며 걱정 어린 표정을 털어버렸다.

"그렇다면 지금이 이해할 수 있는 절호의 기회가 되겠군요. 이러한 이상한 연속 경고를 꾸밀 수 있는 지능이란, 말하자면 분명히 평범한 지능은 아닙니다. 공포심을 일으키고, 벌을 내리고, 피해자를 정신적으로 반복해서 죽이는 것이 범행의 이유였기 때문에, 그는 틀림없이 이러한 전문적인 용어로 생각하고 이렇게 특정한 방향을 취할 수 있는 지능을 가지고 있었을 겁니다. 왜 그는 경고의 근거로 진화 단계를 선택했을까요? 어떻게 해서 그의 두뇌는 이러한 특수한 길을 택하게 되었을까요? 우리의 정신적 과정은 우리의 능력, 훈련 그리고 경험에 직접적으로 영향을 받고 있습니다. 테러 행위의 기초를 진화론 위에 세우고 이렇게 체계적인 세부 수단을 꾸며냈다면, 리앤더 힐과 로저 프라이엄의 적은 과학적 소양을 쌓아 올린 사람, 그러니까 생물학자, 동물학자, 인류학자…… 또는 박물학자였음에 틀림이 없습니다."

엘러리는 계속해서 말했다.

"진화의 단계를 생각할 때면, 자동적으로 찰스 다윈을 떠올리기 마련입니다. 다윈은 진화론의 창시자였죠. 백여 년 전 다

원이 수행한 다양한 연구와 1858년 린네 협회에서 행한 '진화
론'에 관한 강연, 그리고 《진화론》의 증보판으로 다음 해에 출
간된 《종의 기원》이라는 책은 인간 발전에 대한 탐구에 있어서
과학 지식의 신대륙을 열었습니다.

　따라서 제가 어느 박물학자의 대략적인 삶을 따라가다가 가
장 위대한 박물학자 다윈을 생각했을 때, 역사적으로 유명한
다윈의 항해를 상기한 건 논리적으로 타당한 귀결이었습니다.
이 항해는 아마 과학사상 가장 유명한 탐험선을 타고 행한, 세
계적으로 위대한 업적이었을 겁니다. 동식물 탐험 항해를 통해
다윈은 '종의 기원'과 '종의 자연도태에 의한 생존'에 관한 자
신의 이론을 형성했습니다. 그리고 그 항해를 떠올리면서 저는
아주 놀라운 결과를 얻게 되었습니다."

　엘러리는 의자에 몸을 깊숙이 파묻으며 말을 이었다.

　"찰스 다윈이 1831년 영국 플리머스 항에서 장대한 항해를
위하여 출발했을 때 탔던 배 이름이 바로…… H.M.S. 비글호
였습니다."

　"비글이라고요! 죽은 개잖아요."

　로렐의 눈이 휘둥그레졌다.

　엘러리는 고개를 끄덕였다.

　"여기에는 많은 가능성이 있었습니다. 힐에게 비글을 보냄으
로써 발송자는 비글, 다윈의 배, 다윈, 진화론이라는 앞으로 보
내올 경고의 문을 여는 열쇠를 제공하려고 했을지도 모릅니다.
그러나 이건 가능성이 별로 없어 보였습니다. 힐 씨나 프라이
엄 씨가 정말로 그 배를 타고 항해한 사람에 관해서 뭔가를 알
고 있었을지라도, 다윈이 백여 년 전에 탔던 배의 이름을 그들

이 알 턱이 없었으니까요. 또는 이 계략을 꾸민 음모자가 자신의 계략의 바탕이 되는 이론을 기념하고 싶어 했을지도 모릅니다. 그러나 이는 앞서 제시한 것보다 더 가능성이 희박해 보였습니다. 과학적 지능을 가진 우리의 적은 목적 없는 행동에 시간을 허비하는 사람이 아니었으니까요.

같은 맥락에서 다른 가능성들이 있었습니다. 그러나 죽은 비글을 수상쩍게 여기면 여길수록 저는 비글이라는 단어가, 힐과 프라이엄과 그들의 적의 배후에 있는 특정하고 중요한 무언가를 가리키는 것이라는 확신을 더욱더 굳히게 되었습니다. 도대체 무슨 연관성이 있던 것일까요? 박물학자와 과학에는 무지한 두 사람 사이에, 그리고 '비글'이라는 단어나 개념과 약 25년 전에 일어난 어떤 사건 사이에, 도대체 어떠한 단순하면서도 직접적인 연관성이 존재할 수 있었던 것일까요?

즉각적으로 연관성이 하나 떠올랐습니다. 가장 단순하면서도 직접적이며 앞서 제시한 모든 전제를 포함하는 것이죠. 약 25년 전에 한 박물학자가 힐과 프라이엄과 더불어 과학 탐험을 계획했다고 가정해보죠. 오늘날이라면 아마 비행기를 이용했을 겁니다. 하지만 25년 전이니 배를 탔겠죠. 그리고 자신의 전공 분야가 위대한 박물학자 다윈에게 늘 신세를 지고 있다고 생각하던 그가 탐험을 막 떠나려던 그때, 힐과 프라이엄, 그리고 자신을 싣고 떠날 탐험용 배에 이름을 붙여야 했거나 또는 개명하고 싶은 마음이 생겼다고 가정해보죠⋯⋯.

저는 키츠 경위님에게 과학 탐험용으로 만들었거나 사들였거나 전세로 빌렸던 연안 항해용일 가능성이 있는 조그마한 배를 추적해달라고 부탁드렸습니다. 1925년 무렵 미국의 어느

항구에서 출항한, '비글'이라는 이름을 붙였거나 또는 그 이름
으로 개명한 배를 말이죠.

　　그리고 키츠 경위님은 연안 도시 모든 경찰서의 협력을 얻고
서 이러한 선박을 추적하는 데 성공했습니다. 프라이엄 씨, 계
속해도 될까요?"

　　엘러리는 잠깐 말을 멈추고는 새 담배에 불을 붙였다.

　　들리는 건 성냥을 긋는 소리와 프라이엄의 숨소리뿐이었다.

　　"경위님, 프라이엄 씨의 침묵을 통례대로 인정한 것으로 해
석하고 이 문제를 마무리 짓도록 하죠."

　　엘러리는 성냥불을 불어서 껐다.

　　키츠 경위가 호주머니에서 종이 한 장을 꺼내 들고는 앞으로
나섰다.

　　키츠 경위가 입을 열었다.

　　"우리가 찾고 있던 사람의 이름은 찰스 라이엘 애덤입니다.
애덤은 버몬트 주의 대단히 부유한 가문 출신이었습니다. 그
는 외아들이었고, 부모가 세상을 떠난 뒤 재산을 상속받았습니
다. 그러나 애덤은 돈에는 관심이 없었어요. 그리고 우리가 아
는 한에서는 여자에게도, 술에도, 노는 일에도 관심이 없었습
니다. 그는 외국에서 교육을 받았고, 결혼한 적이 없으며 대부
분 혼자 지냈던 것 같습니다.

　　그는 신사이자 학자였고 아마추어 과학자였습니다. 그의 전
공 분야는 박물학이었고요. 그는 자신의 모든 시간을 박물학에
바쳤습니다. 그는 박물관이나 대학 등 우리가 조사할 수 있었
던 어느 과학 단체에도 속한 적이 없었습니다. 그는 물려받은

재산 덕분에 원하는 걸 하고 살 수 있었습니다. 그리고 그가 가장 좋아한 건 세계를 방랑하면서 외떨어진 벽지의 동식물을 연구하는 것이었습니다."

키츠 경위는 수첩을 들여다본 후에 말을 이었다.

"정확한 나이는 모릅니다. 그의 출생 기록이 남아 있던 시청은 1910년경 불에 타버렸습니다. 세례 기록도 없었습니다. 어쨌든 지금까지는 찾아내지 못했습니다. 그가 출생한 버몬트 주의 마을에서 오랫동안 살고 있는 사람들에게 물어 그의 나이를 추정해보려고 했으나 오히려 혼란만 가져왔습니다. 친척도 발견할 수가 없었습니다. 제1차 세계대전의 징병 기록에서도 그에 관한 건 찾아볼 수 없었습니다. 징집 명단에도, 지원병 명단에도 올라 있지 않았습니다. 아마 징병 연기를 받은 모양인데, 우리는 이 점에 대해서도 아무것도 알아내지 못했습니다. 확인할 수 있었던 것은, 애덤이 기아나 지역으로 향하는 탐험대를 조직했던 1925년에 그의 나이가 스물일곱에서 서른아홉 사이였다는 게 전부입니다.

이 탐험을 위해 애덤은 특별히 배를 주문 제작했습니다. 15미터 길이의 배에는 보조기관과 그 자신이 고안한 과학 장치들이 설치되어 있었습니다. 정확히 그가 무엇을 찾고 있었는지, 또는 그가 무엇을 과학적으로 증명하려고 했었는지에 대해서는 아무도 모르는 것 같습니다. 그러나 1925년 여름, 애덤의 배 비글호는 보스턴 항을 떠나 연안을 따라 남하했습니다.

배는 수리 때문에 쿠바에 기항했습니다. 시간이 꽤 많이 지체되었죠. 수리를 마치고 비글호는 다시 출항했습니다. 그리고 그것이 비글호나 찰스 라이엘 애덤, 그리고 그의 선원들의 마지막 소식이었습니다. 출항이 지체된 탓에 그들은 태풍을 만나게 되었습니다. 철저히 수색했는데도 배의 행방이 묘연했으므로, 비글호는 선원들과 함께 가라앉은 것으로 간주되었습니다.

선원은 둘이었습니다. 둘 다 마흔 살가량이었고, 애덤처럼 다년간 경험을 쌓은 원양 선원이었죠. 우린 그들의 실명을 알고 있습니다. 그러나 우리는 1927년 그들이 바꾼 이름으로 그들을 부르기로 했습니다. 바로 리앤더 힐과 로저 프라이엄으로 말이죠."

키츠 경위는 휠체어에 앉은, 수염을 기른 사내의 이름을 마치 테니스공을 치듯이 뱉었다. 방에 모인 사람들은 관전자처럼 일제히 프라이엄 쪽으로 고개를 돌렸다. 프라이엄은 휠체어의 팔걸이를 움켜쥐었다. 그리고 새빨간 핏방울이 배어 나올 때까지 입술을 깨물었다. 그는 피를 혀로 핥았다. 또 한 방울의 피가 떨어져 수염 사이로 번졌다. 그러나 그는 사람들의 시선에 아랑곳하지 않고 도전적으로 노려보았다.

"좋아. 그래 이제 알았다는 거군. 그래서 어쨌다는 거야?"

그의 목소리는 우레처럼 울렸다.

흡사 암초에 좌초되어 온 힘을 다해 태풍과 용감하게 싸우고 있는 것 같았다.

엘러리는 프라이엄에게 단호히 말했다.

"나머지는 당신에게 달렸습니다."

"내게 달렸다고!"

"프라이엄 씨, 당신이 우리에게 진실을 말하거나, 아니면 우리가 진실을 밝히겠다는 겁니다."

"이봐, 진실은 자네가 밝히고 있잖아."

"그래도 말하지 않겠다는 겁니까?"

"자네가 말하고 있잖아."

프라이엄이 말했다.

엘러리는 마치 아무것도 기대하지 않았던 것처럼 고개를 끄덕이며 말했다.

"당신도 매우 잘 알고 있듯이 우린 계속할 말이 별로 없습니다. 그러나 우리가 가지고 있는 것만으로도 아마 충분할 거라고 봅니다. 당신은 25년이 지난 지금, 여기에 있습니다. 최근까지 리앤더 힐도 여기 있었죠. 비글이란 개의 목걸이에 매달려 있던 편지의 작성자에 따르면, 찰스 라이엘 애덤은 25년 전에, 어쨌든 그 자신의 판단으로는 '살해'라는 말을 사용하는 것이 타당했던 상황에서 죽도록 방치되었습니다. 프라이엄 씨……, 하지만 그는 죽지 않고 여기 살아 있습니다.

프라이엄 씨, 당신은 애덤의 선원이었고, 비글호가 서인도해역 어딘가에 있을 때 당신과 힐이 비글호 밑바닥에 구멍을 내어 배를 가라앉혔나요? 애덤을 공격하여 그자가 죽도록 내버려두고 비글호 밑바닥에 구멍을 낸 후 소형 보트로 도망쳤나요, 프라이엄 씨? 아이티 섬 사람들은 실제로 천 킬로미터를 조각배로 건너간다는데, 당신과 힐은 애초에 애덤이 고용할 정도로 능숙한 선원이었죠.

프라이엄 씨, 뱃사람은 아무런 이유 없이 살인을 시도하거나 멀쩡한 배의 밑바닥에 구멍을 내어 가라앉히지는 않습니다. 이유가 무엇이었습니까? 만약에 그 이유가 개인 사정이나 반란 또는 무능력과 태만의 결과인 난파였다면, 즉 흔히 있는 이유였다면 당신과 힐은 가장 가까운 항구로 돌아가 애덤과 그의 배의 실종에 대해 보고하는 것을 주저하지 않았을 겁니다. 한데 프라이엄 씨, 당신과 힐은 그렇게 하지 않았습니다. 당신과 힐은 애덤과 함께 사라지기로, 다시 말하면 선원으로서 실종된 것처럼 하기로 하고 세상 사람들이 애덤의 선원은 선주와 운명을 함께했다고 믿도록 꾸몄습니다. 당신은 갖은 노력을 다해 자신을 매장했습니다. 그리고 부활을 위해 새 이름과 인물을 만들어내는 데 2년이 걸렸죠. 왜 그랬을까요? 당신들은 감추어야 할 물건을, 애덤의 선원으로 남아 있는 한 감출 수 없는 물건을 가지고 있었기 때문이죠. 프라이엄 씨, 그건 가장 기본적인 논리입니다. 자, 이제 무슨 일이 일어났었는지 우리에게 말해주시겠습니까?"

프라이엄은 꿈쩍하지 않았다.

"그럼 제가 얘기해야겠군요. 1927년에 당신과 힐은 로스앤젤레스에 나타나 보석 도매상을 시작했습니다. 당신들이 보석상에 대해서 뭘 알고 있었을까요? 프라이엄 씨, 우리는 지금 당신과 힐에 대해서, 당신들이 태어났을 때부터 비글호 선상에서 그 배의 유일한 항해 계약을 했을 때까지 모든 걸 알고 있습니다. 당신들은 모두 어릴 적부터 바다에 나갔습니다. 당신들 배경 어디에도 보석이나 보석 세공품과 조금이라도 관련이 있을 만한 것은 전혀 없었고, 대개의 선원들처럼 가난했죠. 그러나 2년 후 이곳에서 당신들 두 사람은 엄청난 보석상으로 우뚝 서게 되었습니다. 그것이 애덤의 선원으로 남아 있었다면 감출 수 없었던 물건이었나요? 그렇게 하지 않았다면 세무서에서 '가난한 두 선원이 어디서 이 돈 모두를, 또는 이 보석 모두를 입수했을까?' 하고 의문을 품었겠죠. 프라이엄 씨, 그 질문이야말로 당신도 힐도 원하지 않았던 질문이었죠."

엘러리는 미소를 지으며 이어 말했다.

"그러므로 비글호는 결국 태풍 때문에 침몰한 게 아니라고 추측하는 것이 당연하죠. 비글호는 목적지에, 아마도 무인도에 도착했을 겁니다. 그리고 박물학자로서 관심을 가졌던 동식물군을 탐험하고 있던 중에 애덤은 그의 원래의 관심사와는 훨씬 동떨어진 물건을 우연히 발견하게 되었죠. 프라이엄 씨, 그 해역을 늘 털었던 해적 떼의 한 사람이 매장한 오래된 보물 상자와 같은 물건이었을 겁니다. 오늘날에도 바하마 군도에 살고 있는 그 해적들의 후손들을 찾아볼 수 있지요……. 프라이엄 씨, 귀금속으로 가득 찬 오래된 보물 상자였을 겁니다. 그리고 가난한 선원인 당신과 힐은 애덤을 습격하고 비글호를 바다로 끌고 가 침몰시킨 뒤, 선상에 있던 작은 보트를 타고 도망쳤겠죠.

그리고 해적의 보물을 손아귀에 넣었으니, 이제 어떻게 해야 죽을 때까지 그 재산을 누릴 수 있을지 고민했겠죠. 모든 게 비현실적으로 느껴졌을 겁니다. 그걸 찾아낸 것도, 그걸 소유하는 것도, 그걸 처분하는 것도 모두 비현실적으로 느껴졌겠죠. 그러나 당신들 중 한 사람이 기막힌 아이디어를 떠올렸죠. 그 아이디어는 조금도 비현실적이지 않았습니다. 당신들 자신의 옛 흔적을 묻어버리고, 완전히 다른 사람으로 돌아가서 보석상을 시작하는 것이었죠.

프라이엄 씨, 당신과 힐은 그 생각을 실행에 옮겼습니다. 어디서 배웠는지는 모르겠지만, 당신들은 2년 동안 보석상의 경영법을 터득했습니다. 충분한 지식과 경험을 갖추었다고 판단했을 때, 당신들은 로스앤젤레스에서 보석상을 시작했습니다……. 물론 자본은 애덤이 섬에서 발견한 보석 상자였습니다. 논의의 여지 없이 그것을 차지하기 위하여 당신들은 그를 살해했습니다. 그러고 나서 그것을 마음대로 처분할 수 있었습니다. 공공연하게, 합법적으로. 그리고 그로 인해 부자가 될 수 있었죠."

프라이엄의 수염은 그의 가슴 위에 비스듬히 처져 있었다. 두 눈은 감겨 있었다. 마치 잠이 든 것처럼…… 혹은 힘을 모으고 있는 것처럼.

엘러리는 조용히 말을 이었다.

"그러나 애덤은 죽지 않았습니다. 당신과 힐은 실수를 했죠. 그는 살아남았으니까요. 그가 어떻게 건강을 회복했는지, 무엇을 먹고 살았는지, 어떻게 해서 문명 세계의 어딘가로 돌아왔는지, 그 후 어디에 있었는지에 대해서는 아무도 모릅니다. 그러나 편지에 적혀 있었듯이 그의 증언에 의하면, 그는 당신과 힐을 추적하는 데 자신의 여생을 바쳤습니다. 20년 동안 그는 자신을 죽이고 버린 두 뱃사람을, 두 살인자를 계속 찾아왔습니다, 프라이엄 씨. 애덤은 돈을 원하지 않았어요. 이미 충분한 돈을 가지고 있었으니까요. 그리고 애당초 그는 돈에 별로 관심이 없었어요. 프라이엄 씨, 그가 원한 건 복수였습니다. 그의 편지에서 말하고 있는 대로 말이죠.

그리고 결국 당신을 찾아냈죠."

더 이상 엘러리의 목소리는 상냥하지 않았다.

"힐은 그에게 실망을 안겼습니다. 애덤이 살아 있다는 사실과 그것이 뜻하는 모든 것을 알았을 때 받은 충격은 힐의 심장이 견디지 못할 정도로 컸습니다. 프라이엄 씨, 힐은 당신과는 상당히 다르다고 나는 생각합니다. 과거에 바다에서 어찌했든 간에 그는 견실한 시민으로 변모했죠. 그리고 어쩌면 그는 정말로 나쁜 사람이 아니었을지도 모릅니다. 당신이 언제나 2인조의 대장 노릇을 하지 않았던가요? 아마 힐은 당신이 그의 눈앞에서 흔들어 보이던 상금에 눈이 멀어 당신의 범행을 말없이 따랐을 겁니다. 당신은 도망치기 위해서 그가 필요했고, 그의 우수한 두뇌가 필요했을 겁니다. 어쨌든 당신의 유혹에 한번 굴복한 후, 힐은 스스로 노력한 끝에 로렐과 같은 아가씨의 사랑과 존경을 받는 인물이 되었습니다……. 그를 기리는 마음에서 그녀는 살인까지도 서슴지 않았고요.

프라이엄 씨, 힐은 상상력이 풍부한 사람이었습니다. 그리고 바로 첫 번째 경고 때문에 그가 죽게 된 건, 애덤이 살아 있어 복수심에 불타고 있다는 걸 알게 된 것만큼 그가 자행한 과거의 범죄가 드러났을 때 로렐에게 끼칠 영향이 두려웠기 때문이었을 겁니다.

그러나 프라이엄 씨, 당신은 힐과 달리 강인한 성격을 지니고 있죠. 당신은 애덤을 실망시키지 않았습니다. 사실, 애덤은 당신을 상대하는 것을 즐기고 있는 것 같습니다. 그는 여전히 과학자다운 면모를 보여주고 있어요. 그의 방법은 시체를 해부할 때처럼 냉혹하기 짝이 없을 정도로 과학적입니다. 그리고 당신을 상대로 장난을 치며 꽤 즐거운 시간을 보내고 있죠. 찰스 라이엘 애덤이 얼마나 익살스러운 방식으로 당신을 쫓고 있는지 당신은 알지 못할 겁니다. 이해하시겠습니까?"

그러나 프라이엄은 지금까지 엘러리가 한 말을 전혀 듣지 않았던 것처럼 내뱉었다. 적어도 그 질문에는 대답하지 않았다. 그는 몸을 일으키며 입을 열었다.

"대체 그놈은 어떤 놈이야? 이름이 뭐야? 자네는 알고 있나?"

엘러리는 미소를 지었다.

"당신이 알고 싶은 건 그것이군요? 하지만 프라이엄 씨, 우리는 모릅니다. 지금 우리가 그에 대해서 알고 있는 건 그의 나이가 쉰둘에서 예순넷 사이라는 것뿐입니다. 틀림없이 당신은 그를 알아보지 못할 겁니다. 그의 외모는 세월 때문에 완전히 바뀌었거나 아니면 성형수술로 바뀌었을지도 모릅니다. 그러나 설사 애덤의 현재 얼굴이 25년 전과 똑같다 하더라도, 그건 당신에게, 또는 우리에게 아무 의미도 없을 겁니다. 왜냐하면 그는 자신을 드러낼 필요가 없으니까요. 다른 사람을 통해서 지시를 내리고 있었을 겁니다."

프라이엄은 눈을 계속 깜박거렸다.

"프라이엄 씨, 솔직히 말해 당신은 사람들이 좋아할 만한 인물이 아닙니다. 따라서 당신과 매우 가까운 사람 중에서 조금도 거리낌 없이 당신을 불행에 빠뜨리려고 하는 사람이 있을지도 모릅니다. 건장한 체격을 가진 중년 남자를 경계하며 스스로 대비하고 있으니 안심해도 좋다고 생각한다면 가능한 한 빨리 그런 생각을 버리는 게 좋을 겁니다. 그 일이 전적으로 좋아서 하고 있는 애덤의 비공식적 공모자는 나이와 성별과는 상관없을 겁니다……. 그리고 프라이엄 씨, 그자는 바로 여기 당신의 집 안에 있을 수도 있습니다."

프라이엄은 미동도 하지 않았다. 그건 완전히 공포에 사로잡

힌 모습이 아니라, 극도의 긴장된 모습을 감추면서도 나무 위
에 올라간 고양이처럼 저항하는 모습으로 보였다.

"정말이지 역겨운 이야기로군요!"

"맥, 조용히 하지."

이번에는 키츠 경위가 낮은 목소리로 말했다. 그 낮은 목소
리 속에는 딜리아의 아들이 입을 다물고 그대로 입을 열지 못
하게 하려는 의도가 담겨 있었다.

엘러리는 말했다.

"방금 저는 애덤의 유머 감각을 언급했습니다. 프라이엄 씨,
당신이 그 목적을 알고 있는지 궁금하군요. 그의 농담이 향하
고 있는 곳을요."

"뭐라고?"

프라이엄은 중얼거렸다.

"당신에게 보내온 그의 모든 경고는 하나가 아닌 두 가지 공
통점을 가지고 있습니다. 경고마다 동물이 들어 있을 뿐만 아
니라, 그 동물들은 모두 죽어 있었죠."

프라이엄은 고개를 홱 들었다.

"그가 보낸 최초의 경고는 죽은 칠성장어였습니다. 두 번째
경고는 죽은 물고기, 세 번째는 개구리와 두꺼비, 다음은 죽은
악어였죠. 그다음은 새들이었는데, 이 경우에는 상징적으로 표
현했다고 할 수 있죠. 책을 조각내어 태웠으니까요……. 책을
물리적으로 '죽이는' 유일한 방법이었던 거죠. 마지막 경고인
고양이와 개도 죽음을 암시합니다. 문을 닫은 회사의 주권만큼
'죽었다'는 표현이 어울릴 만한 게 또 있을까요? 이 애덤이란
자는 참으로 재치가 넘칩니다.

진화의 사다리에 따라 최하등 척추동물인 칠성장어로부터 최상등 척추동물인 고양이와 개까지 사용했죠. 그리고 모든 동물이 실제로든 상징적으로든 죽은 상태에서 배달되었습니다."

엘러리는 몸을 앞으로 기울였다.

"그러나 프라이엄 씨, 애덤은 아직 끝나지 않았습니다. 그는 다윈의 사다리를 다 오르지 않고 마지막 바로 전 단계에서 멈췄습니다. 그 사다리의 최상단, 다시 말해 포유류의 맨 위 단계 생물이 아직 나타나지 않았습니다. 그러므로 앞으로 마지막 경고가 하나 더 나올 거라는 건 너무나 확실합니다. 앞선 경고들로부터 추론한다면 죽은 상태로 나타날 것입니다. 프라이엄 씨, 찰스 라이엘 애덤은 죽은 인간을 경고로 보낼 겁니다. 그리고 다윈의 진화론에 빗댄 그의 농담이 소기의 목적을 달성하려면 죽은 인간은 바로 로저 프라이엄이 되어야 할 것입니다."

프라이엄은 몸이 굳은 듯 꼼짝하지 않았다.

키츠 경위가 입을 열었다.

"이것으로 모든 설명을 드렸습니다. 이제 해야 할 일은 하나밖에 없다는 걸 다들 아실 겁니다. 프라이엄, 당신은 살해 대상으로 예정되어 있습니다. 머지않아 일어날 겁니다. 내일이나 오늘 밤, 어쩌면 한 시간 후일지도 모릅니다. 프라이엄, 당신은 살아 있어야 합니다. 그리고 가능하면 애덤도 살아 있어야 합니다. 왜냐하면 경찰은 법에 따라 죽은 자가 아닌 산 자를 연행해야 하니까요. 지금부터 당장 당신의 신변 안전을 위해 경호 조치를 취하겠습니다. 이 방에 하나, 저기 테라스에 하나, 집 주위에 둘을 배치하도록 하죠."

로저 프라이엄은 숨을 잔뜩 들이마셨다. 곧이어 샹들리에의 크리스털 장식이 짤랑짤랑 흔들릴 만큼 커다란 목소리가 터져 나왔다.

"범죄자라고, 내가? 무슨 증거로?"

그는 곤봉처럼 두꺼운 손가락을 키츠 경위에게 흔들어 보이며 말했다.

"나는 아무것도 인정하지 않아. 당신은 아무것도 증명할 수 없어. 그리고 당신의 경호 따위는 요구하지도, 받지도 않을 거야. 내 말 알아들어?"

키츠 경위가 조롱하듯 말했다.

"뭘 그렇게 두려워하죠? 우리가 애덤을 체포할 텐데요?"

"나는 언제나 나 스스로 싸워왔어. 이번에도 꼭 내 힘으로 싸울 거야!"

"휠체어에 앉아서 말입니까?"

"휠체어에 앉아서 싸울 거야! 내 집에서 당장 꺼져. 얼씬도 하지 말라고!"

15

그들은 말 그대로 얼씬도 하지 않았다. 외부 사람이라면 누구나 그들이 로저 프라이엄과 그에 관한 모든 일로부터 손을 뗐다고 말했을 것이다. 키츠 경위는 매일 주어진 일로 분주한 것처럼 보였고, 엘러리 역시 자신의 일에 몰두하는 듯 보였다. 즉, 멈춰 있는 타자기에 끼운 백지를 멍하니 응시하거나 귀를 바짝 세우고 밤 시간에 혼자 식사를 하거나 식사 후에 전화기 주위를 서성거렸다. 그는 낮에도 집을 비우는 일이 거의 없었으며, 밤에는 절대로 외출하지 않았다. 엘러리가 찾는 담배, 파이프 담배, 커피, 그리고 술은 윌리엄스 부인에게 끊임없는 잔소릿거리가 되었다. 그녀는 이 세계가 갑작스레 멸망하거나 엘러리가 위궤양에 걸릴지도 모른다는 두 가지 예언을 수없이 되풀이했다.

로렐, 크로 맥고언, 앨프리드 월리스, 콜리어 씨는 물론 딜리아 프라이엄까지 엘러리에게 한두 차례 전화를 걸거나 그를 방문했다. 전화와 방문은 엘러리의 요청에 따르거나 그들 자신의 판단으로 이루어진 것이었다. 그러나 모두들 엘러리처럼 근심에 싸인 채, 혹은 당황하거나 생각에 잠긴 채 전화를 끊거나 물러갔다. 그도 그럴 것이 엘러리가 그들 어느 누구에게 속마음을 털어놓거나 또는 누군가의 속마음을 들어주더라도 무슨 뾰족한 수가 나올 것 같지 않았다.

엘러리가 담배에 불을 붙이고, 파이프를 물어뜯고, 아주 뜨거운 커피를 삼키고, 하이볼*을 한 잔 마실 때마다 윌리엄스 부인의 탄식이 부엌 천장에 울려 퍼졌다.

그러던 7월의 넷째 주 초 어느 무더운 밤, 자정이 막 지나서 엘러리가 기다리고 있던 전화가 걸려왔다.

그는 귀를 기울이다가 두어 마디 내뱉었다. 엘러리는 전화를 끊고 키츠 경위의 집으로 전화를 걸었다.

벨이 한 번 울린 후 경위가 전화를 받았다.

"퀸 선생?"

"네. 되도록 빨리 와주세요."

엘러리는 당장 전화를 끊고, 차가 있는 곳으로 뛰어나갔다. 한 주 동안 밤마다 현관문 앞에 카이저를 주차시켜놓았던 것이다.

그는 프라이엄의 우편함에 인접한 도로변에 차를 대고 내렸다. 키츠 경위는 이미 도착해 있었다. 엘러리는 길가의 풀밭을 따라 집 옆으로 걸어갔다. 손전등은 필요하지 않았다. 테라스의 어둠 속에서 누군가가 그의 팔에 손을 올렸다.

"서둘러요."

키츠 경위가 엘러리의 귀에 입을 바짝 대고서 속삭였다.

집 안은 어두웠다. 그러나 테라스 뒤에 있는 로저 프라이엄의 방에서 야간등의 희미한 불빛이 흘러나오고 있었다. 프랑스식 창문은 열려 있었고 테라스는 깜깜했다.

---

* 위스키에 소다수 따위를 섞은 음료.

그들은 엎드려 기어가서 방충문을 통해 안을 들여다보았다.

프라이엄의 휠체어는 잠을 잘 수 있도록 침대로 바뀌어 있었다. 그는 드러누워서 전혀 움직이지 않았다. 수염 끝은 천장을 향해 비스듬히 튀어나와 있었고 입은 벌어져 있었다.

몇 분 동안 아무 일도 일어나지 않았다.

그때 금속성 소리가 희미하게 들려왔다.

야간등은 메인 홀로 통하는 문 근처의 웨인스코팅 벽면에 있는 전기 콘센트에 달려 있었다. 문손잡이는 또렷이 보였는데, 그게 움직이고 있었다. 움직임이 멈추자 문이 열렸다. 삐걱 소리가 났다가 잠잠해졌다.

프라이엄은 움직이지 않았다.

문이 휙 열렸다.

그러나 야간등은 출입구 바로 옆에 있어서, 문이 활짝 열리자 희미한 불빛이 문짝에 가려졌다. 그들이 테라스에서 식별할 수 있었던 건 방 뒤편의 어둠보다 더 짙은 형체가 없는 어둠이었다. 이 빈 공간을 가로막은 그림자는 문간에서 로저 프라이엄의 의자 겸 침대 쪽으로 천천히 움직이고 있었다. 그 그림자 앞에 촉수와도 같은 것이 튀어나와 있었다. 그 튀어나온 것은 야간등이 비치는 범위의 가장 외곽으로 미끄러지듯이 들어갔다. 그것은 권총이었다.

프라이엄의 의자 겸 침대 옆에 움직이는 검은 그림자가 멈춰 섰다.

권총 끝이 조금 올라갔다.

키츠 경위가 꿈틀했다. 그건 실제 움직임이라기보다 근육의 긴장에 불과했다. 엘러리의 손가락은 여전히 경위의 팔을 움켜쥐고 있었다.

키츠 경위는 그대로 꼼짝없이 있었다.

그리고 얼마 후 방 전체가 폭발하는 듯한 소리와 함께 격렬한 몸싸움이 벌어졌다.

프라이엄이 팔을 번쩍 들어 올려 커다란 손으로 권총을 쥔 자의 손목을 악어의 턱처럼 물었다. 프라이엄은 거대한 상체를 세우고 고래고래 소리를 질렀다. 어둠 속에서 몸싸움은 희미하게 보일 뿐이었다. 그들은 해저에서 뒤엉켜 싸우는 오징어처럼 보였다.

그때 맥 빠진 듯한 총소리가 울리고 털썩 쓰러지는 소리가 나더니 잠잠해졌다.

엘러리가 벽에 있는 스위치를 켜자, 키츠 경위는 마룻바닥에 쓰러진 사람 옆에 무릎을 꿇고 앉았다. 바닥에 쓰러진 자는 한쪽 팔을 몸 아래에 깔고 있고 다른 팔은 쭉 뻗고 있어 그 모습이 마치 편하게 쉬고 있는 것 같았다. 늘어뜨린 팔 끝에 권총이 떨어져 있었다.

"가슴을 맞았군."

키츠 경위가 중얼거렸다.

로저 프라이엄은 두 사람을 노려보고 있었다.

그는 쉰 목소리로 말했다.

"그건 애덤이야. 도대체 당신들은 어디서 나타난 거지? 이자가 날 죽이러 왔어. 애덤이 틀림없다고. 내가 해치울 수 있다고 말했잖아!"

그는 이를 드러내고 웃었지만, 곧 부들부들 떨기 시작했다.

그러더니 눈을 가늘게 뜨고 쓰러져 있는 사람을 노려보았다. 그리고 떨리는 손으로 두 눈을 비볐다.

"이놈은 누구야! 어서 보여줘!"

"앨프리드입니다."

"앨프리드?"

수염이 축 처졌다.

키츠 경위는 일어나 프라이엄의 휠체어 곁으로 다가섰다. 그는 프라이엄의 전화기를 집어 들어 다이얼을 돌렸다.

"앨프리드가 애덤이라고?"

프라이엄은 정신이 어지럽고 바보가 된 것 같았다. 그는 재빨리 담요를 되감았으나, 엘러리는 그가 덮고 있는 담요를 벗겨냈다.

엘러리는 담요를 마루 위 시체에 덮어주었다.

프라이엄은 혀가 빠진 표정이었다.

"그놈은…… 죽었나?"

키츠 경위가 전화에다가 말하고 있었다.

"본부입니까? 할리우드 경찰국의 키츠입니다. 살인 사건입니다. 힐-프라이엄 사건에 관련된 겁니다. 지금 로저 프라이엄이 앨프리드 윌리스를 쏘았습니다. 그의 비서이자 간호인이자 하인인 사람을 권총으로 쏘아 죽였습니다……. 그렇습니다. 심장을 꿰뚫었어요. 제가 테라스에서 총격을 목격했습니다."

프라이엄이 말했다.

"내가 죽였어. 내가. 그놈을 죽였다고! 하지만 그건 정당방위였어. 당신도 봤잖아. 당신이 봤다면……. 놈은 여기 내 방에 고양이처럼 슬그머니 들어왔어. 그놈이 들어오는 소리를 들었지. 내가 잠을 자고 있다고 믿도록 꾸몄다고. 그래, 그놈을 기다리고 있었다고!"

그의 목소리가 갈라졌다.

"그놈이 내게 총부리를 겨누는 것을 봤잖아. 내가 총을 거머쥐고 그놈의 손을 비틀었고. 그건 정당방위였어."

"프라이엄 씨, 저희도 전부 보았습니다."

엘러리는 달래는 듯한 목소리로 말했다.

"좋아, 당신도 보았군. 그놈은 죽었어. 그놈은 죽었단 말이야! 윌리스가…… 나를 죽이려고 하다니. 젠장, 이젠 다 끝났어. 끝났다고."

"그렇습니다. 언제요? 알겠습니다. 급할 건 없습니다."

키츠 경위가 전화를 끊었다.

프라이엄은 중얼거렸다.

"퀸 씨 얘기를 다 들었나, 경위 양반? 다 봤다고 하니……."

"네."

키츠 경위는 시체 쪽으로 건너가서 담요 한쪽 귀퉁이를 집어들었다. 그러고서 담요를 내려놓고 담배를 꺼내 불을 붙였다.

"이제 기다리기만 하면 됩니다."

그는 숨을 들이마셨다.

"물론 그래야지, 경위 양반."

프라이엄은 무언가를 더듬었다. 침대의 윗부분이 솟아오르고 아랫부분이 내려앉자 의자 모양이 되었다.

그는 계속 무언가를 더듬고 있었다.

"함께 술 한잔하겠나? 나랑 같이 축배를 들지."

그는 너털웃음을 터뜨리며 말을 이었다.

"게다가 좀 어지럽군."

엘러리는 한쪽 귀를 잡아당기고 목덜미를 긁으면서 이리저리 방 안을 거닐었다. 두 눈 사이의 콧등이 도드라져 보였다.

키츠 경위는 계속 담배를 피우면서 엘러리를 지켜보고 있었다.

프라이엄은 술병과 술잔을 챙기면서 말했다.

"이번 잔은 이놈에게 줘야겠군. 앨프리드 월리스……. 코 모양을 바꿨음에 틀림이 없어. 전혀 알아보지 못했으니까. 기막힌 수술이야. 바로 내부까지 파고들다니. 줄곧 숨어서 웃었을 거야! 하지만 지금 누가 웃고 있느냐 말이야. 건배!"

그는 싱글싱글 웃으며 잔을 올렸다. 그러나 그의 두 눈은 야수와 같았다. 그는 위스키를 단숨에 비웠다. 잔을 내려놓았을 때 그의 손은 더 이상 떨고 있지 않았다.

"그놈은 저기 죽어 있고 나는 이곳에 살아 있지. 다 끝난 거라고."

그는 고개를 숙이고는 잠자코 있었다.

"프라이엄 씨."

엘러리가 입을 열었다.

프라이엄은 대답하지 않았다.

"프라이엄 씨?"

"뭐요?"

프라이엄이 올려다보았다.

"아직 미심쩍은 점이 한 가지 있습니다. 다 끝난 마당이니 솔직히 말해주지 않겠습니까?"

프라이엄은 엘러리를 쳐다보다가 조심스럽게 술병에 손을 뻗어 잔을 채웠다.

그는 말문을 열었다.

"퀸 씨가 그렇다면 그럴 수도 있겠지. 하지만 만약 속기사를 테라스에 대기시켜놓고 내가 온갖 쓸데없는 이야기를 시인할 거라고 기대한다면 그건 괜한 짓이오. 그래. 실은 이자가 나를 쫓고 있었어. 이자가 미쳤다는 것 이외에는 이유를 알 수 없었지. 그 항해에서는 진짜 미친놈처럼 굴었으니까.

비글호에서 이자는 나와 내 동료를 죽이기 위해 머체티*를 들고 노리고 있었어. 우린 어느 지저분한 섬 부근에 닻을 내리고 바다로 뛰어들어 해변까지 헤엄쳐 가서 숲 속에 몸을 숨겼지. 그날 밤 태풍이 불어 비글호는 바다로 떠밀렸고, 우리는 그 이후 다시는 배도 애덤도 보지 못했지. 나와 내 동료는 그 섬에서 보물을 찾아냈고, 결국 우리가 만든 뗏목에다 그 보물을 싣고 가지고 나온 거요.

우리가 자취를 감추고 이름을 힐과 프라이엄으로 바꾼 이유는 애덤이 돌아와서 보물의 3분의 1을 요구하지 못하게 하기 위해서였어. 그가 그 섬을 탐험하고 있었으니까. 그리고 설사 3분의 1을 요구하지 않는다 하더라도 그는 여전히 기를 쓰고 우리를 죽이려고 할지도 몰랐으니까. 이게 진상이야. 죄를 지은 적은 없었다고."

그는 싱긋이 웃고 위스키를 두 잔째 단숨에 들이켰다.

"내가 해줄 수 있는 얘기는 이게 전부야."

키츠 경위는 탄복하는 듯이 그를 바라보고 있었다.

"프라이엄 씨, 정말 엉성한 이야기군요. 하지만 당신이 그렇게 우긴다면 우리도 어쩔 수 없겠군요."

* 날이 넓은 큰 칼로, 주로 사탕수수를 자르거나 가지치기용으로 쓴다.

프라이엄은 상냥하게 손을 흔들었다.

"퀸 씨, 또 뭐가 있는 건가……. 뭐든 물어보라고. 아까부터 미심쩍은 점이 있다고 했는데, 그게 뭐지?"

"리앤더 힐에게 보내온 편지 말입니다."

엘러리가 말했다.

프라이엄이 빤히 쳐다보았다.

"편지? 도대체 왜 그 편지를 미심쩍게 생각하지?"

엘러리는 접은 종이를 안주머니에서 꺼냈다.

"이건 비글의 목걸이에 걸려 있던 상자 속에서 힐이 발견한 편지의 사본입니다. 시일이 좀 지났으니 기억이 잘 나도록 읽어드리겠습니다."

"그러든지."

프라이엄은 여전히 노려보고 있었다.

엘러리가 편지를 읽었다.

　

너는 내가 죽었다고 믿었겠지. 피살되고 살해되었다고 말이야. 나는 스무 해 이상이나 너를, 아니 너와 그놈을 찾아다녔다. 그리고 마침내 너를 찾아냈지. 내 계획을 짐작이나 할 수 있을까? 너는 곧 죽게 될 거야. 단숨에 죽여줄 거라 생각하나? 천만에. 아주 천천히 죽일 거야. 그래서 긴 세월 동안 너희를 찾아 헤매며 복수를 꿈꿔왔던 나 자신에게 보상을 해줄 거야. 천천히 죽어가게 될 거야……. 죽는 것을 피할 수는 없을 거야. 너와 그놈 말이야. 천천히 그리고 확실히, 몸도 마음도 죽어가게 될 거야. 그리고 한 걸음씩 앞으로 나아갈 때마다 경고가…… 너와, 그리고 그놈에게 특별한 의미를 지닌 경고가 나갈 것이다. 그 의미가 무엇인지 곰곰이 생각하고 알아내봐. 여기 첫 번째 경고를 보낸다.

"거봐. 미친놈이라니까."

프라이엄이 말했다.

"피살되고, 살해되었다……. 태풍이 그랬다는 건가요, 프라이엄 씨?"

키츠 경위는 묻고 있었지만 얼굴에는 미소를 짓고 있었다.

"경위 양반, 그놈이 미쳐서 그런 거라니. 머체티를 휘두르며 갑판 위에서 우리를 쫓고 있을 때, 그놈이 우리가 자기를 죽이려 한다고 얼마나 고함을 질렀는지 기억이 나는군. 항해 내내 그놈은 우리를 죽이려고 했어. 뇌를 연구한 박사들한테 물어보시오. 그들이 당신에게 말해줄 거요. 퀸 씨, 그게 당신이 미심쩍게 생각하고 있었던 점인가?"

프라이엄은 몸을 홱 돌리며 물었다.

"뭐라고요? 아! 아닙니다. 그게 아니라, 프라이엄 씨, 편지에 쓰인 표현 때문입니다."

엘러리는 얼굴을 찌푸리며 편지를 내려다보았다.

"뭐라고?"

"편지에 쓴 단어들 말입니다."

프라이엄은 어리둥절했다.

"그게 어쨌단 말이지?"

"프라이엄 씨, 이건 아주 큰 문제입니다. 제가 접해본 어구들 가운데 이 편지는 단연 최고라고 말할 수 있을 정도입니다. 프라이엄 씨, 이 편지에 쓰인 단어는 몇 개입니까?"

"젠장, 그걸 내가 어떻게 알아?"

"프라이엄 씨, 아흔아홉 개입니다."

프라이엄은 키츠 경위를 힐끗 쳐다보았다. 경위는 그저 너무 오랫동안 금연했던 사람처럼 아주 맛있게 담배를 피우고 있을 뿐이었다. 그러나 엘러리의 얼굴에는 오직 한 가지 관심밖에 없었다.

"그래, 아흔아홉 개의 단어가 사용되었군. 그런데 그게 어쨌다는 거지?"

"프라이엄 씨, 영어 알파벳 397개로 된 아흔아홉 개의 단어로 이루어져 있습니다."

"아직도 무슨 말을 하는지 모르겠군. 도대체 뭘 증명하려고 애쓰고 있는 거요? 당신이 셈을 할 수 있는 거요?"

프라이엄의 굵직한 목소리 속에 사나운 어조가 스며들어 있었다.

"프라이엄 씨, 제가 증명하려고 하는 건……. 저는 이 편지가 어딘가 이상하다는 걸 증명할 수 있습니다."

"이상하다고? 뭐가?"

프라이엄의 수염이 바짝 곤두서는 것 같았다.

엘러리는 말했다.

"프라이엄 씨, 저는 언어를 도구로 사용하여 일을 하는 사람입니다. 저는 제 자신의 글뿐만 아니라 다른 사람의 글도 폭넓게, 때로는 부러운 생각을 가지고서 읽습니다. 따라서 저는 다음과 같은 의견을 제시할 자격이 있다고 생각합니다. 저는 생전 처음으로 그것이 불후의 명문이건 아니건 간에 4백 개 정도의 개별 글자로 이루어진 아흔아홉 개의 단어로 구성된 영문을 보게 되었습니다. 이 글을 쓴 자는 'T'라는 단일 글자를 사용하지 않았습니다."

"T라는 단일 글자라."

프라이엄이 엘러리의 말을 되뇌었다. 그가 말하는 걸 멈췄을 때도 그의 입술은 움직이고 있었다. 그래서 순간이나마 그가 맛없는 이국의 음식을 씹고 있는 것처럼 보였다.

"프라이엄 씨, 그 사실을 알아내는 데 제법 시간이 걸렸습니다."

엘러리는 앨프리드 월리스의 시체 주위를 맴돌면서 말을 계속했다.

"너무도 명백한 것이기 때문에 보이지 않았던 거죠. 글을 읽을 때, 우리의 대부분은 우리가 읽고 있는 것의 의미에 신경을 쓰지, 물리적인 구조에는 신경을 쓰지 않습니다. 누가 건물을 쳐다볼 때 개개의 벽돌을 보나요? 그럼에도 불구하고 건물의 비밀은 명확히 그곳에 있습니다. 영어에는 스물여섯 개의 기초적인 벽돌이 있습니다. 그중에서 어떤 벽돌은 다른 벽돌보다 더 중요합니다. 프라이엄 씨, 그 벽돌들에 관해서는 추측이 필요 없습니다. 그것들의 성질, 유용성, 상호관계, 사용 빈도는 치장 벽토의 구성 성분처럼 과학적으로 결정되니까요.

프라이엄 씨, 그럼 T 자에 대해서 말하겠습니다.

T 자는 영어에서 두 번째로 빈번히 사용되는 글자입니다. T보다 많이 쓰이는 글자는 E밖에 없습니다. T는 스물여섯 개의 벽돌 중에서 두 번째의 위치를 차지하는 벽돌인 것이죠.

프라이엄 씨, T는 영어에서 머리글자로 가장 빈번히 사용됩니다.

　　영어는 단일음으로 발음이 나는 두 글자의 결합을 많이 사용합니다. 이것들은 다이그래프*라고 불립니다. 그리고 T라는 글자는 가장 빈번히 사용되는 다이그래프 'TH'의 일부분입니다.

　　T 자는 또한, 가장 빈번히 사용되는 트라이그래프** 'THE'의 일부분입니다. 이 세 글자는 BATHE에서처럼 단일음이 나는 철자입니다.

　　프라이엄 씨, TT는 이중 문자 SS와 EE 다음으로 가장 빈번히 사용됩니다.

　　마찬가지로 S와 E는 낱말의 맨 끝 글자로서 T보다 더욱 빈번히 나타나는 유일한 글자입니다."

　　엘러리는 계속 말했다.

　　"그러나 그것만이 아닙니다. T라는 글자는 영어에서 가장 빈번히 사용되는 세 글자의 낱말 'THE'의 일부분입니다.

　　T라는 글자는 가장 빈번히 사용되는 네 글자 낱말인 'THAT'과 두 번째로 자주 사용되는 네 글자 낱말 'WITH'의 일부분입니다.

　　프라이엄 씨, 이것으로 예시가 충분하지 않다면 더 알려드리죠. 글자 T는 두 번째로 빈번히 사용되는 두 글자 낱말 'TO'에서, 그리고 네 번째로 빈번히 사용되는 두 글자 낱말 'IT'에서 발견됩니다."

　　엘러리는 계속했다.

　　"프라이엄 씨, 왜 제가 찰스 애덤이 당신의 동업자에게 보낸 편지를 보고 놀랍다고 하는지 궁금하지 않습니까? 프라이엄 씨, 그건 불가능할 정도로 놀랍습니다. T가 하나도 들어 있

* 두 글자가 한 음을 나타내는 이중음자.
** 삼중음자.

지 않은, 백 개나 되는 영단어로 의미를 전달한다는 건 도저히 요행이나 우연의 일치라고 생각할 수 없습니다. T를 단 한 번도 사용하지 않고, 백 개의 단어로 된 편지를 쓰는 유일한 방법은 그렇게 하기로 작정하는 것입니다. 그 글자 사용을 피하려고 의도적으로 노력을 해야 하는 거죠.

프라이엄 씨, 증거를 원하십니까?"

엘러리가 물었다. 이제 그의 어조는 달라졌다. 더 이상 사려 깊거나 곤란하다는 어조가 아니었다.

"이 편지의 필자는 단 한 개의 TO, IT, AT, THE, BUT, NOT, THAT, WITH, THIS를 사용하지 않았습니다. 이들은 일부러 피하려고 하지 않는다면 쓸 수밖에 없는 단어들이죠.

이 편지는 당신과 리앤더 힐, 그러니까 두 사람을 지목하고 있습니다. 그는 '나는 너와 그놈을 찾아다녔다(I have looked for you and for him)'라고 쓰고 있습니다. 왜 '나는 너희 두 사람을 찾아다녔다(I have looked for the two of you)'나 '나는 너희 둘 모두를 찾아다녔다(I have looked for both of you)'라고 쓰지 않았을까요? 어느 쪽이어도 '너와 그놈(for you and for him)'보다는 더욱 자연스러운 표현이었을 텐데. TWO라는 단어와 BOTH라는 단어에서 T 자가 나타나는 사실은 누구나 알 수 있습니다. 단지 우연히 그렇게 쓴 걸까요? 아마도 한 번은, 또는 두 번까지는 우연일 수 있겠죠. 그러나 그는 같은 편지 속에서 '너와 그놈(for you and for him)'을 세 번이나 썼단 말입니다!

그는 또 '천천히 죽어가게 될 거야(Slow dying)……, 죽는 것을 피할 수는 없을 거야(unavoidable dying), 그리고 몸도 마음도 죽어가게 될 거야(dying in mind and body)'라고 쓰고 있습니다. 그는 사물을 다르게 표현하는 방법을 찾고 있는 소설가나 시인이 아닙니다. 그리고 이건 출판하기 위한 에세이가 아니라 편지입니다. 그는 왜 흔히 쓰는 어거들, '서서히 죽음(slow death)……, 불가피한 죽음(inevitable death)……, 정신과 육체의 죽음(death mentally and physically)'을 사용하지 않았을까요? 편지 전체가 죽음(death)에 관한 내용이었음에도 그 낱말(death) 자체는 그 형태로 한 번도 나오지 않습니다. 그가 의도적으로 T를 피하고 있었다고 한다면 이러한 의문이 해결됩니다.

'너는 내가 죽었다고 믿었겠지(You believed me dead).' 만약에 그가 이 말을 보다 자연스러운 방법으로 표현했다면, 아마도 '너는 내가 죽었다고 생각했겠지(You thought I was dead)'라고 썼을 겁니다. 그러나 '생각하다(thought)'에는 T가 두 개나 들어 있습니다. 마찬가지로 '숙고하다(to think over)' 대신에, '곰곰이 생각하다(pondering)'란 단어가 사용된 걸 알 수 있습니다.

그리고 '여기 첫 번째 경고를 보낸다(Here is warning number one)'라는 문장은 더 자연스러운 표현인 '이것이 첫 번째 경고이다(This is the first warning)'라고 쓰는 걸 피하기 위해 에두른 것이 아닐까요?

제 말이 궤변이라고 생각하십니까? 이것이 기이한 문체를 쓰는 사람 때문에 일어난 우연의 일치라고 봐야 할까요? 편지에 나온 또 다른 두 가지 사례를 고려해보면 그럴 가능성이 없다는 것이 확연해집니다.

필자는 '그리고 한 걸음씩 앞으로 나아갈 때마다 경고가(And for each pace forward a warning)'라고 쓰고 있습니다. 그는 '걸음(pace)'이란 낱말이 문맥상 특별한 의미를 가질 수도 있는 물리적 전진에 대해서 얘기하고 있는 것이 아닙니다. 그가 '그리고 한 단계 나아갈 때마다(And for each step forward)'라고 쓰지 못할 이유는 없습니다. 다만 그 단계(step)라는 낱말에 T가 들어 있다는 점을 제외하고서는 말입니다.

제가 마지막으로 드리는 예문도 마찬가지로 중요합니다. 그는 이렇게 쓰고 있습니다. '스무 해 이상이나(For over a score of years)'라고. 왜 유별나게 '스물(score)'이라는 낱말을 써야 했을까요? 왜 그는 '이십여 년 동안(For over twenty years)' 또는 실제 햇수를 숫자로 쓰지 않았을까요? 그건 '이십(twenty)'이라는 낱말이나 이십일(twenty-one)부터 이십구(twenty-nine)까지 '이십'이라는 낱말을 포함하는 복합어를 쓰면 T를 쓸 수밖에 없었기 때문입니다."

로저 프라이엄은 어찌할 바를 모르는 것 같았다. 그는 무언가를 움켜쥐려고 하거나 그게 잡히지 않아 다시 움켜쥐려고 하는 것 같았다. 그렇게 애를 쓰느라 얼굴의 주름은 더욱 깊어졌고, 눈동자는 흔들렸다. 그러나 그는 아무 말도 하지 않았다.

그 뒤에서는 키츠 경위가 담배를 피우고 있었고, 앞에는 앨프리드 월리스가 담요에 덮여 누워 있었다.

엘러리가 말했다.

"여기서 중요한 문제는 편지의 필자가 왜 T의 사용을 회피했느냐입니다.

이 점을 근거로 하여 타당한 논리를 세워보도록 하죠.

리앤더 힐이 필사했던 원본은 어떻게 쓰여 있었을까요? 수기였을까요, 아니면 기계 장치를 사용했을까요? 우리에겐 직접적인 증거가 없습니다. 편지의 원본이 없어졌으니까요. 힐이 조그마한 은색 상자에서 편지를 꺼냈을 때, 로렐은 그 원본을 힐끗 보긴 했으나 힐이 몸으로 반쯤 가리고 읽었기 때문에 필체의 특징을 식별할 수가 없었지요.

그러나 아주 간단한 분석으로 원본에 쓰인 글자의 형태를 알 수 있습니다. 편지는 손으로 쓰지 않았을 겁니다. 손으로 쓴다면 다른 알파벳 글자처럼 T를 쓰기가 쉬우니까요. 편지의 주제를 고려할 때 필자가 낱말놀이를 할 가능성도 없습니다. 난이도 측정이 아니라면 어떠한 테스트도 의미가 없으니까요.

만약 편지가 손으로 쓰인 것이 아니라면 타자기를 사용해서 썼을 겁니다. 프라이엄 씨, 당신은 그 편지를 실제로 봤을 겁니다. 힐 씨가 심장마비를 일으킨 이튿날 아침에 당신에게 보여줬으니까요. 편지는 타자기로 친 게 아니었던가요?"

프라이엄은 기묘하게 찌푸린 얼굴을 치켜들었다. 그러나 그는 대답하지 않았다.

엘러리는 거듭 말했다.

"편지는 타자기로 쳐서 쓴 것입니다. 그러나 편지를 타자기로 쳤다고 인정하는 순간에 답은 저절로 나옵니다. 필자는 타자기를 치면서 편지를 작성하고 있었습니다. 한데 그는 T 자를 전혀 사용하지 않았죠. 복잡한 이유를 찾을 필요가 있을까요? 필자가 전혀 T 자를 쓰지 않았다면 그건 '쓸 수 없어서'라는 간단한 이유 때문일 것입니다. 필자가 T를 쓸 수 없었던 건 그가 쓰고 있었던 타자기의 T 자 키가 제구실을 못 했기 때문입니다. 고장이 났기 때문이죠."

놀랍게도 프라이엄이 고개를 쳐들고 말했다.

"그건 추측일 뿐이야."

엘러리는 괴로운 표정을 지었다.

"프라이엄 씨, 저는 제 머리가 얼마나 좋은지를 증명하려고 애쓰고 있는 게 아닙니다. 그러나 저는 당신이 사용한 표현에는 반대하지 않을 수 없습니다. 저에게 추측이란 말은 마치 주교에게 욕설을 하는 것처럼 불쾌하게 들립니다. 저는 여러 근거를 통해 이러한 결론을 도출해낸 것입니다. 이 사건에서 조금의 흥미도 느끼지 못했다고요! 하지만 이게 추측이라고 가정해보죠. 그러나 프라이엄 씨, 그건 매우 건실한 추측입니다. 게다가 이 추측에는 확증하기 쉽다는 장점도 있습니다.

저는 타자기의 키가 하나 고장 났다는 가설을 세웠습니다. 이번 사건에서 제대로 작동하지 않은 타자기에 관한 얘기가 나온 적이 있던가요?

프라이엄 씨, 공교롭게도 그런 얘기가 있었습니다. 로렐 힐의 차를 타고서 처음으로 당신 집에 오는 도중에 저는 그녀에게 당신에 관한 몇 가지 질문을 했습니다. 로렐은 당신이 자기 힘으로 모든 일을 처리하려고 하고, 장애에 대한 반발심으로 아주 사소한 일이라도 남의 도움을 받기 싫어한다고 하더군요. 예를 들면, 로렐이 '사건 발생 전날' 당신 집에 갔을 때 당신은 업무 지시 사항을 당신이 직접 쓰지 못하고 월리스에게 받아쓰도록 해야 했기 때문에 기분이 몹시 나빴다고 말하더군요. 타자기가 고장이 나서 수리를 위해 할리우드에 막 보낸 참이었다고 했죠."

프라이엄은 몸을 비틀었다. 키츠 경위는 그의 휠체어 옆에 서서 타자기가 부착된 선반을 들어 올렸다.

프라이엄은 목까지 솟구치는 격분을 억누르며 키츠 경위가 타자기 선반의 방향을 돌리는 모습을 괴로운 듯이 힐끗 쳐다보았다.

엘러리와 키츠 경위는 프라이엄을 무시하고서 타자기 위로 몸을 기울였다.

그들은 서로 눈빛을 교환했다.

키츠 경위는 손톱으로 T 자 키를 두드리며 말했다.

"프라이엄 씨, 이 타자기에서 새로 갈아 끼운 키는 오직 T 하나뿐입니다. 힐에게 보낸 편지는 바로 이 타자기로 쳤겠군요."

그는 프라이엄의 타자기의 캐리지*를 다섯 손가락으로 어루만졌다.

혼란에 싸인 듯 짐승 같은 소리가 프라이엄의 목구멍에서 새어 나왔다. 키츠 경위는 그 옆에 바싹 다가서 있었다.

엘러리는 자못 상냥한 목소리로 말했다.

"그렇다면 누가 당신 타자기로 편지를 칠 수 있었을까요? 이건 추측할 필요도 없습니다. 이 타자기 선반을 본 적이 없더라도 저는 타자기가 선반에 고정되어 있다는 걸 알았을 겁니다. 선반을 옆으로 돌려 내려놓을 때 타자기가 떨어지지 않도록 고정해놔야 할 테니까요. 게다가 로렐 힐도 그렇다고 말했고요.

따라서 대대적인 수리가 필요할 때 이외에 타자기는 당신 휠체어에 딸린 영구적인 비품입니다. 힐에게 보낸 편지의 원본은 수리를 위해 선반에서 떼어놓은 뒤 고장 난 T 자를 갈아 끼우기 전에 당신의 타자기로 친 걸까요? 아니요. 왜냐하면 편지가 힐에게 전달된 건 당신이 타자기를 할리우드로 보내기 2주 전이었기 때문이죠. 그게 아니라면, 누군가가 당신이 휠체어에

---

* 타자 용지를 이동시키는 부분..

없는 틈을 타서 당신 타자기로 편지를 쓴 걸까요? 그것도 아닐 겁니다, 프라이엄 씨. 왜냐하면 당신은 휠체어에서 절대로 떠난 적이 없었으니까요. 당신은 15년간 휠체어에서 한시도 떠나지 않았죠. 아니면 당신이 혹시나 잠자고 있는 동안에 누군가가 당신의 타자기로 친 걸까요? 그건 불가능합니다. 휠체어가 침대로 쓰일 때 타자기 선반은 절대로 올릴 수 없으니까요.

그렇기 때문에 프라이엄 씨, 대단히 죄송합니다만, 우리가 도달할 수 있는 결론은 하나밖에 없습니다. 당신이 바로 저 경고 편지를 쓴 장본인입니다. 당신의 동업자를 협박하여 죽인 건 바로 당신입니다.

프라이엄 씨, 당신의 과거와 힐의 과거로부터 살아 돌아온 적은 애덤이 아니라 바로 로저 프라이엄 당신입니다."

엘러리가 다시 입을 열었다.

"제 말을 오해하지는 말아주세요. 찰스 애덤은 상상의 인물이 아닙니다. 우리가 조사를 통해 밝혀낸 바에 의하면 그는 실존 인물이었습니다. 당신이 편지에 적었듯이, 20여 년 전에 서인도 해역에서 실종되었고 그 후 그의 소식은 끊어졌습니다. 애덤이 아직도 살아 있음을 우리에게 믿게 하는 건 그 편지뿐이었습니다. 그러나 이제 당신이 그 편지를 쓴 장본인이라는 걸 알았기 때문에 애덤은 결국 25년 전에 비글호의 항해에서 살아남지 못하고, 당신과 힐이 그를 살해하는 데 성공했으며, 금년 여름에 남부 캘리포니아의 이곳에 그가 다시 나타난 건 당신이 고의로 조작한 환상에 불과했다고 결론을 내리게 된 거죠.

프라이엄 씨, 당신은 동업자인 힐이 오랫동안 죽었다고 생각했던 애덤이 살아 있다는 사실을 알았을 때 큰 충격을 받으리라는 걸 알고 있었습니다. 살아 있을 뿐만 아니라 복수를 하겠다고 공언했으니, 당신은 이러한 소식에 힐이 얼마나 예민하게 반응할지 예상했을 겁니다. 힐은 새로운 인생을 살고 있었습니다. 그는 의붓딸인 로렐에게 지극정성을 다했고 그녀는 자신의 양아버지를 훌륭한 분으로 여기고 존경하고 있었습니다.

그렇기 때문에 애덤의 '생환'은 힐의 인생을 위협할 뿐만 아니라, 아마도 그에게는 보다 소중한 것, 다시 말해 자신에 대한 로렐의 사랑을 송두리째 흔들어버릴 가능성이 있었죠. 당신은 힐이 심장병으로 이미 두 번이나 발작한 적이 있으니 이러한 충격에는 살아남을 수 없을 거라고 생각했을 겁니다. 그리고 당신의 생각이 옳았죠. 당신의 편지 때문에 힐이 죽었으니까요.

힐이 편지의 진위에 대해 의심을 품고 있었다 하더라도 당신이 그러한 의심을 지워버렸을 겁니다. 당신은 힐이 심장발작을 일으킨 다음 날 아침, 15년 만에 처음으로 몸소 힐의 집을 찾아갔습니다. 그 이유인즉 오로지 편지에 대해 긴급히 밀담을 나누기 위하여 힐과 전화로 약속했기 때문이었죠. 제 생각에 당신은 전례 없이 방문해야 할 또 하나의, 마찬가지로 긴급한 이유를 가지고 있었을 겁니다. 당신은 당신의 타자기까지 추적되지 않도록 편지를 확실히 없애고 싶어 했죠. 힐이 당신에게 편지를 주면 당신이 그 자리에서 바로, 또는 좀 지난 후에 없애버리거나 힐이 당신 보는 앞에서 편지를 없애도록 하려던 참이었죠. 허나 프라이엄 씨, 당신이 몰랐던 건, 그리고 그가 당신에게 말하지 않았던 건, 그가 이미 직접 손으로 편지를 베껴 써서 그 사본을 침대 매트리스 속에 숨겼다는 사실입니다. 그는 왜 그랬을까요? 아마 첫 번째 충격을 받은 후에 곰곰이 생각해보니 뭔가 미심쩍은 것이 있다고 생각했기 때문일 겁니다. 어쩌면 당신이 방문하기 전에 무언가 수상하다고 직감했을지도 모릅니다. 당신이 그의 집을 방문해서 확신을 주었건 아니건 간에 편지는 이미 필사되어 그의 침대 매트리스 속에 있었을 겁니다. 그리고 당신이 그렇게 설득했는데도 불구하고 태생적인 신중함 때문에 그는 편지를 그곳에 그대로 놔둔 채 아무런 말도 하지 않았습니다. 힐의 마음속에 무슨 생각이 있었는지는 영원히 알 수 없겠죠."

엘러리는 계속 말했다.

"그러나 프라이엄 씨, 힐은 충격에 엄청난 영향을 받아 손상을 입었습니다. 공포에 의해 살해되었죠. 총이나 칼, 심지어는 독보다도 훨씬 냉혹하고 고의적인 수단에 의해 말입니다. 사전 계획이라는 상당한 노고가 필요한 살인 방법을 쓴 이유가 뭘까요. 당신이 왜 힐을 죽이고 싶어 했는지 그 이유뿐만 아니라, 과거의 적을 교묘하게 가장하여 그렇게 용의주도하게 범죄를 저지른 이유도 궁금해하지 않을 수가 없군요.

당신의 동기는 강박적인 것이었음에 틀림이 없습니다. 물질적인 이득이 동기였을 리는 없습니다. 왜냐하면 힐의 죽음은 당신에게 어떠한 물질적 이득도 가져다주지 않았기 때문이죠. 사업을 통해 얻은 그의 재산은 모두 로렐의 차지가 되었으니까요. 25년 전 애덤을 살해한 범인으로서 폭로되는 것을 피하고 싶은 것도 동기가 될 수 없습니다. 힐 역시 그 범죄에 깊숙이 가담했고 그 결과 당신과 동등하게 이득을 보았기 때문이죠. 그는 그 범죄 사실을 가지고 당신을 협박할 입장이 아니었습니다. 사실 그는 그 범죄로 그를 위협하는 당신보다 더 불리한 입장에 있었습니다. 힐은 로렐에게 그 사실을 감추고 싶어 했으니까요. 한편, 당신이 그가 알아냈을지도 모르는 어떤 다른 범죄, 구체적으로 말하자면 공금 횡령 같은 범법 행위의 폭로를 피하기 위하여 그를 죽였을 가능성도 없어 보입니다. 사실상 당신은 힐 앤드 프라이엄 회사의 운영과는 아무런 상관이 없었기 때문이죠. 당신은 단지 사업 운영과 책임상 동업자인 척하고 있을 뿐이었고, 실제 회사를 운영하는 건 힐이었습니다. 집 밖으로 한 번도 나가지 않은 당신이 회사 돈을 훔치거나 장부를 조작하거나 그 밖의 어떠한 짓도 할 수 있을 만큼 일상 업무를 장악할 만한 통제력을 가진다는 건 어불성설입니다. 아내 때문에 살인을 저질렀다고도 볼 수 없습니다. 힐과 당신 부인은 친구 이상을 넘지 않는 적절한 관계를 맺고 있었습니다."

엘러리는 냉정한 목소리로 말했다.

"게다가 힐은 치정 문제를 일으킬 만큼 젊은 나이도 아니었고요. 프라이엄 씨, 당신이 리앤더 힐을 살해함으로써 얻은 것은 오직 한 가지입니다. 어떤 다른 방향으로 구체적인 동기를 제시할 수 없기 때문에, 저는 당신이 힐을 제거하고 싶어 했다는 것이 살해 동기라고 결론을 내릴 수밖에 없을 것 같습니다.

그리고 프라이엄 씨, 그건 당신의 성격, 당신이라는 사람이 가진 욕구에 의해 확증됩니다. 힐을 살해함으로써 당신은 동업자를 제거했습니다. 이것은 그의 죽음이 가져온 사실 중 하나입니다. 중요한 사실일까요? 저는 그렇다고 생각합니다.

프라이엄 씨, 당신에게는 지배욕이 있습니다. 당신 주변의 모든 것을, 모든 사람을 지배하려는 강박적 욕구를 가지고 있죠. 당신이 견딜 수 없는 점은 다른 무엇보다도 타인에게 의존하는 겁니다. 당신에게 선택권이 주어진다면 당신은 타인에게 의존하기보다 타인이 당신에게 의존하게 만드는 걸 택할 겁니다. 당신은 육체적으로 절망적인 상태에 놓여 있기 때문에 권력을 원합니다. 당신은 모든 것을 좌지우지할 수 있어야 합니다. 당신 아내의 경우에서 보듯, 설령 다른 남자를 통해 아내를 지배하더라도 말입니다.

당신이 힐을 증오한 건, 당신이 아니라 그가 힐 앤드 프라이엄의 지배자였기 때문입니다. 힐은 당신의 도움을 거의 받지 않고서도 15년간 회사를 운영해왔죠. 회사의 종업원들은 그를 우러러보고 당신을 싫어했습니다. 회사 방침을 정하는 것은 물론, 구매와 판매와 관련된 모든 일이 그의 몫이었습니다. 규모에 관계없이 모든 거래에서 리앤더 힐은 힐 앤드 프라이엄을 대표했고, 로저 프라이엄은 집 안 어느 구석에 처박힌 채 잊혀진 쓸모없는 불구자에 불과했죠. 당신의 물질적 안정과 힐 앤드 프라이엄 회사의 건전한 상태가 힐에게 의존하고 있다는 사실 때문에 15년간 당신의 내부는 곪을 대로 곪았을 겁니다. 당신이 힐의 노력의 결과를 즐기고 있는 동안에도 마음속에 가득 찬 증오는 당신의 입 안에 쓰디쓴 뒷맛을 남겼고 결국 당신을 장악하고 말았습니다.

당신은 그의 죽음을 계획했습니다.

힐만 제거하면 문제없이 회사의 주인이 될 수 있을 거라고 생각했겠죠. 회사를 망가뜨릴지도 모른다는 생각은 꿈에도 못 했을 겁니다. 그러나 만약에 그런 생각을 했더라도 그 위험이 당신을 주저하게 만들지는 않았을 겁니다. 중요한 건 힐 앤드

프라이엄과 관련이 있는 모든 사람이 당신 앞에서 머리를 조아
리게 만드는 것이었으니까요. 당신에게는 우두머리가 되는 것
말고는 아무것도 중요하지 않았습니다."

　로저 프라이엄은 아무 말도 하지 않았다. 이번에는 짐승과 같
은 목소리를 내지 않았지만 작은 두 눈을 두리번거리고 있었다.
　키츠 경위가 좀 더 가까이 다가섰다.
　엘러리는 계속 말을 이어갔다.
　"일단 해야 할 일을 실행에 옮기려고 들자 당신은 거동이 대
단히 불편하다는 것을 깨달았습니다. 원하는 대로 오갈 수가
없었죠. 당신에겐 기동성이 없었기 때문에 보통 방법으로 살인
을 실행하기란 불가능했습니다. 물론 바로 이 방에서 사업 애
기를 하다가 총을 쏘아 힐을 처치할 수도 있었을 겁니다. 그러
나 힐의 죽음은 당신의 근본적인 목적이 아니었죠. 그는 죽어
야만 했고, 당신은 마음대로 회사를 운영할 수 있어야 했죠.
　당신은 혐의조차도 받지 않는 방법으로 그를 살해할 수 있어
야 했습니다. 이전의 살인자들처럼 혐의를 받지 않는 가장 효
과적인 방법은 당신의 목숨도 힐과 마찬가지로 위험에 처해 있
다는 환상을 만드는 것이라 생각했습니다. 바꿔 말하면 당신은
힐만이 아니라 그와 당신 두 사람을 함께 노리는 가상의 외부
위협을 만들어야만 했죠.
　당신과 힐이 25년 전 찰스 라이엘 애덤과 맺은 관계는 대담
하고 위태롭기는 할지라도, 이러한 환상을 만들어내는 적합한
수단이 되어주었습니다. 만약 애덤이 '살아 있다면' 그는 당신
두 사람의 죽음을 원할 만한 타당한 동기를 갖게 될 테니까요.

애덤의 배경은 당국의 조사를 받게 되고, 비글호의 극적인 항해는 모든 선원과 함께 실종되었다는 지점까지 추적이 가능했겠죠. 당신과 힐의 생존 그리고 현재의 사회적 지위와 같은 사실에 더하여 '애덤'의 편지 속에 당신이 남겨놓은 암시는 당신이 원하는 대로 유능한 수사관이 결론을 내리도록 유도했을 겁니다.

프라이엄 씨, 당신은 매우 영리했습니다. 사실을 지나치게 명백히 하려는 심리적 오류를 피했죠. 당신은 애덤의 편지에서 일부러 상세히 기술하지 않았습니다. 당신은 경찰을 돕게 되는, 또는 수사를 보다 쉽게 만드는 어떠한 정보의 요구에도 거듭 거절 의사를 표시했습니다. 물론 당신의 '거절'을 자세히 살펴보면 당신이 실제로는 우리를 상당히 도와준 것으로 보이기는 합니다. 그러나 표면상으로 당신은 우리가 스스로 단서를 찾아내도록 만들었습니다.

당신은 우리를 몹시 힘들게 만들었습니다. 엉뚱한 단서를 깔아두고 우리가 그것을 쫓도록 했으니까요. 그러나 당신이 이용한 진화론 패턴이 엉뚱하다고 한다면, 당신의 논리는 그렇기 때문에 묘하게도 더욱 설득력이 있었습니다. 거의 30년 동안 복수심을 안고 살다 보면 약간은 머리가 이상해질 수밖에 없어요. 이러한 사람은 무언가에 열중하여 공상에 빠지기 쉬울 겁니다. 동시에 애덤은 그 자신의 배경과 경험을 바탕으로 생각하는 경향이 있었습니다. 애덤은 박물학자였으므로, 당신은 머리가 이상한 박물학자가 남길 만한 단서를 만들었습니다. 즉 우리가 조만간 깨닫고서 박물학자 찰스 애덤이 '과거의 적'이라는 결론에 도달하게 만들 거라 확신한 단서를 말이죠.

프라이엄 씨, 당신의 위장술은 아이디어부터 실행까지 훌륭했습니다. 당신이 이 사건을 너무나 짙게 위장했기 때문에 T 자가 고장 난 타자기를 어이없이 사용하지 않았더라면, 우린 아마도 25년 전 정말로 죽었던 한 남자에게 범죄를 뒤집어씌우는 데 만족해야 했을 겁니다."

프라이엄의 큰 머리가 약간 흔들렸다. 고개를 끄덕이는 것 같았다. 그러나 그건 목덜미 근육의 순간적인 전율이었을지 모른다. 그것을 제외하고는 그가 엘러리의 말을 듣고 있었다는 어떤 낌새도 찾아볼 수 없었다.

"프라이엄 씨, 이런 말이 이상하게 들리겠지만 당신은 운이 나빴습니다. 당신은 힐의 심장이 얼마나 나쁜지를 인식하지 못했거나, 또는 당신이 쏜 종이로 된 총알의 파괴력을 잘못 계산했습니다. 힐이 바로 당신이 최초로 보낸 경고의 결과로 죽었기 때문입니다. 같은 날 아침, 당신은 당신 자신에게 경고를 보냈습니다. 다른 경고들을 당신과 힐 두 사람에게 교대로 나누어 보낼 셈이었으니까요. 힐이 경고를 받고 얼마 못 가 죽었을 때, 당신은 그 상황에서 벗어나기에 너무 늦은 상황이었습니다. 당신은 복잡한 전쟁을 계획하고 최초의 출격으로 전체 목적을 달성했지만 후속 공격에 대한 명령과 준비를 중지할 힘이 없는 장군과도 같은 입장이었습니다. 당신이 자신에게 오직 한 번의 경고를 보낸 후에 중단했다면, 중단한 것만으로도 혐의를 받았을 테니까요. 당신 자신에게 보낸 경고들은 '애덤이 힐을 위협하여 죽였다'라는 환상을 완전히 믿게 하기 위해서 계속되어야 했습니다.

당신은 경고를 여섯 번 보냈습니다. 그중에는 당신이 먹을 참치 샐러드에 독을 넣고 그로 인해 병이 나서 '물고기'라는 단서에 주목하게 만들었던 훌륭한 계략도 있죠. 여섯 번의 경고를 보낸 후에 당신은 분명 범죄의 진짜 근원에 관해서 우리를 철저히 우롱했다고 생각했을 겁니다. 한편으로 당신은 자신을 살려둔 채 여섯 번째 경고에서 중단하면 위험에 빠질 수도 있다는 것을 깨달았습니다. 우리가 왜 '애덤'이 당신을 포기했는지 수상하게 여기기 시작할지도 모르고, 살인자들은 이보다 훨씬 작은 의혹으로도 잡혔으니까요.

당신은 완전한 안전을 위해서 모든 일에 납득할 만한 결말을 지어주어야만 한다고 생각했을 겁니다.

물론 이상적인 결말은 우리가 '애덤'을 잡는 것이었습니다.

프라이엄 씨, 좀 더 평범한 사람이었다면 25년간 죽어 있던 사람을 끌어내어 그의 살아 있는 몸뚱이를 경찰에 넘기는 문제로 씨름하는 데 10초도 낭비하지 않았을 겁니다. 그러나 당신은 단지 해결하기 불가능해 보인다는 이유만으로 포기하려 하지 않았습니다. 이런 점에서 당신은 나폴레옹과 닮은 데가 많습니다.

마침내 당신은 문제의 해결책을 생각해냈죠.

그러나 당신의 해결책에는 안타깝게도 반드시 필요한 요소가 있었습니다. 힐과 당신 자신에 대한 정교한 음모를 수행하기 위하여 당신에겐 조수가 필요했습니다. 당신은 멀쩡하게 두뇌를 사용할 수 있었고, 제한된 범위 내에서 손과 눈과 귀도 사용할 수 있었습니다. 그러나 이것들만으로는 부족했습니다. 당신의 계획에는 다리도 필요했는데 당신은 다리를 쓸 수 없는 상태였죠. 혼자 힘으로 비글을 구한 뒤 독살하여 죽은 개와 편지를 힐의 저택 문전 계단에 갖다 놓기란 도저히 불가능했을 겁니다. 10센트 균일 상점에서 마분지 상자와 끈을 구입하고, 어디선지는 몰라도 죽은 칠성장어와 독약, 개구리 등을 구하는 것도 불가능했겠죠. 조그마한 은색 상자는 로렐이 그냥 두고 갔거나 버렸을 테고, 비소는 의심할 여지 없이 당신의 지하실 쥐약 캔에서 구했을 것이며, 청개구리는 저택 주변에서 잡아 모으고, 녹색 악어 지갑은 당신 아내가 소유하고 있는, 같은 가게에서 만든 같은 재질의 핸드백에서 착안했을 것이며, 이 집 어딘가에 보관해둔 상자나 궤짝 속에 처박혀 있었던 프라이엄 부인의 첫 남편이 남긴 유품에서 가치를 상실한 주권을 발견하고, 새에 대한 단서를 남기기 위하여 당신의 서재에서 책을 한 권 고른 것도 전부 다 사실일 겁니다. 가능한 한 당신이 통제할 수 있는 가까운 곳에서 필요한 것을 구하고자 했을 겁니다. 그렇게 해야 당신이 그것들을 보다 잘 통제할 수 있을 거라고 느꼈기 때문이죠. 그러나 이 집 안이나 주변에서 필요한 물건들을 구한다 하더라도 당신에게는 당신의 다리를 대신할 사람이 필요했을 겁니다.

누가 당신의 지시대로 이 물건들을 찾아내고 사용할 수 있었을까요?

아마도 앨프리드 월리스였겠죠. 비서, 간호인, 친구, 전령, 심부름꾼으로서…… 그는 종일 당신과 함께 있었고, 밤에는 늘 대기 상태였죠. 당신은 다른 사람은 이용할 수가 없었습니다. 그것 말고 다른 이유가 없다면 월리스는 도저히 당신 주변에서 일어나고 있는 일을 모르고 넘어갈 수가 없었을 겁니다. 월리스를 이용한 건 처음에는 부채였지만 나중에는 자산으로 바뀌었겠죠.

프라이엄 씨, 당신의 후한 대우 덕분에 월리스가 기꺼이 당신의 공범이 된 것인지, 아니면 당신이 그의 덜미를 잡고 있었기 때문에 속박된 건지는 오직 당신만이 대답할 수 있는 문제겠지요."

엘러리는 담요 밑에 불룩하게 솟은 물체를 내려다보며 말했다. "하지만 그건 더 이상 중요하지 않다고 생각합니다. 어떻게 했든 당신은 앨프리드를 설득해서 당신의 다리를, 그리고 눈과 손을 대신하도록 했으니까요. 당신은 앨프리드에게 명령을 내리고, 그는 당신의 명령을 수행했죠.

그런데 이제 당신에겐 더 이상 앨프리드가 필요하지 않게 되었죠. 그리고 아마, 다른 살인자들도 알게 되었듯이, 당신은 앨프리드와 같은 도구는 양날의 검으로 변하기 마련이라고 생각했을 겁니다. 프라이엄 씨, 월리스는 당신이 '기계의 신'이었음을 알고 있었던 단 한 사람이었습니다. 당신이 월리스의 덜미를 잡고 있더라도 그것과 상관없이 살아 있는 월리스는 당신의 안전과 마음의 평화를 지속적으로 위협하는 위험 요소였던 거죠.

곰곰이 생각하면 할수록 월리스를 없애는 것이 더 나을 거라고 생각했을 겁니다. 그의 죽음은 당신의 죄악을 알고 있는 유일한 외부인이 제거되는 것을 뜻하니까요. 또한 당신 아내의 애인으로서 월리스는 당신의 기묘한 심리적 양가감정을 충족시키기 위하여 죽어야 마땅했죠. 그리고 그가 죽으면 그는 완전히 찰스 애덤이 될 수 있었죠. 애덤이 살아 있었다면 월리스와 동년배일 테니까요. 월리스의 배경은 그의 기억상실증 때문에 알려진 바가 없었습니다. 마침 그의 인품도 우리가 기대했던 애덤의 인품과 잘 맞아떨어졌고요.

만약 당신의 생각대로 우리가 아무것도 알려진 바가 없는 앨프리드 월리스를 찰스 애덤으로 몰아간다면 당신은 돌 하나로 세 마리의 새를 잡는 결과를 얻을 수가 있었죠.

그래서 당신은 월리스를 죽이기로 작정한 겁니다."

로저 프라이엄은 고개를 치켜들었다. 광대뼈에 핏기가 돌았다. 탁한 목소리는 활기를 띠었다.

"당신 책을 읽어봐야겠군. 틀림없이 재미있을 거야."

엘러리는 미소를 지으며 말했다.

"찬사에 대한 보답으로 더 재미있는 이야기를 들려드리죠.

몇 달 전 당신은 앨프리드 월리스를 시켜 권총을 사 오게 했습니다. 당신은 월리스에게 돈을 주었지만, 권총 소유자 명의는 그의 이름으로 하기를 원했죠.

오늘 밤 당신은 월리스 방으로 연결된 인터콤의 부저를 눌러 그에게 누가 집 밖에서 살금살금 돌아다니는 소리가 났다고 말하고는 장전된 총을 가지고 여기 당신 방으로 조용히 내려오라고 했을 겁니다."

"거짓말이야."

로저 프라이엄이 말했다.

"사실입니다."

엘러리가 대꾸했다.

프라이엄은 이빨을 드러냈다.

"당신은 결국 허풍쟁이군. 사실도 아니지만, 설사 그렇다 해도 어떻게 그걸 알 수 있지?"

"월리스가 그렇게 말했으니까요."

프라이엄의 턱수염 위쪽의 피부색이 다시 변했다.

엘러리는 말했다.

"프라이엄 씨, 저는 월리스가 위험에 빠진 걸 보고 그에게 그러한 사실을 털어놓았습니다. 당신의 손에서 앞으로 그가 어떻게 될지를 말해주었습니다. 그리고 목숨을 부지하고 싶으면 키츠 경위와 나에게 협력하는 게 좋을 거라고 말해주었죠.

월리스에게는 별로 설득이 필요하지 않았습니다. 프라이엄씨, 그가 급작스럽게 생각을 바꾸는 부류라는 것을, 비유적으로 말하자면, 항상 빵에 버터가 발린 쪽을 찾아내는 부류라는것을 당신은 이미 알고 있었을 거라고 생각합니다. 그는 별 고민 없이 제 쪽으로 왔습니다. 그리고 제게 계속 정보를 주기로약속했고, 때가 되면 당신의 지시를 따르지 않고 제 지시를 따르기로 약속했죠.

오늘 밤 당신이 인터콤으로 그를 불러 장전한 권총을 가지고이곳으로 몰래 내려오라고 말했을 때, 월리스는 그 즉시 제게전화를 걸었습니다. 저는 월리스에게 경위와 제가 여기 도착할때까지 아래층에 내려가지 말고 기다리라고 말했습니다. 프라이엄 씨, 그리 오래 걸리진 않았죠, 그렇지 않았습니까? 한동안 밤마다 월리스의 전화를 기다렸으니까요.

당신은 분명 누군가 밖에서 경호를 서기를 바랐을 겁니다. 월리스의 전화를 받고 키츠 경위와 제가 직접 와 있다는 걸 까맣게 모른 채로 말이죠. 당신은 줄곧 해오던 용의주도한 연기의 일환으로 경찰의 경호를 원하지 않는다고 한바탕 쇼를 벌였죠. 그러나 당신은 처음부터 위기의 상황에서 우리가 당신의 바람 따위는 무시하리라는 걸 알고 있었고, 그건 당신이 우리에게 바라던 바이기도 했죠.

앨프리드가 권총을 가지고서 이 방에 살그머니 들어왔을 때, 당신은 테라스에서 실제로 감시해주기를 바라며, 경호를 서고 있던 누군가가 '월리스가 당신을 죽이려 하고 있다'는 환상을 믿어줄 거라는 걸 알고 있었습니다. 아무도 지켜보고 있지 않더라도 뜰에 있는 경호원이 총성을 듣고 몇 초 이내에 당신 방에 와서 월리스가 죽은 걸 발견하게 될 테고, 잠에서 막 깬 것으로 보이는 당신이 하는 얘기에만 귀를 기울일 테니 상관없었겠죠. 누가 당신의 목숨을 위협하고 있다는 것을 이전부터 들어서 알고 있었을 테니 경호원은 일어난 일에 대한 당신 이야기를 의심할 이유가 없었을 겁니다. 만약 경호원이 전혀 없었다면 당신은 즉각 전화로 도움을 요청했겠죠. 당신의 증언과 월리스가 총을 샀다는 사실 때문에 이 사건은 거기서 끝날 것이라고 당신은 굳게 믿었겠죠. 정말이지 대담하고 나폴레옹적인 계획이었습니다. 프라이엄 씨. 그리고 거의 성공할 뻔했죠."

프라이엄은 꿈틀했다. 그 꿈틀거림과 함께 표정의 변화가 마치 잔물결처럼 지나갔다. 그는 한 치의 흐트러짐 없는 목소리로 말했다.

"월리스가 당신에게 무슨 말을 했든, 그건 새빨간 거짓말이야. 그놈에게 권총을 사라고 말한 적 없어. 오늘 밤 이곳으로 내려오라고 부르지도 않았고. 그리고 내가 그랬다는 걸 당신이 어떻게 증명하지? 당신도 조금 전에 그놈이 장전된 권총을 들고 몰래 이곳에 들어오는 걸 봤고, 또 내가 목숨을 걸고 싸우는 걸 봤잖아. 그놈이 나한테 지는 것도 봤잖아. 그놈은 이제 죽었다고."

수염을 기른 사내는 마지막 말을 살짝 강조했다. 마치 윌리스가 증인으로서는 더 이상 쓸모없게 되었음을 강조하는 듯이.

그때 엘러리가 말했다.

"프라이엄 씨, 당신은 제가 한 말을 주의 깊게 듣지 않은 것 같군요. 저는 당신이 거의 성공할 뻔했다고 말했습니다. 제가 앨프리드에게 죽음이나 중상을 무릅쓰라고 했을 거라 생각하는 건 아니겠죠? 오늘 밤 그가 제 지시에 따라 이곳에 가지고 온 건 바로 공포탄이 장전된 권총이었습니다. 프라이엄 씨, 우리는 당신을 위하여 쇼를 벌였던 겁니다."

그리고 엘러리는 말했다.

"윌리스, 일어나요."

프라이엄의 불거진 두 눈 앞에서 마룻바닥의 담요가 마술 융단처럼 떠올랐고, 그 밑에 있던 앨프리드 윌리스가 미소를 지으며 일어섰다.

로저 프라이엄은 비명을 질렀다.

16

로저 프라이엄이 체포, 고소, 공판에 대해서 보인 반응은 엘러
리를 포함하여 그 누구도 예측하지 못했던 것이었다. 그러나
그가 자신의 속셈을 털어놓은 순간부터 그와 반대로 행동했으
리라고는 상상할 수가 없었다. 아마 앨프리드 월리스만이 유일
한 예외였을 것이다. 그러나 월리스가 신중한 태도를 취하고
있었던 건 이해할 만했다.

  프라이엄은 모든 책임을 혼자 졌다. 공판 진행 중 월리스가
맡은 역할에 대해 프라이엄이 보인 경멸적 태도는 장관이었
다. 월리스는 단지 도구에 불과했으며, 자신이 하고 있는 일이
무엇인지도 이해하지 못했다고 프라이엄은 말했다. 프라이엄
의 말을 들은 사람은 월리스를 천치로 생각했을 것이다. 그리
고 월리스는 정말 천치처럼 행동했다. 아무도 속아 넘어가지는
않았으나 법이란 증거의 규칙에 따라 움직일 따름이었다. 증인
은 피고와 그의 공범 둘이었는데, 월리스는 극소화하고 프라이
엄은 극대화하는 서로 다른 동기 때문에 월리스는 무사히 죄를
면했다.

  "프라이엄은 자신의 살인 공판에서까지도 보스 행세를 해야
직성이 풀리나 보군."

키츠 경위는 투덜거리며 말했다.

신문 보도에 의하면, 태평양 연안 지역의 뛰어난 법정 변호사였던 프라이엄의 변호사는 배심 판결이 있었던 날 밤에, 나가서 수완을 발휘할 좋은 기회를 놓치고서 완전히 술에 취해버렸다. 왜냐하면 같은 날 밤에 프라이엄이 음독자살해버렸기 때문이다. 자살을 막는 조처가 으레 취해졌지만, 처형 때까지 죄인의 안전을 담당하고 있던 자들은 분해하면서도 한편으로 이상하게 여겼다. 로저 프라이엄은 수염을 기른 입을 벌리고서 씽긋이 웃으며 자기 배의 후갑판에서 칼을 맞고 쓰러진 해적처럼 몹시 즐거운 표정을 짓고서 그저 누워 있었다. '아무도 나에게 명령을 내릴 수 없다, 캘리포니아 주의 주권자일지라도' 하고 그의 미소가 말하고 있는 것 같았다. 만약 그가 죽어야 했다면, 방법과 시간도 그가 정했을 것이다.

그는 자기의 죽음까지도 지배해야 했던 것이다.

놀랍게도 앨프리드 월리스는 공판 직후 새 고용주를 찾았다. 퀸이라는 이름의, 동부에서 온 작가였다. 월리스는 짐을 싸 들고 언덕 위의 조그마한 별장으로 이사했고, 윌리엄스 부인은 자연히 그곳을 떠나야 했다.

엘러리는 그것을 믿지는 교환이라고 말하지 않았다. 그도 그럴 것이 월리스는 윌리엄스 부인보다 훨씬 능숙한 요리사였기 때문이었다. 그것은 월리스를 비서로 고용하며 그가 예기치 않았던 기술이었다. 그동안 글쓰기를 등한시했던 것이 그가 여전히 남부 캘리포니아에 머물러 있는 이유였고, 힐과 프라이엄 사건이 종결된 지금 엘러리는 본격적으로 소설에 매달렸다.

키츠 경위는 깜짝 놀라 물었다.

"그가 당신 수프에 비소라도 넣으면 어떡할 겁니까?"

엘러리는 적절한 질문이 아니라는 듯 되물었다.

"그가 왜 그런 짓을 하겠습니까? 제 원고를 구술하여 타자를 치게 하려고 고용하고 있는데요. 수프 이야기가 나왔으니 말인데, 월리스는 훌륭한 마요르카식 아몬드 수프를 만들어요. 발데모사 수프인데 무척 맛이 있어요. 내일 밤 드셔보시겠어요?"

키츠 경위는, 대단히 고맙지만 자신은 미식가를 위한 음식은 좋아하지 않는다, 자기가 먹기에는 치킨 누들 수프가 낫다, 게다가 아내가 친구들을 초대하여 텔레비전을 보고 있다고 말하고서 급히 전화를 끊었다.

신문 보도에 대해 엘러리는 개의치 않았다. 그는 과거의 과실로 사람을 괴롭히는 그런 부류가 아니었다. 월리스는 일이 필요했고, 엘러리는 비서가 필요했다. 그것뿐이었다.

월리스는 미소를 지을 뿐이었다.

딜리아 프라이엄은 언덕의 저택을 팔고 자취를 감추었다.

'그녀의 이름을 빼달라고 부탁하는 가족의 친구가 있다' 또는 '딜리아의 소문이 돌고 있다' 정도의 근거로 흔히 추측하는 바에 의하면, 그녀는 여러 가지 이름으로 라스베이거스의 주사위 테이블에 악명 높은 깡패와 함께 있기도 했고, 뉴멕시코의 타오스에서는 가명으로 신문 잡지 연맹을 위하여 회고록을 집필하기도 했으며, 극비로 로마에 가기도 했다. 한 신문 기사는 그녀가 서양 여자에 대해서 특별히 안목이 높은 것으로 유명한 어느 험한 산악 국가 왕의 국빈 자격으로 인도 오지의 암벽 위에 머물고 있다고 전했다.

이런 흥미진진한 소문들 중 어느 것도 진실이 아니라는 건 모두가 인정하고 있으나, 그렇다고 확실한 정보도 없었다. 딜리아 프라이엄의 아버지에 대해서는 소문을 들을 수가 없었다. 그는 캠프용 백 속에 물건을 채워, 그의 말로는, 우라늄 광석을 찾아 캐나다로 떠난다고 했다. 그리고 딜리아의 아들은 기자들의 인터뷰 요청을 한마디로 거절했다.

크로 맥고언은 엘러리에게만 비밀스럽게, 자신의 어머니가 산타마리아 근처의 수도원에 들어갔다고 고백했는데, 마치 어머니를 다시는 볼 수 없을 거라는 듯한 말투였다.

맥고언은 군대에 지원할 생각으로 주변을 정리하고 있었다.

그는 엘러리에게 말했다.

"열흘밖에 남지 않았어요. 할 일이 태산 같아요. 결혼도 해야 하고요. 한국으로 파병되기 전에 결혼을 하고 싶은데 로렐은 고집을 피우고 있어요. 어떻게 하면 좋죠?"

로렐은 마치 중병에서 회복하고 있는 것처럼 보였다. 그녀는 창백하고 수척했으나 평화로웠다. 그녀는 맥고언의 굵직한 팔을 꽉 부여잡았다.

"당신을 놓아주지 않을 거예요, 맥."

"한국 여자들이 뭐가 그렇게 두려운 거지? 그 여자들이 좋아하는 향수는 마늘이라던데."

크로가 빈정거렸다.

로렐이 대꾸했다.

"외국으로 보내준다면 WAC*에 입대할 거예요. 조건을 붙이

---

* 육군 여성 부대.

는 건 애국적이지 않지만, 남편이 아시아에 간다면 나도 같은 지역에 가고 싶어요."

덩치 큰 청년은 투덜댔다.

"당신은 십중팔구 서독에 떨어질 거야. 왜 그냥 집에 머무르면서 긴 연애편지를 쓸 생각을 않는 거지?"

로렐은 그의 팔을 다독거렸다.

엘러리가 맥고언에게 물었다.

"그냥 집에 머무르면서 나무를 타는 게 어때?"

맥고언의 얼굴이 빨개졌다.

"아, 그거요. 제 나무는 팔렸어요."

"다른 나무를 찾아봐요."

딜리아의 아들이 버럭 소리 지르며 말했다.

"퀸 씨, 들어보세요. 당신에게는 당신의 취향이 있고 나는 나 대로 취향이 있어요. 난 영웅은 아니지만, 전쟁은 일어나고 있어요. 유감스럽지만. 유엔이 전쟁에 참여하고 있어요. 어차피 내게도 영장이 떨어질 거예요."

엘러리는 엄숙히 입을 열었다.

"이해해요, 맥. 하지만 요즘 당신 태도가 무척 달라졌군요. 핵 시대의 나무 청년에게 무슨 일이 일어난 거죠? 짝도 찾았는데, 핵 시대 이후에는 존속할 만한 보람이 없다고 생각하는 건가요? 그건 로렐에게 예의가 아닐 텐데요."

맥은 중얼거렸다.

"저 좀 내버려두세요……. 로렐, 제발!"

로렐이 말했다.

"그래도 돼요. 결국 맥, 당신은 엘러리 씨에게 신세를 진 거예요. 엘러리 씨, 저 나무 청년의 어리석은 짓에 대해서……."

엘러리는 희망적으로 말했다.

"그 수수께끼가 해결되기를 무척 고대하고 있었어요."

로렐은 말했다.

"전 마침내 그를 다그쳐 고백하게 했어요. 맥, 안절부절못하고 있군요. 맥은 영화계에 진출하려고 했어요. 어떤 프로듀서가 '타잔 시리즈'에 견줄 만한 '정글 맨 시리즈' 영화를 계획하고 있다는 소문을 들었거든요. 그리고 바로 이곳 할리우드의 현실 속에서 '정글 맨'이 된다는 기발한 아이디어를 얻었어요. 핵 시대 운운하는 어리석은 짓은 신문을 낚는 낚싯밥이었어요. 그것 역시 성공했어요. 그가 많이 알려지자, 프로듀서는 그에게 접근했어요. 사실 우리 아버지가 돌아가시고 제가 살인에 대해 떠들고 다닐 때 크로는 비밀 계약에 대한 협의를 하고 있었어요. 그런데 살인 사건 얘기와 맥의 의붓아버지가 관련된 기사—로저가 스스로 뿌렸거나 앨프리드를 시켜 뿌렸을 거라 짐작하는데—때문에 겁이 났는지 프로듀서가 협의를 중단했어요. 크로는 제게 몹시 섭섭했을 거예요. 안 그래, 자기?"

"지금만큼은 아니었지. 로렐, 제발, 내 마음속 비밀을 그렇게 온 세상에 폭로해야 해?"

엘러리는 싱긋이 웃었다.

"나는 오직 이 세상의 조그마한 일부일 뿐이에요, 맥. 그래서 나를 고용하여 사건을 해결하려고 했었군요. 내가 빨리 해결한다면 영화 프로듀서와 계약할 수 있을 거라 생각했겠죠."

맥고언은 쓸쓸하게 말했다.

"맞아요. 그는 지난주에야 저를 찾아와 병역 관계를 물었어요. 저는 그 프로듀서에게 할아버지의 복무 경험을 얘기해줬어요. 할아버지라면 기꺼이 정글 맨이 될 거라고 생각했거든요. 그런데 감사할 줄 모르는 그 녀석은 저더러 꺼지라고 하더군요. 그래서 지금 어떻게 해야 할지 모르는 상태예요. 퀸 씨, 우리끼리 얘기인데, 한국은 소문처럼 냄새가 고약한 나라인가요?"

로렐과 크로는 산타모니카 고등법원 판사의 주례로 결혼식을 올렸다. 엘러리와 키츠 경위가 증인으로 입회했다. 옥스나드 근처의 드라이브인 식당에서 결혼 피로연 만찬을 연 후에, 신혼부부는 로렐의 오스틴을 타고서 샌 루이스 오비스포, 파소 로블레스, 산타크루즈, 그리고 샌프란시스코 등 어디든 갈 수 있는 방향으로 차를 몰고 갔다. 연안 고속도로를 따라 남쪽으로 돌아오면서 엘러리와 키츠 경위는 그들의 행방을 추측해보았다.

경위는 감개무량한 듯이 말했다.

"몬테레이로 갔을 겁니다. 제가 신혼여행을 그곳으로 갔었거든요."

엘러리가 말했다.

"평소의 맥을 생각해보면, 산 후안 카피스트라노, 아니면 라호야로 갔을 겁니다. 둘 다 완전히 반대쪽에 있으니까요."

엘러리가 제공한, 캘리포니아 결혼식에 어울리지 않는 뉴욕산 샴페인을 마시며 그들은 눈물을 글썽였다. 그들은 팔짱을 끼고 말리부 해안의 인기척 없는 해변에 이르러 은빛 눈물이 어린 태평양을 향해 〈열 개의 작은 손가락과 열 개의 작은 발가락〉을 소리 모아 불렀다.

9월 하순의 어느 날 밤. 식사 후 앨프리드 월리스가 거실 난로에 불을 지피고 있을 때 키츠 경위가 찾아왔다. 오기 전에 전화를 걸지 못한 것을 사과하면서, 5분 전만 하더라도 엘러리를 방문할 생각이 전혀 없었는데, 집으로 가는 길에 지나치다 보니 충동적으로 들르게 됐다고 말했다.

"그만둬요. 기독교적인 자비의 행동에 대해 사과하지 마세요."

엘러리는 큰 소리로 말했다.

"일주일 넘게 월리스의 얼굴 말고는 아무도 못 봤습니다. 월리스, 스카치에 물을 타서 키츠 경위님께 드려요."

키츠 경위가 월리스에게 말했다.

"약하게 부탁해요. 그러니까 물 양을 적게 부탁해요. 아내에게 전화를 걸어도 괜찮겠습니까?"

"물론이죠. 좀 있다가 가실 작정이군요."

엘러리는 키츠 경위를 살펴보았다. 경위는 고민이 있는 얼굴이었다.

"그러면, 잠시 실례하겠습니다."

그는 전화가 있는 곳으로 갔다.

경위가 돌아왔을 때 난로 앞 커피 테이블 위에 잔 하나가 그를 기다리고 있었고, 엘러리와 월리스는 난로를 둘러싸고 있는 세 개의 안락의자 중 두 개를 차지하고 앉아서 다리를 뻗고 있었다. 키츠 경위는 두 사람 사이에 끼어서 길게 잔을 들이켰다. 엘러리는 그에게 담배를 권하고, 월리스는 성냥불을 켜주었다. 잠깐 동안 그는 찌푸린 얼굴로 난로를 들여다보았다.

"경위님, 무슨 일이 있습니까?"

드디어 엘러리가 물었다

키츠 경위는 술잔을 집어 들었다.

"모르겠어요. 나도 이제 늙었나 봅니다. 오랫동안 당신과 이 야기를 나누고 싶었지만 바보같이 느껴져서 그 유혹을 참았습 니다. 오늘 밤은……."

그는 술잔을 들어 꿀꺽 마셨다.

"무슨 일인데 그러는 겁니까?"

"글쎄요……. 프라이엄 사건 말입니다. 물론 다 끝났지 만……."

"프라이엄 사건이 어째서요?"

키츠 경위는 얼굴을 찌푸리고서 술잔을 탁 내려놓았다.

"퀸 선생, 그날 밤 프라이엄의 방에서 했던 당신의 연설을 곰 곰이 생각해보았습니다. 틀림없이 백 번은 될 겁니다. 한데 모 르겠어요. 그걸 설명할 수 없군요……."

"그 사건에 대한 제 해결 방식을 말하는 겁니까?"

"당신이 설명했을 때는 술술 풀렸는데, 내가 곰곰이 생각할 땐 그처럼 술술 풀리지 않는 것 같습니다……."

키츠 경위는 말을 멈추고 조심스럽게 앨프리드 월리스를 돌 아보았다. 월리스도 공손하게 돌아보았다.

"경위님, 월리스가 있어도 괜찮습니다."

엘러리는 싱긋이 웃으며 말을 이었다.

"그날 밤 프라이엄의 방에서 제가 월리스에게 모든 걸 털어 놓았다고 말했을 때 저는 진심이었습니다. 저는 월리스에게 비 밀을 완전히 털어놓았죠. 그는 제가 아는 걸 전부 알고 있습니 다. 지금까지 당신을 괴롭히고 있었던 의문에 대한 해답까지 포함해서 말이죠."

경위는 고개를 저으며 술잔을 비웠다. 윌리스가 술잔을 다시 채우려고 일어났다. 키츠 경위가 그만 마시겠다고 말하자 윌리스는 자리에 앉았다.

경위는 불안한 목소리로 입을 열었다.

"제가 왈가왈부할 문제는 아니라고 생각합니다. 잘못된 것은 없습니다. 그러니까 당신이 잘못했다는 게 아니라⋯⋯."

그는 기운을 얻기 위해 담배를 빨고, 얘기를 다시 시작했다.

"예를 들어 말이죠, 퀸 선생. 당신이 프라이엄에게 보인 열광적인 반응은 어딘지 들어맞지가 않아요."

"뭐가 들어맞지 않는다는 거죠?"

엘러리가 부드럽게 물었다.

"프라이엄에게 어울리지가 않아요. 프라이엄이라는 인간은 말이죠. 고장 난 타자기로 쳐서 죽은 비글의 목걸이 속에 넣어 힐에게 전달했다던 그 편지로 말하자면⋯⋯."

"그 편지에 이상한 점이라도 있나요?"

"전부 다 이상하고말고요! 프라이엄은 무식한 사람이었어요. 설사 그가 멋진 말을 쓴 적이 있었을지라도, 옆에 있는 동안 그런 말은 한 번도 듣지 못했습니다. 그의 말은 조잡했어요. 그런데 그가 그 편지를 썼을 때⋯⋯ 프라이엄 같은 사람이 어떻게 그런 편지를 작성할 수 있었을까요? T의 사용을 피하고, 완곡한 표현법을 만들어내려면⋯⋯ 언어 감각 같은 것이 필요하지 않습니까? 어느 정도의 작문 연습이 필요하지 않을까요? 그리고 구두법도 알아야 하고요⋯⋯. 그런데 그 편지는 마침표, 줄표, 쉼표 할 것 없이 전부 완벽했어요."

"그래서 당신의 결론은 뭔가요?"

엘러리가 물었다.

키츠 경위가 몸을 꿈틀거렸다.

"아직 결론을 얻지 못했나요?"

"음…… 결론은 내렸습니다."

"당신은 프라이엄이 그 편지를 타자로 쳤다고 믿지 않는군요?"

"그가 타자를 친 건 틀림없습니다. 그 점에선 당신의 추리도 이상할 게 없어요……."

키츠 경위는 담배를 난로 속으로 던지며 말을 이었다.

"저를 바보라고 불러도 좋습니다. 하지만 생각하면 할수록 결론에 대한 의심이 깊어집니다. 편지를 타자기로 친 건 프라이엄일지 모르나, 다른 사람이 그 내용을 불러줬을 겁니다. 단어나 쉼표 모두 정확히 불러줬을 겁니다."

키츠 경위는 틀림없이 다가올 공격에 대비할 필요를 느낀 것처럼 의자에서 벌떡 일어났다. 그러나 엘러리는 아무 말도 하지 않고 단지 사려 깊은 표정을 짓고 파이프를 뻐끔뻐끔 피웠다. 경위는 다시 앉으며 말했다.

"당신은 마음이 따뜻한 사람 아닙니까. 자, 이제 제가 뭘 잘못 생각하고 있는지 말씀해주시죠."

"아닙니다. 경위님. 계속하세요. 마음에 걸리는 점이 있으면 말씀해보세요."

"아주 많습니다. 당신은 프라이엄의 약삭빠른 전략과 그의 영리한 두뇌에 대해 얘기를 했습니다. 당신은 그를 나폴레옹에 비교했죠. 약삭빠르다고요? 영리하다고요? 책략가라고요? 프라이엄은 발정한 황소처럼 약삭빠르고 콧등에 펀치를 먹이는 권투 선수처럼 영리할 뿐이었어요. 그는 메뉴 작성도 못 했을 겁니다. 프라이엄이 아는 유일한 무기는 곤봉이었고요.

당신은 그가 연속적으로 이어진 연관된 단서를 꾸며냈다고 말했습니다. 이 단서를 결합하여 박물학자를 추론해냈고요. 진화론이며, 사다리의 계단이며 과학에 관련된 여러 이야기가 있었죠. 프라이엄과 같은 목덜미가 굵고, 머리가 모자란 자가 어떻게 그런 걸 생각할 수 있었을까요? 반바지를 입었던 때부터 책을 한 권도 읽지 않았다고 떠벌리는 사람이 말이죠! 진화론 같은 걸 속임수의 근거로 생각해내는 것조차도 어느 정도의 기술적 지식이 필요하지 않나요? 정확하고 질서 정연한 모든 진화 단계는 고사하고라도 말이죠. 그리고 새라는 단서와 연결하기 위하여 멋진 고대 그리스 희극을 끌어내다니. 그럴 수는 없습니다. 믿을 수가 없어요. 프라이엄은 아닙니다.

물론 그의 유죄를 의심하지는 않습니다. 프라이엄은 자신의 동업자를 죽였어요. 그건 틀림이 없습니다. 그자가 고백했으니까요. 하지만 방법을 짜내고 세부 사항을 생각해낸 장본인은 그가 아니었어요. 그건 로저 프라이엄이 갖고자 했던 것보다 훨씬 우수한 두뇌를 가진 누군가의 소행이었어요."

엘러리는 중얼거렸다.

"경위님, 제가 당신의 생각을 제대로 이해했는지는 모르겠습니다만, 다시 말해 프라이엄이 다른 사람의 다리뿐만 아니라 머리를 필요로 했다고 생각한다는 말씀입니까?"

키츠는 날카롭게 대답했다.

"맞습니다. 이렇게 된 거 철저하게 파헤쳐보죠. 다리를 제공한 자가 바로 머리를 제공한 자라고요!"

그는 앨프리드 월리스를 노려보았다. 월리스는 의자 속에 푹 파묻혀, 두 손으로 술잔을 가슴 위에서 아무렇게나 움켜쥐고 키츠 경위 쪽을 향해 두 눈을 번득이고 있었다.

"월리스, 바로 당신이라고! 이봐, 당신은 운이 좋았던 거야. 프라이엄은 자기 명령에 따라 총총걸음으로 뛰어다니는 당신을 얼간이 취급하며 내동댕이쳤지만······."

엘러리가 입을 열었다.

"운이 좋았다고 할 수는 없어요. 경위님, 예정대로 진행된 것뿐입니다. 프라이엄은 정말로 월리스가 어리석은 도구일 뿐이며, 기막힐 정도로 훌륭한 전체 계획은 자신이 가진 천재성의 소산이라고 믿고 있었습니다. 프라이엄이라면 다르게 생각할 수가 없었겠죠. 그를 너무나 잘 알고 있는 월리스가 예측했듯이 말이죠. 월리스는 아주 교묘하게 제안을 하고 능숙하게 그의 큰 코를 쥐고 끌고 다녔습니다. 그래서 프라이엄은 월리스가 도구라고만 생각했지 자기가 숙련된 장인에게 이용당하고 있다고는 추호도 의심한 적이 없었죠."

키츠 경위는 다시 월리스를 힐끗 쳐다보았다. 그러나 그는 기분 좋은 표정까지 지으며 자리에 편안히 누워 있었다.

키츠 경위는 머리가 아팠다.

"그럼, 당신 말은······."

엘러리는 고개를 끄덕였다.

"경위님, 이 사건의 진범은 프라이엄이 아니었습니다. 월리스입니다. 그 사실은 변함이 없었습니다."

월리스는 느긋하게 팔을 뻗어 엘러리의 담배 한 개비를 재빨리 뽑아 들었다. 엘러리는 그에게 성냥갑을 던졌고 그는 고맙다는 뜻으로 고개를 끄덕였다. 그는 불을 붙이고 성냥갑을 되돌려준 다음 마치 해먹에 누워 있는 듯한 자세를 다시 취했다.

키츠 경위는 혼란스러웠다. 그의 시선은 엘러리에게서 월리스에게로 향했다가 다시 엘러리에게로 향했다. 엘러리는 편안하게 파이프 담배를 뻐끔뻐끔 피웠다.

키츠 경위는 소리 높여 말했다.

"결국 힐은 프라이엄에게 살해된 것이 아니라는 말씀입니까?"

"경위님, 그건 강조의 문제가 아닐까요? 깡패 A는 청부살인을 맡기에는 너무나 거물이었으므로, 깡패 B를 죽이기 위해 졸개 C를 고용합니다. 졸개 C는 깡패 B를 죽입니다. B의 살해에 대한 책임은 누구에게 있을까요? 바로 A와 C입니다. 거물과 졸개 말입니다. 그러므로 프라이엄과 월리스 양쪽 모두 죄가 있습니다."

"프라이엄은 자기를 대신하여 힐을 살해할 사람으로 월리스를 고용한 것이군요."

경위가 아무 생각 없이 대답했다.

엘러리는 담배 파이프 청소용구를 집어 들어 파이프의 설대 속에 집어넣으며 말했다.

"경위님, 아닙니다. 그러면 프라이엄이 거물이 되고, 월리스는 졸개가 되죠. 훨씬 더 복잡 미묘한 관계가 숨어 있죠. 프라이엄은 자신이 거물이고 월리스가 도구라고 생각했지만 그건 잘못된 생각이었습니다. 오히려 반대였으니까요. 월리스가 힐을 죽이기 위하여 내내 프라이엄을 이용하고 있었을 때에도 프라이엄은 힐을 죽이기 위하여 월리스를 이용하고 있다고 생각하고 있었죠. 그리고 프라이엄이 혼자 힘으로 월리스를 제거할 계획을 마련했을 때에도, 월리스는 프라이엄의 계획이 도리어 프라이엄 자신에게 불리하게 작용하도록 만들었고 그 계획을 이용하여 프라이엄이 스스로 목숨을 끊도록 만들었죠."

키츠 경위가 신음 소리를 내며 말했다.

"천천히 좀 갑시다. 안 그래도 일주일 동안 아주 힘들었다고요. 제가 이해할 수 있게 쉬운 말로 해보죠.

당신 말에 따르면, 여기 앉아 있는 이 원숭이 같은 작자가, 그러니까 당신이 살인자라고 부르는 이 사람이…… 당신이 주는 급료를 받고, 당신의 술을 마시고, 당신의 담배를 피우고, 당신의 허락하에 이 모든 것을 행하고 있는…… 이 월리스라는 자가 프라이엄이 자기가 이용당하고 있다는 것을 깨닫지 못하게 하면서 그를 이용하여 먼저 힐을 처리하고 그다음으로 프라이엄을 살해할 계획을 세웠는데, 사실 그 계획이 너무나 정교하나 보니 프라이엄은 자기가 월리스를 이용하고 있다고 착각하게 되었다는 것인가요? 저의 콩알만 한 두뇌가 알고 싶어 하는 건 '왜'라는 질문에 대한 답입니다. 왜 월리스는 힐과 프라이엄을 죽이고 싶어 했죠? 그들에게 무슨 원한을 가지고 있었나요?"

"경위님, 당신은 이미 답을 알고 있어요."

"제가요?"

"누가 처음부터 힐과 프라이엄을 죽이고 싶어 했나요?"

"그게 누구죠?"

"그러니까 이 사건에서 이중 동기를 가진 사람이 누구죠?"

키츠 경위는 똑바로 앉아 의자 팔걸이를 부여잡았다. 그는 엘프리드 월리스를 메스꺼운 듯이 바라보며 힘없이 말했다.

"말도 안 됩니다. 절 놀리려고 이러시는 겁니까?"

엘러리가 말했다.

"경위님, 농담이 아닙니다. 질문에서 저절로 답이 나오지 않았습니까. 힐과 프라이엄 두 사람을 죽일 만한 동기를 가졌던 사람은 오로지 찰스 애덤밖에 없었습니다. 월리스도 그렇지 않나요? 그럼 두 사람을 찾을 필요가 있나요? 동일한 것과 같은 것은 서로 같습니다. 월리스가 곧 애덤이죠. 잔을 다시 채울까요?"

키츠 경위가 잔을 비웠다.

월리스는 일어서서 친절하게 술잔을 채웠다. 경위는 이 키가 큰 사나이가 술잔에 흰 가루를 몰래 넣는 걸 잡으려는 듯이 지켜보았다. 그는 잔에 든 술을 마시고 난 후 갈색 액체를 언짢은 듯이 응시했다.

키츠 경위가 마침내 입을 열었다.

"제가 특별히 아둔하게 구는 건 아니라고 봅니다. 당신의 논리에서 빠져나오려고 애를 쓰고 있을 뿐입니다. 논리는 잊어버립시다. 당신은 논리적으로 이 뻔뻔한 작자가 찰스 애덤임을 증명한다고 했지만, 우연일 수도 있지 않나요? 프라이엄의 프라이데이가 될 수도 있었던 수백만의 하인들 중에서 그를 죽이고 싶어 했던 사람이 이 우주에 한 명 있었다고 볼 수도 있잖아요. 퀸 선생, 당신의 논리가 너무 번지르르하다고 할 수는 없지만 지나치게 교묘하군요."

"그걸 우연의 일치라고 불러야 할 이유가 있나요? 찰스 애덤이 프라이엄의 유모가 된 데에는 우연의 일치와 같은 건 없었습니다. 애덤이 그렇게 꾸몄으니까요.

25년간 그는 프라이엄과 힐의 행방을 찾았습니다. 그러던 어느 날 그들을 발견하게 되었고요. 그리하여 그는 프라이엄의 비서이자 간호인이자 동반자가 되었죠……. 물론 애덤으로서가 아니라, 그가 앨프리드 월리스라고 명명한 특별히 만들어진 인물로서 말이죠. 제 짐작으로는, 애덤은 몇몇 선임자들의 급작스런 사퇴와 적지 않은 관련이 있었던 것 같습니다. 그러나 그건 어디까지나 추측에 불과합니다. 월리스는, 아주 당연한 노릇이지만, 그 문제에 대해서는 입을 다물고 있죠. 역시 제 추측이지만 그는 기억을 상실해 라스베이거스로 가기 전까지 로스앤젤레스에 훨씬 오랫동안 머물렀던 것 같습니다. 아마 몇 년 정도 있었던 거겠죠, 월리스?"

월리스는 짓궂게 눈썹을 치켜 올렸다.

"어찌 되었든 그는 끝내 일자리를 얻어내어 로저 프라이엄을 완전히 속여 넘겼습니다. 프라이엄은 월리스가 자신이 경찰 당국을 속이기 위하여 내세운 애덤의 대리자가 아니라 실제 애덤이라는 사실을 전혀 모른 채 죽었습니다. 프라이엄은 애덤의 뼈가 아직도 인적이 드문 서인도상의 산호초의 모래 속에 묻혀 있으리라는 것을 한순간도 의심하지 않았습니다."

엘러리는 생각에 잠긴 표정으로 신사 클럽의 회원인 것처럼 스카치를 찔끔찔끔 마시고 있던 월리스를 쳐다보았다.

"애덤, 당신의 실제 모습이 궁금하군요. 우리가 찾아낸 신문의 사진은 무척 낡아서 별로 도움이 안 되더군요……. 물론,

25년의 세월은 큰 변화를 가져오겠죠. 그러나 당신은 세월에만 맡기지 않았을 겁니다. 거의 틀림없이 그것도 최고 수준으로 성형수술을 받았을 겁니다. 전혀 흔적을 찾아볼 수 없으니까요. 아마 성대도 약간 손을 보았을 겁니다. 그리고 걸음걸이, 말투, 특징적인 몸짓 등을 수없이 많은 시간 연습했겠죠. 아마도 이 모든 걸 오래전에 끝냈기 때문에, 이런 표현을 써서 미안합니다만, 당신은 과거의 애덤 흔적을 지워버릴 시간적 여유가 충분히 있었을 겁니다. 프라이엄은 전혀 알아보지 못했죠. 힐도 그렇고요. 그리고 당신에겐 프라이엄이 비서에게 요구했던 남성미가 있었죠. 당신은 분명 사전 탐사에서 그것을 알아냈을 겁니다. 딜리아 프라이엄을 보고는 분명 환희에 찼을 테고요. 로스트비프에 곁들일 플럼 푸딩을 본 셈이니까요."

월리스는 그 말에 감사한다는 듯이 미소를 지었다.

"프라이엄이 언제, 어떻게 처음으로 리앤더 힐을 제거하고 싶다고 발설했는지는 모르겠습니다. 아마 그는 단도직입적으로 그렇게 말하지는 않았을 겁니다. 적어도 처음부터 구체적으로 말하지는 않았겠죠. 당신은 밤낮으로 그와 함께 있으면서 그를 연구하고 있었죠. 당신은 프라이엄의 증오를 모른 체할 수는 없었을 겁니다, 월리스."

엘러리는 발을 커피 테이블 위에 올리고 다시 말을 이었다.

"그렇습니다. 당신은 프라이엄의 큰 코를 당신의 자석과 같은 손아귀로 거머쥐고 이리저리 끌고 다녔을 겁니다. 당신의 제물이 된 자의 욕망을 감지하고 의심을 받지 않고 그 욕망을 당신 자신의 욕망에 따라 휘두르는 기술에 마음이 끌렸을 겁니다. 프라이엄이 힐의 죽음을 원하는 걸 느끼고서 당신은 그가 그것을 적극적으로 의식하게 되도록 그를 유도했죠. 그리고 그가 그런 욕망을 계속해서 곱씹도록 했을 테고요. 아마 그러기까지 몇 달이 걸렸을 겁니다. 하지만 당신에겐 시간이 많았고 인내심을 발휘했죠.

결국 힐의 죽음은 프라이엄의 열망이 되었습니다.

물론 그러한 목적을 이루기 위해서 그는 공모자가 필요했을 겁니다. 누가 공모자가 되느냐 하는 문제는 생각할 필요도 없었겠죠. 당신이 폭력을 전혀 모르는 건 아니라는 몇 마디 암시를 하더라도 저는 놀라지 않을 겁니다……. 당신의 '기억'은 '기억상실'의 커튼 사이로 편리하게 오락가락하는 희미한 존재니까요……. 모든 건 점진적으로 이루어졌습니다. 그러나 어느 순간 당신은 목표에 도달했죠. 욕망이 표면화된 거죠. 그리하여 당신은 '발로 뛰는 일'을 맡게 된 것이고요."

월리스는 꿈꾸듯이 불꽃을 바라보았다. 그를 지켜보면서 엘러리에게 귀를 기울이고 있던 키츠 경위는 이 모든 일이 딴 곳의 딴 사람들에게 일어나고 있다고 어린아이처럼 생각하고 있었다.

"프라이엄은 자신만의 계획을 가지고 있었습니다. 한마디로 프라이엄다운, 조잡하고 폭발적인 계획들이었죠. 던지면 곧 터질 것 같은 화염병 같다고 할까요. 당신은 그 계획들을 '칭찬'하고는 약간 덜 직접적인 건 어떻겠냐는 의견을 제시했겠죠. 가능성을 의논하면서 당신은 프라이엄과 힐의 공통 배경 속에 언제나 프라이엄이 진정으로 영리한 계획을 수립할 수 있도록 심리적으로 탄탄한 근거가 되어줄 무언가가 있을 거라고 암시했을 겁니다. 그 결과 당신은 애덤의, 그러니까 당신 자신의 이야기를 그에게서 끌어낼 수가 있었습니다. 물론 당신이 줄곧 쫓고 있던 이야기였으니까 그랬겠지요.

그 후부터는 우스꽝스러울 정도로 쉬웠습니다. 당신이 할 일은 아이디어를 프라이엄의 머릿속에 집어넣는 것이었습니다. 아이디어들이 그의 입을 통해 나오도록 함으로써 그것이 그의 독창적인 생각이라는 믿음을 심어주었죠. 마침내 당신은 모든 걸 명확하게 마련했습니다. 프라이엄에게 훼손할 수 없는 결백의 옷을 입혀주는 계획이 세워진 거죠. 프라이엄은 그게 죄다 자기 생각이라고 확신했고요……. 그리고 언제나 그랬듯이 그것은 바로 당신 자신이 이용하기 위해 계획한 음모였습니다. 월리스, 그날은 굉장한 날이었음에 틀림없었겠죠."

엘러리는 키츠 경위를 돌아보며 말을 이었다.

"그때부터는 행동으로 옮기는 문제만이 있을 뿐이었죠. 월리스는 심리적으로나 부부관계 면에서나 프라이엄의 아내를 빼앗는 기술을 터득하고 있었습니다. 모든 단계에서 그는 프라이엄 자신이 사건을 지휘하고 있고 월리스는 손발 노릇을 하고 있다고 생각하게 만들었습니다. 그러나 모든 단계에서 월리스가 원하는 명령을 정확히 내리고 있는 건 바로 프라이엄이었죠.

경위님, 당신이 추리한 대로 힐에게 보내는 편지 내용을 불러준 건 월리스였고, 그걸 타자로 친 건 프라이엄이었습니다. 월리스는 그걸 불러줬다고 말하지 않았죠. 그는 분명 '의견'이었다고 겸손하게 말했죠. 그리고 프라이엄은 T 자 키가 고장 난 타자기로 편지를 작성했습니다. 우연이었을까요? 월리스와 애덤에게 있어 우연이란 없습니다. 그는 어쨌든 프라이엄이 모르게 그 키를 고장 냈습니다. 그리고 프라이엄에게 타자기를 그렇게 사용해도 어차피 계획의 중요한 부분은, 힐이 편지를 읽은 후에 태워버리도록 하는 것이니까, 위험할 건 없다고 설득했습니다. 물론 월리스는 우리가 발견할 수 있도록 편지가 필사되길 바랐습니다. 그리고 힐이 편지를 몰래 베껴두지 않았다면, 월리스는 틀림없이 그 사본이 저나 당신이나 당장 우리에게 그 편지를 가져올 로렐과 같은 사람에 의해서 발견되도록 조치를 취했을 겁니다. T 자가 빠졌다는 단서는 프라이엄의 타자기에 새로 끼운 T 자 키를 통하여 프라이엄을 함정에 빠뜨릴 예정이었죠……. 바로 월리스가 계획한 대로 말이죠."

키츠 경위 옆에 있는 사내는 가벼운 미소를 지어 보였다. 그는 짐짓 겸손한 태도로 자신의 잔을 내려다보고 있었다.

엘러리는 계속했다.

"그리고 프라이엄의 마음속에 도사리고 있었던 것, 그러니까 그를 죽이려는 계획을…… 알았을 때, 월리스는 그것마저 이용했습니다. 그는 무는 자가 물리도록 상황을 이용했습니다. 월리스에게 제가 '알고 있는' 것을 말했을 때, 그것은 그의 마지막 움직임과 완전히 일치했습니다. 유일한 난점은 제가 너무 많이 알고 있다는 것이었죠. 안 그래요, 애덤?"

월리스는 잔을 높이 들었다. 그건 거의 경례에 가까웠다. 그러나 이내 그는 그 잔을 입술에 갖다 댔는데, 그 행동이 어떤 의미였는지는 알 수가 없었다.

키츠 경위는 안락의자에 앉아서 마치 의자가 불편하기라도 한 듯 몸을 뒤척였다. 양미간에 생긴 깊은 주름이 이마까지 이어져 바퀴 자국이 잔뜩 생긴 것 같았다.

경위가 중얼거렸다.

"퀸 선생, 오늘 밤은 기분이 좋지 않군요. 지금까지 하신 이 모든 얘기가 제겐 단순한 추리로 들립니다. 이자가 찰스 애덤이라고 하셨죠. 당신은 많은 논란거리를 정리했고 대단히 훌륭했습니다. 좋습니다. 그러면 이자가 찰스 애덤이라고 하죠. 하지만 어떻게 확신할 수 있었죠? 혹시라도 이자가 찰스 애덤이 아니었을 가능성도 있지 않습니까. 존 존스, 스탠리 브라운, 시릴 세인트 클레어, 또는 패트릭 실버스타인이었을지도 모릅니다. 저는 가능하다고 봅니다. 이자가 다른 사람일 가능성이 없다는 점을 증명해주시죠."

엘러리는 웃음을 터뜨렸다.

"항상 찬사로만은 아니지만, 저보고 '퀸의 방법'이라고 알려진 것을 방어해보라고 하는 건 아니시겠죠. 경위님, 다행히도 저는 이자가 찰스 애덤 이외의 사람이 될 수 없음을 당신에게 증명해 보일 수 있습니다. 그가 어디서 앨프리드 월리스라는 이름을 따왔다고 말했었죠?"

"기억상실증에 걸려 자신이 누구인지 기억하지 못하는 바람에 아무렇게나 이름을 붙였다고 말했죠. 그것도 모두 엉터리였겠죠."

키츠 경위는 불쾌한 표정을 지었다.

엘러리는 고개를 끄덕거렸다.

"모두 엉터리였죠. 이자의 이름이 무엇이든 간에 그 이름은 확실히 앨프리드 월리스가 아니라는 사실만 빼고요. 그는 가명이 필요하게 되자 그 이름을 선택했습니다."

"그래서 어쨌다는 건가요? 앨프리드 월리스라는 이름엔 특별한 것이 전혀 없어요."

"경위님, 틀렸습니다. 앨프리드 월리스라는 이름은 특별하고 놀라울 뿐만 아니라 독특하기까지 합니다. 앨프리드 월리스, 그러니까 앨프리드 러셀 월리스는 찰스 다윈과 동시대인이었습니다. 앨프리드 월리스는 다윈과 거의 동시에 진화론을 형성한 박물학자였습니다. 독립적으로 연구를 수행하긴 했지만요. 사실 그들의 개별 연구 결과는 공동 논문 형식으로 1858년에 린네 협회에서 낭독되고, 같은 해 협회 연구지에 발표되면서 처음으로 세상에 소개되었습니다. 다윈은 그의 '진화론' 원고의 개요를 1842년에 작성했습니다. 월리스는 남아메리카에서 열병을 앓고 있었는데, 그도 같은 결론에 도달하여 자신이 발견한 것들을 다윈에게 보냈습니다. 이렇게 해서 그들의 연구 결과가 동시에 발표되었던 것이죠."

엘러리는 파이프를 재떨이에 톡톡 털고 나서 다시 말을 이었다.

"그리고 여기 힐과 프라이엄 사건에 몰두해 있는 한 남자가 있습니다. 그는 앨프리드 월리스라는 가명을 쓰고 있죠. 그리고 찰스 애덤이라는 이름의 박물학자가 찰스 다윈과 19세기의 앨프리드 월리스가 주장한 진화론을 연속된 단서의 기초로 이용한 사건이 있습니다. 애덤의 희생자 중 한 명의 비서가 그의 가명으로서 진화론과 관계된 두 이름 중 하나를 선택하는 것이 과연 우연의 일치일까요? 수십억 개의 이름이 조합될 가능성이 있는 상황에서? 찰스 애덤이 자신의 과학적 지식을 바탕으로 전체 살인 계획을 세웠듯이, 그는 과학과 관련된 그의 과거에서 가명을 끌어냈습니다. 그는 자신을 다윈이라고 부를 만큼 뻔뻔하지는 않았을 겁니다. 너무나 뻔한 이름일 경우 오히려 해가 될 수 있으니까요. 그러나 앨프리드 월리스라는 이름은 일반 대중에게 거의 알려져 있지 않았습니다. 이러한 과정은 모두 무의식중에 일어났을 겁니다. 상황을 지배할 수 있다는 데 자부심을 느끼는 사람이 그 자신의 무의식에 좌우되다니 이 얼마나 재미있는 아이러니입니까."

키츠 경위가 갑자기 일어섰기 때문에 월리스까지 놀란 모습이었다.

그러나 경위는 월리스에게 관심을 보이지 않았다. 엘러리를 노려보는 경위의 하얀 피부는 난롯불이 반사되어 빨간 자갈처럼 보였다. 엘러리는 그런 그를 호기심 어린 눈으로 쳐다보고 있었다.

"그래서 당신은 이자를 비서로 고용했을 때, 완전범죄자인 애덤이라는 걸 알고 있었다는 말입니까?"

"그렇습니다, 경위님."

"왜죠?"

엘러리는 불이 꺼진 파이프를 흔들었다.

"당연한 것 아닙니까?"

"전혀요. 당신은 왜 진작 이 모든 걸 제게 얘기하지 않은 겁니까?"

"경위님, 잘 생각해보세요."

엘러리는 파이프 꼭지로 입술을 두드리면서 난로 속을 노려보았다.

"제가 여기서 한 말은 한마디도 법정에서 거론되지 못했을 겁니다. 법적 증거가 될 수 없으니까요. 법정에서 성립되는 증거로도 볼 수 없고요. 설사 이 이야기가 법정에서 공식적으로 발언된다 하더라도, 이야기의 구성 요소들이 법적 증거를 가지고 있지 않다면 결국 월리스에 대한 고소는 기각될 게 뻔합니다. 그리고 이것이 사건을 왜곡시켜 프라이엄 역시 죄를 면하게 되거나 그의 범죄에 비해 가벼운 처벌을 받았을지도 모릅니다.

경위님, 저는 순전히 복잡하고 혼란스럽다는 이유로 프라이엄이 빠져나갈 기회를 얻는 걸 원치 않았습니다. 저는 그가 받아야 할 벌을 받게 하고 이 의자에 앉아 있는 남자는 나중에 따로 매듭을 짓고 싶었습니다. 그리고 경위님, 이자는 몇 달 동안 이곳에서 제 감시와 감독을 받으며 지냈습니다. 그런데 아직도 해답을 찾아내지 못했습니다. 어떻게 하면 좋을까요?"

키츠 경위가 신경질적으로 말했다.

"이자는 살인마요. 설사 25년 전에 지독한 일을 당했다 하더라도…… 법을 따르지 않고 직접 처벌했다면 그들과 마찬가지로 죄를 저지른 겁니다. 내 말이 주일학교의 훈시처럼 들리더라도 받아들여야만 합니다!"

엘러리는 서글픈 듯이 말했다.

"아닙니다. 대단히 옳은 말씀입니다. 그 점에 대해서는 의심할 여지가 없습니다, 경위님. 월리스는 죄를 저질렀습니다. 당신도 알고 나도 알고 그도 아는 엄연한 사실이죠. 하지만 그가 말을 하지 않는데, 경위님과 나는 무엇을 증명할 수 있죠?"

"고문을 해서라도……."

엘러리가 대꾸했다.

"그래도 소용없을 겁니다. 안 될 겁니다. 경위님, 월리스-애
덤 문제는 꽤 특수한 사안입니다. 이자가 프라이엄의 타자기
에서 T 자 키를 고장 냈다는 걸 우리가 입증할 수 있을까요?
또 프라이엄이 힐을 살해하도록 배후에서 조종했다는 걸 과
연 증명할 수 있을까요? 프라이엄에 대한 연속된 살해 협박 경
고…… 그러니까 프라이엄이 법정에서 자기 자신에게 보냈다
고 호언한 협박 경고들을 이자가 다 꾸민 짓이라고 입증할 수
있을까요? 이 친구가 했거나 말했거나 제안했거나 계획했다고
우리가 믿고 있는 그 모든 것을 과연 증명할 수 있을까요? 경
위님, 단 하나라도 할 수 있을까요?"

월리스는 할리우드 경찰국의 키츠 경위를 존경과 흥미가 담
긴 눈으로 올려다보았다.

경위는 꼬박 3분이나 그의 눈을 마주 노려보았다.

그러고 나서 경위는 모자를 집어 들어 귀밑까지 눌러쓰고는
쿵쾅거리며 방을 나섰다.

비웃는 듯한 소리를 내며 현관문이 쾅 닫혔다.

그리고 키츠 경위의 차는 마치 악마에게 쫓기고 있는 것처럼
요란한 소리를 내며 언덕을 내려갔다.

엘러리는 한숨을 내쉬었다. 그는 파이프를 다시 채우기 시작
했다.

"젠장, 애덤. 당신을 어떻게 해야 하지?"

애덤은 엘러리의 담배에 다시 손을 뻗었다.

침착하면서도 뭔가 숨기는 듯한, 약간은 거슬리는 미소를 지

으며 그가 말했다.

"절 앨프리드라고 불러주세요."

옮긴이 이가형

도쿄대학 문학부를 졸업하고 중앙대학교 교수와 국민대학교 대학원장을 역임했다. 애거사 크리스티의 《그리고 아무도 없었다》《Q시를 향하여》, 오스카 와일드의 《도리언 그레이의 초상》, 허먼 멜빌의 《모비 딕》 등을 우리말로 옮겼다.

THE ORIGIN OF EVIL
악의 기원

2016년 4월 15일 초판 1쇄 인쇄
2016년 4월 25일 초판 1쇄 발행

지은이 | 엘러리 퀸
옮긴이 | 이가형
발행인 | 이원주

책임편집 | 박고운
책임마케팅 | 임슬기

발행처 | (주)시공사
출판등록 | 1989년 5월 10일(제3-248호)
브랜드 | 검은숲

주소 | 서울 서초구 사임당로 82 (우편번호 137-879)
전화 | 편집 (02) 2046-2817 · 영업 (02) 2046-2800
팩스 | 편집 (02) 585-1755 · 영업 (02) 588-0835
홈페이지 | www. sigongsa. com

ISBN 978-89-527-7605-1 04840
      978-89-527-6337-2(set)

국명 시리즈
Country Series

로마 모자 미스터리 The Roman Hat Mystery

로마 극장, 가장 인기 있던 연극의 2막이 끝나갈 무렵 발견된 한 남자의 시체.
두 사촌 형제의 역사적인 첫 공동 작업.

프랑스 파우더 미스터리 The French Powder Mystery

프렌치 백화점 전시실에서 튀어나온 시체. 용의자를 모으고 소거한 후
범인을 지적하다. 미스터리 역사상 가장 멋진 결말.

네덜란드 구두 미스터리 The Dutch Shoe Mystery

네덜란드 기념 병원, 이동식 침대에서 발견된 시체. 흰색 바지와 흰색 신발
한 켤레를 바탕으로 펼쳐지는 놀라운 추리.

그리스 관 미스터리 The Greek Coffin Mystery

미술품 중개업자의 죽음, 사라진 유언장. 최강의 적과 맞닥뜨린
엘러리 퀸의 당혹. 미국 미스터리를 대표하는 걸작.

이집트 십자가 미스터리 The Egyptian Cross Mystery

T자형 십자가에 매달린 목이 잘린 시체. 희생자는 더 늘어날 수 있는 상황.
엘러리 퀸의 치열한 추적이 시작되다.

미국 총 미스터리 The American Gun Mystery
2만 명이 모인 로데오 경기장에서 발생한 죽음. 25구경 자동권총의 행방은?
두 번째 살인 사건 이후 마침내 도달한 진상은?

샴쌍둥이 미스터리 The Siamese Twin Mystery
화재에 쫓겨 산 정상에 있는 은퇴한 의사의 집에 도착한 퀸 부자.
다음 날 발생한 기이한 살인. 피해자의 손에 쥐어진 스페이드 6 카드의 비밀은?

중국 오렌지 미스터리 The Chinese Orange Mystery
모든 것이 뒤집어진 이상한 사무실에서 뒤집어진 차림새의 시체가 발견된다.
신원을 알 수 없는 이 시체는 왜 이상한 차림으로 죽어 있는가?

스페인 곶 미스터리 The Spanish Cape Mystery
대서양을 향한 반도, 월스트리트 약탈자의 거대한 저택에서 발견된
목 졸린 시체. 그는 왜 망토로 온몸을 감싸고 있었을까?

XYZ 비극 시리즈
Tragedy Series

X의 비극 The Tragedy of X
전차 안에서 서서히 쓰러지는 한 남자. 수십 개의 독바늘이 박힌 코르크 공.
은퇴한 셰익스피어 극 명배우 드루리 레인의 인상적인 첫 등장.

Y의 비극 The Tragedy of Y
미치광이 집안이라 불리는 해터가의 주인이 바다에서 시체로 발견된다.
끊임없이 이어지는 죽음의 징조들. 진실에 다가갈수록 드루리 레인은
고민 속으로 빠져든다.

Z의 비극 The Tragedy of Z
두 번의 비극으로부터 10년 후. 은퇴한 섬 경감은 딸 페이션스와 함께
사건을 조사하던 중, 상원의원의 시체와 마주하게 된다.
드루리 레인이 펼치는 아름다운 소거법과 놀라운 진실.

드루리 레인 최후의 사건 Drury Lane's Last Case
변장을 한 수수께끼의 남자. 그가 남긴 의문의 봉투. 도난당한 셰익스피어의
희귀본. 숨겨져야만 했던 역사의 진실은 과연 무엇일까?
드루리 레인 최후의 사건.

라이츠빌 시리즈
Wrightsville Series

재앙의 거리 Calamity Town
사라진 지 3년 만에 돌아온 약혼자 짐과 행복한 결혼식을 올리는 노라.
그러나 그의 필체로 쓰여진 의문의 편지들은 사랑하는
아내의 죽음을 예고하고 있는데…….

폭스가의 살인 The Murderer is a Fox
전쟁 영웅이 되어 고향 라이츠빌로 돌아온 데이비 폭스.
하지만 내면이 부서져버린 그는 자기 손으로 사랑하는 아내를
죽일 것이라는 강박에 시달리는데…….

열흘간의 불가사의 Ten days' Wonder
모든 것을 다 가진 듯했던 한 가족을 파국으로 몰아간 치명적 비밀.
역사상 가장 정교하고 거대한 '악'에 맞닥뜨린 엘러리의 운명은?

더블, 더블 Double, Double
〈마더 구스〉의 노랫말을 따라 사람들이 연이은 죽음을
맞이하면서 공포에 휩싸인 라이츠빌!
불길한 노래가 가리키는 마지막 희생자는 누구인가?

킹은 죽었다 The King is Dead
군수업계의 거물 킹 벤디고에게 연이어 날아든 살인 예고장.
수사에 나선 엘러리와 퀸 경감은 범인의 정체를 밝히고 그를 가둬두는데…….
불가능한 살인에 도전하는 범인과 그에 맞서는 엘러리. 과연 최후의 승자는?